A MENINA NA TORRE

Katherine Arden

A MENINA NA TORRE

Tradução de Elisa Nazarian

FÁBRICA 231

Título original
THE GIRL IN THE TOWER
A Novel

Esta é uma obra de ficção. Nomes, personagens, lugares e incidentes são produtos da imaginação da autora, foram usados de forma fictícia. Qualquer semelhança com acontecimentos reais, localidades ou pessoas, vivas ou não, é mera coincidência.

Copyright © 2018 *by* Katherine Arden.

Todos os direitos reservados, incluindo o de reprodução no todo ou em parte sob qualquer forma.

FÁBRICA231
O selo de entretenimento da Editora Rocco Ltda.

Direitos para a língua portuguesa reservados
com exclusividade para o Brasil à
EDITORA ROCCO LTDA.
Av. Presidente Wilson, 231 – 8º andar
20030-021 – Rio de Janeiro – RJ
Tel.: (21) 3525-2000 – Fax: (21) 3525-2001
rocco@rocco.com.br
www.rocco.com.br

Printed in Brazil / Impresso no Brasil

Preparação de originais
PEDRO KARP VASQUEZ

CIP-Brasil. Catalogação na fonte.
Sindicato Nacional dos Editores de Livros, RJ.

A72m	Arden, Katherine
	A menina na torre / Katherine Arden; tradução de Elisa Nazarian. – 1ª ed. – Rio de Janeiro: Fábrica231, 2019.
	Tradução de: The girl in the tower.
	ISBN 978-85-9517-056-8 (brochura)
	ISBN 978-85-9517-057-5 (e-book)
	1. Ficção americana. I. Nazarian, Elisa. II. Título.
19-54548	CDD–813
	CDU–82-3(73)

Vanessa Mafra Xavier Salgado – Bibliotecária – CRB-7/6644

*Para papai e Beth,
com amor e gratidão*

*A bruma da tempestade envolve o céu
girando torvelinhos de neve,
ora uiva como animal selvagem,
ora chora como criança;
repentinamente, farfalha o colmo podre
em nosso precário telhado,
agora, como viajante tardio,
bate à nossa janela*

– A. S. PUSHKIN

PRÓLOGO

Uma menina cavalgava um cavalo baio em uma floresta, tarde da noite. Uma floresta sem nome. Ficava distante de Moscou, distante de qualquer coisa, e o único som era o silêncio noturno e o vibrar das árvores congeladas.

Quase meia-noite – aquela hora mágica, fantástica – em uma noite ameaçada por gelo, tempestade e o abismo do céu indefinido. Mesmo assim, essa menina e seu cavalo atravessavam a mata, tenazmente.

Os pelos finos do maxilar do cavalo estavam recobertos de gelo; a neve acumulava-se em seus flancos, mas seus olhos estavam tranquilos sob o topete recoberto de neve, e suas orelhas moviam-se animadas para frente e para trás.

Seus rastros estendiam-se ao longe, floresta adentro, semiencobertos por uma nova camada de neve.

Subitamente o cavalo estacou e levantou a cabeça. Entre as árvores crepitando à frente deles, achava-se um abeto. Seus ramos plumosos entrelaçavam-se, os troncos estavam recurvados como homens velhos.

A neve caiu mais rapidamente, prendendo-se nos cílios da menina, e na pele cinza do seu capuz. O único som era o do vento.

Então: – Não consigo vê-lo – a menina disse para o cavalo.

O animal inclinou uma orelha e sacudiu a neve para longe.

– Talvez não esteja em casa – a menina acrescentou, em dúvida. Sussurros muito próximos a uma fala pareciam preencher a escuridão debaixo dos abetos.

Mas como se suas palavras fossem uma invocação, uma porta entre os abetos, uma porta que ela não tinha visto, abriu-se com um estalido de gelo quebrado. Uma faixa de luz de fogo ensanguentou a neve virgem.

Agora, com muita clareza, uma casa surgia neste abeto. Beirais compridos e curvos arrematavam suas paredes de madeira e, à luz do fogo rompida pela neve, a casa parecia estar respirando, agachada no mato.

Um homem apareceu na abertura. As orelhas do cavalo apontaram para frente; a menina enrijeceu-se.

– Entre, Vasya – ele disse. – Está frio.

PARTE UM

1

A MORTE DA DONZELA DA NEVE

Moscou, logo depois do auge do inverno. A bruma de dez mil fogueiras sobe ao encontro de um céu opressivo. No oeste, uma luzinha persistia, mas, a leste, as nuvens avolumavam-se, arroxeadas no anoitecer lívido, vergando-se com a neve acumulada.

Dois rios cortavam a pele da floresta russa, e Moscou achava-se em sua junção, sobre uma colina revestida de pinheiros. Seus muros baixos e brancos cercavam uma confusão de casebres e igrejas; suas torres palacianas, riscadas de gelo, abriam-se como dedos desesperados contra o céu. Conforme a luz diurna foi enfraquecendo, luzes acenderam-se nas altas janelas das torres.

Uma mulher, magnificamente trajada, estava parada junto a uma dessas janelas, contemplando a fusão da luz do fogo com o anoitecer tempestuoso. Atrás dela, duas outras mulheres estavam sentadas junto ao forno, costurando.

– Esta é a terceira vez que Olga vai até a janela a esta hora – cochichou uma das mulheres. Suas mãos cheias de anéis reluziram à luz tênue; seu toucado deslumbrante desviava a atenção das pústulas em seu nariz.

Damas de companhia agrupavam-se por perto, assentindo com a cabeça como flores. Perto das paredes geladas, estavam as escravas, seus cabelos lisos enrolados em lenços.

– Bom, é claro, Darinka! – respondeu a segunda mulher. – Ela está esperando o irmão, o monge excêntrico. Quanto tempo faz desde que irmão Aleksandr partiu para Sarai? Meu marido espera por ele desde a primeira nevada. Agora, a pobre Olga está grudada nessa janela. Bom, boa sorte para ela. Provavelmente, o irmão Aleksandr está morto em um banco de neve. – Quem falava era Eudokhia Dmitreeva, grã-princesa de Moscou.

Seu vestido era costurado com pedras preciosas; sua boca de botão de rosa escondia os tocos de três dentes enegrecidos. Aumentou a voz num tom esganiçado. – Você vai se matar parada aí nessa janela, Olya. Se o irmão Aleksandr fosse vir, a esta hora ele já estaria aqui.

– Você tem razão – Olga retrucou friamente da janela. – Ainda bem que você está aqui para me ensinar a ter paciência. Talvez minha filha aprenda com você como se comportar como princesa.

Os lábios de Eudokhia contraíram-se. Não tinha filhos. Olga tinha dois, e esperava um terceiro antes da Páscoa.

– O que foi isso? – Darinka disse, subitamente. – Ouvi um barulho. Vocês ouviram?

Lá fora, a tempestade aumentava.

– Foi o vento – disse Eudokhia. – Apenas o vento. Como você é boba, Darinka. – Mas estremeceu. – Olga, peça mais vinho. Está frio nesta sala cheia de correntes de ar.

Na verdade, a oficina estava quente; não tinha janelas, salvo a única fenda, e estava aquecida por um fogão e muitos corpos. Mas...

– Tudo bem – disse Olga. Acenou com a cabeça para sua criada, e a mulher saiu, descendo a escada na noite congelante.

– Detesto noites como esta – disse Darinka. Puxou seu vestido mais para junto do corpo, e coçou uma ferida no nariz. Seus olhos foram da vela para a sombra e voltaram. – *Ela* surge em noites como esta.

– Ela? – perguntou Eudokhia com azedume. – Quem é *ela*?

– Quem é *ela*? – repetiu Darinka. – Você quer dizer que não sabe? – Darinka pareceu superior. – *Ela* é o fantasma.

Os dois filhos de Olga, que discutiam ao lado do fogão, pararam com um grito. Eudokhia enrijeceu. De seu lugar junto à janela, Olga franziu o cenho.

– Não existe fantasma – Eudokhia disse. Estendeu a mão para pegar uma ameixa conservada em mel, deu uma mordida e mastigou com delicadeza. Depois, lambeu a doçura dos seus dedos. Seu tom insinuava que *aquele* palácio não era exatamente merecedor de um fantasma.

– Eu a vi! – protestou Darinka, ofendida. – Na última vez em que dormi aqui, eu a vi.

Mulheres de alta linhagem, que precisam viver e morrer em torres, eram muito dadas a visitas. Uma vez ou outra pernoitavam, para ter companhia, quando os maridos estavam fora. O palácio de Olga, limpo, organizado e próspero, era um dos favoritos; ainda mais porque Olga estava grávida de oito meses, e não saía.

Ao ouvir isso, Olga franziu o cenho, mas Darinka, louca por atenção, foi em frente: – Passava pouco da meia-noite. Alguns dias atrás. Um pouco antes do solstício. – Inclinou-se para frente, e seu toucado pendeu de maneira precária. – Fui acordada... Não consigo me lembrar o que foi que me acordou. Um barulho...

Olga soltou um levíssimo muxoxo de zombaria. Darinka fez uma careta.

– Não consigo me lembrar – repetiu. – Acordei, e estava tudo quieto. Um luar frio infiltrava-se pelas venezianas. Pensei ter ouvido alguma coisa no canto. Um rato, talvez, arranhando. – Darinka abaixou a voz. – Fiquei imóvel, com os cobertores puxados à minha volta. Mas não conseguia dormir. Então ouvi alguém gemendo. Abri os olhos e sacudi Nastka, que dormia ao meu lado. – Nastka – disse a ela. – Nastka, acenda um lampião. Tem alguém chorando. – Mas Nastka não se mexeu.

Darinka fez uma pausa. A sala tinha silenciado.

– Então – Darinka prosseguiu –, vi um facho de luz. Era um brilho não cristão, mais frio do que o luar, em nada parecido com um bom fogo. O facho foi chegando cada vez mais perto... – Darinka fez nova pausa. – E então eu a vi – terminou numa voz abafada.

– Ela? Quem? Com o que ela se parecia? – exclamou uma dúzia de vozes.

– Branca feito osso – Darinka sussurrou. – A boca voltada para dentro, os olhos, buracos escuros que davam para engolir o mundo. Ela me encarou, daquele jeito sem lábios, e tentei gritar, mas não consegui.

Uma das ouvintes guinchou. As outras apertavam as mãos.

– Chega – Olga disse secamente, virando-se do seu lugar junto à janela. A palavra interrompeu a histeria, e as mulheres caíram num silêncio desconfortável. – Olga acrescentou: – Vocês estão assustando os meus filhos.

Não era totalmente verdade. A mais velha, Marya, estava sentada com as costas retas e os olhos faiscando, mas o filho de Olga, Daniil, agarrava a irmã, tremendo.

– E então ela sumiu – Darinka terminou, tentando indiferença, mas sem conseguir. – Rezei minhas orações e voltei a dormir.

Ela levou sua taça de vinho aos lábios. As duas crianças olhavam fixamente.

– Uma boa história – Olga disse, com uma levíssima irritação na voz. – Mas agora chega. Vamos contar outras histórias.

Ela se dirigiu para seu lugar perto do fogão e sentou-se. A luz do fogo brincava em seu cabelo duplamente trançado. Lá fora, a neve caía rapidamente. Olga não voltou a olhar para a janela, embora se ombros se retesassem quando os escravos fecharam as venezianas.

Mais lenha foi empilhada no fogo. A sala esquentou e se encheu de um brilho suave.

– Conta uma história, mãe? – pediu a filha de Olga, Marya. – Conta uma história de magia?

Um som abafado de concordância percorreu a sala. Eudokhia resplandeceu. Olga sorriu. Embora fosse a princesa de Serpukhov, tinha crescido longe de Moscou, à beira da floresta assombrada. Contava histórias estranhas do norte. Mulheres nobres, que levavam a vida entre capelas, fornos e torres, adoraram a novidade.

A princesa avaliou sua audiência. Qualquer que fosse o pesar sentido, sozinha, junto à janela, agora já quase não transparecia em sua expressão. As damas de companhia pousaram suas agulhas e se enrodilharam, ansiosas, em suas almofadas.

Lá fora, o assobio do vento misturava-se ao silêncio da nevasca que, por si só, é um ruído. Com um alvoroço de gritos lá embaixo, o final do rebanho foi levado para dentro de estábulos, para se abrigar da neve. Das vielas cheias de neve, mendigos esgueiravam-se em naves de igrejas, rezando para sobreviver até o amanhecer. Os homens no muro do kremlin amontoaram-se próximos a seus braseiros, e puxaram seus gorros até as orelhas. Mas a torre da princesa estava aquecida e cheia de um silêncio ansioso.

– Então, ouçam – Olga disse, sondando as palavras. – Em certo principado, vivia um lenhador e sua esposa, em uma pequena aldeia em uma grande floresta. O marido chamava-se Misha e sua esposa Alena, e os dois estavam muito tristes, porque embora tivessem rezado fervorosamente, beijado os ícones e pedido, Deus não parecia disposto a abençoá-los com uma criança. Os tempos eram difíceis e eles não tinham um bom filho que os ajudasse a atravessar um inverno rigoroso.

Olga colocou a mão sobre a barriga. Seu terceiro filho – o estranho sem nome – chutava em seu útero.

– Certa manhã, depois de forte nevasca, o marido e a esposa entraram na floresta para cortar lenha. Enquanto cortavam e empilhavam, afastavam a neve em montes, e Alena, ociosamente, começou a moldar na neve uma donzela pálida.

– Ela era tão bonita quanto eu? – Marya interrompeu.

Eudokhia desdenhou. – Ela era uma donzela da neve, sua boba. Gelada, rígida e branca. Mas – Eudokhia olhou para a garotinha – com certeza era mais bonita do que você.

Marya enrubesceu e abriu a boca.

– Bom – Olga continuou rapidamente –, a donzela da neve era branca, isto é verdade, e rígida. Mas também era alta e elegante. Tinha uma boca doce e uma trança comprida, porque Alena esculpiu-a com todo seu amor pela criança que não conseguia ter.

– "Viu, mulher?", disse Misha, observando a pequena donzela da neve. "Afinal de contas, você fez uma filha pra nós. Aí está nossa Snegurochka, a donzela da neve."

"Alena sorriu, embora seus olhos se enchessem de lágrimas.

"Exatamente nesse momento, uma brisa gelada chacoalhou os galhos desfolhados, porque Morozko, o demônio do gelo, estava ali, observando o casal e sua donzela da neve.

"Alguns dizem que Morozko teve dó da mulher. Outros dizem que as lágrimas dela possuíam magia, chorando sobre a donzela da neve enquanto o marido não via. Mas, seja como for, assim que Misha e Alena viraram-se para voltar para casa, o rosto da donzela da neve ficou corado e rosado, os olhos ficaram escuros e profundos, e uma menina viva levantou-se na neve, nua como veio ao mundo, e sorriu para o velho casal.

"'Vim para ser sua filha', ela disse. 'Se ficarem comigo, cuidarei de vocês como se fossem meus próprios pai e mãe.'

"A princípio, o velho casal olhou incrédulo, depois, com alegria. Alena correu aos prantos, pegou a mão fria da donzela e a levou para a *izba*.

"Os dias passaram-se em paz. Snegurochka varria o chão, preparava as refeições deles e cantava. Às vezes, suas músicas eram estranhas e deixavam seus pais inquietos. Mas ela era bondosa e habilidosa para trabalhar. Quando sorria, sempre parecia que o sol brilhava. Misha e Alena não conseguiam acreditar em sua sorte.

"A lua cresceu e minguou e então chegou o solstício. A aldeia ganhou vida com aromas e sons: sinos nos trenós e bolos retos e dourados.

"De vez em quando, passava alguém pela *izba* de Misha e Alena, indo ou voltando da aldeia. A donzela da neve espiava-o, escondida atrás da pilha de lenha.

"Um dia, passaram, pelo esconderijo de Snegurochka, uma menina e um menino alto, de mãos dadas. Sorriam um para o outro, e a donzela da neve ficou intrigada com a chama de alegria no rosto dos dois.

"Quanto mais pensava nisso, menos entendia, mas Snegurochka não conseguia deixar de pensar naquele olhar. Enquanto antes ela vivia contente, agora começava a ficar inquieta. Andava para lá e para cá na *izba* e traçava trilhas geladas na neve debaixo das árvores.

"A primavera não estava longe no dia em que Snegurochka escutou uma música maravilhosa na floresta. Um menino pastor tocava sua flauta. Snegurochka aproximou-se furtivamente, fascinada, e o pastor viu a menina pálida. Quando ela sorriu, o coração caloroso do menino saltou para o coração gelado dela.

"Passaram-se semanas e o pastor apaixonou-se. A neve ficou mais macia, o céu adquiriu um tom claro e azulado. Mas a donzela da neve continuava inquieta.

"'Você é feita de neve', Morozko, o demônio do gelo, advertiu-a quando ela o encontrou na floresta. 'Não pode amar e ser imortal.' À medida que o inverno ia terminando, o demônio do gelo foi enfraquecendo até ser apenas visível na sombra mais profunda da floresta. Os homens pensavam que ele fosse apenas uma brisa nos azevinhos. 'Você nasceu do inverno e viverá para sempre, mas, se tocar no fogo, morrerá.'

"Mas o amor do pastorzinho tinha tornado a donzela um pouco desdenhosa. 'Por que eu deveria ficar sempre gelada?', replicou. '*Você* é uma coisa velha e gelada, mas agora sou uma menina mortal, vou aprender a lidar com essa coisa nova, esse fogo.'

"'É melhor ficar à sombra', foi a única resposta.

"A primavera foi chegando. As pessoas deixavam suas casas com mais frequência, para colher material verde em lugares escondidos. O pastor vinha constantemente à *izba* de Snegurochka. 'Venha para a floresta', dizia.

"Ela deixava as sombras ao lado do forno, para ir para fora e dançar à sombra. Mas embora Snegurochka dançasse, seu coração permanecia congelado na essência.

"A neve começou a derreter de fato; a donzela da neve foi empalidecendo e perdendo a força. Chorando, foi até a parte mais escura da floresta.

'Por favor', disse, 'quero sentir como os homens e mulheres sentem. Imploro que me conceda isto.'

"'Então, peça à primavera', respondeu o demônio do gelo com relutância. Os dias mais compridos deixaram-no esvanecido; ele era mais brisa do que voz. O vento roçou o rosto da donzela da neve com um dedo pesaroso.

"A primavera é como uma donzela, velha e eternamente jovem. Seus membros fortes foram entrelaçados com flores. 'Posso conceder-lhe o que deseja', disse a primavera, 'mas com certeza você morrerá.'

"Snegurochka não disse nada, e voltou para casa chorando. Durante semanas, permaneceu na *izba*, escondendo-se nas sombras.

"Mas o jovem pastor foi bater à sua porta. 'Por favor, meu amor', disse. 'Saia e venha para mim. Amo você com todo o meu coração.'

"Snegurochka sabia que, se quisesse, poderia viver para sempre, uma donzela da neve na *izba* de um simples camponês. Mas... havia a música. E os olhos do seu amado. Então, sorriu e se vestiu de azul e branco. Correu para fora. Quando o sol tocou-a, gotas de água escorreram do seu cabelo cor de linho. Ela e o pastor foram até a beira do bosque de bétulas.

"'Toque sua flauta para mim', a menina disse.

"A água escorria com mais rapidez pelos seus braços e mãos, pelo seu cabelo. Embora seu rosto estivesse pálido, seu sangue e seu coração estavam aquecidos. O rapaz tocou a flauta e Snegurochka amou-o e chorou.

"A música terminou. O pastor foi tomá-la nos braços. Mas quando encostou nela, os pés dela derreteram. Ela se encolheu na terra úmida e sumiu. Uma aragem gelada flutuou sob o calor do céu azul, e o menino ficou só.

"Quando a donzela da neve desapareceu, a primavera estendeu seu véu sobre a terra, e as pequenas flores do campo começaram a desabrochar. Mas o pastor permaneceu na escuridão do bosque, chorando por seu amor perdido.

"Misha e Alena também choraram. 'Foi apenas uma magia', Misha disse para consolar sua mulher. 'Não poderia durar porque ela era feita de neve.'"

Olga fez uma pausa em sua narrativa, e as mulheres cochicharam entre si. Daniil dormia, agora, nos braços de Olga. Marya estava encostada em seu joelho.

— Alguns dizem que o espírito de Snegurochka permaneceu na floresta – Olga continuou. – Que quando a neve cai, ela volta a ganhar vida para amar seu pastor nas noites compridas.

Olga voltou a fazer uma pausa.

— Mas alguns dizem que ela morreu – disse com tristeza. – Porque este é o preço de amar.

Um silêncio deveria ter caído, como é de acordo no final de uma história bem contada, mas dessa vez não foi o que aconteceu. Porque assim que a voz de Olga silenciou, sua filha Masha endireitou as costas de imediato e gritou.

— Olhe! Mãe, olhe! É ela, logo ali! Olhe!... Não... Não... Não...Vá embora! – A menina levantou-se com dificuldade, os olhos vazios de terror.

Olga virou a cabeça bruscamente para o lugar onde a filha olhava: um canto com uma sombra espessa. Ali... Uma centelha branca. Não, aquilo era apenas a luz do fogo. Toda a sala entrou em tumulto. Daniil, acordado, agarrou-se ao *sarafan* da mãe.

— O que foi?

— Faça a criança ficar quieta!

— Eu disse! – Darinka gritou em triunfo. – Eu disse que o fantasma existia!

— Basta! – replicou Olga.

Sua voz interrompeu as outras. Gritos e tagarelices dissiparam-se. Os soluços de Marya ressoavam no silêncio.

— Acho – disse Olga friamente – que está tarde e estamos todos cansados. É melhor ajudar sua patroa a se deitar. – Isto foi dirigido às mulheres de Eudokhia, porque a grã-princesa era dada a histeria. – Foi apenas um pesadelo de criança – Olga acrescentou com firmeza.

— Não – resmungou Eudokhia, comprazendo-se. – Não, é o fantasma! Vamos todas ficar com medo.

Olga dirigiu um olhar cortante para sua própria criada, Varvara, de cabelo claro e idade indeterminada. – Cuide para que a grã-princesa de Moscou chegue bem a sua cama – Olga disse-lhe. Varvara também olhava no canto sombreado de Marya, mas, perante a ordem da princesa, virou-se imediatamente, vigorosa e calma. Foi a luz do fogo, Olga pensou, que fez com que sua expressão por um instante parecesse triste.

Darinka balbuciava. – Era ela! – insistia. – A menina iria mentir? Um fantasma! Um verdadeiro demônio...

— E assegure que Darinka tome um gole e veja um padre — Olga acrescentou.

Darinka foi retirada da sala, choramingando. Eudokhia foi conduzida com mais delicadeza, e o tumulto diminuiu.

Olga voltou para o forno, para seus filhos lívidos.

— É verdade, Matyushka? — fungou Daniil. — Existe um fantasma?

Marya ficou calada, as mãos entrelaçadas com força. Ainda tinha lágrimas nos olhos.

— Não importa — disse Olga calmamente. — Calma, crianças, não tenham medo. Deus nos protege. Vamos, é hora de dormir.

2

DOIS HOMENS SANTOS

À noite, Marya acordou sua ama duas vezes, aos gritos. Na segunda vez, a ama, por ignorância, estapeou a criança, que pulou da cama, disparou feito uma flecha pelos corredores das acomodações da mãe, e irrompeu no quarto de Olga antes que a ama pudesse detê-la. Passou por cima das criadas adormecidas e se aconchegou, tremendo, junto à mãe.

Olga não estava dormindo. Ouviu os passos da filha e sentiu o tremor da criança quando ela chegou perto. A vigilante Varvara captou o olhar de Olga na semiescuridão, e, sem dizer uma palavra, foi até a porta dispensar a ama, que, indignada, retirou-se pelo corredor com sua respiração estertorante. Olga suspirou e acariciou o cabelo de Marya até ela se acalmar.

– Diga-me, Masha – disse, quando os olhos da criança ficaram pesados.

– Sonhei com uma mulher – Marya contou à mãe, baixinho. – Ela tinha um cavalo cinza. Estava muito triste. Veio para Moscou e nunca mais foi embora. Tentava me dizer alguma coisa, mas eu não queria escutar. Estava com medo! – Marya voltou a chorar. – Então, acordei, e ela continuava lá. Só que agora era um fantasma...

– Foi só um sonho – Olga murmurou. – Só um sonho.

Logo depois do amanhecer, foram acordadas por vozes no pátio de entrada.

Na transição entre o sono e o despertar, Olga tentou relembrar um sonho seu: pinheiros ao vento, ela mesma descalça na poeira, rindo com os irmãos. Mas o barulho aumentou e Marya acordou de um pulo. Simples assim, a menina do campo, que Olga um dia fora, mais uma vez sumiu e foi esquecida.

Olga afastou as cobertas. Marya ergueu-se. Olga ficou contente ao ver um pouco de cor no rosto da criança, os terrores noturnos banidos com a luz do dia. Entre as vozes que subiam do pátio, reconheceu uma.

– Sasha! – murmurou, mal acreditando. – Levantem-se! – gritou para suas criadas. – Tem uma visita no pátio da entrada. Preparem vinho quente, e aqueçam a casa de banhos.

Varvara entrou no quarto com neve no cabelo. Tinha se levantado no escuro, e saído para buscar lenha e água. – É seu irmão que chegou – disse, sem cerimônia. Parecia pálida e cansada. Olga não achava que ela tivesse dormido, depois que Marya acordara-as com pesadelos.

Em compensação, Olga sentia-se doze anos mais nova. – Eu sabia que nenhuma tempestade conseguiria matá-lo – disse, levantando-se. – É um homem de Deus.

Varvara não respondeu, mas se inclinou e começou a realimentar o fogo.

– Deixe isso – Olga disse. – Vá até a cozinha e cuide para que os fornos estejam puxando. Providencie para que haja comida pronta. Ele vai estar com fome.

Rapidamente, as criadas de Olga vestiram a princesa e seus filhos, mas antes que ela estivesse completamente pronta, ou tivesse bebido seu vinho, antes que Daniil e Marya tivessem comido seu mingau encharcado de mel, soaram passos na escada.

Marya pôs-se de pé em um pulo. Olga franziu o cenho. A menina tinha uma alegria estranha que contradizia sua palidez. Talvez, afinal de contas, a noite não tivesse sido esquecida.

– Tio Sasha voltou! – Marya exclamou. – Tio Sasha!

– Tragam-no aqui – Olga disse. – Masha...

Então, uma silhueta escura parou à entrada da porta, o rosto sombreado por um capuz.

– Tio Sasha! – Marya voltou a exclamar.

– Não, Masha, não está certo dirigir-se a um homem santo deste jeito! – exclamou sua ama, mas Marya já tinha derrubado três banquinhos e uma taça de vinho e corrido até o tio.

– Deus esteja com você, Masha – disse uma voz suave e seca. – Afaste-se, criança, estou todo coberto de neve. – Ele afastou o manto e o capuz, jogando neve em todas as direções; fez o sinal da cruz sobre a cabeça de Marya, e a abraçou.

– Deus esteja consigo, irmão – Olga disse lá do fogão. Sua voz estava calma, mas a luz em seu rosto apagou seus invernos. Sem poder evitar, acrescentou: – Malvado, tive medo por você.

– Deus esteja consigo, irmã – o monge respondeu. – Você não deve ter medo. Vou aonde o Pai me manda. – Falava gravemente, mas depois sorriu. – Estou feliz em ver você, Olya.

Um manto de pele estava preso na túnica do monge, e seu capuz, jogado para trás, revelou um cabelo preto tonsurado, e uma barba preta chacoalhando pingentes de gelo. Seu pai mal o teria reconhecido; o menino orgulhoso tinha crescido, seus ombros estavam largos e se tornara calmo, de andar macio como um lobo. Apenas seus olhos claros, como os da mãe, não tinham mudado desde aquele dia, dez anos atrás, quando saiu de Lesnaya Zemlya.

A vassalagem de Olga observava furtivamente. Ninguém, a não ser um monge, um padre, um marido, uma escrava, ou uma criança poderia ter acesso a um *terem*, o aposento íntimo de uma nobre em Moscou. Geralmente os monges e padres eram velhos, nunca eram altos, com olhos acinzentados, a pele recendendo a distância.

Pôde-se ouvir uma criada, desajeitada e com tendência ao romance, dizendo incautamente a sua vizinha: – Aquele é o irmão Aleksandr Peresvet, Aleksandr Portador de Luz, sabe, aquele que...

Varvara estapeou a menina, e ela calou a boca. Olga olhou para sua audiência e disse: – Venha até a capela, Sasha. Vamos agradecer pela sua volta.

– Em um momento, Olya – Sasha respondeu. Fez uma pausa. – Trouxe comigo um viajante que encontrei na mata, e está muito doente. Está deitado na sua oficina.

Olga franziu o cenho. – Um viajante? Aqui? Muito bem, vamos vê-lo. Não, Masha. Termine o seu mingau, filha, antes de sair em disparada feito um cabrito.

◊

O homem estava deitado em um tapete de pele perto do fogão, com neve derretida para todos os lados.

– Irmão, quem é ele?

Olga não podia se ajoelhar, grande como estava, mas bateu nos dentes com um indicador, considerando o refugio lamentável da humanidade.

— Um padre — Sasha disse, sacudindo água da barba. — Não sei seu nome. Encontrei-o vagando pela estrada, doente e delirante, a dois dias de Moscou. Fiz uma fogueira, descongelei-o um pouco, e o trouxe comigo. Ontem, tive que cavar uma caverna na neve, quando veio a tempestade, e teria ficado lá hoje, mas ele piorou, parecia que morreria nos meus braços. Achei que valeria a pena correr o risco para tirá-lo daquele tempo.

Sasha inclinou-se habilmente em direção ao doente, e puxou os envoltórios do seu rosto. Os olhos do padre, de um azul profundo e impressionante, miraram as vigas, inexpressivos. Seus ossos pressionavam sob a pele, o rosto queimava de febre.

— Você pode ajudá-lo, Olya? — o monge perguntou. — No monastério, ele não conseguirá nada além de uma cela e de um pouco de pão.

— Aqui ele vai conseguir coisa melhor do que isso — Olga disse, virando-se para dar uma série de ordens, rapidamente —, embora sua vida esteja nas mãos de Deus, e não possa prometer salvá-lo. Ele está muito doente. Os homens irão levá-lo para a casa de banhos. — Ela analisou o irmão. — *Você* também deveria ir.

— Estou parecendo tão gelado assim? — o monge perguntou. De fato, sem a neve e o gelo que haviam derretido do seu rosto, a cavidade da sua face e da têmpora ficava evidente. Sacudiu o restante de neve do cabelo. — Ainda não, Olya — disse, levantando-se. — Vamos rezar, e vou comer alguma coisa quente. Depois, tenho que ir até o grão-príncipe. Se não for até ele em primeiro lugar, vai ficar bravo.

O caminho entre a capela e o palácio era assoalhado e coberto, para que Olga e suas mulheres pudessem ir à missa confortavelmente. A capela era entalhada como uma caixinha de joias. Cada ícone tinha sua cobertura dourada. Candelabros reluziam em ouro e pérolas. A voz límpida de Sasha fez as chamas tremularem, quando ele rezava. Olga ajoelhou-se em frente à Mãe de Deus e verteu algumas lágrimas de alegria sofrida, que ninguém poderia ver.

Depois, eles se retiraram para cadeiras ao lado do forno, no quarto dela. As crianças foram levadas para longe, E Varvara dispensou as criadas. A sopa chegou fumegante. Sasha tomou-a e pediu mais.

— Quais as novidades? — Olga perguntou enquanto ele comia. — O que o segurou na estrada? Não tente me enganar falando sobre o trabalho de Deus, irmão. Não é do seu feitio chegar atrasado.

Apesar do quarto vazio, Olga manteve um tom baixo. No *terem*, apinhado de gente, era quase impossível uma conversa em particular.

— Fui até Sarai e voltei — Sasha disse, baixinho. — Essas coisas não são feitas em um dia.

Olga encarou-o de frente.

Ele suspirou.

Ela esperou.

— O inverno chegou cedo na estepe sul — ele disse, cedendo. — Perdi um cavalo em Kazan e tive que ficar uma semana a pé. Quando estava a cinco dias, ou um pouco mais, de Moscou, dei com uma aldeia queimada.

Olga persignou-se. — Acidente?

Ele sacudiu a cabeça, lentamente. — Bandidos. Tártaros. Apoderaram-se das meninas para vender no sul para o mercado de escravos, e fizeram uma grande mortandade em meio ao resto. Levei dias para abençoar e enterrar todos os mortos.

Olga voltou a se persignar, lentamente.

— Quando não aguentava mais, segui em frente — Sasha prosseguiu —, mas passei por outra aldeia com um caso semelhante. E mais uma. — Os traços da face e do maxilar acentuaram-se, conforme ele falava.

— Que Deus lhes dê paz — Olga murmurou.

— Esses bandidos são organizados — Sasha continuou. — Têm uma fortaleza, ou não conseguiriam atacar aldeias em janeiro. Também têm cavalos melhores do que o costumeiro, porque conseguiram investir rapidamente e novamente sair a galope. — As mãos de Sasha flexionaram contra sua tigela, espirrando sopa. — Procurei, mas não descobri nenhum sinal deles, além das queimadas e das histórias de camponeses, cada uma pior do que a outra.

Olga não disse nada. Na época do avô deles, a Horda tinha sido unificada sob um Khan. Teria sido algo inédito, bandidos tártaros atacarem o Grão-Principado de Moscou, que sempre fora um Estado vassalo devotado. Mas Moscou já não era tão inofensiva, nem tão cautelosa ou tão devotada e, mais importante, a Horda já não era tão unida. Agora, os khans vinham e iam, ora apresentando uma reivindicação, ora pleiteando o trono. Os generais lutavam entre si. Tempos como aqueles sempre geravam homens sem comando, e todos ao alcance da Horda sofriam.

— Vamos lá, irmã — acrescentou Sasha, confundindo sua expressão. — Não tenha medo. Moscou é uma noz dura demais para ser quebrada por bandidos, e a localização do pai em Lesnaya Zemlya é remota demais. Mas esses bandidos precisam ser eliminados. Vou voltar assim que for possível.

Olga ficou estática, controlou-se, e perguntou: – Voltar? Quando?

– Assim que conseguir reunir os homens. – Ele viu a expressão dela e suspirou. – Desculpe-me. Se fosse outra época, eu ficaria. Mas vi lágrimas demais nestas últimas semanas.

Homem estranho, vivido e bondoso, com sua alma polida como aço.

Olga encontrou seu olhar. – De fato, você precisa ir, irmão – disse sem emoção. Um ouvido apurado poderia detectar um tom amargo em sua voz. – Vá aonde Deus o manda.

3

OS NETOS DE IVÃ, O COLETOR

O SALÃO DE BANQUETES DO GRÃO-PRÍNCIPE ERA COMPRIDO, BAIXO E pouco iluminado. Boiardos estavam sentados ou espalhados como cães, junto às longas mesas, e Dmitrii Ivanovitch, grão-príncipe de Moscou, presidia sua corte na extremidade, resplandecente em marta e lã açafrão.

Dmitrii era um homem de intenso bom humor, peito encorpado, vívido, impaciente e egoísta, devasso e gentil. Seu pai recebera o apelido de Ivã, o Justo, e o jovem príncipe herdara todos os belos traços claros do pai: cabelo e pele macios, e olhos cinza.

O grão-príncipe levantou-se de imediato, quando Sasha entrou no longo salão. – Primo! – trovejou, o rosto entusiasmado sob o chapéu cravejado de pedras preciosas. Seguiu em frente a passos largos e derrubou um criado, antes de parar, retomando sua dignidade. Enxugou a boca e se persignou. O copo de vinho em sua mão livre invalidou o gesto. Dmitrii pousou-o rapidamente e beijou Sasha nas duas faces, dizendo: – Tememos o pior.

– Que o Senhor o abençoe, Dmitrii Ivanovitch – Sasha disse, sorrindo. Quando meninos, os dois tinham morado juntos no monastério de Sasha, o Lavra da Trindade, até Dmitrii atingir a maioridade.

Uma balbúrdia de vozes masculinas enchia o enfumaçado saguão de banquetes. Dmitrii presidia o que restava de um javali. As mulheres frívolas tinham sido retiradas às pressas, mas Sasha podia sentir seus fantasmas, juntamente com o vinho e os restos gordurosos de carne. Também podia sentir os olhares dos boiardos sobre ele, imaginando o que seu retorno prenunciaria.

Sasha sempre havia se perguntado o que levava as pessoas a se amontoar em salas encardidas, deixando de fora o ar fresco.

Dmitrii deve ter sentido a contrariedade do primo. – Banhos! – exclamou na mesma hora, elevando a voz. – Aqueçam a casa de banhos. Meu primo está cansado e quero conversar um pouco, em particular. – Pegou no braço de Sasha, num gesto de intimidade. – Eu também estou cansado desta barulheira – disse, embora Sasha duvidasse disso. Dmitrii florescia nas intrigas rumorosas de Moscou; a Lavra sempre fora pequena demais e tranquila demais para ele. – Você aí! – gritou o grão-príncipe para seu camareiro. – Cuide para que esses homens tenham tudo de que precisem.

Muito tempo antes, quando os mongóis devastaram Rus' pela primeira vez, Moscou era um posto de comércio tosco e pretensioso – uma ideia adicional à Horda conquistadora, ao lado das glórias de Vladimir, Suzdal e da própria Kiev.

Não havia muito para manter a cidade em pé, quando os tártaros chegaram, mas Moscou tinha príncipes inteligentes e, na pilha de cinzas fumegante da conquista, os moscovitas não demoraram a se estabelecer como aliados dos seus conquistadores. Usaram sua lealdade para com a Horda para ampliar suas ambições. Quando os khans exigiram impostos, os príncipes moscovitas cederam, pressionando seus próprios boiardos para que pagassem. Em retribuição, os khans, satisfeitos, concederam um território maior a Moscou, e ainda mais, a patente para Vladimir e o título de grão-príncipe. Assim, os governantes do Grão-Principado de Moscou prosperaram, e seu pequeno reino cresceu.

Mas, à medida que o Grão-Principado de Moscou crescia, a Horda Dourada diminuía. Conflitos familiares entre os filhos do Grande Khan abalaram o trono, e começaram rumores entre os boiardos de Moscou: os tártaros nem mesmo são cristãos, não conseguem manter um homem no trono por seis meses, sem que outro venha reclamá-lo. Por que, então, pagamos tributo? Qual o sentido em sermos vassalos?

Dmitrii, arrojado, mas prático, tinha observado a inquietação em Sarai, percebido que os registros do Khan deviam estar cinco anos atrasado e, em silêncio, não pagou mais tributos. Em vez disso, reservou o dinheiro e enviou seu santo primo irmão Aleksandr à terra dos pagãos para espionar a disposição em que se achavam. Sasha, por sua vez, enviara um amigo de confiança, irmão Rodion, para a casa do seu próprio pai, em Lesnaya Zemlya, para prevenir sobre a fermentação de uma guerra.

Agora, Sasha tinha voltado de Sarai, enfrentando o inverno, com notícias que desejava não estar trazendo.

Recostou a cabeça na parede de madeira da casa de banhos e fechou os olhos. O vapor levou embora um pouco da sujeira e do cansaço da viagem.

– Você está com um aspecto horroroso, irmão – Dmitrii disse, com entusiasmo. Estava comendo bolos. O suor do excesso de carne e vinho escorria da sua pele.

Sasha entreabriu uma pálpebra. – Você está engordando – retorquiu. – Precisa ir ao monastério e fazer duas semanas de jejum nesta Quaresma.

Quando Dmitrii era menino na Lavra, frequentemente entrava furtivamente no mato para matar e cozinhar coelhos nos dias de jejum. A julgar por sua aparência, Sasha achava que ele poderia ter mantido a prática.

Dmitrii riu. Seu charme exuberante distraía os incautos dos seus olhares avaliadores. O pai do grão-príncipe morrera antes que Dmitrii fizesse dez anos, em um país onde meninos-príncipes raramente chegavam à idade adulta. Cedo, ele aprendera a julgar os homens com cuidado e a não confiar neles. Mas irmão Aleksandr tinha sido seu primeiro professor, e mais tarde seu amigo, quando ambos haviam morado na Lavra, antes da maioridade do príncipe. Então, Dmitrii limitou-se a sorrir e disse: – Uma noite e um dia com a neve caindo em tal volume, o que podemos fazer além de comer? Nem mesmo posso ter uma mulher; padre Andrei diz que não devo ou, pelo menos, não até Eudokhia me dar um herdeiro.

O príncipe inclinou-se para trás no banco, fez uma careta e acrescentou: – Como se houvesse uma chance disso, a vaca estéril. – Por um instante, ficou carrancudo, depois, animou-se. – Bom, finalmente você chegou. Tínhamos perdido a esperança de vê-lo de novo. Conte-me, quem detém o trono em Sarai? Quais são as disposições dos generais? Conte-me tudo.

Sasha tinha comido e se banhado. Agora, tudo o que queria era dormir em qualquer lugar que não fosse o chão. Mas abriu os olhos e disse: – Não deve haver guerra na primavera, primo.

O príncipe olhou fixamente para Sasha. – Não? – Aquele era o tom de voz do príncipe, seguro de si e impaciente. A expressão no seu rosto era o motivo de ele ainda deter o trono, após dez anos e três cercos.

– Estive em Sarai – Sasha disse, cauteloso. – E mais além. Cavalguei entre os acampamentos nômades; conversei com muitos homens. Arrisquei a vida mais de uma vez. – Sasha fez uma pausa, voltando a ver a poeira quente, o céu esbranquiçado da estepe, provando condimentos estranhos. Aquela reluzente cidade pagã fazia Moscou parecer um castelo de lama construído em um dia por crianças incompetentes.

– Os khans vêm e vão como folhas, agora, isso é verdade – Sasha continuou. – Um deles reinará por seis meses, até ser suplantado pelo tio, primo ou irmão. O Grande Khan teve um excesso de filhos. Mas não acho que isso tenha importância. Os generais possuem seus exércitos, e o poder *deles* permanece, mesmo que o próprio trono esteja cambaleando.

Dmitrii refletiu por alguns minutos. – Mas pense nisto! Uma vitória seria difícil, mas ela me tornaria senhor de toda Rus'. Não pagaremos mais tributos aos infiéis. Isso não vale um pouco de risco, um pequeno sacrifício?

– Vale – Sasha respondeu. – No final. Mas esta não é minha única notícia. Nesta primavera, você tem problemas mais próximos de casa.

E irmão Aleksandr continuou, sombriamente, a contar ao grão-príncipe de Moscou, uma história de aldeias incendiadas, bandidos, e fogo no horizonte.

◇

Enquanto irmão Aleksandr aconselhava seu nobre primo, as escravas de Olga banhavam o doente que Sasha trouxera com ele a Moscou. Vestiram o padre com roupas novas, e o colocaram em uma cela designada a um confessor. Olga enrolou-se em uma capa bordejada de pele de coelho e desceu para vê-lo.

Num canto do quarto, havia um fogão atarracado, com um fogo recém-aceso. Sua luz quase não transpassava a penumbra, mas quando o séquito feminino de Olga entrou com candeeiros de barro, as sombras recuaram, encolhendo-se.

O homem não estava na cama. Jazia dobrado no chão, orando em frente aos ícones. Seu longo cabelo espalhava-se à sua volta, e refletia a luz da tocha.

Atrás de Olga, as mulheres murmuravam e esticavam o pescoço. Seu alvoroço poderia ter perturbado um santo, mas o homem não se mexeu. Estaria morto? Olga avançou rapidamente, mas, antes que pudesse tocá-lo, ele se sentou, persignou-se, e se levantou com dificuldade.

Olga observou. Darinka se autoconvidara, com uma comitiva de cúmplices de olhos arregalados, arquejou e deu uma risadinha. O cabelo solto do homem chegava-lhe à altura dos ombros, dourado como a auréola de um santo, e sob a testa severa, seus olhos eram de um azul acinzentado. O lábio inferior era vermelho, único traço suave entre os ossos finos e arqueados do seu rosto.

As mulheres gaguejaram. Olga retomou o fôlego, primeiro, e se aproximou. – A bênção, padre – disse.

Os olhos azuis do padre brilhavam de febre; seu cabelo estava embaraçado de suor. – Que o Senhor a abençoe – ele respondeu. Sua voz vinha do peito e fez as velas tremerem. Seu olhar não foi exatamente ao encontro do dela; tinha um olhar vítreo, além dela, perdido nas sombras próximas ao teto.

– Respeito sua piedade, padre – Olga disse. – Lembre-se de mim em suas orações. Mas o senhor precisa voltar para a cama, agora. Este frio é mortal.

– Eu vivo ou morro pela vontade de Deus – respondeu o padre. – É melhor... – Ele oscilou. Varvara apanhou-o antes que caísse; era muito mais forte do que parecia. Uma expressão de leve desagrado cruzou seu rosto.

– Aumentem o fogo – Olga ordenou às escravas. – Esquentem a sopa. Tragam vinho quente e cobertores.

Varvara, resmungando, colocou o padre na cama, e trouxe uma cadeira para Olga, que desabou no assento, enquanto as mulheres aglomeravam-se às suas costas, olhando boquiabertas. O padre ficou imóvel. Quem era ele e de onde vinha?

– Tenho aqui hidromel – Olga disse, quando as pálpebras dele estremeceram. – Vamos, sente-se, beba.

Ele ergueu o corpo e bebeu, engasgando. O tempo todo, olhava-a por sobre a borda da xícara.

– Meus agradecimentos... Olga Vladimirova – ele disse, ao terminar.

– Quem lhe disse meu nome, *Batyushka*? – ela perguntou. – Como acabou vagando doente na floresta?

Um músculo retorceu-se no rosto dele. – Vim da casa do seu próprio pai, em Lesnaya Zemlya. Caminhei por longas estradas, gelado, no escuro... – A voz dele foi sumindo, depois reagiu. – Você tem o ar da sua família.

Lesnaya Zemlya... Olga inclinou-se para frente. – Tem notícias? Como estão meus irmãos e minha irmã? Meu pai? Conte-me. Não sei de nada desde o verão.

– Seu pai morreu.

Fez-se um silêncio tão profundo que se ouviam as toras desintegrando-se no fogão quente.

Olga ficou atônita. Seu pai morto? Ele nem ao menos tinha conhecido seus filhos!

E daí? Agora ele estava feliz, estava com sua mãe. Mas... Estava deitado para sempre em sua amada terra invernal, e ela jamais o veria novamente.
– Que Deus lhe dê paz – Olga murmurou, chocada.

– Sinto muito – disse o padre.

Olga sacudiu a cabeça, a garganta movimentando-se.

– Tome – o padre acrescentou inesperadamente, colocando a xícara na mão dela. – Beba.

Olga virou o vinho na garganta, depois estendeu a xícara vazia para Varvara. Esfregou uma manga nos olhos, e conseguiu perguntar, com firmeza: – Como foi que ele morreu?

– É uma história horrível.

– Mas vou ouvir – respondeu Olga.

As mulheres murmuraram entre si.

– Muito bem– disse o padre. Um tom sulfuroso infiltrou-se em sua voz. – Ele morreu por causa da sua irmã.

Arquejos de interesse e deleite da audiência. Olga mordeu o interior da bochecha. – Saiam – disse, sem levantar a voz. – Voltem para cima, Darinka, eu lhe peço.

As mulheres resmungaram, mas saíram. Apenas Varvara permaneceu, em nome da decência. Retirou-se para as sombras, cruzando os braços sobre o peito.

– Vasya? – Olga perguntou com a voz rouca. – Minha irmã Vasilisa? O que ela poderia ter a ver com...

– Vasilisa Petrovna não conhecia Deus, nem obediência – o padre disse. – Um demônio vivia em sua alma. Tentei, por muito tempo eu tentei, instruí-la no que era certo. Mas falhei.

– Não vejo... – Olga começou, mas o padre tinha se erguido mais nos travesseiros. Na reentrância da sua garganta, o suor acumulava-se.

– Ela via coisas que não estavam lá – ele sussurrou. – Caminhava pela mata e não tinha medo. Por todos os lugares da aldeia, as pessoas falavam nisso. O mais gentil dizia que ela era louca, mas outros falavam em bruxaria. Ela se tornou mulher e, como uma bruxa, atraía os olhares dos homens, embora não fosse bonita... – Sua voz falhou e novamente reagiu.

– Seu pai, Pyotr Vladimirovich, arrumou um casamento às pressas, para que ela se casasse antes que o pior lhe acontecesse. Mas ela o desafiou e afastou seu pretendente. Pyotr Vladimirovich providenciou para mandá-la para um convento. Ele temia... Àquela altura, temia pela alma dela.

Olga tentou imaginar sua pobre irmã de olhos verdes transformando-se na menina descrita pelo padre, e conseguiu muito bem. *Um convento? Vasya?* – A menininha que conheci nunca suportaria um confinamento – disse.

– Ela lutou – concordou o padre. – Não, ela disse e repetiu. Correu para a floresta, à noite, no solstício, ainda gritando desafios. Pyotr Vladimirovich saiu atrás da filha, e o mesmo fez Anna Ivanovna, sua pobre madrasta.

O padre fez uma pausa.

– E então? – Olga sussurrou.

– Foram descobertos por um animal selvagem – ele disse. – Achamos... Dizem que foi um urso.

– No inverno?

– Vasilisa deve ter entrado na sua toca. As donzelas são tolas. – A voz do padre aumentou. – Não sei. Não vi. Pyotr salvou a vida da filha, mas ele mesmo foi morto, e sua pobre esposa com ele. Um dia depois, Vasilisa, ainda enlouquecida, fugiu, e desde aí ninguém mais soube dela. Só podemos deduzir que também esteja morta, Olga Petrovna. Ela e seu pai, os dois.

Olga pressionou as palmas das mãos nos olhos. – Uma vez, prometi a Vasyz que ela poderia vir morar comigo. Eu deveria ter concretizado isso. Eu deveria ter...

– Não sofra – o padre disse. – Seu pai está com Deus, e sua irmã mereceu seu destino.

Olga levantou a cabeça, atônita. Os olhos azuis do padre estavam inexpressivos. Ela pensou ter imaginado o veneno em sua voz.

Olga controlou-se: – O senhor enfrentou perigos para trazer esta notícia – disse. – O que... O que receberá em troca? Perdoe-me, padre. Nem ao menos sei seu nome.

– Meu nome é Konstantin Nikonovich – o padre disse. – E não quero nada. Ingressarei no monastério e rezarei por este mundo ruim.

4

O SENHOR DA TORRE DE OSSOS

O METROPOLITANO ALEKSEI FUNDOU O MONASTÉRIO DO ARCÂNGE-lo, em Moscou, e seu hegúmeno, padre Andrei, era, assim como Sasha, discípulo do santo Sergei. Andrei tinha a compleição de um cogumelo, era redondo, macio e baixo. Seu rosto era o de um anjo feliz e dissoluto, possuía um conhecimento surpreendentemente vasto de política, e mantinha uma mesa que viria a ser a inveja de qualquer um dos três monastérios. – O glutão não pode voltar sua mente a Deus – dizia com desdém –, mas o faminto também não.

Assim que o grão-príncipe deixou-o ir, Sasha foi direto para o monastério. Enquanto Konstantin rezava no calor do palácio de Olga, Andrei e Sasha conversavam no refeitório do monastério, comendo peixe salgado e repolho (por ser hora do jantar em um dia de jejum). Depois de escutar a história do homem mais novo, Andrei disse, mastigando pensativo: – Sinto muito por saber dos incêndios, mas Deus age por caminhos misteriosos, e essa notícia chegou em boa hora.

Essa não era a reação esperada por Sasha, que ergueu uma sobrancelha em interrogação. Suas mãos, um pouco rachadas pelo frio, estavam enlaçadas uma na outra, e pousadas sobre a mesa de madeira.

Andrei continuou, impaciente: – Você precisa tirar o grão-príncipe da cidade. Leve-o com você para matar os bandidos. Deixe que ele se deite com uma moça bonita, com quem não esteja desesperado para ter um filho. – O velho monge disse isso sem corar. Tinha sido boiardo antes de se devotar a Deus, e gerara sete filhos. – Dmitrii está inquieto. Sua mulher não o satisfaz na cama, e não lhe dá filhos onde ele possa depositar suas esperanças. Se isto continuar por muito tempo, Dmitrii fará sua guerra contra os tártaros, ou alguém, como uma cura louca para o tédio. O tempo não é oportuno, como você diz. Leve-o para matar bandidos, em vez disso.

— Levarei — disse Sasha, esvaziando sua xícara e se levantando. — Agradeço o conselho.

◇

A cela do irmão Aleksandr tinha sido mantida limpa para a sua volta. Uma boa pele de urso estendia-se sobre o catre estreito. O canto oposto à porta da cela continha um ícone de Cristo e da Virgem. Sasha rezou por um bom tempo, enquanto os sinos de Moscou tocavam, e a lua pagã subia sobre suas torres nevadas.

Mãe de Deus, lembre-se do meu pai, dos meus irmãos e irmãs. Lembre-se do meu mestre no monastério no ermo, e dos meus irmãos em Cristo. Imploro que não fique zangada por não combatermos os tártaros, ainda, porque eles continuam muito fortes e são inúmeros. Perdoe meus pecados. Perdoe-me.

A luz da vela dançou sobre o rosto estreito da Virgem, e seu Filho pareceu contemplá-lo com olhos escuros e não humanos.

Na manhã seguinte, Sasha foi para a *outrenya*, o ofício matinal, com os irmãos. Abaixou-se perante a iconóstase, com o rosto voltado para o chão. Após dizer suas orações, saiu imediatamente para a cidade cintilante, semienterrada.

Dmitrii Ivanovich tinha seus defeitos, mas a indolência não era um deles. Sasha encontrou o grão-príncipe já embaixo, no pátio da entrada, rosado e alegre, agitando uma espada, assistido por seus boiardos mais jovens. Seu ferreiro preferido, de Novgorod, tinha feito uma nova lâmina, com o punho em forma de serpente. Os dois primos, príncipe e monge, examinaram a espada com admiração duvidosa.

— Vai provocar medo nos meus inimigos — Dmitrii disse.

— Até você tentar golpear alguém no rosto com o cabo e ele se estilhaçar — observou Sasha. — Olhe para este ponto fino, aqui, onde a cabeça da cobra junta-se ao corpo.

Dmitrii analisou novamente o punho. — Bom, vamos experimentá-lo — disse.

— Que Deus o conserve — disse Sasha de imediato. — Mas se você for quebrar o punho dessa espada em alguém, que não seja comigo.

Dmitrii estava se virando para chamar um dos seus boiardos mais irritantes, quando a voz de Sasha, continuando, fez com que se virasse de volta.

– Chega de brincar – Sasha disse com impaciência. – Venha, a tempestade acabou. Aldeias estão queimando. Quer sair comigo a cavalo?

Um chamado e certa comoção do lado de fora do portão do grão-príncipe engoliram a resposta de Dmitrii. Os dois homens pararam, escutando.

– Uma dúzia de cavalos – disse Sasha, erguendo uma sobrancelha em interrogação para o príncipe. – Quem...

No minuto seguinte, o valete de Dmitrii surgiu correndo. – Chegou um grande senhor – disse, ofegante. – Diz que precisa vê-lo. Trouxe um presente.

Linhas grossas juntaram-se entre as sobrancelhas de Dmitrii. – Um grande senhor? Quem? Sei onde estão meus boiardos, e nenhum deles é esperado... Bom, faça-o entrar antes que congele até a morte no portão.

O valete saiu. Dobradiças rangeram na manhã gelada, e um estranho passou pelo portão, cavalgando um cavalo castanho maravilhoso e seguido por uma fila de serviçais. O cavalo corcoveou e tentou empinar; a mão habilidosa do seu cavaleiro trouxe-o para baixo, e ele desmontou numa lufada de neve fresca, examinando o animado pátio.

– Bom – disse o grão-príncipe com as mãos no cinto. Seus boiardos tinham deixado o treino de lado, e se juntado, murmurando às suas costas com os olhos no recém-chegado.

O estranho considerou o grupo de pessoas, e atravessou a neve para parar à frente delas. Cumprimentou o grão-príncipe com uma inclinação de cabeça.

Sasha passou os olhos pelo recém-chegado. Era, obviamente, um boiardo: constituição robusta, elegantemente vestido, olhos com o negrume do abrunho, cílios longos. O que dava para ver do seu cabelo era vermelho como as maçãs do outono. Sasha nunca o tinha visto.

O boiardo disse a Dmitrii: – O senhor é o grão-príncipe de Moscou e Vladimir?

– Como você bem vê – Dmitrii respondeu friamente. O tom de voz do homem ruivo era quase insolente. – Quem é você?

O olhar impressionantemente escuro e líquido moveu-se do grão-príncipe para seu primo. – Sou Kasyan Lutovich Gosudar – disse sem ênfase. – Tenho terras por mérito próprio, a duas semanas de viagem para leste.

Dmitrii não se impressionou. – Não me lembro de tributos de... Como se chamam suas terras?

— Bashnya Kostei — respondeu o ruivo. Perante o alçar de sobrancelha dos dois, acrescentou: — Meu pai tinha senso de humor, e no final do nosso terceiro inverno de fome, quando eu era menino, deu este nome a nossa casa. — Sasha pôde perceber o orgulho na disposição dos ombros largos de Kasyan, ao acrescentar: — Sempre vivemos na nossa floresta, não pedindo nada a ninguém. Mas agora vim com presentes, grão-príncipe, e um pedido, porque meu povo está gravemente pressionado.

Kasyan pontuou sua fala com um gesto para seus serviçais, que trouxeram uma potranca cinza-escura e de tão alta linhagem que até o grão-príncipe ficou calado por um momento.

— Um presente — Kasyan disse. — Talvez seus guardas possam oferecer hospitalidade a meus homens.

O grão-príncipe contemplou a égua, mas apenas disse: — Pressionado?

— Por homens que não conseguimos encontrar — Kasyan disse, sombriamente. — Bandidos. Queimando minhas aldeias, Dmitrii Ivanovich.

◊

Convidado para a sala de recepção do príncipe, os cavalos supridos de aveia, e os homens do desconhecido distribuídos em suas acomodações, o ruivo Kasyan bebeu sua cerveja sob o teto baixo e pintado de Dmitrii, enquanto Sasha e o grão-príncipe esperavam com uma cortesia impaciente. Enxugando a boca, Kasyan começou: — No início, foram rumores, na estação passada, e narrativas de terceiros de vilarejos perdidos. Ladrões. Queimadas. — Ele virou a xícara com uma mão dura, o olhar distante. — Não levei em consideração. Sempre existem homens desesperados, e rumores exagerados. Tirei aquilo da cabeça com a queda da primeira neve.

Kasyan fez mais uma pausa para beber. — Agora vejo que foi um erro — prosseguiu. — Agora ouço relatos de incêndios de todos os lados, e camponeses desesperados aparecem todos os dias, ou quase, implorando grãos, ou proteção.

Dmitrii e Sasha entreolharam-se. Os boiardos e os criados esforçaram-se para ouvir. — Bem — disse Dmitrii a seu visitante, inclinando-se para frente em sua cadeira entalhada —, você é senhor deles, não é? Prestou-lhes ajuda?

Os lábios de Kasyan contraíram-se, severos. — Saímos em perseguição a esses homens cruéis não apenas uma vez, mas inúmeras vezes, desde que começou a nevar. Em minha propriedade, tenho pessoas espertas, ótimos cachorros, caçadores qualificados.

– Então, não sei por que você veio até mim – disse Dmitrii, analisando seu visitante. – Agora, vai ser difícil você escapar ao tributo, já que sei seu nome.

– Eu não teria vindo se tivesse escolha – Kasyan disse. – Não encontramos vestígios desses bandidos, nem um mínimo traço, nem mesmo a marca de um casco. Nada, a não ser incêndios, gemidos e destruição. Meu povo anda murmurando que eles não são homens, e sim demônios. Então, tive que vir a Moscou – terminou, com uma frustração que não conseguiu esconder. – Preferiria ter ficado em casa. Porque existem homens de guerra e homens de Deus nesta cidade, e preciso implorar ajuda para o meu povo.

Sasha viu que Dmitrii parecia fascinado, embora contra a vontade. – Nem um mínimo traço? – perguntou.

– Nenhum, *Gosudar* – disse Kasyan. – Talvez esses bandidos não sejam mesmo homens.

– Partiremos em três dias – Dmitrii disse.

5

FOGO NA FLORESTA

OLGA NÃO CONTOU A SEU IRMÃO QUE SOUBERA DA MORTE DO PAI, NEM da irmã. Sasha já tinha perigos demais à sua espera, e precisava enfrentá-los com a cabeça limpa. Lamentaria especialmente saber sobre Vasya, ela pensou. Amava-a demais.

Então, quando chegou a hora de Sasha partir, Olga simplesmente beijou-o e lhe desejou boa sorte. Tinha uma nova pelerine para ele, e um bom odre de hidromel.

Sasha aceitou os presentes distraidamente. Já estava com a cabeça na região erma, nos bandidos e nas aldeias queimadas, e em como lidar com um jovem príncipe que já não queria ser um vassalo.

– Fique com Deus, irmã – disse.

– E você também, irmão – Olga respondeu, mantendo a calma adquirida. Estava acostumada com despedidas. Este irmão vinha e ia como o vento nos pinheiros de verão, e seu marido, Vladimir, não era muito melhor. Mas desta vez, ela pensou em seu pai, na irmã, que haviam partido para nunca mais voltar, e o esforço em manter a compostura foi-lhe difícil. *Eles sempre vão, enquanto eu fico.* – Peço que se lembre de mim em suas preces.

◆

Dmitrii e seus homens deixaram Moscou em um dia em que o branco flutuava: neve branca e sol branco reluzindo em torres brancas. Um vento zombeteiro importunou debaixo das suas capas e capuzes, enquanto Dmitrii surgia no pátio com passadas enérgicas, vestido para viagem, e saltando com leveza nas costas do seu cavalo. – Venha, primo – ele chamou Sasha. – O dia está claro e a neve seca. Vamos embora!

Os cavalariços ficaram a postos com cavalos de carga puxados a cabresto, e uma tropa de homens bem montados esperava, armada com espadas e lanças curtas.

O pessoal de Kasyan misturou-se desconfortavelmente com o de Dmitrii. Sasha especulou o que haveria por trás dos seus rostos sisudos. O próprio Kasyan estava calado em sua grande égua castanha, seu olhar movendo-se rapidamente pelo pátio repleto.

Os portões do grão-príncipe abriram-se e os homens estocaram seus cavalos. Os animais avançaram, bem alimentados. Sasha montou em sua égua cinza, Tuman, e foi o último a cutucá-la adiante, adentrando o inverno de uma luminosidade cruel. Os portões de Dmitrii fecharam-se com estrondo atrás deles.

A última coisa que ouviram de Moscou foi o som dos seus sinos soando ao longe, acima das árvores.

◆

Para aqueles que pudessem enfrentá-lo (e muitos não podiam), o inverno era uma estação de viagens no norte de Rus'. No verão, os homens passavam pela floresta por passagens estreitas e trilha de veados, geralmente estreitas demais para carroças, e sempre com lama até o eixo. Mas no inverno, as estradas congelavam como ferro, e os trenós podiam carregar cargas grandes. Os rios congelados viravam estradas sem árvores ou tocos, nada que barrasse o avanço, e eles percorriam pistas largas e previsíveis, norte e sul, leste e oeste.

No inverno, os rios eram muito trafegados. As aldeias estendiam-se nas duas margens, alimentadas pela água, e ali também ficavam as grandes casas dos boiardos, prontas para receber o grão-príncipe de Moscou.

No primeiro dia, eles cavalgaram para leste, e no começo da noite depararam-se com as luzes de Kupavna: fogos alegres ao crepúsculo. Dmitrii mandou seus homens solicitar a hospitalidade do senhor, e eles se banquetearam com torta de repolho e cogumelos em conserva.

Mas, na manhã seguinte, deixaram as terras selvagens e qualquer expectativa de abrigo durante a noite. A mata ficou mais escura e espessa, pintalgada por vilarejos minúsculos. Os homens cavalgaram duro durante o dia, acamparam na neve, e mantiveram vigília à noite.

Por mais que prestassem atenção, os cavaleiros não viram animais selvagens, nem pássaros, e com certeza nenhum bandido, mas no sétimo dia, depararam com uma aldeia queimada.

Tuman sentiu cheiro de fumaça e bufou. Sasha controlou-a com mãos firmes, e virou a cabeça na direção do vento. – Fumaça.

Dmitrii controlou seu cavalo. – Estou sentindo o cheiro.

– Ali – disse Kasyan ao lado deles, apontando com a mão enluvada.

Dmitrii expediu ordens rápidas, e os homens aproximaram-se em círculo. Não havia chance de uma aproximação silenciosa, não com tal quantidade de homens. A neve seca gemeu sob os pés dos cavalos.

A aldeia estava reduzida a cinzas, como se houvesse sido esmagada por uma mão de fogo gigante. De início, parecia completamente morta, vazia e gelada, mas no meio havia uma capela, quase que totalmente poupada no incêndio, e uma fumacinha subia de um buraco aberto em seu telhado.

Os homens aproximaram-se, espada em punho, preparando-se para o zumbido de flechas. Tuman revirou um olho ansioso em direção a seu cavaleiro. A aldeia já havia sido uma paliçada, mas agora ela era um monte de refugos queimados.

Dmitrii soltou mais ordens: alguns homens para manterem guarda, outros que procurassem sobreviventes na floresta ao redor. No final, apenas ele, Sasha e Kasyan pularam o que sobrara da paliçada, com uns poucos homens na retaguarda.

Corpos jaziam espalhados da maneira como haviam morrido, pretos como as casas queimadas, com ossos dos dedos suplicantes e caveiras sorridentes. Embora Dmitrii Ivanovitch não fosse um homem dado a imaginação ou sentimentos, empalideceu ao redor da boca, mas sua voz estava bem firme quando disse a Sasha: – Bata na porta da igreja. – Porque eles podiam ouvir sons lá dentro.

Sasha desceu para a neve e bateu à porta da igreja com o cabo da sua espada, dizendo: – Deus esteja com vocês.

Nenhuma resposta.

– Sou o irmão Aleksandr – Sasha gritou. – Não sou bandido, nem tártaro. Ajudarei no que puder.

Silêncio por trás da porta, depois um perpassar de conversa baixa e rápida. A porta abriu-se de um gesto. A mulher de dentro trazia um machado na mão e o rosto contundido. Ao lado dela havia um padre, sujo de sangue e fuligem. Ao verem Sasha, com a tonsura, sem dúvida um monge, suas armas improvisadas baixaram um pouco.

– Que o Senhor os abençoe – disse Sasha, embora as palavras entalassem em sua garganta. – Podem me dizer o que aconteceu aqui?

— Que diferença faz? – perguntou o padre, tomado por uma risada com o olhar lunático. – Vocês chegaram tarde demais.

◈

Por fim, foi a mulher quem falou, e pôde dizer pouco. Os bandidos tinham vindo ao amanhecer, uma neve fina voando dos cascos dos seus cavalos. Eram, no mínimo, cem, ou foi o que pareceu. Estavam por toda parte. Quase todos os homens e mulheres morreram debaixo das suas espadas. Então, eles partiram para as crianças. – Levaram as meninas embora – a mulher disse. – Não todas, mas muitas. Um homem olhava no rosto das nossas meninas, e escolhia as que queriam. – Na mão da mulher havia um lencinho claro que claramente pertencera a uma criança. Seu olhar hesitante encontrou o de Sasha. – Peço-lhe que reze por elas.

— Rezarei – disse Sasha. – Vamos tentar achar esses bandidos.

Os cavaleiros dividiram a comida de que podiam dispor, e ajudaram a fazer uma pira para os corpos semicarbonizados. Sasha pegou um pouco de gordura e linho e tratou das feridas dos sobreviventes, embora houvesse alguns a quem seria melhor um golpe de misericórdia.

No entardecer, eles foram embora.

O grão-príncipe lançou um olhar de desgosto à aldeia queimada, enquanto ela sumia na floresta. – Vamos passar a estação toda na estrada, primo, se você for abençoar todo cadáver e alimentar cada boca que encontrarmos. Deste jeito, perdemos um dia. No lugar em que estão, nenhuma dessas pessoas sobreviverá ao inverno, não com todos os seus grãos queimados, e para os cavalos não foi bom parar.

Dmitrii ainda tinha os lábios brancos.

Sasha não respondeu.

◈

Nos três dias seguintes à aldeia queimada, depararam com mais duas. Na primeira, os aldeões tinham conseguido matar o cavalo de um bandido, mas os invasores tinham retaliado com uma matança ainda pior, antes de incendiar a capela. Sua iconóstase tinha virado lascas e cinzas fumegantes, e os sobreviventes estavam em volta, olhando. – Deus abandonou-nos – disseram a Sasha. – Levaram as meninas. Estamos à espera do juízo final.

Sasha abençoou os aldeões. Eles só retribuíram com olhares vazios, e ele os deixou.

A trilha estava muito fria. Ou talvez nunca tivesse havido uma trilha.

A terceira aldeia estava simplesmente deserta. Todos haviam partido: homens e mulheres, bebês e avós, chegando ao gado e às galinhas, suas pegadas abafadas por uma nova queda de neve.

– Tártaros! – Dmitrii disse com desprezo, parado nesta última aldeia, onde pairava cheiro de gado e fumaça. – Tártaros, sem dúvida. E você diz que não terei minha guerra, Sasha, assumindo a vingança de Deus contra esses infiéis?

– Os homens que procuramos são bandidos – Sasha retorquiu, quebrando os pingentes de gelo que tinham se juntado nos bigodes de Tuman. – Você não pode se vingar contra todo um povo por causa dos atos de alguns homens cruéis.

Kasyan não disse nada. No dia seguinte, comunicou que ele e seus homens pretendiam deixá-los.

Dmitrii retorquiu friamente: – Está com medo, Kasyan Lutovich?

Qualquer outro homem teria se irritado; Kasyan pareceu pensativo. A essa altura, todos os homens estavam pálidos de frio, com toques de cor no nariz e nas faces. A diferença entre senhor, monge e guerreiros tinha quase desaparecido. Todos pareciam ursos irascíveis, espremidos em camadas de feltro e pele. Kasyan era a exceção: composto e pálido como estivera no início, os olhos ainda espertos e brilhantes.

– Não estou com medo – respondeu, friamente. O boiardo ruivo falava pouco, mas escutava muito, e sua mão firme no arco e na lança tinha conquistado o respeito ressentido de Dmitrii. – Embora esses bandidos mais pareçam demônios do que homens. Mas preciso estar em casa. Estou longe há tempo demais. – Uma pausa. Kasyan acrescentou: – Voltarei com caçadores revigorados. Só lhe peço alguns dias, Dmitrii Ivanovitch.

Dmitrii refletiu, limpando distraído o gelo da sua barba. – Não estamos longe da Lavra – disse por fim. – Será bom para o meu pessoal dormir debaixo de um teto. Encontre-nos lá. Posso dar-lhe uma semana.

– Muito bem – disse Kasyan, com serenidade. – Voltarei pelo rio. Perguntarei nas cidades por lá. Porque esses fantasmas precisam comer como os outros homens. Depois, reunirei homens fortes e o encontrarei no monastério.

Dmitrii assentiu uma vez. Deu pouca demonstração de cansaço, mas até ele estava ficando exausto com a fumaça e a incerteza, com o extenso e implacável gelo.

— Muito bem – o príncipe disse. – Mas não falte com a sua palavra.

◇

Kasyan e seus homens partiram num amanhecer gelado e enevoado, enquanto uma incidência gloriosa de luz solar transformava suas fogueiras em serpentinas escarlate, douradas e cinza. Sasha, Dmitrii e o restante foram deixados em silêncio e estranhamente desamparados, quando seus companheiros foram embora.

— Vamos – disse o grão-príncipe, recobrando-se. – Vamos prestar bastante atenção. Agora, a Lavra não está longe.

Então eles seguiram, obstinados, com os nervos à flor da pele. Embora cavassem fossos abaixo do lugar onde dormiam, e empilhassem os carvões das suas fogueiras, as noites eram longas e o dia cheio de um vento cortante que agitava a neve. A longa cavalgada em um clima gelado tinha removido a carne das costelas dos cavalos. Eles não foram perseguidos, mas tinham uma sensação arrepiante de estarem sendo observados.

Mas de madrugada, duas semanas depois de partirem, ouviram um sino.

A manhã chegou lentamente no inverno profundo, e, estando o sol atrás de uma névoa branca e densa, o amanhecer foi apenas uma série de alterações: de negro para azul e para cinza. Ao primeiro vislumbre de cor no céu a leste, o sino soou acima das árvores.

Mais de um rosto abatido iluminou-se. Todos eles se persignaram. – Isso é a Lavra – um homem disse para outro. – É a morada do santo Sergius, e não encontraremos nenhum bandido amaldiçoado, demônio, por lá.

As cabeças dos cavalos pendiam baixas, e a coluna passou pela floresta com uma atenção mais aguçada do que o normal. Havia uma sensação não dita, mas compartilhada, de que hoje, tão próximo ao abrigo, quando os cavalos tropeçavam de exaustão, esses fantasmas poderiam, finalmente, atacar.

Mas nada se agitou na mata, e logo eles deixaram as árvores, chegando a uma clareira que continha um monastério murado.

O pedido de identificação chegou até eles antes que seus cavalos estivessem completamente fora da mata, gritado por um monge de sentinela no alto do muro. Em resposta, Sasha abaixou seu capuz. – Irmão Rodion! – berrou.

O rosto impassível do monge abriu um sorriso. – Irmão Aleksandr! – exclamou, e se virou para gritar ordens. Do pátio inferior vieram um alvoroço, um estalido, e os portões pesadamente se abriram para fora.

Um velho, de olhos claros, com uma confusão nevada de barba, ficou esperando por eles na abertura, apoiado em um bastão. Apesar da sua exaustão, Sasha saltou do cavalo em um instante, Dmitrii apenas um passo atrás dele. A neve rangeu sob suas botas, quando os dois se curvaram ao mesmo tempo e beijaram a mão do velho.

– Padre – Sasha disse para Sergei Radonezhsky, o homem mais santo de Rus'. – Estou feliz em vê-lo.

– Meus filhos – disse Sergei, levantando uma das mãos numa bênção. – Vocês são bem-vindos aqui. Também vieram em boa hora, porque a maldade anda à solta.

◊

O menino Sasha Petrovich, que se tornou o monge irmão Aleksandr Peresvet, tinha vindo à Lavra quando era um menino de quinze anos, orgulhoso da sua piedade, da sua habilidade com cavalos, da sua espada. Não temia nada e respeitava pouca coisa, mas a vida no monastério modelou-o. Os irmãos da Lavra Trindade construíam cabanas com suas próprias mãos, coziam os tijolos para os fornos, plantavam suas hortas, assavam seus pães no meio do mato.

Os anos do noviciado de Sasha foram rápidos e, ao mesmo tempo, vagarosos, como acontece em épocas de paz. Dmitrii Ivanovich tinha chegado à idade adulta entre os irmãos, orgulhoso e inquieto, bem instruído e bonito.

Aos dezesseis anos, saiu para se tornar o grão-príncipe de Moscou, e Sasha, finalmente um monge absoluto, saiu pela estrada. Vagou por Rus' por três anos, fundando monastérios e ajudando outros, como era o costume entre eles. As viagens levaram sua juventude, e o homem que voltou a Grão-Principado de Moscou era frio e calado, lento para lutar, mas mão firme nas batalhas e muito amado pelos camponeses que lhe deram seu nome: Aleksandr Peresvet. Portador de Luz.

Depois de suas andanças, Sasha tentou voltar à Lavra para receber seus votos finais e ficar em paz entre as árvores, os córregos e as neves do lugar ermo. Mas entre esses votos estava o de estabilidade de lugar, e Sasha percebeu que ainda não conseguia viver tranquilo, porque Deus o mandava sair. Ou talvez fosse o fogo em seu sangue. Porque o mundo era vasto e cheio de problemas, e o jovem grão-príncipe desejava o conselho do primo. Então, Sasha deixou o monastério mais uma vez, com sua espada e seu cavalo, para se juntar aos conselhos dos grandes, cavalgar pelas estradas de Rus', curando, aconselhando e rezando, alternadamente.

Mas sempre no fundo da sua mente estava a Lavra. Lar. Luminosa no verão, sombreada de azul no inverno e transbordando silêncio.

Desta vez, porém, quando o irmão Aleksandr passou pelos pilares do portão de madeira, foi recebido por uma barulheira. Pessoas, cães, galinhas e crianças amontoavam-se nos espaços nevados entre as construções, e por toda parte havia clamor e fogueiras cozinhando. Os pés de Sasha falsearam. Ele olhou para Sergei, atônito.

O velho monge apenas deu de ombros. Mas, então, Sasha notou as extensões escuras de pele sob seus olhos, e como ele caminhava rígido. Sergei não hesitou, quando Sasha ofereceu-lhe o braço.

Do outro lado de Sergei, Dmitrii expressou o que irmão Aleksandr pensava: – Quantos! – ele disse.

– Eles bateram em nossos portões oito dias atrás – disse Sergei. Com sua mão livre, abençoava as pessoas à esquerda e à direita. Vários vieram até ele e beijaram a bainha do seu manto. Sorriu para eles, mas seus olhos estavam cansados. – Bandidos, as pessoas disseram, mas diferentes de bandidos. Porque esses homens tomaram pouca bebida forte e pilharam pouco, mas queimaram aldeias com um incêndio violento. Olharam no rosto de cada menina e levaram as que quiseram. Os sobreviventes vieram para cá, até pessoas de propriedades e aldeias ainda não incendiadas. Imploraram pelo santuário. Não pude negar.

– Mandarei trazerem grãos de Moscou – disse Dmitrii. – Mandarei caçadores, para que o senhor possa alimentar todos. E mataremos esses bandidos.

Os bandidos poderiam ser monstros saídos de lenda, considerando o que tinham visto deles, mas o príncipe não disse isto.

– Primeiro temos que cuidar dos cavalos – disse Sasha, de maneira prática. Olhou para sua Tuman, que estava parada na neve, esgotada. – E discutirmos entre nós.

◈

O refeitório era baixo e mal iluminado, assim como todas as construções naquela terra assombrada pelo gelo, mas ao contrário da maior parte do monastério, tinha um fogão e um bom fogo. Sasha suspirou, quando o calor tocou seus membros cansados.

Dmitrii também suspirou, acabrunhado, ao ver a refeição servida. Gostaria de um pouco de carne gorda, assada lentamente em forno quente. Mas Sergius observava estritamente os dias de jejum.

– É melhor reforçar os muros, primeiro – disse Sasha, empurrando para o lado sua segunda tigela de sopa de repolho –, antes de sairmos procurando.

Dmitrii comia pão e cerejas secas, tendo terminado sua sopa quase ressentido. Resmungou: – Eles não nos atacarão aqui. Os monastérios são sagrados.

– Pode ser – disse Sasha, cuja longa viagem até Sarai estava fresca em sua mente. – Mas os tártaros oram para um deus diferente. De qualquer modo, acho que esses são homens sem deus.

Dmitrii engoliu uma porção, depois respondeu com praticidade: – E daí? Este monastério tem bons muros. Os bandidos roubam o que podem, não tentam cercos de inverno. – Mas depois, pareceu em dúvida. Em seu coração frívolo e corajoso, Dmitrii adorava a Lavra, e não tinha esquecido o cheiro das aldeias queimadas. – Logo ficará escuro – disse o grão-príncipe. – Vamos até o muro agora.

Os muros da Lavra tinham sido construídos bem lentamente, com uma espessura dupla de carvalho. Para destruí-los, seria preciso pouco mais que uma catapulta. Mas o portão poderia ser reforçado. Dmitrii deu ordens para isto, e também fez com que seus homens descongelassem e cavassem grandes cestos de terra para serem mantidos quentes e à mão, no caso de serem necessários para abafar algum fogo.

– Bom, fizemos o possível – disse o grão-príncipe ao cair da noite. – Amanhã mandaremos grupos de reconhecimento.

◈

Mas acabou não havendo grupos de reconhecimento. Nevou a noite toda, e o dia seguinte amanheceu cinza e perigoso. Logo à primeira luz, um garanhão baio, montado por um cavaleiro enorme e deformado, veio galopando da floresta.

– O monastério! O portão! Deixe-nos entrar! Eles estão vindo! – gritou o cavaleiro. A pelerine caiu, e a coisa deformada revelou-se não um cavaleiro, mas quatro: três meninas pequenas e um moleque um pouco mais velho.

Irmão Rodion estava novamente de sentinela, espiando por sobre o alto do muro. – Quem é você? –gritou para o menino.

– Isso não importa, agora! – o menino gritou. – Entrei no acampamento deles e trouxe estas – um gesto indicou as meninas. – Agora, os bandidos estão atrás de mim, furiosos. Se vocês não me deixarem entrar, pelo menos peguem estas meninas. Ou não são homens de Deus?

Dmitrii ouviu este diálogo. Na mesma hora, subiu a escada para olhar por sobre o muro. O cavaleiro tinha um rosto jovem, vigoroso, olhos grandes, era imberbe. Não um guerreiro, com certeza. Falava como um menino camponês, enrolando as palavras, de um jeito rústico. As meninas agarravam-se a ele, meio congeladas e atordoadas de medo.

– Deixe-os entrar – disse o príncipe.

O cavalo baio derrapou para parar assim que passou o portão, e os monges, de imediato, correram para fechá-lo, as dobradiças rangendo. O cavaleiro ajudou as meninas a descer, e depois escorregou sozinho pela paleta do cavalo.

– As crianças estão com frio – disse. – Estão com medo. Precisam ser levadas imediatamente para a casa de banhos, ou para perto do forno. Precisam ser alimentadas.

Mas as meninas agarraram-se à capa do seu salvador, quando duas aldeãs surgiram para levá-las.

Sasha avançou decidido. O barulho o atraíra da capela, e ele escutara o final do diálogo do alto do muro.

– Você viu esses bandidos? – perguntou. – Onde estão?

O cavaleiro fixou seus olhos verdes no rosto de Sasha e ficou paralisado. Sasha parou como se tivesse dado de encontro com uma árvore.

A última vez em que tinha visto esse rosto, tinha sido oito anos atrás. Mas embora os ossos tivessem ficado mais proeminentes desde então, a boca mais carnuda, mesmo assim Sasha reconheceu-a.

Se tivesse tropeçado em um espírito da floresta, não poderia ter ficado mais surpreso. O cavaleiro olhava para ele, embasbacado. Então, seu rosto iluminou-se. – Sasha! – exclamou.

Ao mesmo tempo, ele disse: – Por Deus, Vasya, o que você está fazendo aqui?

PARTE DOIS

6

AS EXTREMIDADES DA TERRA

Algumas semanas antes, uma menina estava em um cavalo baio, na extremidade de um bosque de abetos. A neve caía inclinada, grudando nos seus cílios e na crina do cavalo. No bosque de abetos havia uma casa, com a entrada aberta.

A figura de um homem esperava na entrada. A luz do fogo atrás dele esvaziava seus os olhos, e enchia seu rosto de sombras.

– Entre, Vasya – ele disse. – Está frio. – Se a noite, carregada de neve, pudesse falar, era possível que falasse com essa voz.

A menina ganhou fôlego para responder, mas o garanhão já tinha avançado. Mais a fundo no bosque de abetos, os galhos faziam um emaranhado denso demais para a menina cavalgar. Rigidamente, ela escorregou para o chão, e cambaleou quando uma dor repercutiu por seus pés semicongelados. Somente um esforço violento, agarrando-se à crina do cavalo, impediu-a de cair. – Nossa Senhora! – murmurou.

Tropeçou em uma raiz, foi com dificuldade até a soleira, tropeçou de novo, e teria caído, mas o homem na entrada amparou-a. Mais de perto, seus olhos já não eram negros, mas o mais claro dos azuis, gelo num dia claro.

– Boba – ele disse após uma pausa, segurando-a ereta. – Boba três vezes, Vasilisa Petrovna. Mas, entre. – Colocou-a em pé.

Vasilisa, Vasya, abriu a boca, e mais uma vez reconsiderou, atravessando a soleira cambaleando como um potrinho.

A casa parecia um pavilhão de abetos que tivesse decidido se transformar em uma casa por aquela noite, mas com um resultado pífio. Uma obscuridade lívida, como a de nuvens e de um luar vacilante, preenchia o espaço próximo às vigas. Sombras de galhos varriam o chão para lá e para cá, embora as paredes parecessem bastante sólidas.

Mas uma coisa era certa: a extremidade da casa continha um vasto forno russo. Vasya caminhou até ele aos tropeções, como uma menina cega, tirou as luvas, colocou as mãos próximo ao braseiro, e estremeceu com o calor em seus dedos gelados. Ao lado do forno, uma égua branca e alta lambia um pouco de sal. Essa égua encostou o focinho brevemente em Vasya, cumprimentando-a. Vasya, sorrindo, encostou o rosto no nariz do animal.

Vasilisa Petrovna não era uma beleza, segundo seu povo. *Alta demais*, as mulheres disseram quando ficou adulta. *Altíssima. Sua aparência vai pouco além da de um menino.*

A boca parece a de um sapo, sua madrasta acrescentara, com despeito. *Que homem aceitaria uma moça com esse queixo? Quanto aos olhos...*

Na verdade, a madrasta não tinha palavras para os olhos de Vasya, verdes e profundos, bem distanciados, nem para sua longa trança negra onde a luz forte do sol faiscava de vermelho.

– Talvez não seja uma beleza – ecoava a ama de Vasya, que a amara demais. – Minha menina não é uma beleza, mas chama atenção, como sua avó. – A velha senhora sempre se persignava ao dizer isto, porque a avó de Vasya não tinha tido uma morte feliz.

O garanhão de Vasya abriu caminho dentro da casa, atrás dela, e olhou em torno com ares de proprietário. As horas na floresta gelada não o haviam exaurido. Ele foi até a menina ao lado do forno. A égua branca, sua parente, relinchou baixinho para ele.

Vasya sorriu, raspando os bigodes do garanhão. Ele não usava sela, nem bridão. – Foi um ato de muita coragem – ela murmurou. – Não tinha certeza de que chegaríamos a encontrá-lo.

O cavalo sacudiu a crina com complacência.

Vasya, grata pela força vivaz do cavalo, tirou sua faca de cinto e se curvou para tirar as bolas de gelo dos seus cascos.

Uma rajada rancorosa de inverno bateu a porta com força.

Vasya endireitou-se de um pulo, o garanhão bufou. Com a porta fechada, a tempestade ficou de fora, mas mesmo assim, de algum modo, sombras de árvores ainda balançavam pelo chão.

O dono da casa ficou por um instante de frente para a porta, depois se virou. Flocos de neve pontilhavam seu cabelo. Tudo à sua volta continha a mesma força silenciosa da neve caindo lá fora.

As orelhas do garanhão espetaram-se para trás.

– Sem dúvida você pretende me contar, Vasya, por que arriscou sua vida uma terceira vez, correndo no interior da floresta no inverno – disse o homem. Ele cruzou o ambiente, leve feito fumaça, até ficar sob a luz projetada pelo forno, e ela poder ver seu rosto.

Vasya engoliu em seco. O dono da casa *parecia* um homem, mas seus olhos traíam-no. A primeira vez em que ele caminhou naquela floresta, as donzelas chamavam-no numa língua diferente.

Vasya pensou, *Se você começar a ter medo dele, nunca vai parar*. Endireitou as costas e viu que sua resposta não vinha. O pesar e o cansaço tinham levado as palavras embora, e tudo o que ela conseguia fazer é ficar ali parada, com a garganta se mexendo; uma interlocutora em uma casa que não estava ali.

O demônio do gelo acrescentou secamente: – Bom? As flores não bastaram? Desta vez você está procurando o pássaro de fogo? O cavalo de crina dourada?

– Por que você *acha* que estou aqui? – Vasya conseguiu dizer, instada a falar. Naquela noite, tinha se despedido do irmão e da irmã. A tumba do pai jazia bruta na terra congelada, e os soluços excruciantes do irmão seguiram-na pela floresta. – Não pude ficar em casa. "Feiticeira", as pessoas murmuravam. Tem gente que, se pudesse, me queimaria. Meu pai... – Sua voz baqueou. – Meu pai não está lá para controlá-los.

– Que história triste – o demônio do gelo replicou, sem se comover. – Tenho visto dez mil mais tristes, mas você á a única a vir tropeçando à minha porta por causa disso. – Ele se inclinou para mais perto. A luz do fogo incidiu no seu rosto pálido. – Você pretende ficar comigo agora? É isto? Ser uma donzela da neve nesta floresta que nunca muda?

A pergunta era uma mistura de escárnio com convite, repleta de terna zombaria.

Vasya corou e se encolheu. – Jamais! – Suas mãos começavam a se esquentar, mas os lábios ainda estavam duros e desajeitados. – O que eu faria nesta casa no bosque de abetos? Vou-me embora. Foi por isso que saí de casa, vou para bem longe. Solovey me levará até os confins da terra. Verei palácios, cidades e rios no verão, e olharei para o sol no mar. – Ela havia soltado seu capuz de pele de carneiro, quase gaguejando de tanta ansiedade. O fogo jogava reflexos vermelhos em seu cabelo negro.

Os olhos dele escureceram ao ver isso, mas Vasya não notou. Como se o fato de falar tivesse libertado uma enxurrada, agora ela conseguia se expressar. – Você me mostrou que este mundo tem mais coisas do que a igreja, a casa de banho e as florestas do meu pai. Quero ver isso. – Seu olhar vívido enxergou além dele. – Quero ver tudo. Em Lesnaya Zemlya não há nada para mim.

É provável que o demônio do gelo tenha se surpreendido. Virou-se de costas para ela, e se soltou em uma cadeira que lembrava um toco quebrado de carvalho, ali, ao pé do fogo, antes de perguntar: – Então, o que você está fazendo aqui? – Seu olhar arguto abarcou as sombras próximas ao teto, a vasta cama empilhada como um monte de neve, o forno russo, os penduricalhos nas paredes, a mesa esculpida. – Não vejo palácios, nem cidades, e com certeza nem o sol no mar.

Era a vez de ela ficar calada. A cor voltou ao seu rosto. – Uma vez você me ofereceu um dote... – ela começou.

De fato, os fardos ainda estavam empilhados em um canto: tecido bom e pedras preciosas, esparramados como uma provisão de serpente. O olhar dele acompanhou o dela, e ele sorriu friamente. – Pelo que eu me lembre, você o recusou e fugiu.

– Porque não quero me casar – Vasya arrematou. As palavras soaram estranhas até quando ela as disse. Uma mulher casada. Ou se tornava uma freira. Ou morria. Era isso que significava ser mulher. Então, o que era ela? – Mas não quero esmolar pão nas igrejas. Vim pedir... Posso levar um pouco daquele ouro comigo, quando for embora?

Um silêncio atônito. Então, Morozko inclinou-se para frente, cotovelos nos joelhos, e disse com incredulidade na voz: – Você veio aqui, onde ninguém *jamais* veio sem meu consentimento, para pedir um pouco de *ouro* para suas perambulações?

Ela poderia ter dito: *Não, não é isso. Não é bem isso. Quando fui embora de casa, senti medo e quis você. Você sabe mais do que eu, e tem sido bondoso comigo.* Mas não conseguiu dizer isso.

– Bom – disse Morozko, recostando-se para trás. – Tudo aquilo é seu. – Ele apontou o queixo para o monte de riquezas. – Pode ir até os confins da terra vestida como princesa, com ouro para trançar na crina de Solovey.

Quando ela não respondeu, ele acrescentou com estudada gentileza: – Você gostaria de um carrinho para isto? Ou Solovey arrastará tudo atrás de você, como contas em um colar?

Ela respaldou-se em sua dignidade. – Não – disse. – Só o que possa ser carregado facilmente, e não atraia ladrões.

O olhar pálido de Morozko, inalterado, examinou-a, do cabelo despenteado aos pés calçados com botas. Vasya tentou não pensar em como ele devia estar vendo-a: uma menina de olhos fundos, rosto abatido e sujo.

– E depois o quê? – o demônio do gelo perguntou, pensativo. – Você enche os bolsos de ouro, vai embora amanhã de manhã, e congela até a morte de imediato? Não? Ou talvez viva alguns dias até que alguém a mate para roubar seu cavalo, ou a estupre por causa dos seus olhos verdes? Você nada sabe sobre este mundo, e agora pretende sair e morrer nele?

– O que mais devo fazer? – Vasya retrucou. Lágrimas de exaustão desnorteada afloraram, mas ela não deixou que caíssem. – Meu próprio povo me mataria se eu fosse para casa. Devo me tornar freira? Não, não suportaria isto. É melhor morrer na estrada.

– Muitas pessoas dizem "É melhor morrer", até que chega a hora – Morozko respondeu. – Você quer morrer sozinha em algum buraco da floresta? Volte para Lesnaya Zemlya. Seu povo esquecerá, juro. Tudo será como antes. Volte para casa e deixe que seu irmão a proteja.

Uma raiva súbita emanou da angústia crescente de Vasya. Ela empurrou sua cadeira para trás e voltou a se levantar. – Não sou um cachorro – replicou. – Você pode me dizer para ir para casa, mas eu posso escolher não ir. Acha que isso é tudo o que quero para a minha vida: um dote real, e um homem que force seus filhos dentro de mim?

Morozko era só um pouco mais alto do que ela, mas ela teve que se controlar para ficar imóvel, perante seu olhar claro e contundente. – Você fala como criança. Pensa que alguém, em todo esse seu mundo, está interessado no que você queira? Nem as princesas têm o que querem, nem as donzelas. Não existe vida para você na estrada, nada além de morte, mais cedo ou mais tarde.

Vasya mordeu os lábios. – Você acha que eu... – começou, encalorada, mas ouvindo a intensa angústia em sua voz, o garanhão perdeu a paciência. Enfiou a cabeça por sobre seu ombro, e seus dentes estalaram a um dedo de distância do rosto de Morozko.

– Solovey! – Vasya gritou. – O que você...? – Tentou empurrá-lo para longe, mas ele não se mexeu.

Vou mordê-lo, o garanhão disse. Seu rabo estalava dos dois lados; um casco raspou no chão de madeira.

— Ele sangrará água e o transformará em um cavalo de neve — Vasya disse, continuando a empurrá-lo. — Não seja ridículo.

— Vá embora, grandalhão — Morozko aconselhou ao garanhão.

Por um momento, Solovey não se mexeu, mas então Vasya disse: — Vá. — Ele a encarou, estalou a língua num pedido de desculpas pouco sincero, e saiu.

A tensão passou. Morozko soltou um leve suspiro. — Não, eu não devia ter falado assim. — Sua voz perdera um pouco do tom desagradável. Mais uma vez, ele se largou em sua cadeira. Vasya não se mexeu. — Mas... a casa no bosque de abetos não é lugar para você, agora, muito menos a estrada. Não era para você conseguir *encontrar* a casa, mesmo com Solovey, não depois... — Seu olhar cruzou com o dela, desviou-se, e ele prosseguiu: — Lá, entre pessoas da sua espécie, esse é o mundo pra você. Deixei-a a salvo, entregue a seu irmão, o Urso adormecido, o padre em fuga pela floresta. Não dava pra você se satisfazer com isso? — A pergunta era quase um lamento.

— Não — disse Vasya. — Vou seguir em frente. Verei o mundo além desta floresta, e não pouparei esforços.

Um silêncio. Ele, então, riu, baixinho e contra a vontade. — Parabéns, Vasilisa Petrovna. Nunca ninguém me contradisse em minha própria casa.

Já estava na hora, então, ela pensou, mas não o disse em voz alta.

Será que algo tinha mudado nele desde aquela noite em que a jogou em cima do arção da sua sela, para protegê-la do Urso? O que seria? Os olhos estavam mais azuis, agora? Alguma nova claridade nos ossos do seu rosto?

Subitamente, Vasya sentiu-se tímida. Um silêncio renovado instalou-se. Na pausa, toda a exaustão que sentia pareceu se abater sobre ela, como se esperasse apenas que ela abaixasse a guarda. Apoiou-se bem na mesa, para se equilibrar.

Ele percebeu e se levantou. — Durma aqui hoje. As manhãs são mais sábias do que as noites.

— Não posso dormir. — Ela falava a sério, embora a mesa fosse a única coisa que a mantinha em pé. Uma ponta de horror insinuou-se em sua voz. — O Urso está à minha espera nos meus sonhos, e Dunya e o pai. Prefiro ficar acordada.

Dava para ela sentir o cheiro da noite invernal na pele dele. — Pelo menos *isto* eu posso lhe dar — ele disse. — Uma noite de sono tranquilo.

Ela hesitou, exausta, desconfiada. As mãos dele podiam conceder o sono, uma espécie de sono, mas era um sono estranho, pesado, primo da morte. Ela sentiu que ele a observava.

– Não – ele disse, repentinamente. – Não. – A aspereza em sua voz assustou-a. – Não, não vou tocar em você. Durma como puder. Vejo-a pela manhã.

Ele se virou, disse uma palavra doce a seu cavalo. Ela não se mexeu até ouvir o som dos cascos, e, quando o fez, Morozko e sua égua branca haviam partido.

◊

Os criados de Morozko não eram invisíveis, não exatamente. Com o canto dos olhos, Vasya às vezes percebia um movimento de algo sendo batido, ou uma sombra escura. Se fosse rápida, poderia se virar e conseguir a impressão de um rosto: costurado como a cortiça de um carvalho ou um rosto de cereja, ou cinza como cogumelo e fazendo cara feia. Mas Vasya nunca os via quando procurava por eles. Eles se moviam entre uma respiração e outra, entre uma piscada e outra.

Depois que Morozko desapareceu, os criados serviram comida para ela, enquanto ela se sentava num atordoamento exausto: pão duro e mingau, maçãs murchas, uma gloriosa vasilha de bagas e folhas de gaultéria, hidromel, cerveja, e água gelada de doer.

– Obrigada – disse Vasya para o ar atento.

Comeu o que pôde com seu cansaço, e deu as migalhas do pão para o guloso Solovey. Quando, finalmente, afastou a vasilha, viu que os carvões no forno tinham sido puxados para fora e que um banho a vapor fora preparado para ela.

Vasya tirou suas roupas úmidas e entrou no banho sem demora, raspando os ossos dos joelhos no tijolo. Lá dentro, virou-se com cinzas no estômago, e ficou deitada olhando para o nada.

No inverno, é quase impossível ficar parada. Mesmo sentada ao pé do fogo, a pessoa contempla os carvões, mexendo a sopa, lutando, sempre lutando, contra o ávido congelamento. Mas no calor melodioso, no hálito suave do vapor, a respiração de Vasya ficou mais lenta, cada vez mais lenta, até ela ficar quieta na escuridão, e o nó frígido do pesar em seu íntimo se desfazer. Ficou deitada de costas, olhos abertos, e as lágrimas escorreram pelas têmporas, misturando-se ao seu suor.

Quando aquilo ficou insuportável, Vasya correu nua lá para fora, e se atirou, gritando, em um banco de neve. Ao voltar, tremia intensamente, desafiadoramente viva, e mais calma do que estivera desde a mudança de estação.

Os criados invisíveis de Morozko haviam lhe deixado uma camisola, longa, solta, e leve. Ela a vestiu, enfiou-se na grande cama com cobertas como um sopro de neve, e adormeceu na mesma hora.

◊

Como temia, Vasya sonhou e não foram sonhos bons. Não sonhou com o Urso, nem com seu falecido pai, ou com sua madrasta com a garganta rasgada. Em vez disso, vagava perdida em um lugar estreito e escuro, que cheirava a poeira e incenso apagado, banhado pelo luar. Vagou por um bom tempo, tropeçando no próprio vestido, sempre ouvindo o choro de uma mulher que não conseguia ver.

– Por que você está chorando? – Vasya gritou. – Onde você está?

Não houve resposta, apenas o choro. Bem à frente, Vasya pensou ter visto uma figura de branco. Correu em sua direção. – Espere...

A figura de branco girou. Vasya recuou perante sua carne da brancura de um osso, os buracos murchos dos seus olhos, a boca grande demais, larga e negra. A boca escancarou-se de susto; a criatura gemeu: – Você não! Nunca... Vá! Vá embora! Deixe-me em paz... Deixe-me...

Vasya saiu correndo, as mãos sobre os ouvidos, e deu um pulo, ofegante, acordando e se vendo na casa do bosque de abetos, a luz matinal infiltrando-se em seu interior. O ar da manhã invernal, cheirando a pinho, gelou seu rosto, mas não conseguiu penetrar nas cobertas cor de neve da cama. Suas forças haviam voltado durante a noite. *Um sonho*, pensou, com a respiração acelerada. *Foi só um sonho.*

Um casco arranhou a madeira, e um focinho grande e com bigodes cutucou seu nariz.

– Vá embora – Vasya disse a Solovey, cobrindo a cabeça com o cobertor. – Vá embora agora. É ridículo uma criatura do seu tamanho agir como um cachorro.

Solovey, inabalável, sacudiu a cabeça para cima e para baixo. Bufou seu hálito quente no rosto dela. É dia, informou-a. *Levante-se!* Sacudiu a crina e puxou as cobertas com os dentes. Vasya agarrou-as tarde demais, deu um gritinho e se sentou, rindo.

– Idiota – disse. Mas se levantou. Seu cabelo tinha se soltado da trança, e pendia ao redor do corpo; a cabeça estava clara, o corpo leve. A dor do luto, a raiva e os sonhos ruins jaziam mudos no fundo da sua mente. Podia afastar os pesadelos e sorrir perante a beleza da manhã intocada, a luz do sol entrando oblíqua e pontilhando o chão.

Solovey, retomando sua dignidade, gingou de volta até o forno. Vasya acompanhou-o com o olhar. Parte da risada perdeu-se em sua garganta. Morozko e a égua branca tinham voltado no escuro, antes do amanhecer.

A égua estava tranquila, mascando seu feno. Morozko contemplava o fogo, e não virou a cabeça quando ela se levantou. Vasya pensou nos longos anos monótonos da vida dele, imaginando a quantidade de noites em que ele ficava sozinho ao pé do fogo, ou se, em vez disso, saía ao acaso pela floresta e fazia sua morada parecer ter um teto, paredes e um fogo apenas para agradá-la.

Foi até o forno. Morozko virou-se, então, e seu rosto perdeu um pouco do distanciamento.

Subitamente, ela corou. Seu cabelo parecia um emaranhado de bruxa, os pés estavam nus. Talvez ele tivesse notado isso, porque seu olhar afastou-se, abruptamente. – Pesadelos? – perguntou.

Vasya irritou-se e a timidez perdeu-se em indignação. – Não – respondeu com dignidade. – Dormi muito bem.

Ele levantou uma sobrancelha.

– Você tem um pente? – ela perguntou, para distraí-lo.

Ele pareceu surpreso. Ela deduziu que ele não estava nada acostumado a ter hóspedes, muito menos o tipo com cabelo embaraçado, faminto e com sonhos ruins. Mas, então, ele esboçou um sorriso, e estendeu a mão para o chão.

O chão era de madeira. Claro que era, madeira lixada e escura. Mas mesmo assim, ao se endireitar, Morozko segurava um punhado de neve. Deu uma soprada naquilo e a neve se transformou em gelo.

Vasya inclinou-se mais para perto, fascinada. Os dedos longos e magros de Morozko moldaram o gelo como se fosse barro. Em seu rosto havia uma luz diferente, a alegria da criação. Após alguns minutos, segurava um pente que parecia ter sido esculpido em diamantes. A parte de trás tinha o formato de um cavalo, uma crina longa fluindo por seu pescoço esticado.

Morozko estendeu-o a Vasya. O pelo áspero das costas do animal, feito de cristais de gelo, raspou as pontas calosas dos seus dedos.

Ela revirou a linda peça várias vezes nas mãos. – Quebra? – O pente era gelado como pedra, e perfeito em sua mão.

Ele recostou-se para trás. – Não.

Ela começou a experimentá-lo aos poucos, nos emaranhados. O pente deslizava como água nas espirais do seu cabelo, deixando-as macias. Ela achou que Morozko poderia estar observando-a, embora sempre que olhasse, o olhar dele estivesse fixo no fogo. No final, quando seu cabelo estava trançado com suavidade, preso com uma pequena tira de couro, Vasya disse: – Obrigada. – E o pente derreteu-se em sua mão.

Ela ainda olhava para o lugar onde o objeto estivera, quando Morozko disse. – É bem pouco. Coma, Vasya.

Ela não tinha visto seus criados chegarem, mas agora a mesa continha mingau dourado de mel, e amarelo de manteiga, e uma vasilha de madeira. Sentou-se, encheu a vasilha com o mingau fumegante, e o atacou, compensando a noite anterior.

– Aonde você pretende ir? – ele perguntou, enquanto ela comia.

Vasya piscou. *Embora*. Não tinha pensado nada além disso.

– Para o sul – disse, lentamente. Enquanto falava, soube a resposta. Seu coração deu um pulo. – Quero ver as igrejas de Tsargrad, e contemplar o mar.

– Então, para o sul – ele disse, estranhamente simpático. – É um longo caminho. Não force demais Solovey. Ele é mais forte do que um cavalo mortal, mas é jovem.

Vasya olhou para ele com certa surpresa, mas o rosto dele não revelou nada. Ela se voltou para os cavalos. A égua branca de Morozko estava imperturbável. Solovey já tinha comido seu feno, com um bom acréscimo de aveia, e agora voltava para a mesa, com um olho fixo em seu mingau. Ela começou a comer rapidamente, para se antecipar a ele.

Sem olhar para Morozko, perguntou: – Você cavalgaria um tempinho comigo? – A pergunta saiu às pressas, como se ela tivesse se arrependido assim que falou.

– Cavalgar ao seu lado, cuidar de você com papinha e manter a neve a distância à noite? – ele perguntou, parecendo se divertir. – Não. Mesmo que eu não tivesse mais nada para fazer, não iria. Saia para o mundo, viajante. Veja qual é a sensação das noites longas e dos dias difíceis, passada uma semana.

– Talvez eu goste disso – Vasya retrucou, animada.

– Espero, sinceramente, que não.

Ela não daria a honra de uma resposta. Colocou um pouco mais de mingau na vasilha, e deixou que Solovey lambesse.

– Se continuar assim, você vai fazer com que ele fique gordo como uma égua reprodutora – Morozko observou.

As orelhas de Solovey foram para trás, mas ele não desistiu do mingau.

– Ele precisa se encorpar – Vasya protestou. Além disso, vai queimar tudo na estrada.

– Bom, se você estiver decidida, então tenho um presente para você – Morozko disse.

Ela acompanhou seu olhar. Dois alforjes abarrotados estavam no chão, sob a mesa. Ela não foi buscá-los. – Por quê? Meu grande dote está ali naquele canto, e com certeza um pouco de ouro comprará todo o necessário.

– Naturalmente, você pode usar o ouro do seu dote – Morozko retrucou calmamente. – Se pretende entrar em uma cidade que não conhece, cavalgando seu garanhão de guerra, vestida como uma princesa russa. Pode usar as peles brancas e escarlate, se quiser, de maneira que nenhum ladrão de Rus' será o mais pobre.

Vasya ergueu o queixo. – Prefiro verde a escarlate – disse com frieza. – Mas talvez você tenha razão. – Colocou a mão nos alforjes, depois parou. – Você salvou a minha vida na floresta – acrescentou. – Ofereceu-me um dote, veio quando lhe pedi para nos livrar do padre. Agora isto. O que quer de mim em troca, Morozko?

Ele pareceu hesitar só por um instante. – Pense em mim, de vez em quando – respondeu. – Quando as campânulas brancas florirem, e a neve tiver derretido.

– Só isto? – ela perguntou, acrescentando, depois, com sarcástica honestidade: – Como poderia esquecer?

– É mais fácil do que você imagina. Além disso... – Ele estendeu a mão. Surpresa, Vasya manteve-se perfeitamente imóvel, embora seu sangue traiçoeiro aflorasse em sua pele, quando a mão dele roçou em sua clavícula. Uma safira incrustada em prata pendia do seu pescoço. Morozko enfiou um dedo sob sua corrente, e a puxou. A joia fora um presente do pai dela, entregue a ela por sua ama, antes de morrer. De todos os pertences de Vasya, a safira lhe era o mais valioso.

Morozko levantou a joia entre eles dois. Ela refletiu uma luz clara de pingentes de gelo pelos seus dedos. – Você vai me prometer – ele disse – que usará isto sempre, não importam as circunstâncias. – Ele soltou o colar.

O roçar da sua mão pareceu perdurar, sensível em sua pele. Vasya ignorou isso, com raiva. Afinal de contas, ele não era *real*. Era solitário, misterioso, uma criatura feita de madeira escura e céu claro. O que ele tinha dito?

– Por quê? – ela perguntou. – Minha ama deu-o para mim. Foi um presente do meu pai.

– Isto é um talismã – Morozko disse. Falava como se estivesse escolhendo as palavras. – Pode ser de alguma proteção.

– Proteção contra o quê? – ela perguntou. – E por que você se importa?

– Ao contrário do que você pensa, não quero te achar morta em algum buraco – ele rebateu com frieza. Uma brisa, suave e de gelar os ossos, penetrou na sala. – Você vai me negar isto?

– Não – disse Vasya. – Pretendia usá-lo mesmo. – Ela mordeu o lábio e se virou, um pouco rápido demais, para desamarrar a aba do primeiro alforje.

Continha roupas: um capote de pele de lobo, um capuz de couro, uma touca de pele de coelho, botas de feltro e pele, calça forrada de lã. O outro continha alimentos: peixe seco e pão assado duro, um odre de hidromel, uma faca e um recipiente para água. Tudo o que ela precisaria para uma viagem difícil em um país gelado. Vasya contemplou essas coisas com um prazer que jamais sentira pelo ouro ou pelas pedras preciosas do seu dote. Esses itens eram liberdade. Vasilisa Petrovna, filha bem-nascida de Pyotr, nunca teria essas coisas; pertenciam a mais alguém, alguém mais capaz e mais estranho. Olhou para Morozko com o rosto iluminado. Talvez ele a compreendesse melhor do que ela pensava.

– Obrigada – disse. – Eu... te agradeço.

Ele inclinou a cabeça, mas não falou.

Ela não se importou. Juntamente com as peles, veio uma sela de um tipo que ela nunca tinha visto, um pouco mais do que um pano estofado. Vasya levantou-se de um pulo, ansiosa, com a sela na mão.

◊

Mas não era fácil arriar o cavalo. Solovey jamais usara uma sela, nem mesmo essa pele que se passava por uma, e não gostou muito da ideia.

— Você *precisa*! — Vasya finalmente explodiu, exasperada, depois de um bom tempo acercando-se furtivamente, pelo bosque de abetos, sem resultado. *Basta do viajante corajoso e autossuficiente*, ela pensou. Solovey não estava mais perto de ser selado do que quando eles começaram. Morozko observava da entrada. Seu olhar divertido penetrou nas costas dela.

— O que vai acontecer se a gente andar o dia todo, durante semanas? — Vasya perguntou a Solovey. — Nós dois vamos ficar esfolados e, além disso, como é que vamos pendurar os alforjes? Lá dentro também tem grãos para você. Quer viver de agulhas de pinheiro?

Solovey resfolegou e deu uma discreta olhada nos alforjes.

— Tudo bem — Vasya disse entredentes. — Pode voltar para o lugar de onde veio. Vou *caminhar*. — Ela começou a seguir em direção à casa.

Solovey avançou e bloqueou sua passagem.

Vasya lançou-lhe um olhar furioso e lhe deu um empurrão, que não teve o menor efeito na grande massa cor de carvalho. Cruzou os braços e fechou a cara. — Bom, então, o que você sugere? — disse.

Solovey olhou para ela, depois para os alforjes. Sua cabeça abaixou. *Ah, tudo bem*, disse sem muito entusiasmo.

Vasya tomou cuidado para não olhar para Morozko, enquanto acabava de se aprontar.

◊

Partiu naquela mesma manhã, sob um sol que afastava a bruma e incrustava com diamantes a neve recém-caída. O mundo fora do bosque de abetos parecia grande e informe, levemente ameaçador.

— Agora, não me sinto como uma viajante — Vasya admitiu, baixinho, para Morozko.

Estavam parados próximo ao bosque de abetos. Solovey esperou, bem arreado, com uma expressão surpreendida entre a ansiedade e a irritação, não gostando dos alforjes em suas costas.

— O mesmo acontece com os viajantes, com grande frequência — o demônio do gelo respondeu. Inesperadamente, ele colocou as mãos em seus ombros recobertos de pele. Seus olhares se encontraram. — Fique na floresta. É mais seguro. Evite as moradas dos homens, e faça fogueiras pequenas. Se falar com alguém, diga que é um menino. O mundo não é gentil com meninas desacompanhadas.

Vasya concordou com a cabeça. Palavras tremeram em seus lábios. Não conseguia decifrar a expressão dele.

Ele suspirou. – Que suas perambulações lhe tragam alegria. Agora vá, Vasya.

Ele a colocou na sela, e então ela olhou para ele. Repentinamente, seu aspecto era menos de um homem e mais de uma confluência de sombras no formato de um homem. Havia algo em seu rosto que ela não entendeu.

Ela abriu a boca para voltar a falar.

– Vá – ele disse, e deu um tapa no lombo de Solovey. O cavalo resfolegou e girou, e lá se foram eles sobre a neve.

7

VIAJANTE

Assim, Vasilisa Petrovna, assassina, salvadora, criança perdida, partiu cavalgando para longe da casa no bosque de abetos. O primeiro dia transcorreu como era esperado de uma aventura, com a casa para trás e o mundo todo perante eles. Conforme as horas passaram, o estado de espírito de Vasya mudou de apreensivo para inebriante, e ela empurrou os resquícios amargos de perda e confusão para o fundo da sua mente. Nenhuma distância poderia resistir à passada regular de Solovey. Antes de decorrido meio dia, ela estava mais distante de casa do que jamais havia estado. Todos os ocos, olmos e tocos cobertos de neve eram novidade para ela. Vasya cavalgou e, quando sentia frio, caminhava, enquanto Solovey ia num trote leve, impaciente.

Assim, o dia foi passando até que o sol invernal pôs-se a oeste.

Ao anoitecer, eles chegaram a um grande abeto, com neve amontoada à volta toda do tronco. Àquela altura, o lusco-fusco tinha azulado a neve, e fazia muito frio.

– Aqui? – perguntou Vasya, descendo das costas do cavalo. Seu nariz e seus dedos doíam. Em pé, ela percebeu como estava tensa e exausta.

O cavalo contraiu as orelhas e levantou a cabeça. *Cheira a segurança.*

Uma infância à solta em um país com sete meses de inverno ensinara a Vasya como se manter viva na floresta. Mas seu coração fraquejou um pouco, de repente, ao pensar nessa noite congelante, completamente sozinha e na próxima, e depois mais uma. Assoou o nariz. *Você escolheu isto*, lembrou a si mesma. *Agora você é uma viajante.*

As sombras drapejavam a floresta como mãos; a luz era toda azul-violeta e nada parecia muito real.

– Ficaremos aqui – Vasya disse, tirando a sela de Solovey, com mais segurança do que sentia. – Vou fazer uma fogueira. Assegurar que nada venha nos comer.

Com esforço, escavou a neve para longe da árvore, até ter uma caverna de neve sob os galhos do abeto, e um trecho de terra livre para seu fogo. O crepúsculo de inverno transformava-se rapidamente em noite, à maneira do norte, e ficou totalmente escuro antes que ela tivesse cortado lenha suficiente. Na escuridão estrelada, antes que a lua surgisse, ela também cortou ramos franjados do abeto, como seu irmão uma vez lhe mostrara, e os enfiou na neve, para refletir o calor para seu abrigo.

Andara fazendo fogueiras desde que suas mãos conseguiam segurar as pederneiras, mas teve que tirar as luvas para fazer isso, e as mãos ficaram geladas demais.

Finalmente, a mecha acendeu, as chamas inflamaram-se. Quando rastejou para dentro da toca recém-escavada, achou-a fria, mas suportável. A água fervida com agulhas de pinheiro aqueceu-a; o pão preto torrado com queijo duro aliviou sua fome. Vasya queimou os dedos e esturricou o jantar, mas finalmente estava feito e ela se sentiu orgulhosa.

Depois, animada pela comida e pelo calor, cavou uma vala na terra amaciada pelo fogo, encheu-a com carvões da fogueira, e fez acima uma plataforma com galhos de pinheiro. Deitou-se nesta plataforma, embrulhada em seu capote e no saco de dormir forrado com pele de coelho, e ficou encantada por se sentir mais ou menos aquecida. Solovey já estava cochilando, suas orelhas abanando para cá e para lá, ao prestar atenção no som noturno da floresta.

As pálpebras de Vasya pesaram; ela era jovem e estava exausta. O sono não demoraria.

Foi então que ela ouviu uma risada no alto.

A cabeça de Solovey deu um solavanco.

Vasya levantou-se com esforço, tocando na sua faca de cinto. Aquilo eram olhos brilhando no escuro?

Vasya não chamou, não era idiota, mas fixou os olhos nos ramos do abeto, até eles marejarem. Sua faquinha jazia fria e lamentavelmente pequena em sua mão.

Silêncio. Teria imaginado aquilo?

Então, a risada ecoou mais uma vez. Vazya recuou sem fazer barulho, e pegou uma acha fumegante do fogo, segurando-a baixo.

Tum, ouviu. *Tum*, mais uma vez, e uma mulher caiu na neve ao pé do abeto.

Ou talvez não fosse uma mulher. Porque o cabelo e os olhos dessa criatura eram de uma brancura fantasmagórica, sua pele acetinada da cor do inverno à meia-noite. Usava um capote da cor do sono, mas sua cabeça e seus braços e pés estavam nus. A luz do fogo brincou vermelha em seu rosto estranho e adorável, e o frio não parecia perturbá-la.

Criança? Mulher? *Chyert*. Algum espírito noturno. Vasya ficou aliviada e, ao mesmo tempo, ainda mais cautelosa.

— Avó? – disse, comedida. Abaixou seu tição em brasa. – Seja bem-vinda ao meu fogo.

A *chyert* endireitou-se. Seus olhos estavam distantes e pálidos como estrelas, mas sua boca retorceu-se, feliz como a de uma criança.

— Uma viajante educada – disse, com suavidade. – Eu deveria ter esperado isso. Largue a acha, criança, você não vai precisar dela. Sim, vou me sentar junto ao seu fogo, Vasilisa Petrovna. – Dizendo isso, ela se jogou na neve ao lado das chamas, e olhou Vasya de cima a baixo. – Venha! – falou. – Vim visitá-la. Você, ao menos, poderia me oferecer vinho.

Após certa hesitação, Vasya estendeu a sua visitante seu odre de hidromel. Não era tão boba a ponto de ofender uma criatura que parecia ter caído do céu. Mas... – Você sabe meu nome, avó – Vasya arriscou. – Não sei o seu.

A expressão da boca sorridente não mudou. – Chamam-me Polunochnitsa – respondeu, bebendo.

Vasya deu um pulo para trás, alarmada. Solovey, observando, espetou as orelhas. A ama de Vasya, Dunya, tinha contado histórias sobre duas irmãs-demônios, Meia-Noite e Meio-Dia, e nenhuma das histórias terminava bem para viajantes solitários.

— Por que está aqui? – Vasya perguntou, respirando rapidamente.

Meia-Noite riu para si mesma, relaxando na neve ao lado do fogo. – Paz, criança – ela disse. – Se quiser ser uma viajante, vai precisar controlar melhor os seus nervos. – Vasya viu, com inquietação, que Meia-Noite tinha um grande número de dentes. – Mandaram-me dar uma olhada em você.

— Mandaram? – Vasya perguntou. Lentamente, ela voltou a se sentar em seu próprio lugar ao lado do fogo. – Quem te mandou?

— Quanto mais uma pessoa sabe, mais cedo ela envelhece – Meia-Noite respondeu, animada.

Vasya perguntou com hesitação: – Foi Morozko?

Para tristeza de Vasya, Meia-Noite escarneceu: – Não lhe dê tanto crédito. O pobre rei do inverno jamais *me* daria ordens. – Seus olhos pareciam emanar luz própria.

– Então, quem? – Vasya perguntou.

A demônio pôs uma das mãos nos lábios. – Ah, isso eu não posso dizer, porque jurei que não diria. Além disso, onde está o mistério, então?

Meia-Noite tinha bebido sua cota; então, jogou o odre para Vasya e se levantou. A luz do fogo brilhou vermelha em seu cabelo branco como a lua. – Bom, já vi você uma vez – ela disse. – Prometi ver três vezes, portanto teremos outra chance. Vá longe, Vasilisa Petrovna.

Ela desapareceu dos acolhedores galhos de abeto, enquanto Vasya ainda fazia perguntas. – Eu não... Espere... – Mas a *chyert* tinha partido. Vasya poderia jurar ter ouvido um cavalo, que não era Solovey, resfolegando no frio, e também o trotar compassado de cascos grandes. Mas não viu nada. Depois, silêncio.

Vasya sentou-se ao lado do fogo até só restarem brasas quentes, escutando, mas nenhum som novo perturbou o silêncio da noite. Por fim, convenceu-se a se deitar mais uma vez e dormir. Surpreendeu-se por cair imediatamente no mais profundo sono, acordando apenas ao amanhecer, quando Solovey enfiou a cabeça em seu abrigo, e soprou neve em seu rosto.

Vasya sorriu para o cavalo, esfregou os olhos, bebeu um pouco de água quente, selou-o, e saiu cavalgando.

◊

Dias se passaram, uma semana, mais uma. A estrada era difícil, e muito fria. Nem todos os dias, ou noites, de Vasya eram tão bem organizados quanto o primeiro. Não viu estranhos, e o demônio da meia-noite não voltou, mas ela ainda se machucava com galhos, queimava os dedos, queimava o jantar, e se deixava ir resfriando a ponto de precisar aconchegar-se a noite toda ao lado do fogo, gelada demais para dormir. Então, realmente ficou gripada, passando dois dias tremendo e se sufocando com a própria respiração.

Mas as verstas dispararam sob os cascos de Solovey, e se perderam a distância atrás deles. Foram para o sul, e mais ao sul ainda, virando para oeste, e quando Vasya disse: – Tem *certeza* que sabe onde estamos indo? – O cavalo ignorou-a.

No terceiro dia da gripe de Vasya, quando ela cavalgou obstinadamente, cabeça baixa, nariz vermelho brilhante, as árvores terminaram. Ou melhor, um grande rio intrometeu-se entre eles. A luz em uma vasta extensão de neve deslumbrou seus olhos inchados, quando eles chegaram à beira da mata e estenderam o olhar.

– Isto deve ser a estrada dos trenós – ela murmurou, piscando perante a expansão de gelo coberto de neve. – O Volga – acrescentou, lembrando-se das histórias do seu irmão mais velho. Um banco de neve em declive, com árvores semienterradas nos grandes montes, estendia-se até a neve com marcas de trenós.

Vasya ouviu vagamente o tilintar de sinos, e em seguida uma fila de trenós abarrotados surgiu após uma curva. Sinos pendiam dos arreios dos cavalos e desconhecidos desajeitados, cobertos até os olhos, vieram cavalgando ou correndo ao lado deles, gritando para lá e para cá.

Vasya viu-os passar, fascinada. Os rostos dos homens – o tanto quanto era possível ver – eram vermelhos e grosseiros, com grandes barbas eriçadas. Suas mãos enluvadas mantinham-se firmes nas rédeas dos cavalos. Todos os animais eram menores do que Solovey, robustos e com crinas grosseiras. A caravana deslumbrou Vasya com sua velocidade, seus sinos e os rostos dos desconhecidos. Tinha nascido em uma pequena aldeia, onde as pessoas estranhas eram infinitamente raras, e conhecia cada uma.

Então, Vasya ergueu os olhos, seguindo a fila de trenós. A névoa de muitas fogueiras surgiu acima das árvores. Mais fogueiras do que ela jamais vira em conjunto. – Ali é Moscou? – perguntou a Solovey, com a respiração acelerada.

Não, disse o cavalo. *Moscou é maior.*

– Como é que você sabe?

O cavalo apenas inclinou uma orelha, num gesto de superioridade. Vasya espirrou. Surgiram mais pessoas na estrada de trenós a seus pés. Dessa vez eram cavaleiros, com capa escarlate e bordados nas botas. Uma grande massa de fumaça pendia como nuvens acima das árvores esqueléticas.

– Vamos chegar mais perto – Vasya disse. Depois de uma semana em território selvagem, ansiava por cor e movimento, pela visão de rostos e pelo som da voz humana.

Estamos mais seguros na floresta, disse Solovey, mas curvou as narinas, em dúvida.

— Pretendo conhecer o mundo – Vasya retorquiu. – O mundo todo não é a floresta.

O cavalo arrepiou a pele.

Ela abaixou a voz, persuadindo. – Vamos tomar cuidado. Se houver algum problema, você consegue fugir. Nada pode te alcançar. Você é o cavalo mais rápido do mundo. Eu quero *ver*.

Quando o cavalo continuou indeciso, ela acrescentou com candura: – Ou você está com medo?

Indigno, talvez, mas funcionou. Solovey arremessou a cabeça e em dois pulos chegou ao gelo. Seus cascos fizeram um baque surdo estranho ao bater nele.

Viajaram por mais de uma hora pela estrada dos trenós, enquanto a fumaça pairava acima, enervante. Vasya, apesar da sua bravata, ficou um pouco nervosa por ser vista por desconhecidos, mas foi ignorada. Os homens viviam em condições muito precárias, no inverno, para se incomodar com coisas que não lhes diziam respeito. Um mercador, meio rindo, ofereceu-se para comprar seu belo cavalo, mas Vasya apenas sacudiu a cabeça e cutucou Solovey para que seguisse.

Um sol claro pairava alto e remoto no céu pálido de inverno, quando eles contornaram a última curva do rio, e viram a cidade se abrir à sua frente.

Comparada com outras cidades, aquela não era grande. Um tártaro teria rido e a chamaria de aldeia; até um moscovita a consideraria provinciana. Mas era muito maior do que qualquer lugar que Vasya vira. Seu muro de madeira era duas vezes mais alto do que o ombro de Solovey, e o campanário erguia-se, orgulhoso, pintado de azul e circundado de fumaça. O dobre alto e grave chegou límpido aos ouvidos de Vasya.

— Pare um momento – disse a Solovey. – Quero escutar. – Seus olhos brilharam. Nunca tinha ouvido um sino.

— Isso não é Moscou? – voltou a perguntar. – Tem certeza? – Parecia uma cidade para tragar o mundo. Não imaginara que tantas pessoas pudessem compartilhar um espaço tão pequeno.

Não, disse Solovey. *Acho que, aos olhos dos homens, ela é pequena.*

Vasya não conseguia acreditar nisso. Os sinos voltaram a tocar. Sentiu cheiro de estábulos, fumaça de lenha e de aves assando, enfraquecida no frio.

– Quero entrar lá – disse.

O cavalo resfolegou. *Você a viu. Ali está. A floresta é melhor.*

– Nunca vi uma cidade – ela retorquiu. – Quero ver esta.

O cavalo bateu com a pata na neve, irritado.

– Só um pouquinho – ela acrescentou docilmente. – Por favor.

É melhor não, disse o cavalo, mas Vasya percebeu que ele tinha fraquejado.

Seus olhos foram mais uma vez para as torres cingidas de fumaça.

– Talvez você deva me esperar aqui. Você é um incentivo ambulante a ladrões.

Solovey bufou. *Definitivamente, não.*

– Corro muito mais perigo com você, do que sem você. E se alguém resolver me matar pra poder roubar você?

O cavalo voltou a cabeça, zangado, mordendo o tornozelo dela. Bom, isso bastava como resposta.

– Ah, tudo bem – Vasya disse. Pensou mais um pouco. – Vamos. Tenho uma ideia.

◇

Meia hora depois, o capitão do pequeno e sonolento portão de guarda da cidade de Chudovo viu um menino vindo em sua direção, vestido como um filho de mercador e conduzindo um jovem garanhão de ossatura grande.

O cavalo não usava nada além de um cabresto de corda, e apesar de sua beleza de pernas longas chegou ao gelo de maneira desajeitada, tropeçando nos próprios cascos.

– Ei, menino! – chamou o capitão. – O que está fazendo com esse cavalo?

– É do meu pai – gritou o menino um pouco tímido, com um sotaque rústico, de camponês. – Vou vendê-lo.

– Você não vai conseguir dinheiro algum por esse pé atrapalhado – disse o capitão, justo quando o cavalo tornava a tropeçar, quase caindo de joelhos. Mas, mesmo ao dizer isto, percorreu o animal com um olhar automático, reparando na cabeça elegante, na traseira curta, e nas patas longas e lisas. Um garanhão. Talvez só fosse manco, e reproduziria uma cria forte.

– Eu o compraria de você; te pouparia alguma dor de cabeça – acrescentou, mais devagar.

O filho do mercador sacudiu a cabeça. Era delgado e não passava de uma altura média, sem sinal de barba. – O pai ficaria zangado – disse o menino. – É pra ele ser vendido na cidade. Foram as ordens que ele deu.

O capitão riu ao ouvir o campônio referir-se a Chudovo, com tanta veemência, como uma cidade. Talvez não fosse filho de um mercador, mas de um boiardo, uma criança criada no campo, filha de um lorde menor. O capitão deu de ombros. Seu olhar já tinha pulado do menino e seu cavalo para uma caravana de mercadores de pele incitando seus cavalos a alcançarem os muros antes de escurecer.

– Bom, vá em frente, menino – disse, irritado. – O que está esperando?

O menino assentiu rigidamente e tocou o cavalo para dentro do portão.

Estranho, pensou o capitão. *Um garanhão dócil desse jeito, e usando apenas um cabresto. Bom, o animal é manco, o que você espera?*

Então, os mercadores de pele chegaram, empurrando-se, gritando, e ele tirou o menino da cabeça.

◊

As ruas serpenteavam em frente e atrás, mais estranhas do que a floresta sem trilhas. Vasya segurava com negligência a corda que conduzia o irritado Solovey, tentando, quase sempre sem conseguir, não parecer impressionada. Nem o efeito entorpecedor da sua gripe conseguia apagar o fedor de centenas de pessoas. O cheiro de sangue e animais, vísceras e coisas piores fez seus olhos marejarem. Aqui, havia cabras; ali, a igreja elevava-se acima dela, o sino ainda tocando. Mulheres apressadas empurraram-na, suas cabeças risonhas envoltas em lenços; vendedores de tortas esticavam suas mercadorias para os passantes. Uma forja soltava vapor, seu martelo batendo em contraponto ao sino acima, enquanto dois homens brigavam na neve, incentivados por espectadores.

Vasya passou por tudo isso, amedrontada e intrigada. As pessoas abriam-lhe caminho, principalmente por causa de Solovey, que parecia pronto a chutar qualquer coisa que chegasse a roçar neles, ao passar.

– Você está deixando as pessoas nervosas – Vasya disse-lhe.

Isto é bom, respondeu o cavalo. *Eu também estou nervoso*.

Vasya deu de ombros e continuou boquiaberta. As vias eram pavimentadas com toras abertas, uma inovação bem-vinda, deixando o caminhar agradavelmente firme. A rua seguiu sinuosa, passando por oleiros, e forjas, estalagens e *izby*, até chegar a uma praça central.

O olhar de Vasya passou a ser de total prazer, porque nessa praça havia um mercado, o primeiro que ela via. Mercadores apregoavam suas mercadorias de todos os lados: panos e peles, ornamentos de cobre, ceras, tortas e peixe defumado...

– Fique aqui – Vasya disse a Solovey, encontrando uma estaca e passando a corda ao redor dela. – Não seja roubado.

Uma égua com arreios azuis inclinou uma orelha para o garanhão e relinchou. Vasya acrescentou, pensativa: – Procure também não atrair nenhuma égua, embora, talvez, você não consiga evitar.

Vasya...

Ela estreitou os olhos. – Eu teria te deixado na mata – ela disse. – *Fique aqui.*

O cavalo fez cara feia, mas ela já tinha ido embora, imersa em prazer, cheirando a ótima cera de abelha, suspendendo as vasilhas de cobre.

E os rostos... Tantos rostos e nenhum que ela conhecesse. A novidade atordoou-a. Tortas e mingau, panos e couros, mendigos, prelados e esposas de artesãos passaram sob seu olhar deliciado. *Isto*, pensou, *é o que significa ser um viajante.*

Vasya estava ao lado da barraca de um mercador de peles, uma ponta de dedo respeitosa acariciando uma pele de zibelina, quando percebeu que um dos rostos a encarava.

Um homem estava parado do outro lado da largura da praça, ombros largos, mais alto do que qualquer um dos seus irmãos. Seu caftã era um deslumbramento de bordados – o que ela podia ver dele sob uma capa branca de pele de lobo. O punho de uma espada apoiava-se com negligência em seu ombro, moldado junto à lâmina na forma da cabeça de um cavalo. Sua barba era curta e vermelha como fogo, e quando ele a viu olhando de volta, inclinou a cabeça.

Vasya franziu o cenho. O que um menino camponês faria perante o olhar pensativo de um lorde? Corar não, com certeza. Ainda que seus olhos fossem grandes, líquidos e profundamente escuros.

Esse homem começou a atravessar a praça lotada, e Vasya viu que tinha criados: homens impassíveis e encorpados que mantinham a multidão para trás. Os olhos dele estavam fixos nela. Vasya pensou se chamaria mais atenção ficar ou fugir. O que ele poderia querer? Ela endireitou as costas. Ele cruzou toda a praça, acompanhado por murmúrios, e parou à frente dela, na barraca do mercador de peles.

Um rubor insinuou-se no pescoço de Vasya. Seu cabelo estava preso em um capuz forrado de pele, amarrado no queixo, e sobre ele estava seu chapéu. Estava tão assexuada quanto um filão de pão, e no entanto... Apertou os lábios.

— Perdoe-me *Gospodin*, não o conheço — disse com determinação.

Ele a analisou por mais um instante. — Nem eu conheço você — disse. Sua voz era mais leve do que ela teria pensado, muito clara, o sotaque estranho. — Menino. Mas seu rosto é familiar. Qual é o seu nome?

— Vasilii — Vasya respondeu de imediato. — Vasilii Petrovich, e preciso voltar pro meu cavalo.

Curiosamente, os olhos intensos dele deixaram-na desconfortável. — Precisa? — perguntou. — Eu me chamo Kasyan Lutovich. Quer dividir o pão comigo, Vasilii?

Vasya ficou surpresa ao se ver tentada. Tinha fome, e não conseguia tirar os olhos daquele lorde alto, com uma sugestão de risada nos olhos.

Ela chacoalhou sua mente. O que ele faria se percebesse que ela era uma menina? Ficaria satisfeito? Desapontado? Não era bom pensar em nenhuma das duas possibilidades.

— Agradeço — ela disse, curvando-se como os camponeses faziam para o seu pai. — Mas preciso chegar em casa antes de escurecer.

— E onde é a sua casa?

— Subindo o rio — respondeu Vasya. Fez nova reverência, procurando parecer servil, e começando a ficar nervosa.

Subitamente, o olhar escuro liberou-a.

— Subindo o rio — ele repetiu. — Tudo bem, menino. Perdoe-me. Acho que confundi você com outra pessoa. Que Deus o acompanhe.

Vasya, piedosamente, fez o sinal da cruz, curvou-se e se retirou com o coração disparado. Não conseguiria dizer se era pelo olhar dele ou por suas perguntas.

Encontrou Solovey tremendamente irritado, parado onde o deixou. A égua estava sendo levada pelo dono, com a cauda erguida, ainda mais irritada.

Um pão de mel, comprado de uma gloriosa barraca toda envolvida em vapor, restaurou o bom humor de Solovey. Vasya, então, montou no cavalo, ansiosa em partir. Embora o lorde ruivo tivesse ido embora, seu olhar pensativo parecia pender perante seus olhos, e o alvoroço da cidade começava a doer em sua cabeça.

Pouco tinha se afastado do portão da cidade quando aconteceu de virar a cabeça e olhar por uma arcada alegremente pintada. Atrás da arcada havia o pátio de uma estalagem, onde se achava, inconfundivelmente, uma casa de banhos.

Na mesma hora, a cabeça dolorida de Vasya e os membros gelados reafirmaram-se. Contemplou o pátio, desejosa. – Vamos – disse a Solovey. – Quero um banho. Vou te arrumar um pouco de feno e uma vasilha de mingau.

Solovey amava mingau, portanto, se limitou a lhe dirigir um olhar resignado, quando ela escorregou pelo seu ombro. Vasya seguiu em frente bravamente, puxando o cavalo.

Nenhum deles notou o garotinho de lábios azuis que deixou a sombra das construções salientes, e saiu em disparada.

Uma mulher veio da cozinha, com poucos dentes, e gorda com os resquícios da generosidade do verão. Seu rosto tinha uma beleza de rosa ressequida, quando o melhor já se foi e as pétalas estão amarelando.

– O que quer, menino? – perguntou.

Vasya lambeu os lábios e falou com atrevimento, como o menino Vasilii Petrovich. – Grãos e um estábulo para o meu cavalo – ela disse. – Comida e banho para mim. Por favor.

A mulher esperou de braços cruzados. Vasya, percebendo que algo precisava ser dado em troca dessas delícias, enfiou a mão no bolso e estendeu à estalajadeira uma moeda de prata.

Os olhos da mulher cresceram redondos como rodas de carroça, e na mesma hora ela ficou mais gentil. Vasya percebeu que tinha dado demais, mas já era tarde. O pátio da estalagem ficou agitado. Vasya conduziu Solovey ao estábulo minúsculo (ele não permitiria que nenhum cavalariço se aproximasse dele). O garanhão sofreu por ser amarrado, para disfarçar, no trilho comum, e foi adoçado por outro pão de mel e uma porção de feno, trazido pelas mãos trêmulas do menino do estábulo.

– Meu cavalo precisa comer uma vasilha de mingau ainda morno – Vasya disse ao menino. – E fora isso, deixe-o sozinho. – Ela saiu do estábulo demonstrando segurança. – Ele morde.

Solovey, obedientemente, colocou as orelhas para trás, e em vista disso o menino deu um grito e correu a buscar o mingau.

Vasya tirou sua pelerine na cozinha bem cuidada, e se sentou no banco ao lado do forno, bendizendo o calor. *Por que não passar a noite aqui – ou três noites?* perguntou-se. *Não tenho pressa.*

A comida veio aos poucos; sopa de repolho e pão quente, peixe defumado com a cabeça, mingau e empadão de carne, ovos cozidos. Vasya comeu até os olhos da impassível estalajadeira enevoarem-se com a fome dos meninos em fase de crescimento. Deu a Vasya um tablete de leite assado com mel, para ela comer com sua caneca de cerveja.

Quando, finalmente, Vasya sucumbiu no banco, a mulher deu um tapinha em seu ombro e disse que o banho estava pronto.

A casa de banhos dispunha apenas de dois pequenos cômodos de chão sujo. Vasya despiu-se no cômodo externo, abriu a porta para o cômodo interno, e respirou, ávida pelo calor. No canto desse cômodo havia um forno redondo todo feito de pedra, com fogo aceso e puxando. Vasya despejou água nas pedras e o vapor aumentou para um grande nevoeiro encobridor. Ela se soltou, deliciada, em um banco e fechou os olhos.

Um ruído leve de raspagem veio da proximidade da porta. Os olhos de Vasya abriram-se de imediato. Uma criaturinha nua estava parada logo na soleira. Sua barba flutuava como vapor, emoldurando suas faces vermelhas. Quando sorria, os olhos desapareciam nas dobras do rosto.

Vasya observou-o, com cautela. Não poderia ser senão o *bannik*, guardião da casa de banhos, e ele tanto poderia ser bondoso quanto se enraivecer rapidamente.

— Mestre — ela disse com educação —, desculpe minha intromissão. — Esse *bannik* era estranhamente cinza; seu corpinho gordo mais parecia fumaça do que carne.

Talvez, pensou Vasya, *as cidades não combinem com ele.*

Ou talvez, o sino constante da igreja lembrasse às pessoas com demasiada frequência que o *bannik* não deveria existir. A ideia deixou-a triste.

Mas aquele *bannik* ainda a analisava em silêncio, com olhos pequenos e espertos, e Vasya soube o que deveria fazer em seguida. Levantou-se e despejou um pouco de água quente do balde no fogão, quebrou um bom galho de bétula e o colocou à frente do *bannik*; depois, acrescentou mais água às pedras do forno que fervia.

O *chyert*, ainda sem falar, sorriu para ela, subiu no outro banco, e se deitou num silêncio amigável. Sua barba enevoada retorceu-se com o vapor. Vasya decidiu considerar seu silêncio como uma permissão para ficar. Suas pálpebras pesaram novamente.

Talvez um quarto de hora depois, ela suava abundantemente, e o vapor começava a diminuir. Estava prestes a se ensopar na água fria, quando o relincho de um garanhão furioso lacerou seus sentidos saturados de calor. Seguiu-se um estrondo retumbante. Era como se Solovey tivesse atravessado à força a parede do estábulo. Vasya levantou-se, arquejando.

O *bannik* franziu o cenho.

Um ruído de raspagem na porta externa, e depois o som da voz da estalajadeira. – Sim, um menino com um grande cavalo baio, mas não vejo por que vocês tenham que...

Um silêncio denso seguiu-se ao grito da estalajadeira ultrajada. O *bannik* mostrou seus dentes nebulosos. Descalça, Vasya chegou até a porta, mas antes que pudesse levantar a tranca, um passo pesado soou no chão do cômodo externo.

Completamente nua, ela olhou transtornada ao redor do pequeno barracão. Mas só havia uma porta, e nenhuma janela.

A porta abriu com estardalhaço. No último minuto, Vasya sacudiu seu cabelo para frente, de modo a lhe encobrir minimamente. Um facho agudo de luz diurna penetrou em seus olhos encolhidos. Ela ficou suando sem nada que a encobrisse, senão seu cabelo.

O homem à porta levou um instante para divisá-la em meio ao vapor. Um ar de surpresa atravessou seu rosto, seguido por outro de prazer imbecil.

Vasya encostou-se na parede oposta, aterrorizada, mortificada, com o grito da estalajadeira ainda ressoando em seus ouvidos. Do lado de fora, Solovey voltou a chamar e se ouviram mais gritos.

Vasya esforçou-se para pensar. Talvez o homem deixasse uma brecha por onde ela pudesse contorná-lo e sair em disparada. Uma voz na antessala e um segundo elemento pesadão responderam essa dúvida.

– Bom – disse o segundo homem, parecendo atônito, mas não insatisfeito. – Isto não é de jeito nenhum um menino, mas uma donzela. A não ser que seja uma ninfa das águas. Vamos descobrir qual das duas?

– Eu vou primeiro – seu companheiro retorquiu, sem tirar os olhos de Vasya. – Fui eu que achei.

– Bom, então, pegue ela e não fique o dia todo nisso – disse o segundo homem. – Temos que achar aquele menino.

Vasya mostrou os dentes, com as mãos tremendo e a mente em branco de pânico.

– Venha cá, menina – disse o primeiro homem, agitando os dedos como se ela fosse um cachorro. – Venha cá. Relaxe. Vou ser bonzinho com você.

Vasya calculava suas chances, imaginando se, atirando-se em cima do primeiro homem, ele pudesse cair contra o forno. Tinha que chegar até Solovey. Seu cabelo afastou-se um pouco da garganta, e a joia reluziu entre seus seios. Os olhos do primeiro homem pararam naquilo, e ele lambeu os lábios.

— De onde você roubou isso? — perguntou. — Bom, não importa, eu também vou ficar com isso. Venha cá. — Ele deu um passo à frente.

Ela se enrijeceu para pular, mas tinha esquecido o *bannik*.

Um jato de água quente veio voando do nada e ensopou o homem da cabeça aos pés. Ele caiu para trás aos gritos, tropeçou no forno incandescente, bateu a cabeça com um *crack*, e caiu largado, chiando horrivelmente.

O segundo homem assistiu, estupefato, mesmo quando outro jorro de água bateu contra o seu rosto. Tropeçou para trás, gritando, e foi levado para fora da casa de banho, açoitado por uma mão invisível que brandia um galho de bétula.

Vasya correu para o quarto externo. Vestiu às pressas as perneiras, a camisa, as botas, a túnica, e passou sua pelerine ao redor dos ombros. As roupas grudaram em sua pele suada. O *bannik* esperou junto à porta, ainda calado, mas sorrindo, agora, maliciosamente. A gritaria lá fora tinha evoluído para uma intensidade furiosa. Vasya parou por um instante, e se curvou.

A criatura curvou-se de volta.

Vasya correu para fora. Solovey tinha se livrado do estábulo. Três homens estavam à sua volta, não se atrevendo a chegar perto demais. — Pegue a corda dele! — gritou um homem do arco do portão. — Segure firme! Os outros estão chegando.

Um quarto homem que, claramente, tinha tentado agarrar a corda que balançava do pescoço de Solovey, jazia imóvel no chão, com um grande buraco sangrando no crânio.

Solovey viu Vasya e se arremessou em sua direção. Os homens desviaram-se, gritando, e naquele momento Vasya saltou para as costas do cavalo.

Lá fora, ressoaram mais gritos e o rangido de pés que corriam. Mais homens entraram no pátio da estalagem, preparando seus arcos.

Tudo isso por ela? — Mãe de Deus... — Vasya murmurou.

O vento levantou-se com um uivo, penetrando em suas roupas, e o pátio da estalagem mergulhou em sombras, as nuvens encobrindo o sol.

— Vá! — Vasya gritou para Solovey, exatamente quando o primeiro homem punha uma flecha em seu arco.

— Pare! — ele gritou. — Ou morra!

Mas Solovey já estava desabalado. A flecha silvou ao lado. Vasya agarrou-se ao cavalo. *O que*, pensou alguma parte vaga e destacada da sua mente, *eu fiz para merecer isto?* O restante dela imaginava qual seria a sensação de morrer com uma dúzia de flechas no peito. Agora, Solovey trazia a cabeça baixa, os cascos arranhando a neve. Dois saltos cobriam a distância entre ela e a rua. Havia homens ali — *inúmeros homens*, alguma parte da sua mente pensou — mas Solovey pegou-os de surpresa, atravessando no meio deles e escapando.

A rua, agora, se achava num crepúsculo obscuro. A neve caía em flocos ofuscantes, encobrindo-os.

Solovey correu em silêncio e decidido, galopando, deslizando pela neve numa velocidade impensável naquelas ruas pavimentadas com madeira. Vasya sentiu-o dar uma guinada e se recuperar, e lutou para manter o equilíbrio, cega pela neve. Atrás deles, ressoavam batidas de cascos, misturadas com gritos abafados, mas já estavam ficando para trás. Nenhum cavalo ultrapassaria Solovey.

Uma forma escura saltou à frente deles, uma coisa sólida e vasta num mundo de rodamoinho branco. — O portão! — ouviu-se o vago grito. — Fechem o portão! — As sombras turvas dos guardas, dois de cada lado, instavam para fechar a coisa maciça. A brecha estreitava-se, mas Solovey deu um arranco maior e passou. Um puxão, já que a perna de Vasya raspou na madeira. Então estavam livres. Uma explosão de gritos irrompeu do alto do muro, a vibração e o sibilar de mais uma flecha. Vasya curvou-se mais para junto do pescoço de Solovey, e não olhou para trás. A neve caía mais densa do que nunca.

A uma distância não maior do que um lançamento de flecha da cidade, o vento subitamente arrefeceu e o céu clareou. Olhando para trás, Vasya viu que uma tempestade de neve, roxa como uma contusão, pairava sobre a cidade, protegendo sua fuga. Mas por quanto tempo?

Os sinos tocavam abaixo. Será que eles viriam em seu encalço? Pensou no arco retesado, no silvo quando a flecha deslizou pela sua orelha. Parecia que sim. Seu coração continuava disparado. — Va-vamos — disse a Solovey. Só quando tentou falar foi que percebeu que tremia, que seus dentes batiam uns contra os outros, que sua pele estava molhada, e que ela já estava ficando muito gelada. Virou o cavalo para a árvore oca onde tinha escondido sua sela e seus alforjes. — Temos que sair daqui.

Um céu noturno violeta brilhava acima. A pele de Vasya ainda estava molhada da casa de banhos, e seu cabelo, escondido no capuz, estava úmido. Mas ela avaliou os perigos do fogo contra os perigos da fuga e tocou o cavalo. Em algum lugar do seu cérebro havia uma flecha, estreitando-se em ponta, e um homem mirando o alvo com olhos controlados e desumanos.

8

DOIS PRESENTES

Solovey galopou o resto da tarde e noite adentro, bem além da parada que qualquer cavalo comum faria. Vasya não tentou verificar como ele estava; o medo era um martelar constante em sua garganta. O restante do violeta esmaeceu no céu e, então, a única luz passou a ser a das estrelas em uma neve imaculada. Ainda assim o cavalo galopava, seguro como um pássaro noturno.

Os dois só pararam quando uma lua fria e cheia subiu acima do negrume das árvores. Vasya tremia com tal intensidade que mal conseguia se manter na sela. Solovey parou com um tropeço, sem fôlego. Vasya deslizou das costas do cavalo, soltou a sela, desamarrou sua pelerine, e a jogou sobre os flancos fumegantes de Solovey. O ar gelado na noite penetrou por seu casaco de pele de carneiro, e atingiu sua camisa úmida.

– Ande – Vasya disse ao cavalo. – Não se atreva a parar. Não morda a neve. Espere até eu ter água quente.

A cabeça de Solovey abaixou-se. Ela bateu em seu flanco, mal sentindo sua mão. – Ande, eu disse! – ordenou secamente, intensa com sua própria exaustão terrível.

Com esforço, o cavalo movimentou-se num solavanco que impediria seus músculos de se contrair.

Vasya tremia convulsivamente; seus membros mal a obedeciam. A lua tinha pairado um pouco, como um mendigo à porta, mas já estava se escondendo. Não havia som além do estalido das árvores no gelo. As mãos de Vasya estavam enrijecidas; não conseguia sentir as pontas dos dedos. Juntou lenha com os dentes travados, e depois pegou suas pederneiras, com dificuldade. Uma riscada, duas, as mãos agoniadas. Deixou cair uma das pederneiras na neve, e sua mão mal conseguiu se fechar quando tentou pegá-la novamente.

A faísca acendeu e apagou.

Vasya mordeu seu lábio até sangrar, mas não sentiu. Lágrimas congelaram em seu rosto, mas ela também não conseguia senti-las. Mais uma vez. Bater as pederneiras. Esperar. Assoprar a chama com delicadeza com os lábios dormentes. Dessa vez a faísca pegou e um ligeiro calor se irradiou pela noite.

Vasya quase chorou de alívio. Alimentou o fogo com cuidado, acrescentando gravetos com mãos quase inúteis. O fogo estabilizou-se, cresceu. Em poucos minutos, tinha uma chama ardente e neve derretendo em uma panela. Ela e Solovey beberam-na. Os olhos do cavalo brilharam.

Mas embora Vasya alimentasse o fogo e secasse as roupas o melhor que pudesse; embora bebesse uma panela atrás da outra de água quente, não conseguiu realmente se aquecer. O sono foi algo lento e agitado. Seus ouvidos ansiosos transformavam qualquer barulho nos pés macios dos perseguidores. Mas, finalmente, deve ter adormecido, porque acordou com o nascer do dia, ainda gelada. Solovey estava completamente imóvel acima dela, sentindo o cheiro da manhã.

Cavalos, ele disse. *Muitos cavalos vindo em nossa direção, montados por homens pesados.*

Vasya tinha todas as juntas doloridas. Tossiu uma vez, uma tosse seca e dilacerante, e se levantou com dificuldade. Um suor desagradável tornava sua pele viscosa.

– Não podem ser eles – disse, buscando coragem. – Que... Que motivo possível...

Ela se calou. Havia vozes em meio às árvores. Seu medo era o medo de um animal selvagem perseguido por cães. Já estava vestida com todos os trajes. Em um instante, juntou os alforjes nas costas de Solovey, e lá se foram os dois, novamente.

Mais um longo dia, mais uma longa cavalgada. Vasya bebeu um pouco de neve derretida no percurso, e mordiscou sem vontade o pão semicongelado. Mas doía engolir, e seu estômago estava apertado de medo. Solovey fez um esforço ainda maior naquele dia, se é que isso fosse possível. Vasya cavalgou entorpecida. *Neve.* Se pelo menos nevasse e encobrisse seus rastros!

Pararam quando estava completamente escuro. Naquela noite, Vasya não dormiu, mas se agachou ao lado da minúscula fogueira, tremendo, tremendo, sem conseguir parar. A tosse tinha assentado em seus pulmões. Em sua mente, as palavras de Morozko caíam como pisadas. *Você quer morrer em algum buraco da floresta?*

Ela não deixaria que ele tivesse razão. Não deixaria. Com esse pensamento na cabeça, mergulhou, enfim, em outro sono desconfortável.

Durante a noite, as nuvens vieram, e a neve tão esperada finalmente caiu, derretendo em sua pele quente. Estava salva. Agora, eles não poderiam rastreá-la.

◇

Ao nascer do sol, Vasya acordou ardendo em febre.

Solovey cutucou-a, bufando. Quando ela tentou se levantar e arriá-lo, a terra inclinou-se sob ela. – Não consigo – disse ao cavalo. Sua cabeça pesava, e ela olhou suas mãos trêmulas como se pertencessem a outra pessoa. – Não consigo.

Solovey cutucou-a com força no peito, fazendo-a cambalear para trás. Com as orelhas espetadas, o cavalo disse: *Você precisa se mexer, Vasya. Não podemos ficar aqui.*

Vasya olhou fixamente, o cérebro pesado e lento. No inverno, a imobilidade significava morte. Ela sabia disso. *Sabia* disso. Por que não se importava? Ela não se importava. Queria deitar de novo e dormir. Mas já tinha sido suficientemente idiota. Não queria desagradar Solovey. Não conseguia manejar a cilha com suas mãos entorpecidas, mas com um esforço levantou os alforjes por cima da cernelha do cavalo. Balbuciando, disse: – Vou caminhar. Estou gelada demais. Vou... Vou cair se tentar cavalgar.

As nuvens vieram naquele dia e o céu escureceu. Vasya arrastou os pés obstinadamente, num estado além de uma divagação. Uma vez pensou ter visto sua madrasta, observando morta na vegetação rasteira, e o medo fez com que se retomasse num sobressalto. Outro passo. Mais um. Então, seu corpo ficou estranhamente quente, a ponto de ela se ver tentada a tirar as roupas, até se lembrar que isso a mataria.

Imaginou ouvir cascos de cavalos e os gritos de homens a distância. Ainda estariam atrás dela? Mal conseguiu se convencer a se importar. Passo. Outro. Logicamente, ela poderia se deitar... só por um momento...

Então, percebeu, aterrorizada, que alguém caminhava ao seu lado. A seguir, uma voz familiar e mordaz falou em seu ouvido: – Bom, você durou duas semanas a mais do que eu pensava. Meus parabéns.

Ela virou a cabeça e deu com olhos do mais pálido azul invernal. Sua cabeça desanuviou um pouco, embora seus lábios e a língua estivessem entorpecidos. – Você tinha razão – disse com amargura. – Estou morrendo. Você veio me buscar?

Morozko fez um ruído de desprezo e a levantou. Suas mãos queimavam de tão quentes, não de frio, mesmo por cima das peles que ela usava.

– Não – disse Vasya, empurrando. – Não. Vá embora. Não vou morrer.

– Não por falta de tentativa – ele retrucou, mas ela pensou ter visto seu rosto se iluminar.

Vasya quis responder, mas não pôde; o mundo precipitava-se à sua volta. Um céu esmaecido acima... não... ramos verdes. Eles tinham entrado no abrigo de um grande abeto, muito parecido com a árvore da sua primeira noite. Os galhos emplumados emaranhavam-se tanto que apenas a mais fina camada de neve havia se infiltrado para tingir a terra dura como ferro.

Morozko pousou-a no chão, encostada no tronco, e se pôs a acender o fogo. Vasya observou-o com olhos atordoados, ainda sem sentir frio.

Ele não acendeu o fogo da maneira costumeira. Em vez disso, foi até um dos maiores ramos do abeto e colocou a mão sobre ele. O galho partiu-se e caiu. Ele separou os pedaços com dedos duros até ter uma pilha vigorosa.

– Você não pode acender um fogo debaixo das árvores – Vasya disse sensatamente, balbuciando as palavras com os lábios dormentes. – A neve acima de você vai derreter e apagá-lo.

Ele lhe disparou um olhar sardônico, mas não disse nada.

Ela não viu o que ele fez, se foi com as mãos, com os olhos, ou nenhum deles. Mas subitamente havia uma fogueira onde antes não havia, estalando e tremulando sobre a terra nua.

Vasya ficou vagamente inquieta ao ver o bruxuleio do calor levantar-se. Sabia que a quentura a tiraria do seu casulo de indiferença induzido pelo frio. Em parte, queria ficar onde estava. Sem lutar. Sem se importar. Sem sentir frio. Uma lenta escuridão toldou sua visão e ela pensou que poderia ir dormir...

Mas ele foi até ela, severo, curvou-se, e a pegou pelos ombros. Suas mãos estavam mais gentis do que a voz. – Vasya – disse. – Olhe para mim.

Ela olhou, mas as trevas levavam-na embora.

O rosto dele endureceu. – Não – cochichou em seu ouvido. – Não se atreva.

— Pensei que fosse pra eu viajar sozinha – ela murmurou. – Pensei... Por que você está aqui?

Ele a levantou novamente. Sua cabeça reclinou-se sobre o braço dele. Ele não reagiu, mas a carregou para mais perto do fogo. Sua própria égua enfiou a cabeça no abrigo, debaixo dos ramos de abeto, com Solovey ao lado, soprando ansioso. – Vão embora – ele disse a eles.

Morozko despiu a pelerine de Vasya e se ajoelhou com ela ao lado das chamas.

Ela lambeu os lábios ressecados, sentindo gosto de sangue. – Eu vou morrer?

– Você *acha* que vai? – Uma mão fria em seu pescoço. A respiração dela gemeu na garganta, mas ele apenas levantou a corrente de prata e tirou o pendente de safira.

– Claro que não – ela respondeu num acesso de irritação. – Só sinto tanto frio...

– Muito bem, então você não vai – ele disse, como se fosse óbvio, porém mais uma vez ela achou que algo iluminou a expressão dele.

– Como... – Mas engoliu em seco e ficou calada, pois a safira tinha começado a fulgurar. Uma luz azul brilhou estranhamente sobre o rosto dele, e provocou uma lembrança assustadora: a joia brilhando fria, enquanto uma sombra aproximava-se, arrastando-se, às gargalhadas. Vasya recuou dele.

Os braços de Morozko apertaram. – Com delicadeza, Vasya.

A voz dele deteve-a. Ela nunca o tinha ouvido falar naquele tom, com uma ternura não calculada.

– Com delicadeza – ele repetiu. – Não vou machucar você.

Isso foi dito como uma promessa. Ela levantou os olhos arregalados para ele, tremendo, e então esqueceu o medo, porque com o brilho da safira veio o calor, um calor angustiante, vivo, e naquele momento ela percebeu o quanto estivera gelada. A pedra esquentou cada vez mais, até ela morder os lábios para não gritar. Então a respiração irrompeu para fora dela e um suor malcheiroso escorreu por suas costelas. Sua febre tinha cedido.

Morozko pousou o colar na camisa suja de Vasya e se acomodou com ela no chão tingido de neve. A frieza da noite invernal pairava ao redor do seu corpo, mas sua pele estava quente. Ele embrulhou os dois em seu capote azul. Vasya espirrou quando a pele do capote fez cócegas em seu nariz.

O colar emanou um calor que começou a circular pelos seus membros. O suor escorregou pelo rosto. Em silêncio, ele pegou sua mão esquerda, depois a direita, percorrendo os dedos um a um. Uma dor aguda fez-se sentir mais uma vez, agora subindo pelo braço, mas era um sofrimento agradecido, irrompendo pelo entorpecimento. Suas mãos formigaram penosamente, voltando à vida.

– Fique quieta – ele disse, pegando as duas mãos dela com uma só mão. – De levinho. De levinho. – A outra mão dele tracejou linhas de dor intensa em seu nariz, orelhas, faces e lábios. Ela estremeceu mas suportou, imóvel, até ele curar o enregelamento incipiente.

Por fim, a mão de Morozko sossegou. Ele passou um braço ao redor da cintura dela. Um vento gelado veio e aliviou a queimadura.

– Vá dormir, Vasya – murmurou. – Vá dormir. Chega por hoje.

– Havia homens – ela disse. – Eles queriam...

– Ninguém pode te achar aqui – ele respondeu. – Você duvida?

Ela suspirou. – Não. – Estava à beira do sono, aquecida e salva. – Você mandou a tempestade de neve?

Um esboço de um sorriso perpassou pelo seu rosto, embora ela não tenha visto. – Talvez. Vá dormir.

Suas pálpebras piscaram até fechar, e ela não ouviu quando ele acrescentou, quase que consigo mesmo: – E esqueça – murmurou. – Porque é melhor assim.

◊

Vasya acordou em uma manhã luminosa: o aroma frio do abeto, o aroma quente do fogo, e sombras pintalgadas de sol sob a conífera. Estava envolta em sua pelerine, e em seu saco de dormir. Uma chama bem mantida conversava e dançava ao seu lado. Vasya ficou quieta por alguns minutos, saboreando uma sensação incomum de segurança. Estava aquecida, pelo que parecia a primeira vez em semanas, e já não sentia dor na garganta e nas juntas.

Então, se lembrou da noite anterior e se sentou.

Morozko estava sentado com as pernas cruzadas, no outro lado do fogo. Segurava uma faca, e esculpia um pássaro em madeira.

Vasya estava sentada rígida, leve, fraca e vazia. Por quanto tempo tinha dormido? O fogo era amigável em seu rosto.

– Por que esculpir coisas de madeira – ela perguntou –, se pode fazer peças maravilhosas com gelo, usando apenas as mãos?

Ele levantou os olhos. – Deus esteja com você, Vasilisa Petrovna – disse, com considerável ironia. – Não é isso que as pessoas dizem de manhã? Esculpo coisas de madeira porque o que é feito com esforço é mais real do que as coisas feitas com desejo.

Ela ficou quieta por um tempo, refletindo sobre isso.

– Você salvou a minha vida? – perguntou, por fim. – De novo?

A mais efêmera das pausas. – Salvei. – Ele não desviou os olhos do seu trabalho.

– Por quê?

Ele inclinou a escultura de pássaro para um lado e para outro. – Por que não?

Vasya tinha apenas uma vaga lembrança de delicadeza, luz, fogo, e dor. Seus olhos cruzaram-se com os dele sobre o tremeluzir da chama.

– Você sabia? – ela perguntou. – Você sabia. A tempestade de neve. Com certeza foi você. Você sabia o tempo todo? Que eu estava sendo perseguida, que estava doente na estrada, e só apareceu no terceiro dia, quando eu já nem conseguia ficar em pé...

Ele esperou até ela se calar. – Você queria a sua liberdade – ele replicou, insuportável. – Queria conhecer o mundo. Agora você sabe como ele é. Agora conhece a sensação de estar morrendo. Você precisava saber.

Ela não disse nada, ressentida.

– Mas – ele arrematou – agora você sabe, e não está morta. É melhor voltar para Lesnaya Zemlya. A estrada não é lugar pra você.

– Não, não vou voltar – ela disse.

Ele colocou a faca e a madeira de lado e se levantou, seu olhar subitamente brilhando de raiva. – Você acha que quero passar meus dias livrando você da insensatez?

– Não pedi sua ajuda!

– Não – ele retorquiu. – Você estava ocupada demais morrendo!

A paz inerte do seu despertar quase acabara. Vasya sentia dor em todos os membros e estava vigorosamente viva. Morozko contemplou-a com olhos reluzentes, furiosos e intensos, e naquele momento parecia tão vivo quanto ela.

Vasya levantou-se com dificuldade. – Como é que eu iria saber que aqueles homens me encontrariam naquela cidade? Que me perseguiriam? Não foi culpa minha. Vou em frente. – Ela cruzou os braços.

Morozko tinha o cabelo revolto, e seus dedos estavam manchados de fuligem e poeira de madeira. Parecia exasperado. – Os homens são maus e irresponsáveis – disse. – Tive motivo para aprender isso, e agora você também tem. Você já se divertiu, e quase encontrou a morte com isso. Vá para casa, Vasya.

Como os dois estavam em pé, ela podia ver seu rosto sem o tremeluzir do calor entre eles. Mais uma vez, havia aquela diferença sutil em sua expressão. De certa maneira, ele havia mudado, e ela não conseguia... – Sabe, você parece quase humano quando fica bravo. Nunca notei.

Não anteviu sua reação. Ele se empertigou, seu rosto gelou e, repentinamente, voltou a ser o distante rei do inverno. Inclinou-se graciosamente. – Voltarei ao cair da noite – disse. – O fogo perdurará o dia todo.

Ela teve a sensação intrigante de que o havia derrotado, e ficou pensando no que havia dito. – Eu...

Mas ele já tinha partido no lombo da égua. Vasya ficou piscando ao lado do fogo, zangada e um pouco confusa. – Um sino, talvez – observou a Solovey. – Como um cavalo de trenó, para podermos perceber melhor quando ele chega.

O cavalo resfolegou e disse *Estou feliz que você não tenha morrido, Vasya*.

Ela tornou a pensar no demônio do gelo. – Eu também.

Você acha que poderia fazer um mingau?, o cavalo acrescentou, esperançoso.

◇

Não muito longe dali, ou talvez muito longe, dependendo de quem avaliasse a distância, a égua branca recusou-se a continuar galopando. *Não quero correr o mundo para aliviar seus sentimentos*, informou a ele. *Caia fora ou ponho você pra fora.*

Morozko desmontou com um humor não muito amigável, enquanto a égua branca abaixava o focinho e começava a raspar o chão, procurando mato debaixo da neve.

Sem poder cavalgar, ele ficou andando para lá e para cá na terra invernal, enquanto nuvens enfureciam-se, ao norte, e sopravam rajadas nos dois.

– Era para ela ir para casa – ele disse com rispidez para ninguém em particular. – Era para ela se cansar da sua loucura, ir para casa com seu colar, usá-lo, e tremer, às vezes, ao se lembrar de um demônio do gelo em sua impetuosa juventude. Era para ela parir filhas que pudessem usar o colar quando chegasse a vez. Não era para ela...

Encantá-lo, terminou a égua com certa aspereza, sem levantar o focinho da neve. Sua cauda fustigava os flancos. *Não finja que possa ser outra coisa. Ou será que ela o trouxe tão próximo da humanidade que você também se tornou um hipócrita?*

Morozko parou e encarou o cavalo com os olhos apertados.

Não sou cega, continuou a égua. *Mesmo para coisas que caminham sobre dois pés. Você fez aquela joia para não desvanecer. Mas agora ela está agindo demais, está tornando-o vivo, fazendo com que queira o que não pode ter, e sinta o que não deveria entender. Você está seduzido e temeroso. É melhor deixar a menina entregue a seu destino, mas você não consegue.*

Morozko contraiu os lábios. As árvores suspiraram ao alto. De uma hora para outra, a raiva pareceu deixá-lo. – Não quero desvanecer – disse a contragosto. – Mas não quero ser vivo. Como é que um deus da morte pode ser vivo? – Ele fez uma pausa, e algo mudou em sua voz. – Eu poderia tê-la deixado morrer, tirado a safira dela, e tentado outra vez, encontrado outra pessoa para se lembrar. Existem outras naquela linhagem.

As orelhas da égua foram para frente e para trás.

– Não fiz isso – ele disse, abruptamente. – Não posso. Mas todas as vezes em que chego perto dela, o vínculo estreita-se. Que imortal já conheceu a sensação de contar seus dias? No entanto, sinto as horas passarem quando ela está por perto.

A égua focinhou novamente a neve profunda. Morozko voltou a caminhar.

Então, deixe-a ir, disse a égua, calmamente, atrás dele. *Deixe-a encontrar seu próprio destino. Você não pode amar e ser imortal. Não deixe chegar a esse ponto. Você não é um homem.*

◇

Vasya não deixou o lugar sob o abeto naquele dia, embora fosse essa a sua intenção. – Nunca irei para casa – disse a Solovey, com um nó na garganta. – Estou bem. Por que me demorar aqui?

Porque estava quente debaixo do abeto, realmente quente, com o fogo estalando alegremente, e os seus membros ainda se sentiam lentos e febris. Então, Vasya ficou, fez mingau, depois sopa, com a carne-seca e o sal do seu alforje. Desejou que tivesse a energia para capturar coelhos.

O fogo ardeu continuamente, quer ela acrescentasse lenha ou não. Ela se perguntou como a neve acima dele não derretia, como ela não ficava enfumaçada, ao deixar seu lugar sob a conífera.

Mágica, pensou, inquieta. Talvez eu possa aprender mágica. *Então, jamais teria medo de armadilhas ou de perseguição.*

Quando a neve ficou de um azul transparente no final do dia, e o fogo atingiu uma luminosidade um pouco maior do que a do mundo exterior, Vasya levantou os olhos e viu Morozko parado dentro do círculo de luz.

Vasya disse: – Não vou para casa.

– Isto está óbvio, apesar dos meus maiores esforços – ele respondeu. – Você pretende partir imediatamente e cavalgar noite adentro?

Um vento gelado sacudiu os galhos do abeto.

– Não – ela disse.

Ele assentiu com a cabeça uma vez, brevemente, e disse: – Então, vou atiçar o fogo.

Dessa vez, ela observou atentamente quando ele pôs a mão de encontro ao abeto, e a casca e o ramo desfizeram-se secos e mortos na palma que estava à espera. Mas mesmo assim ela não soube exatamente o que ele fez. De início havia uma madeira viva, depois, entre uma piscada e outra, ela se tornou gravetos. Vasya quis desviar os olhos perante a estranheza daquela mão quase humana, fazendo uma coisa que um homem não poderia.

Quando o fogo estava rugindo, Morozko jogou para Vasya um saco de pele de coelho e foi cuidar da égua branca. Vasya pegou o saco por reflexo, desequilibrando-se; era mais pesado do que parecia. Desfez seus laços e descobriu maçãs, castanhas, queijo e um pedaço de pão preto. Quase soltou um grito, feliz como uma criança.

Quando Morozko deslizou de volta pela cortina de abeto, encontrou-a quebrando nozes com o dorso da sua faca de cinto, e buscando vorazmente, com dedos sujos, o miolo das nozes.

– Tome – ele disse, com um tom amargo na voz.

Ela levantou a cabeça abruptamente. A carcaça de um grande coelho, eviscerado e limpo, pendia incongruente dos seus dedos elegantes.

– Obrigada! – Vasya arquejou com um mínimo de educação. Agarrou o bicho imediatamente, colocou-o no espeto e o levou ao fogo.

Solovey, curioso, enfiou a cabeça debaixo do abeto, olhou a carne que assava, lançou a Vasya um olhar ofendido e tornou a desaparecer. Vasya ignorou-o, ocupando-se em tostar seu pão, enquanto esperava a carne ficar pronta. O pão ficou tostado e ela o devorou fumegante, com queijo escorrendo pelos lados. Não sentia fome antes, estando à beira da morte, mas agora seu corpo lhe lembrava que sua refeição quente em Chudovo tinha sido há muito tempo, e os dias difíceis e gelados haviam reduzido seu corpo a pele, ossos e ligamentos. Estava esfomeada.

Quando, finalmente, Vasya fez uma parada para respirar, lambendo migalhas de pão dos dedos, o coelho estava quase assado, e Morozko olhava para ela com uma expressão perplexa.

– O frio me deixa com fome – ela explicou, sem necessidade, sentindo-se mais animada do que estivera em dias.

– Eu sei – ele respondeu.

– Como é que você pegou o coelho? – ela perguntou, virando a carne com mãos engorduradas e habilidosas. Quase pronto. – Não há marcas nele.

Duas chamas dançaram nos olhos cristalinos de Morozko. – Eu congelei seu coração.

Vasya estremeceu e não fez mais perguntas.

Ele não falou, enquanto ela comia. Por fim, ela se recostou e disse: – Obrigada – mais uma vez, embora não conseguisse deixar de acrescentar, com certo ressentimento –, mas se você queria salvar minha vida, poderia ter feito isso antes de eu quase morrer.

– Você ainda quer ser uma viajante, Vasilisa Petrovna? – ele só perguntou.

Vasya pensou no arqueiro, no silvo da sua flecha, na sujeira da sua pele, no frio mortífero, no terror de ficar doente e sozinha longe de tudo. Pensou nos crepúsculos e nas torres douradas de um mundo não mais limitado por aldeia e floresta.

– Quero – disse.

– Muito bem – retrucou Morozko, com o rosto tornando-se sombrio. – Venha. Está alimentada?

– Estou.

– Então, levante-se. Vou te ensinar a lutar com uma faca.

Ela olhou fixamente.

– A febre deixou você surda? – ele perguntou, raivoso. – Em pé, menina. Você diz que pretende ser uma viajante; muito bem, é melhor que não vá indefesa. Uma faca não pode desviar flechas, mas às vezes é uma coisa útil. Não pretendo ficar sempre correndo mundo, te salvando de loucuras.

Ela se levantou lentamente, em dúvida. Ele estendeu a mão acima da cabeça, onde pendia uma franja de pingentes de gelo, e quebrou um deles. O gelo amoleceu e se amoldou à sua mão.

Vasya assistiu com olhos ávidos, desejando poder realizar maravilhas.

Sob os dedos dele, o pingente transformou-se numa longa adaga, dura, perfeita e pronta. Sua lâmina era de gelo, o punho de cristal; uma arma fria e clara.

Morozko estendeu-a para ela.

– Mas... Eu não... – ela gaguejou, contemplando a peça brilhante. Meninas não tocavam em armas, a não ser na faca de esfolar animais na cozinha, ou num machadinho para cortar lenha. E uma faca feita de *gelo*...

– Agora você precisa – ele disse. – Viajante.

A grande floresta azul estava silenciosa como uma capela sob o nascer da lua, e as árvores negras elevavam-se absurdamente, mesclando-se com o céu nebuloso.

Vasya pensou em seus irmãos, ao receberem as primeiras aulas sobre arco e flecha, ou esgrima, e se sentiu estranha em sua própria pele.

– Você segura isto assim – Morozko disse. Os dedos dele envolveram os dela, acertando sua empunhadura. A mão dele estava extremamente gelada. Ela se encolheu.

Ele a soltou e se afastou, com a expressão imutável. Cristais de gelo haviam aderido a seu cabelo escuro, e uma faca como a dela pendia da sua mão.

Vasya engoliu com a boca seca. A adaga puxava sua mão para baixo. Nada feito de gelo tinha o direito de ser tão pesado.

– Assim – Morozko disse.

No minuto seguinte, ela estava cuspindo neve, a mão formigando, e a adaga em lugar incerto.

– Se você a segurar desse jeito, qualquer criança a tirará de você – disse o demônio do gelo. – Tente de novo.

Ela procurou os cacos da sua adaga, certa de que tinha se estilhaçado. Mas ela jazia inteira, inocente e mortal, refletindo a luz do fogo.

Vasya agarrou-a com cuidado, do jeito que ele ensinara, e tentou novamente.

Tentou várias vezes durante a longa noite e mais um dia, e na outra noite que se seguiu. Ele mostrou a ela como virar a outra lâmina com a dela, como apunhalar alguém desprevenido, de diversas maneiras.

Ela logo descobriu que não era lenta, e tinha leveza nos pés, mas não possuía a força de um guerreiro, desenvolvida desde a infância. Cansava-se logo. Morozko foi impiedoso; não parecia se mover tanto quanto flutuava, e sua lâmina ia para toda parte, sedosa, sem esforço.

– Onde você aprendeu isto? – ela disse arquejando, amparando seus dedos doloridos depois de mais um tombo. – Ou você já chegou ao mundo sabendo?

Sem responder, ele lhe estendeu a mão. Vasya ignorou-a e se levantou sozinha.

– Aprender? – ele disse, então. Aquilo em sua voz era amargura? – Como? Eu sou como fui feito, imutável. Muito tempo atrás, os homens imaginaram uma espada em minha mão. Os deuses diminuem, mas não mudam. Agora, tente de novo.

Especulando, Vasya levantou sua arma e não disse mais nada.

Naquela primeira noite, eles pararam só quando o braço de Vasya tremeu e a lâmina caiu dos seus dedos enfraquecidos. Ela se inclinou sobre as coxas, ofegante e dolorida. A floresta estalava na escuridão fora do círculo de fogo em que eles estavam.

Morozko desferiu um olhar para o fogo, e ele cresceu, bramindo. Vasya, agradecida, largou-se sobre seu monte de ramos e aqueceu as mãos.

– Você me ensina também a fazer magia? – ela pediu a ele. – A fazer fogo com os olhos?

O fogo irrompeu repentino e inclemente nos ossos do rosto de Morozko.

– Não existe essa coisa de magia.

– Mas você acabou de...

– As coisas são ou não são, Vasya – ele interrompeu. – Se você quer alguma coisa, isso significa que você não a tem, significa que você não acredita que ela esteja ali, o que significa que jamais estará. O fogo está ou não está. O que você chama de magia é simplesmente não permitir que o mundo seja diferente do que você deseja.

O cérebro dela, cansado demais, recusou-se a entender. Ela fez uma careta.

– Ter o mundo como se deseja não é para os jovens – ele acrescentou. – Eles querem em demasia.

– Como você sabe o que eu quero? – ela perguntou, antes de conseguir se refrear.

– Porque sim – ele replicou entredentes. – Sou bem mais velho do que você.

– Você é imortal – ela arriscou. – Você não quer nada?

Subitamente, ele ficou calado. Então, disse: – Você está aquecida? Vamos tentar mais uma vez.

◇

Quando já se fazia tarde na quarta noite, com Vasya sentada ao lado do fogo, contundida, dolorida demais até para encontrar seu saco de dormir e alívio no sono, ela disse: – Tenho uma pergunta.

Ele estava com a adaga sobre o joelho, percorrendo a lâmina com as mãos. Se ela o olhasse com o canto dos olhos, poderia ver cristais de gelo acompanhando o contorno dos dedos que alisavam a lâmina.

– Diga – ele respondeu, sem levantar os olhos. – O que é?

– Você levou meu pai embora, não foi? Eu te vi indo embora com ele no cavalo, depois que o Urso...

As mãos de Morozko imobilizaram-se. Sua expressão incentivou-a com firmeza a ficar calada e ir dormir, mas ela não conseguiu. Refletira demais sobre isso nas longas noites em que cavalgara, quando o frio a mantinha acordada.

– E você faz isso sempre? – ela pressionou. – Com todo mundo que morre em Rus'? Leva as pessoas, mortas, na cabeça da sela e vai embora?

– Sim e não. – Ele parecia medir as palavras. – De certa maneira eu estou presente, mas... É como respirar. Você respira mas não fica consciente de cada respirada.

– Você estava consciente daquela respirada, quando meu pai morreu? – Vasya perguntou, acidamente.

Uma ruga, como um fio de teia de aranha, apareceu entre as sobrancelhas de Morozko. – Mais do que o normal – ele retrucou. – Mas isso foi porque eu, meu ser pensante, estava por perto, e porque...

Ele se calou abruptamente.

– O quê? – a menina perguntou.

– Nada. Eu estava por perto, só isso.

Os olhos de Vasya estreitaram-se. – Você não precisava levá-lo embora. Eu poderia tê-lo salvado.

– Ele morreu para que você se salvasse – disse Morozko. – Foi o que ele quis. E ele ficou satisfeito em ir embora. Sentia falta da sua mãe. Até seu irmão sabia disso.

– Você está pouco se importando, não é? – Vasya replicou. Era este o cerne da questão, não a morte do pai, mas a vasta indiferença do demônio do gelo. – Suponho que você pairou sobre a cama da minha mãe, pronto para arrancá-la de nós, depois roubou meu pai e foi embora com ele. Um dia será Alyosha pendurado no arção da sua sela, e um dia serei eu. E, pra você, tudo isso significa menos do que respirar!

— Você está zangada comigo, Vasilisa Petrovna? — A voz dele continha apenas uma leve surpresa, calma e inevitável: neve caindo em um país sem primavera. — Você acha que não haveria morte, se eu não estivesse ali para conduzir as pessoas em meio às trevas? Sou velho, mas mesmo sendo velho, o mundo era muito mais velho antes que eu presenciasse meu primeiro nascer da lua.

Vasya descobriu, então, para seu horror, que seus olhos transbordavam. Deu as costas e, repentinamente, chorava com o rosto afundado nas mãos, por seus pais, sua ama, sua casa, sua infância. Ele tinha tirado tudo aquilo dela. Seria ele? Seria ele a causa, ou simplesmente o mensageiro? Ela o detestava. Sonhava com ele. Nada disso importava. Poderia igualmente detestar o céu, ou desejá-lo, e detestava isso mais do que tudo.

Solovey enfiou a cabeça por debaixo dos ramos de abeto. *Você está bem, Vasya?* perguntou, com o focinho curvado e ansioso.

Ela tentou assentir, mas fez apenas um movimento impotente com a cabeça, o rosto enfiado nas mãos.

Solovey sacudiu a crina. *Você fez isto*, disse a Morozko com as orelhas espetadas. *Dê um jeito nela!*

Ela ouviu seu suspiro, ouviu seus passos quando ele contornou o fogo e se ajoelhou à sua frente. Vasya não levantou os olhos para ele. Depois de uns minutos, ele estendeu a mão e, delicadamente, tirou seus dedos do seu rosto molhado.

Vasya tentou fazer cara feia, piscando para se livrar das lágrimas. O que ele poderia dizer? Não conseguiria entender seu pesar, já que era imortal, Mas... — Sinto muito — ele disse, surpreendendo-a.

Ela assentiu com a cabeça, engoliu e disse: — Só estou muito cansada...

Ele concordou. — Eu sei. Mas você é corajosa, Vasya. — Ele hesitou, depois se inclinou para frente e gentilmente a beijou na boca.

Ela sentiu um gosto fugaz de inverno: fumaça, pinho, e um frio mortal, e depois também houve calor, e uma doçura rápida e impossível.

Mas o instante passou e ele se afastou. Por um momento, cada um deles respirou o hálito do outro.

— Fique em paz, Vasilisa Petrovna — ele disse. Levantou-se e saiu do círculo da luz de fogo.

Vasya não foi atrás dele. Estava confusa, dolorida, contundida por toda parte, ardente e, ao mesmo tempo, amedrontada. É claro que pretendia ir atrás dele. Pretendia ir e perguntar o que ele queria dizer, mas caiu no sono com a adaga de gelo na mão. A última coisa da qual se lembrou foi o gosto de pinho nos lábios.

◇

E agora? A égua perguntou a Morozko quando ele regressou tarde da noite. Os dois ficaram juntos, próximo ao fogo sob a conífera. Brasas ardentes projetavam uma luz oscilante no rosto de Vasya, enquanto ela dormia enroscada de encontro a um Solovey que cochilava. O garanhão tinha aberto caminho sob o abeto e se deitado ao lado dela como um cachorro.

— Não sei — murmurou Morozko.

A égua cutucou seu cavaleiro com força, da maneira como cutucava seu potro. *Você tem que contar a ela*, disse. *Conte a história toda, sobre bruxas, um talismã de safira, e cavalos perto do mar. Ela é bem esperta e tem o direito de saber. Caso contrário, só estará brincando com ela, será o rei do inverno de tempos atrás que virava os corações das meninas para seus próprios fins.*

— Eu não continuo sendo o rei do inverno? — Morozko perguntou. — Eis o que pretendo fazer: seduzi-la com ouro e maravilhas, depois mandá-la para casa. Isto ainda é o que eu deveria fazer.

Se pelo menos você conseguisse mandá-la embora e transformá-la numa lembrança querida!, disse a égua secamente. *Mas em vez disso você fica aqui, interferindo. Se tentar mandar Vasya para casa, ela não irá. Você não controla isto.*

— Não importa — ele disse secamente. — Esta é... é a última vez. — Ele não tornou a olhar para Vasya. — Ela transformou a estrada em sua casa. Agora é problema dela, não meu. Ela está viva. Deixarei que use a joia e se lembre, enquanto sua vida perdurar. Quando ela morrer, entregarei a joia para outra pessoa. Basta.

A égua não respondeu, mas soltou um bafo fumegante, ceticamente, para dentro da escuridão.

9

FUMAÇA

Na manhã seguinte, quando Vasya acordou, Morozko e a égua tinham partido. Era possível que ele nunca tivesse estado ali; ela poderia pensar que era tudo um sonho, se não fosse pelos dois pares de marcas de casco, e a adaga reluzente ao lado da sua sela refeita, seus alforjes novamente cheios. Agora, a lâmina da adaga não parecia gelo, mas algum metal claro, com a bainha de couro contornada de prata. Vasya sentou-se e olhou para tudo aquilo.

Ele diz para praticar com a faca, disse Solovey, chegando para fuçar em seu cabelo. *E que ela não grudará na bainha quando estiver gelado. E que aqueles que carregam armas frequentemente morrem mais cedo, portanto, por favor, não a carregue às claras.*

Vasya pensou nas mãos de Morozko, corrigindo sua empunhadura na adaga. Pensou em sua boca. Sua pele coloriu-se e, subitamente, ela ficou furiosa por ele beijá-la, dar-lhe presentes, e a deixar sem uma palavra.

Solovey não se solidarizou com sua raiva; resfolegou, sacudiu a cabeça, ansioso pela estrada. Fazendo cara feia, Vasya descobriu pão novo e hidromel em seu alforje, e comeu; jogou neve no fogo (que apagou muito mansamente depois de perdurar por tanto tempo), amarrou os alforjes e subiu na sela.

As verstas foram percorridas sem problema, e Vasya teve dias cavalgando em que pôde recuperar suas forças, lembrar-se, e tentar esquecer. Mas uma manhã, quando o sol estava bem acima do alto das árvores, Solovey jogou a cabeça para cima e se assustou.

Vasya, atônita, disse: – O quê? – E então viu o corpo.

Era de um homem que tinha sido grande, mas agora sua barba estava cheia de gelo, e os olhos abertos olhavam fixamente, gelados e vazios. Jazia em uma faixa sangrenta de neve pisoteada.

Vasya desceu para o chão, com relutância. Contendo a náusea, viu do que o homem tinha morrido: pelo golpe de uma espada, ou de um machado, no ponto em que seu pescoço encontrava o ombro, cortando-o até as costelas. A garganta dela subiu, ela a forçou a baixar.

Vasya tocou a mão rígida. Um único par de pegadas de botas tinha levado este homem, em fuga, para seu fim.

Mas onde estavam os assassinos? Vasya curvou-se para refazer os passos do morto. Uma camada nova de neve deixara-as indistintas. Solovey seguiu-a, soprando, nervoso.

As árvores terminavam abruptamente, e eles se viram à beira de campos abertos. No meio dos campos havia uma aldeia, queimada.

Vasya tornou a se sentir nauseada. A aldeia queimada era muito parecida com a sua: *izby*, estábulos e casas de banhos, uma paliçada de madeira e campos invernais cheios de tocos de árvores. Mas aquelas choupanas eram ruínas em combustão. A paliçada estava caída de lado como um veado ferido. A fumaça estendia-se sobre a floresta. Vasya curvou a cabeça para respirar por uma dobra de sua pelerine. Podia ouvir os lamentos.

Quem fez isto foi embora, disse Solovey.

Mas não há muito tempo, Vasya pensou. Aqui e ali pequenos fogos ainda pontilhavam a paisagem, não apagados pelo tempo ou pelo esforço. Vasya pulou para as costas de Solovey. – Chegue mais perto – disse ao cavalo, e mal reconheceu sua própria voz.

Eles se esgueiraram por entre as árvores ao lado dos restos da paliçada. Solovey saltou-a com as narinas vermelhas. Os sobreviventes da aldeia moviam-se com rigidez, como se estivessem prontos a se juntar aos mortos que empilhavam ao lado das ruínas de uma igrejinha. Estava frio demais para os corpos passarem a cheirar mal. O sangue coagulara em seus ferimentos, e eles encaravam o céu luminoso com a boca aberta.

Os vivos não ergueram os olhos.

À sombra de uma *izba*, uma mulher com duas tranças negras ajoelhou-se ao lado de um homem morto. Suas mãos curvaram-se uma na outra como folhas mortas, e seu corpo despencou, embora ela não estivesse chorando.

Algo em relação à linha do cabelo da mulher, preto como fel sobre costas esbeltas, despertou a memória de Vasya. Antes que pudesse pensar, ela desceu de Solovey.

A mulher esforçou-se para se erguer, e é claro que não era a irmã de Vasya, não era ninguém que ela conhecesse, apenas uma camponesa com demasiados dias frios estampados em seu rosto. O sangue grudara em suas mãos, no lugar onde ela devia ter tentado estancar um ferimento mortal. Uma faca suja surgiu em sua mão e ela pressionou as costas contra a parede da sua casa. A voz veio rascante da garganta. – Seus colegas já vieram e se foram – disse a Vasya. – Não temos mais nada. Um de nós morrerá, menino, antes que você possa tocar em mim.

– Eu... não – disse Vasya, gaguejando de dó. – Não faço parte daqueles que fizeram isto. Sou apenas um viajante.

A mulher não abaixou a faca. – Quem é você?

– Meu nome é Vasya – disse a menina cautelosamente, porque Vasya podia ser o apelido de um menino, Vasilii, bem como de uma menina, Vasilisa. – Pode me contar o que aconteceu aqui?

A risada furiosa da mulher soou estridente nos ouvidos de Vasya.

– De onde vem você que não sabe? Os tártaros vieram.

– Você aí – disse uma voz severa. – Quem é você?

Vasya olhou ao redor. Um velho mujique vinha a passos largos em sua direção, pesado, largo, e com uma palidez cadavérica sob a barba. Seus nós dos dedos rasgados sangravam em volta da foice sangrenta, agarrada em sua mão. Surgiram outros, contornando os lugares que queimavam. Todos traziam armas, machados e facas de caça; a maioria tinha sangue no rosto.

– Quem é você? – O grito veio de meia dúzia de gargantas, e logo os aldeões fechavam um círculo à sua volta. – Um cavaleiro desgarrado. Um menino. Matem ele.

Sem pensar, Vasya atirou-se sobre Solovey. O garanhão deu um grande passo de galope e saltou sobre as cabeças dos aldeões mais próximos, que caíram praguejando na neve sangrenta. O cavalo desceu leve como uma folha, e teria prosseguido na corrida, para longe dos escombros e de volta à floresta, mas Vasya firmou o quadril em suas costas e o forçou a parar. Solovey ficou quieto, em termos, preparado para a fuga.

Vasya viu-se em frente a um círculo de rostos amedrontados e furiosos.

– Não quero lhes fazer mal – disse, com o coração aos pulos. – Não sou um saqueador, apenas um viajante solitário.

– De onde você veio? – gritou um dos aldeões.

– Da floresta – respondeu Vasya, numa meia verdade. – O que houve aqui?

Uma pausa desagradável, cheia de violenta tristeza. Então, a mulher de cabelo preto disse: – Bandidos. Trouxeram fogo, flechas e aço. Vieram atrás das nossas meninas.

– Suas meninas? Eles as levaram? Para onde? – perguntou Vasya.

– Levaram três – disse o homem, amargamente. – Três pequenininhas. Tem sido assim desde o começo do inverno, em toda aldeia por aqui. Eles chegam, queimam o que querem, e depois escolhem as crianças. – Ele fez um gesto vago em direção à floresta. – Meninas... Sempre meninas. A Rada ali – ele indicou a mulher de cabelo preto – teve sua filha roubada, e o marido foi morto durante a luta. Agora, ela não tem ninguém.

– Eles levaram a minha Katya. – As mãos ensanguentadas de Rada retorceram-se juntas. – Eu disse pro meu marido não lutar, que eu não poderia perder os dois, mas quando eles levaram nossa menina, ele não suportou... – A voz dela ficou sufocada e ela se calou.

A boca de Vasya encheu-se de palavras, mas nenhuma delas serviria. – Sinto muito – disse, depois de um tempo. – Vou... – Seu corpo todo tremia. De repente, Vasya tocou a lateral de Solovey; o cavalo rodou e saiu galopando. Atrás dela, ouviram-se gritos, mas ela não olhou para trás. Solovey saltou a paliçada estragada, e se enfiou no meio das árvores.

O cavalo soube o que ela pensava antes de ela dizer. *Nós não vamos continuar, vamos?*

– Não.

Gostaria que você tivesse aprendido a lutar direito, antes de começar a se meter em lutas, o cavalo disse, desanimado. Um círculo branco surgiu ao redor dos seus olhos, mas ele não protestou quando ela o tocou de volta para o lugar onde jazia o homem morto, na mata.

– Vou tentar ajudar – disse Vasya. – Bogatyry percorreu o mundo salvando donzelas. Por que não eu? – Falava com mais bravura do que sentia. Sua adaga de gelo pareceu uma responsabilidade poderosa, embainhada ao longo da sua coluna. Pensou também em seu pai, sua mãe, sua ama, as pessoas que não tinha conseguido salvar.

O cavalo não retrucou. A mata estava perfeitamente quieta, sob um sol descuidado. A respiração do cavalo e a dela pareciam barulhentas naquele silêncio.

– Não, não pretendo entrar em luta – ela disse. – Eu seria morta, e então Morozko teria razão, o que não posso permitir. Vamos nos aproximar sorrateiramente, Solovey, como fazem as menininhas para roubar pão de mel. – Ela tentou um tom de coragem displicente, mas tinha um frio no estômago e tremia.

Desceu para o chão ao lado do morto, e começou a procurar pistas com determinação. Mas não encontrou nada que mostrasse aonde os bandidos tinham ido.

– Bandidos não são fantasmas – Vasya disse a Solovey, frustrada. – Que espécie de homem não deixa rastros?

O cavalo balançou o rabo, inquieto, mas não respondeu.

Vasya pensou muito. – Então venha – disse. – Temos que voltar para a aldeia.

O sol tinha passado do seu auge. As árvores mais próximas à paliçada projetavam longas sombras nas *izby* arrasadas, e escondiam um pouco do horror. Solovey estacou à beira da mata.

– Me espere aqui – disse Vasya. – Se eu chamar, você tem que vir me buscar na mesma hora. Derrube pessoas, se for preciso. Não vou morrer por causa do medo deles.

O cavalo colocou o focinho na palma da sua mão.

A aldeia estava num silêncio fantasmagórico. Todos os moradores tinham ido até a igreja, onde queimava uma pira. Vasya, agarrando-se às sombras, rastejou pela paliçada e se achatou de encontro à parede da casa de Rada. A mulher não estava à vista, mas havia marcas por onde seu marido tinha sido arrastado.

Vasya firmou os lábios e se esgueirou para dentro da cabana. Um porco guinchou num canto. O coração de Vasya quase parou. – Quieto – disse. A criatura olhou-a com olhinhos brilhantes.

Vasya foi até o fogão. Possibilidade idiota esta, mas não conseguiu pensar em mais nada. Trazia um pãozinho frio na mão.

– Vejo você – disse, baixinho, para a boca fria do forno. – Não pertenço à sua gente, mas te trouxe pão.

Houve um silêncio. A boca do forno ficou quieta, reinava um silêncio mortal naquela casa, cujo dono estava morto e a filha fora roubada.

Vasya rangeu os dentes. Por que um *domovoi* de uma casa estranha responderia ao seu chamado? Talvez ela fosse idiota.

Então, do fundo do forno veio um movimento, e uma criaturinha cheia de fuligem, toda coberta de pelos, enfiou a cabeça para fora. Dedos magricelas abriram-se na soleira do forno, e ele gritou: – Vá embora! Esta é a minha casa!

Vasya ficou contente ao ver esse *domovoi*, e mais contente ainda em vê-lo como uma criatura sólida, ao contrário do *bannik* enevoado naquela malfadada casa de banhos. Colocou o pão com cuidado nos tijolos à frente do forno. – Uma casa destruída, agora – disse.

Lágrimas fuliginosas marejaram os olhos do *domovoi*, e ele se sentou na boca do forno com uma baforada de cinzas. – Tentei dizer a eles – ele disse. – "Morte", gritei ontem à noite. "Morte." Mas eles só ouviram o vento.

– Vou buscar a filha de Rada – disse Vasya. – Pretendo trazê-la de volta, mas não sei como encontrá-la. Não há rastros na neve. – Falou com a cabeça virada, à escuta de passos no lado de fora. – Mestre – disse ao *domovoi* –, minha ama me contou que se uma família algum dia deixar sua casa, um *domovoi* deve segui-la, se sua gente pedir corretamente. A criança não pode pedir, mas estou pedindo em seu nome. Você sabe aonde foi essa criança? Pode me ajudar a encontrá-la?

O *domovoi* não disse nada, chupando seus dedos de gravetos.

Foi apenas uma leve esperança, afinal de contas, pensou Vasya.

– Pegue um carvão – disse o *domovoi*, agora com a voz macia como brasas que se aquietam. – Pegue-o e siga a luz. Se trouxer minha Katya de volta, minha espécie lhe será devedora.

Vasya respirou satisfeita, surpresa com o seu triunfo. – Farei o possível. – Enfiou a mão enluvada dentro do forno, e pegou um toco de madeira fria e carbonizada. – Não tem luz – disse, examinando-o em dúvida.

O *domovoi* não disse nada. Quando ela olhou, ele tinha desaparecido de volta para dentro do forno. O porco guinchou novamente. Vasya ouviu vozes ao longe, na outra extremidade da aldeia, o ranger de pés na neve. Correu para a porta, tropeçando no assoalho empenado. Agora, lá fora era realmente final de tarde, cheio de sombras dissimuladoras.

Do outro lado da aldeia, a pira pegou fogo e subiu, um farol na luz esmorecida. Os gemidos subiram com a fumaça, enquanto as pessoas lamentavam seus mortos.

– Deus esteja com todos vocês – Vasya sussurrou, e saiu pela porta, voltando para a pura floresta, onde Solovey esperava sob as árvores.

O carvão do *domovoi* continuava cinza como o cair da noite. Vasya montou em Solovey, e olhou para ele, em dúvida. – Vamos tentar direções diferentes e ver o que acontece – disse, finalmente.

Escurecia. As orelhas do cavalo foram lentamente para trás numa clara desaprovação de tais atitudes descuidadas, mas partiu para rodear a aldeia.

Vasya observou o toco frio em sua mão. Aquilo seria...? – Espere, Solovey.

O cavalo parou. A madeira na mão de Vasya tinha agora uma borda levemente vermelha. Ela teve certeza disso. – Por ali – murmurou.

Passo. Mais um. Parada. O carvão brilhou, ficou mais quente. Vasya ficou feliz por sua luva grossa. – Em frente – disse.

Aos poucos o ritmo deles acelerou-se, passando do passo ao trote e a um galope rente ao chão, à medida que Vasya foi tendo mais certeza da sua direção. Era uma noite clara, com a lua quase cheia, mas terrivelmente gelada. Vasya recusou-se a pensar nisso. Soprou suas mãos, puxou a pelerine à volta do rosto, e acompanhou a luz com determinação.

Perguntou: – Você consegue me carregar junto com mais três crianças?

Solovey sacudiu a crina em dúvida. *Se nenhuma delas for grande*, respondeu. *Mas mesmo que possa carregá-las, o que você fará com elas? Esses bandidos saberão onde fomos. O que vai impedi-los de nos seguir?*

– Não sei – Vasya admitiu. – Primeiro, vamos encontrá-las.

O carvão brilhou ainda mais, como que para desafiar a escuridão. Começou a chamuscar a luva de Vasya, e ela estava justamente pensando em enfiá-lo em um pouco de neve para salvar sua mão, quando Solovey estancou, derrapando.

Uma fogueira faiscava entre as árvores.

Vasya engoliu com a boca subitamente seca. Deixou cair o carvão e colocou a mão no pescoço do garanhão. – Devagar – cochichou, desejando parecer mais corajosa do que se sentia.

As orelhas do cavalo moveram-se para frente e para trás.

Vasya deixou Solovey em um grupo de árvores. Movendo-se com todo o cuidado de uma criança da floresta, rastejou até a beirada de um círculo de luz da fogueira. Doze homens estavam sentados no círculo, conversando. De início, Vasya pensou haver algo de errado com sua escuta; depois, percebeu que falavam numa língua que ela não conhecia. Era a primeira vez que ouvia uma.

Suas prisioneiras amarradas amontoavam-se no meio. Uma galinha roubada defumava e pingava sobre as chamas, enquanto um odre de bom tamanho ia para lá e para cá. Os homens usavam pesados casacos acolchoados, mas tinham deixado de lado seus capacetes pontudos. Bonés de couro revestidos de lã cobriam suas cabeças; suas armas bem cuidadas estavam à mão.

Vasya respirou fundo, refletindo muito. Pareciam homens comuns, mas que espécie de bandidos não deixava marcas? Poderiam ser ainda mais perigosos do que pareciam.

É inútil, Vasya pensou. Eles eram muitos. Como é que ela chegou a imaginar...? Seus dentes cravaram no lábio inferior.

As três crianças estavam sentadas juntas, próximas ao fogo, sujas e apavoradas. A mais velha era uma menina de talvez uns treze anos, e a mais nova era pouco mais do que um bebê, com as faces riscadas de lágrimas. Estavam amontoadas para poderem se esquentar, mas mesmo de sua posição rasteira, Vasya percebeu que tremiam.

Fora do círculo da luz do fogo, as árvores balançavam na escuridão. A distância, um lobo uivou.

Vasya esquivou-se para longe da fogueira e voltou para Solovey. O garanhão virou a cabeça para cutucar o peito dela com o focinho. Como tirar as crianças de perto do fogo? Em algum lugar, os lobos voltaram a uivar. Solovey ergueu a cabeça, ouvindo os ganidos distantes, e Vasya ficou novamente impressionada com a graça do seu pescoço musculoso, a linda cabeça e os olhos escuros.

Teve uma ideia delirante e alucinada. Deixou de respirar, mas não parou para pensar. – Tudo bem – disse, perdendo o fôlego com o terror e a excitação. – Tenho um plano. Vamos voltar até aquele teixo.

Solovey seguiu-a até um velho e grande teixo nodoso, próximo à trilha por onde tinham passado. Ao chegar lá, Vasya cochichou em seu ouvido.

◆

Os homens comiam a galinha roubada, enquanto as meninas, exaustas, caíam umas contra as outras. Vasya voltou para seu lugar junto à vegetação rasteira. Agachou-se na neve, segurando a respiração.

Solovey, desarreado, entrou na luz do fogo. Os músculos ondulavam na traseira e nos flancos no garanhão; seu torso era tão profundo quanto a abóbada de uma igreja.

Os homens levantaram-se de um pulo, ao mesmo tempo.

O garanhão chegou perto do fogo, com as orelhas espetadas. Vasya esperava que os bandidos pensassem que ele fosse uma recompensa de algum boiardo, que tivesse arrebentado a corda e escapado.

Solovey sacudiu a cabeça, fazendo seu papel. Suas orelhas giraram em direção aos outros cavalos. Uma égua relinchou. Ele roncou de volta.

Um dos bandidos tinha um pãozinho na mão; inclinou-se lentamente, pegou um pedaço de corda, e fazendo ruídos tranquilizadores, começou a caminhar em direção ao garanhão. Os outros homens espalharam-se, tentando interceptar o animal.

Vasya segurou uma risada. Os homens olhavam fixamente, encantados como meninos na primavera. Solovey estava tímido como uma donzela. Por duas vezes um homem chegou perto o bastante para colocar a mão no pescoço do cavalo, mas a cada vez Solovey saía de lado. Mas só um pouquinho, nunca o suficiente para que eles desistissem.

Pouco a pouco, o garanhão foi levando os homens para longe do fogo, das prisioneiras, e dos seus cavalos.

No momento certo, Vasya deslizou em silêncio para onde estavam os cavalos. Infiltrou-se no meio deles, murmurando palavras de conforto, escondendo-se entre seus corpos. A égua mais velha inclinou para trás uma orelha, desconfiada com a recém-chegada.

– Espere – Vasya cochichou.

Ela se curvou com sua faca e cortou o piquete. Dois golpes e os cavalos estavam todos soltos. Vasya correu de volta para as árvores e soltou o longo chamado de um lobo à caça.

Solovey empinou com os outros, relinchando de medo. Em um instante, o acampamento era um turbilhão de animais apavorados. Vasya ganiu como uma loba, e Solovey saiu em disparada. A maioria dos cavalos foi atrás dele, e seus companheiros, relutantes em serem deixados, seguiram-nos. Em um instante, todos tinham desaparecido na mata, e o acampamento virou um tumulto. Um homem que, obviamente, era o líder, precisou gritar para ser ouvido sobre a barulheira.

Gritou uma palavra e a gritaria foi morrendo aos poucos. Vasya estava achatada no chão, escondida em meio a samambaias e sombras, segurando a respiração. Tinha arrancado o piquete naquele momento frenético de confusão, depois voltado abaixada para a mata. As marcas dos cascos tinham encoberto suas pisadas. Esperava que ninguém especulasse como os cavalos haviam se soltado com tanta facilidade.

O líder lançou uma série de ordens. Os homens murmuraram o que pareceu ser uma concordância, embora um deles parecesse ácido.

Em cinco minutos, o acampamento estava quase deserto, mas facilmente do que Vasya esperava. *Eles têm um excesso de confiança,* pensou. *Bom, podem ter, já que não deixam rastros.*

Um dos homens, o ácido, tinha recebido ordens claras para ficar com as prisioneiras. Sentou-se de mau humor em um tronco.

Vasya enxugou as mãos suadas na pelerine, e agarrou a adaga com firmeza. Seu estômago era uma bola de gelo. Tinha tentado não pensar nessa parte: o que fazer se houvesse um guarda.

O rosto de Rada, fundo de pesar, flutuou perante seus olhos. Vasya firmou o maxilar.

O bandido solitário estava sentado com as costas para ela, jogando pinhas no fogo. Vasya foi até ele, furtivamente.

A mais velha das prisioneiras viu-a. Seus olhos se arregalaram, mas Vasya pôs o dedo nos lábios e a menina segurou um grito. Mais três passos, dois... Sem se dar tempo para pensar, Vasya enfiou a lâmina afiada na reentrância da base do crânio da sentinela.

— Aqui — Morozko tinha dito, colocando uma ponta de dedo gelada em seu pescoço. — Mais fácil do que cortar a garganta, se você tiver uma boa lâmina.

Foi fácil. Sua adaga entrou como um suspiro. O saqueador deu um solavanco e depois desmoronou, sangue vazando pelo buraco em seu pescoço. Vasya puxou a adaga de volta e deixou que ele caísse, pressionando a boca com a mão. Todos os seus membros tremiam. *Foi fácil, pensou. Foi...*

Por um instante, uma sombra de capote preto pareceu lançar-se sobre o corpo, mas, quando ela piscou, a sombra sumiu, e só restava um corpo na neve e três crianças aterrorizadas, olhando-a boquiabertas. O punho da sua adaga estava sujo de sangue. Vasya virou-se e vomitou, agachada na neve pisoteada. Respirou fundo quatro vezes, depois limpou a boca e se levantou, sentindo gosto de bílis. *Foi fácil.*

— Está tudo certo — Vasya disse às crianças, ouvindo sua própria voz irregular. — Vou levar vocês pra casa. Só um minuto.

Os homens tinham deixado seus arcos próximo ao fogo. Vasya bendisse seu machadinho, porque ele cortou as armas como se fossem gravetos. Arrasou com tudo que estava à vista, depois rasgou as trouxas deles e atirou o conteúdo no fundo da mata. Por fim, jogou neve no fogo e mergulhou a clareira na escuridão.

Ajoelhou-se junto ao grupo de crianças. A menor chorava. Vasya só podia imaginar o aspecto do seu próprio rosto, encapuzado ao luar. As meninas gemeram ao ver a adaga ensanguentada de Vasya.

— Não — ela disse, procurando não assustá-las. — Vou usar a adaga para cortar estas cordas. — Ela alcançou as mãos amarradas da menina mais velha; a corda partiu-se com facilidade. — Depois, meu cavalo e eu vamos levar vocês pra casa. Você é a Katya? — ela se dirigiu à menina mais velha. — Sua mãe está te esperando.

Katya hesitou. Depois, disse para a mais nova sem tirar os olhos de Vasya: — Está tudo bem, Anyushka. Acho que ele quer ajudar a gente.

A criança não disse nada, mas ficou muito quieta quando Vasya cortou a corda dos seus pulsos minúsculos. Depois que as três estavam livres, Vasya levantou-se e enfiou sua adaga na bainha.

— Vamos — disse. — Meu cavalo está esperando.

Sem uma palavra, Katya pegou Anyushka no colo. Vasya curvou-se e apanhou a outra menina. Todas elas entraram na mata. As meninas estavam confusas de cansaço. Do fundo da floresta vinham os sons dos bandidos chamando seus cavalos.

A trilha até o teixo era mais comprida do que Vasya lembrava-se. Era impossível se locomover rápido na neve pesada. Seus nervos esticaram-se ao máximo, à espera de que um homem irrompesse do matagal, ou voltasse aos tropeções para o acampamento e desse o alarme.

Os passos foram avançando, as respirações, os batimentos cardíacos. Teriam perdido o caminho? Os braços de Vasya doíam. A lua mergulhou mais para perto do alto das árvores, e sombras monstruosas listaram a neve.

Subitamente, elas ouviram um estalo na samambaia revestida de neve. As meninas amontoaram-se na escuridão mais profunda que puderam encontrar.

Passos fortes, esmagadores. Agora, até Katya soluçava.

— Shh! Fiquem quietas — disse Vasya.

Quando uma criatura enorme surgiu do matagal, todas gritaram.

— Não — disse Vasya aliviada. — Não, este é o meu cavalo, Solovey. — Ela foi imediatamente até junto do garanhão, tirou uma luva e enfiou seus dedos trêmulos na sua crina.

— Este é o cavalo que entrou no acampamento — disse Katya lentamente.

— É — disse Vasya, agradando o pescoço de Solovey. — Nosso truque para conseguir a liberdade de vocês. — Um pouco de calor infiltrou-se em suas mãos, escondidas sobre a crina.

A pequena Anyushka, que mal passava da altura do joelho de Solovey, deu repentinamente uns passos inseguros à frente, embora Katya tentasse agarrá-la. – O cavalo mágico é dourado-prateado – Anyushka informou a Vasya, inesperadamente, com as mãos no quadril. Olhou Solovey de alto a baixo. – Este não pode ser um cavalo mágico.

– Não? – Vasya perguntou à criança, com delicadeza.

– Não – retrucou Anyushka. Mas, em seguida, estendeu uma mãozinha trêmula.

– Anyushka! – Katya reprimiu um grito. – Este animal vai...

Solovey abaixou a cabeça, as orelhas espetadas de modo amigável.

Anyushka recuou com olhos arregalados. A cabeça dele era quase maior do que ela. Depois, aos poucos, quando Solovey não tornou a se mexer, ela ergueu seus dedinhos desajeitados para agradar seu focinho de veludo. – Veja, Katya – cochichou. – Ele gosta de mim. Mesmo não sendo um cavalo *mágico*.

Vasya ajoelhou-se ao lado da menina. – No conto de Vasilisa, a Linda, tem um cavalo mágico *preto*, o guardião da noite, que serve Baba Yaga – disse. – Vai ver que o meu cavalo é mágico, ou vai ver que não. Você gostaria de andar nele?

Anyushka não respondeu, mas as outras meninas, encorajadas, vieram para o luar. Vasya localizou sua sela e os alforjes, e começou a arriar Solovey.

Mas agora ouviram outra criatura movendo-se no mato, desta vez uma de dois pés. Não, mais do que uma, e estes eram sons de cavalos. Os cabelos atrás do pescoço de Vasya eriçaram-se. Estava muito escuro, então, exceto por um vacilante e parco luar. *Rápido, Vasya*, disse Solovey.

Vasya atrapalhou-se com a barrigueira. As meninas juntaram-se ao redor do cavalo, como se pudessem se esconder em sua sombra. Vasya apertou a barrigueira quase no último minuto; os sons de homens gritando chegavam cada vez mais perto.

Por um instante, a garganta de Vasya fechou-se em pânico, com a lembrança da sua última fuga desesperada. Com as mãos trêmulas, colocou as duas menores na cernelha de Solovey. As vozes aproximaram-se. Pulou atrás das crianças e estendeu o braço para Katya. – Suba atrás de mim – disse. – Rápido! E se segure.

Katya pegou a mão oferecida e meio pulou, meio escalou até ficar atrás de Vasya. Ainda estava deitada de barriga para baixo na anca do garanhão, quando o chefe dos bandidos surgiu no escuro, o rosto cinzento ao luar, cavalgando em pelo uma égua alta.

Sob outras circunstâncias, Vasya teria rido do choque e do ultraje em seu rosto.

O tártaro não se incomodou com palavras, mas tocou sua égua adiante, com uma espada curva na mão, os dentes à mostra numa raiva atônita. Enquanto se aproximava, gritou. Gritos a toda volta responderam. A espada do chefe refletiu o luar.

Solovey girou como um lobo ágil e saiu em disparada, escapando por pouco à descida da espada. Vasya segurava as crianças com toda força, inclinando-se para frente e confiando no cavalo. Mais um homem apareceu, mas Solovey derrubou-o sem diminuir a marcha. Então, eles se afastaram, correndo para dentro da escuridão.

Vasya frequentemente teve motivos para bendizer os pés seguros de Solovey, mas nessa noite, teve mais motivos do que nunca. O cavalo galopou numa escuridão repleta de árvores, sem guinadas e sem hesitação. Os sons da perseguição ficaram para trás. Vasya voltou a respirar.

Por um momento, fez o cavalo caminhar, para que todos pudessem recuperar o fôlego.

– Entre debaixo da minha pelerine, Katyusha – disse à menina mais velha. – Não é pra você se congelar.

Katya enfiou-se sob a pele de lobo de Vasya, e se agarrou, tremendo.

Aonde ir? Aonde ir? Vasya, agora, não tinha noção de para que lado ficava a aldeia. Nuvens haviam se juntado encobrindo as estrelas, e a fuga precipitada na densa escuridão tinha confundido até ela. Perguntou às meninas, mas nenhuma delas jamais tinha ido tão longe de casa.

– Tudo bem – Vasya disse. – Vamos ter que continuar, rápido, por mais algumas horas, para eles não nos alcançarem. Então, vou parar e fazer uma fogueira. Amanhã encontraremos a aldeia.

Nenhuma das crianças contestou; seus dentes batiam. Vasya abriu seu saco de dormir, envolveu as duas meninas menores dentro dele, e as segurou erguidas junto a seu corpo. Não era confortável, nem para ela, nem para Solovey, mas poderia impedir que congelassem.

Deu-lhes goles do seu precioso hidromel, um pãozinho, e um pouco de peixe defumado. Enquanto comiam, soaram fortes ruídos de casco vindos da mata, surpreendentemente perto. – Solovey! – Vasya chamou, atônita.

Antes que o garanhão pudesse se mexer, um cavalo negro saiu das árvores, trazendo uma criatura de olhos estrelados e cabelo claro.

– Você? – disse Vasya, surpresa demais para ser educada. – Agora?

— Encantada – retrucou Meia-Noite, tão calma quanto se tivessem se encontrado por acaso, no mercado. – Esta floresta, à meia-noite, não é lugar para meninas pequenas. O que andou fazendo?

Os braços de Katya tremeram ao redor da cintura de Vasya. – Com quem você está falando? – cochichou.

— Não tenha medo – Vasya murmurou de volta, esperando que estivesse dizendo a verdade. – Estamos fugindo de uma perseguição – respondeu a Meia-Noite, friamente. – Talvez você tenha notado.

Meia-Noite sorria. – O mundo ficou carente de guerreiros? – perguntou. – Desprovido completamente de senhores corajosos? Agora mandam donzelas fazer o trabalho de heróis?

— Não houve heróis – Vasya disse entredentes. – Apenas eu. E Solovey. – Seu coração batia como o de um coelho. Ela se esforçava para ouvir sons de perseguição.

— Bom, ao menos você tem coragem suficiente – disse Meia-Noite. Seus olhos estrelados mediram Vasya de alto a baixo, duas luzes na sombra da sua pele. – O que pretende fazer agora? Eles são cavaleiros mais espertos do que você pensa, gente de lorde Chelubey, e são muitos.

Lorde...? – Cavalgar ligeiro até a lua se pôr, encontrar um abrigo, fazer uma fogueira, esperar até o amanhecer, e refazer o caminho até a aldeia delas – disse Vasya. – Você tem ideia melhor? E por que está aqui, honestamente?

O sorriso de Meia-Noite endureceu. – Fui enviada, como disse, e tendo a obedecer. – Um brilho malicioso surgiu em seus olhos. – Mas contra as ordens que recebi, vou te dar um conselho. Cavalgue sem parar até o amanhecer, sempre para oeste... – ela indicou a direção. – Lá, você encontrará ajuda.

Vasya analisou o amplo sorriso. A *chyert* jogou para trás o cabelo, como nuvens que atravessam a lua, e sustentou facilmente o olhar.

— Posso confiar em você? – Vasya perguntou.

— Na verdade, não – disse Meia-Noite. – Mas não te vejo recebendo conselho melhor. – Isso foi dito em tom bem alto, com um toque de malícia na voz, como se ela estivesse esperando uma resposta da floresta.

Tudo estava em silêncio, exceto pela respiração assustada das crianças.

Vasya lembrou-se de ser educada e fez uma reverência, um pouco apressadamente. – Então, agradeço.

— Cavalgue ligeiro – disse Meia-Noite. – Não olhe para trás.

Ela se foi com o cavalo negro, e as quatro meninas ficaram sós.

– O que foi aquilo? – Katya cochichou. – Por que você estava conversando com a noite?

– Não sei – respondeu Vasya com uma sinceridade sombria.

◈

Seguiram pela estrada, a oeste segundo as estrelas, como Meia-Noite havia mandado. Vasya rezou para que não fosse tudo loucura. As histórias de Dunya tinham pouca coisa boa a dizer sobre o demônio da meia-noite.

A noite passou, cruelmente gelada, apesar das nuvens que chegavam. Vasya viu-se gritando com as crianças, para mantê-las falando, mexendo-se, chutando, qualquer coisa que as impedisse de congelar até a morte, ali, nas costas de Solovey. Tinha certeza de que o dia jamais chegaria. *Eu devia ter feito uma fogueira*, pensou, *Deveria...*

O amanhecer surgiu quando ela estava quase desistindo; um céu pálido, cheio de neve, mas trouxe, absurdamente, o som do bater de cascos. Ao que parecia, um cavalo jovem e imortal, carregando quatro, não era comparável a homens experientes, que tinham cavalgado a noite toda. Solovey saltou em frente ao ouvir os cascos, as orelhas encostadas na cabeça, mas até ele estava começando a se cansar. Vasya agarrou as meninas com firmeza, e incitou o cavalo a seguir, mas quase se desesperou.

O alto das árvores escuras apareceu bruscamente contra o céu iluminado pelo alvorecer, e subitamente Solovey disse: *Sinto cheiro de fumaça.*

Outra aldeia queimada, Vasya pensou, a princípio. *Ou talvez...* Uma espiral cinza e metódica, quase invisível contra o céu. *Aquilo* não era o resultado negro e pestilento de uma destruição. Um santuário? Talvez. Katya reclinou-se em seu ombro, insuportavelmente gelada. Vasya soube que deveria arriscar.

– Por ali – disse ao cavalo.

Solovey acelerou o passo. Aquilo era a torre de um sino, acima das árvores? As menininhas escaparam da sua garra. Vasya sentiu Katya, às suas costas, começando a escorregar.

– Segurem-se – disse. Chegaram ao limite das árvores. Era mesmo a torre de um sino, e um grande sino tocando para abalar a manhã invernal. Um monastério murado, com guardas sobre o portão. Vasya hesitou, com a sombra da floresta caindo em suas costas. Mas uma das crianças gemeu como um gatinho no frio, e isso fez com que se decidisse. Apertou as pernas em Solovey e o cavalo pulou em frente.

– O portão! Deixe-nos entrar! Eles estão vindo! – gritou.

– Quem é você, estranho? – retrucou uma cabeça encapuzada, espiando por cima do muro do monastério.

– Isto não importa, agora! – Vasya gritou. – Fui até o acampamento deles e trouxe comigo isso – ela apontou as meninas –, e agora eles estão em meu encalço, fervendo de fúria. Se você não me deixar entrar, pelo menos pegue as meninas. Ou vocês não são homens de Deus?

Uma segunda cabeça, dessa vez de cabelo claro, sem tonsura, espiou ao lado da primeira. – Deixe-os entrar – esse homem disse, depois de um instante.

As dobradiças do portão rangeram. Vasya juntou coragem e passou com o cavalo pela brecha. Viu-se em um vasto espaço aberto, com uma capela à direita, algumas construções anexas espalhadas, e inúmeras pessoas.

Solovey estacou. Vasya desceu as meninas e depois escorregou pelo ombro do cavalo. – As crianças estão geladas – disse, imediatamente. – Estão com medo. Precisam ser levadas imediatamente para a casa de banhos, ou até o fogão. Precisam comer.

– Não se preocupe com isso – disse um novo monge, avançando a largos passos. – Você viu esses bandidos? Onde...?

Mas então ele parou, como se tivesse batido em um muro. No momento seguinte, Vasya sentiu que seu próprio rosto iluminava-se, e um tranco de pura alegria. – Sasha! – gritou, mas ele a interrompeu.

– Nossa Senhora, Vasya – disse num tom de horror que a conteve. – O que está fazendo aqui?

PARTE TRÊS

10

FAMÍLIA

A neve caía macia, fraturando a manhã invernal. Dmitrii gritava no posto de vigia, na escada atrás do muro. – Está vendo alguém? Alguma coisa?

Os homens do grão-príncipe rapidamente abafaram suas fogueiras e começaram a reunir suas armas. Uma multidão juntou-se ao redor dos recém-chegados; algumas poucas mulheres correram em frente, gritando perguntas. Seus homens seguiram-nas, olhando fixamente.

Sasha estava parcialmente atento. A criatura pálida e borrada à sua frente não poderia ser sua irmã mais nova. De jeito nenhum. Sua irmã Vasilisa devia estar casada com algum dos vizinhos sóbrios e honestos do seu pai. Era uma matrona, com um bebê nos braços. Com certeza, não estaria cavalgando pelas estradas de Rus' com bandidos em seu encalço. Aquele era algum menino parecido com ela, e não Vasya. Sua irmãzinha jamais poderia ter ficado alta e esquálida como um galgo irlandês, nem aprendido a se portar com uma graça tão perturbadora. E como ela poderia ostentar tal impressão de sofrimento e de infinita coragem?

Sasha encontrou o olhar da recém-chegada e soube; Mãe de Deus, ele sabia que não estava enganado. Jamais poderia, nem em mil anos, esquecer os olhos da irmã.

O horror substituiu o choque. Ela teria fugido com um homem? O que, em nome de Deus, tinha acontecido em Lesnaya Zemlya, para fazê-la ir até lá?

Aldeões curiosos aproximaram-se aos poucos, imaginando por que o famoso monge estava boquiaberto perante um menino frágil e esfarrapado, chamando-o de Vasya.

– Vasya – Sasha recomeçou, esquecido do seu entorno.

O berro de Dmitrii interrompeu-o. O grão-príncipe tinha descido do muro a tempo de interceptar Sergei, que se apressava em direção ao rebuliço. – Afastem-se, todos vocês, em nome de Cristo. Aqui está seu santo hegúmeno.

As pessoas abriram caminho.

Dmitrii ainda estava confuso de sono, com parte da armadura e barulhento, mas apoiou o velho monge ternamente em um braço.

– Primo, quem é este? – perguntou o grão-príncipe, depois de abrir a multidão. – A sentinela não vê nada do alto do muro, tem certeza...? – Ele emudeceu, olhando mais lentamente de Sasha para Vasilisa e vice-versa. – Deus tenha piedade – disse. – Tire sua barba, irmão Aleksandr, e este menino seria sua imagem.

Sasha, a quem normalmente não faltavam palavras, não conseguiu pensar no que dizer. Sergei olhava, com o cenho franzido, de Sasha para sua irmã.

Vasya foi a primeira a falar: – Estas meninas cavalgaram a noite toda. Estão com muito frio. Precisam tomar banho imediatamente, e de uma sopa.

Dmitrii piscou; não tinha notado os três pálidos espantalhos agarrados ao capote do intrigante menino.

– Realmente, precisam – disse santo Sergius. Olhou Sasha por um tempo, depois acrescentou: – Que Deus esteja com vocês, minhas filhas. Venham já comigo. Por aqui.

As meninas agarraram-se a seu salvador com mais força do que nunca, até Vasya dizer: – Olhe, Katya, você precisa ser a primeira. Leve-as com você; vocês não podem ficar aqui fora.

A menina mais velha concordou, lentamente. As pequenas choravam de pura exaustão, mas acabaram se deixando levar, para se alimentar, se banhar e irem para a cama.

Dmitrii cruzou os braços. – E aí, primo? – disse a Sasha. – Quem é este?

Alguns dos aldeões espoliados tinham ido cuidar das suas coisas, mas alguns ainda escutavam abertamente. Meia dúzia de monges ociosos também tinham se aproximado.

– E aí? – repetiu Dmitrii.

O que posso dizer? – Sasha refletiu. *Dmitrii Ivanovich, deixe-me apresentar minha louca irmã Vasilisa, que veio aonde nenhuma mulher deveria estar, está vestida como homem, num desafio a toda decência, desrespeitou o pai e, muito provavelmente, fugiu com um amante. Aqui está o corajoso sapinho, a irmã que eu amava.*

Antes de conseguir falar, foi ela, mais uma vez, quem falou primeiro.

– Meu nome é Vasilii Petrovich – disse, claramente. – Sou o irmão mais novo de Sasha, ou era, antes de ele se dedicar a Deus. Há muitos anos não o vejo. – Ela desferiu a Sasha um olhar duro, como se o desafiasse a contradizê-la. Tinha a voz grave, para uma mulher. Uma longa adaga pendia embainhada do seu quadril, e usava roupas de menino sem constrangimento. Há quanto tempo estava usando-as?

Sasha fechou a boca. Como menino, Vasya resolvia o problema imediato de um escândalo instantâneo, estarrecedor, e o perigo real para sua irmã entre os homens de Dmitrii. *Mas é errado, indecente. E Olga ficará furiosa.*

– Perdoe meu silêncio – Sasha disse a Dmitrii Ivanovich, correspondendo com o olhar, o olhar da irmã. – Fiquei surpreso ao ver meu irmão aqui.

Os ombros de Vasya relaxaram. Quando criança, Sasha sempre soube que ela era inteligente. Agora, esta mulher disse, calmamente: – Não mais do que eu, irmão. – Voltou seus olhos brilhantes e curiosos para Dmitrii. – *Gosudar* – disse –, você chamou meu irmão de "primo". Você é, então, Dmitrii Ivanovich, o grão-príncipe de Moscou?

Dmitrii olhou satisfeito, embora um pouco intrigado. – Sou – disse. – Como é que seu irmão mais novo está aqui, Sasha?

– Por uma grande e boa sorte – disse Sasha, num tom não muito agradável, olhando feio para a irmã. – Vocês não têm nada melhor para fazer? – acrescentou para os monges e aldeões que estavam por lá, assistindo.

A multidão começou a se dispersar, com muitos olhares para trás.

Dmitrii não reparou; bateu nas costas de Vasya com força suficiente para fazê-la oscilar. – Não acredito! – gritou para Sasha. – E você disse que estava sendo perseguido lá fora? Mas os homens no muro não viram nada!

Vasya respondeu, depois de ligeira hesitação: – Não *vejo* os bandidos desde ontem à noite, mas ao amanhecer, ouvi barulho de cascos e procurei abrigo. *Gosudar*, ontem cheguei a uma cidade queimada...

– Nós também vimos cidades queimadas – disse Dmitrii –, mas nenhum traço dos saqueadores. Você disse... aquelas meninas?

– Sim. – Para horror crescente do irmão, Vasya continuou: – Encontrei uma aldeia queimada ontem pela manhã, e rastreei os bandidos até seu acampamento, porque eles haviam capturado essas três meninas que você viu. Roubei as crianças de volta.

Os olhos de Dmitrii acenderam-se. – Como é que você encontrou o acampamento? Como conseguiu sair vivo?

– Vi o fogo dos bandidos entre as árvores. – Vasya evitava o olhar do irmão. Para sua tristeza, ele pensou que era possível traçar uma semelhança entre o primo e a irmã. Os dois tinham carisma, uma ferocidade imprudente, não desprovida de encanto. – Arranquei o piquete dos cavalos e fiz os animais fugirem de susto – ela continuou. – Quando os homens entraram na floresta atrás deles, matei o sentinela e peguei as meninas de volta. Mas foi por pouco.

Sasha tinha saído de Lesnaya Zemlya havia dez anos. Dez anos desde que sua irmãzinha o vira partir, com os olhos grandes e furiosos, sem chorar, mas valente e desolada, parada na entrada da aldeia do pai. *Dez anos*, pensou Sasha soturnamente. Não fazia mais de dez minutos que ele tornara a vê-la, e já queria sacudi-la.

Dmitrii estava satisfeito. – Bom, então! – exclamou. – Muito prazer, meu jovem primo! Encontrou os homens! Enganou-os com muita facilidade! Por Deus, é mais do que conseguiríamos fazer. Ouvirei sua história em detalhes, mas não agora. Você disse que os bandidos estavam em seu encalço? Eles devem ter voltado para trás, ao ver o monastério. Precisamos rastreá-los até seu acampamento. Você se lembra do caminho que fez?

– Um pouco – disse Vasya, em dúvida. – Mas a trilha parecerá diferente durante o dia.

– Não importa – disse Dmitrii. – Rápido, rápido. – Ele já estava se afastando, gritando ordens: – Reúnam os homens, arreiem os cavalos, lubrifiquem as lâminas...

– Meu irmão precisa descansar – Sasha disse, entredentes. – Cavalgou a noite toda.

De fato, o rosto de Vasya estava magro, dolorosamente magro, com olheiras sob os olhos. Além disso, ele não estava disposto a se responsabilizar pela permissão de que sua *irmã mais nova* fosse caçar bandidos.

Vasya levantou a voz novamente, com uma ferocidade que espantou o irmão: – Não – disse. – Não preciso descansar. Só gostaria de um pouco de mingau, por favor, se houver algum disponível. Meu cavalo precisa de feno, cevada, e água que não esteja gelada demais.

O cavalo estivera parado, com as orelhas espetadas, o focinho no ombro do seu cavaleiro. Sasha não havia, realmente, reparado nele, chocado como estava com a súbita aparição da irmã. Então, olhou e fixou o olhar.

Seu pai criava bons cavalos, mas Pyotr precisaria vender quase todos os seus para comprar um animal como aquele garanhão baio. *Algum desastre a tocou para fora de casa, porque o pai jamais...* – Vasya – Sasha começou.

Mas Dmitrii tinha passado um braço em volta dos ombros magros de sua irmã. – Que cavalo você tem, primo! – disse. – Não pensei que criassem cavalos tão bons lá longe, no norte. Vamos lhe arrumar mingau, e, além disso, um pouco de sopa, e grãos para o animal. Depois, sairemos.

Pela terceira vez, Vasya falou antes que seu atônito irmão pudesse manifestar-se. Seus olhos tinham ficado frios e distantes, como que revivendo lembranças amargas. Falou, num tom raivoso: – Sim, Dmitrii Ivanovich. Serei rápido. Precisamos encontrar esses bandidos.

◇

Os nervos de Vasya ainda formigavam, como consequência do perigo, da fuga urgente, do choque horroroso de matar, e do choque feliz ao ver o irmão. Decidiu que seus nervos tinham passado por coisas demais.

Pensou por um momento, com humor negro, em se desfazer em gritos, como era o costume da sua madrasta. Seria *mais fácil* enlouquecer. Depois, lembrou-se da maneira como tinha visto a madrasta pela última vez, encolhida na terra sangrenta, e engoliu a náusea de volta. Lembrou-se, ainda, do momento em que sua lâmina tinha entrado feito chuva no pescoço do bandido, e concluiu que realmente ia vomitar.

Sua cabeça rodou. Estava há um dia sem comer. Cambaleou, procurou instintivamente o pescoço de Solovey e, em vez disso, encontrou ali o irmão, agarrando seu braço com uma das mãos endurecida pela espada.

– Não se atreva a desmaiar – disse em seu ouvido.

Solovey relinchou; seus cascos trituraram a neve, e uma voz gritou, assustada. Vasya se recompôs. Um monge se aproximara do garanhão com um cabresto de corda e expressão bondosa, mas Solovey não aceitaria aquilo.

– É melhor deixá-lo nos seguir – Vasya falou com voz rouca para o monge. – Ele está acostumado comigo. Pode comer seu feno à porta da cozinha, não pode?

Mas o monge já não olhava para o cavalo. Olhava boquiaberto para Vasya, com uma expressão quase cômica de choque. Vasya ficou muito quieta.

– Rodion – Sasha disse na mesma hora, com rapidez e clareza. – Este menino era meu irmão, antes de eu me entregar a Deus. Vasilii Petrovich. Você deve tê-lo conhecido em Lesnaya Zemlya.

– Conheci – esganiçou Rodion. – Então... É, conheci mesmo. – Quando Vasya era uma menina. Rodion olhava muito intensamente para Sasha.

Sasha sacudiu a cabeça, quase imperceptivelmente.

– Vou... Vou buscar feno para o animal – Rodion conseguiu dizer. – Irmão Aleksandr...

– Mais tarde – disse Sasha.

Rodion retirou-se, mas não sem muitos olhares para trás.

– Ele me conheceu mesmo em Lesnaya Zemlya – disse Vasya com urgência, depois que Rodion saiu. Respirava rápido. – Ele...

– Ele ficará calado até conversar comigo – respondeu o irmão. Sasha tinha algo do deslumbrante ar de autoridade de Dmitrii, embora mais contido.

Vasya olhou para ele com gratidão. *Eu não sabia que era solitária*, pensou, *até não estar mais sozinha*.

– Vamos, Vasya – Sasha disse. – Você não pode dormir, mas a sopa consertará um pouco as coisas. Dmitrii Ivanovich fala sério quando diz que quer partir imediatamente. Você não sabe no que se meteu.

– Não seria a primeira vez – retrucou Vasya, enfaticamente.

A cozinha de inverno do monastério estava toda enevoada com a fumaça do forno, num calor quase alarmante. Vasya atravessou a soleira, deu uma rápida aspirada no ar caótico e parou. Era quente demais, pequena demais e tinha pessoas demais.

– Posso comer aqui fora? – perguntou às pressas. – Não quero deixar Solovey.

Havia também o fato de que, se ela se rendesse ao calor e comesse comida quente em um banco confortável, não teria como ficar em pé novamente.

– Sim, claro – disse Dmitrii, inesperadamente, saindo pela porta da cozinha como um espírito da casa. – Tome sua sopa em pé, garoto, e depois partiremos. Você aí! Tigelas para o meu primo. Precisamos nos apressar.

◊

Vasya tirou os alforjes do seu cavalo, enquanto os outros esperavam, olhando ao redor o tempo todo, com uma expressão surpresa. Sasha teve que admitir consigo mesmo que ela era convincente como menino, todos os ângulos, seus movimentos fluidos e arrojados, sem nenhum acanhamento feminino. Um capuz de couro, amarrado sob seu chapéu, escondia seu cabelo, e ela não se dava a revelar, exceto, talvez (na nervosa imaginação de Sasha), por seus olhos de longos cílios. Sasha quis lhe dizer para mantê-los abaixados, mas isso apenas faria com que se parecesse mais com uma menina.

Ela quebrou o gelo dos bigodes do seu cavalo, verificou seus pés, e meia dúzia de vezes abriu a boca para falar, acabando em silêncio a cada vez. Então, um noviço veio com sopa, pães quentes e torta, e a chance de falar passou.

Vasya pegou a comida com ambas as mãos, e avançou sobre ela sem o mínimo decoro de uma donzela. Seu cavalo terminou o feno, e fez uma brincadeira encantadora para conseguir o pão dela, soprando ar quente em sua orelha, até ela rir e ceder. Ela lhe passou o pão e terminou a sopa, enquanto seu olhar lançava-se como o de um tentilhão pelas paredes e conjuntos de construções, pela capela com seu campanário.

– Antes de sair de casa, eu nunca tinha escutado sinos – disse a Sasha, finalmente escolhendo um tópico seguro. Coisas não ditas nadavam em seus olhos.

– Você terá todas as chances do mundo, depois de matarmos nossos bandidos – observou Dmitrii, entreouvindo. Ele se reclinou na parede da cozinha, admirando ostensivamente o garanhão, mas, na verdade, Sasha pensou, avaliando Vasya. Isso deixou o monge nervoso. Qualquer que fosse o pensamento de Dmitrii, no entanto, ele o escondeu sob um sorriso feroz e um odre de hidromel. O vinho pingou quando ele bebeu, da cor da sua barba.

Dmitrii Ivanovich não era um homem paciente. Mesmo assim, de vez em quando, o grão-príncipe podia ser surpreendentemente controlado. Esperou, sem comentários, que Vasya terminasse de comer, mas assim que ela colocou a tigela de lado, seu sorriso tornou-se francamente brutal.

– Chega de ficar embasbacado, menino do campo – disse. – É hora de partir. O caçador vira o caçado; você não acha isso ótimo?

Vasya concordou com a cabeça, um pouco pálida, e estendeu sua tigela para o noviço que aguardava. – Os alforjes?

– Vão para a minha própria cela – respondeu Sasha. – O noviço irá levá-los.

Dmitrii caminhou a passos largos, gritando ordens. Os homens já se reuniam em frente ao portão do monastério. Sasha caminhou ao lado da irmã. A respiração dela acelerou-se ao ver os homens se armando. Sorumbático, ele perguntou, rápido e baixinho em seu ouvido: – Me diga a verdade: você encontrou esses bandidos? Pode voltar a achá-los?

Ela confirmou com a cabeça.

– Então, deve vir conosco – disse Sasha. – Deus sabe que não tivemos nenhuma outra sorte. Mas você ficará perto de mim, não falará mais do que o necessário. Se tiver algumas outras ideias de heroísmo, esqueça. Vai me contar a história toda assim que voltarmos. E também não seja morta. – Ele fez uma pausa. – Nem ferida, ou capturada. – O absurdo da situação chocou-o, e ele acrescentou, quase implorando: – Em nome de Deus, Vasya, *como você chegou aqui?*

– Você parece o pai – Vasya disse, com tristeza. Mas não pôde dizer mais nada. Dmitrii já estava montado. O garanhão, superexcitado, pulava na neve e relinchou para Solovey. O príncipe gritou: – Venha, primo! Venha, Vasilii Petrovich! Vamos em frente!

Vasya riu com isso, um pouco alucinadamente. – Vamos em frente – ecoou. – Dirigiu um sorriso insano a Sasha e disse: – Não teremos mais aldeias queimadas. – Saltou para as costas do seu cavalo com uma graça perfeita e sem a mínima modéstia. Solovey ainda não usava freio. Empinou. Os homens ao redor deles deram vivas. Vasya fez com que ele descesse como um conquistador, com olhos sobrenaturais, e pálida.

Sasha, dividido entre o ultraje e uma admiração relutante, foi buscar sua própria égua.

As dobradiças do portão do monastério, endurecidas com o frio, soltaram um lamento agonizante e então a passagem abriu-se. Dmitrii esporeou seu cavalo. Vasya inclinou-se para frente e o seguiu.

◇

Não é fácil seguir os rastros de um cavalo a galope na neve, não quando algumas horas de rajadas de vento e neve fina semiencobriram as pistas. Mas Vasya conduziu-os com firmeza, a testa franzida em concentração. – Lembro-me daquela pedra; à noite, parecia um cachorro – dizia. Ou: – Ali, aquele grupo de pinheiros. Por aqui.

Dmitrii seguia atrás de Vasya com o olhar de um lobo à caça. Sasha cavalgava atrás dele, mantendo um olhar cismado na irmã.

O pó fino e seco chegava à barriga dos cavalos e caía cintilante do alto das árvores. Tinha parado de nevar; o sol irrompeu por entre as nuvens, e ao redor deles tudo era luz dourada e neve fresca. Mesmo assim, não viram pistas dos bandidos, apenas as marcas dos cascos de Solovey, fracas, mas definidas, como uma trilha de migalhas de pão. Vasya conduziu-os em frente, sem hesitar. Ao meio-dia, beberam hidromel sem afrouxar o passo.

Passou-se uma hora, depois outra. A trilha ficou mais fraca e a lembrança de Vasya menos segura. Aquele era o trecho em que havia cavalgado em plena escuridão, e as pegadas tinham tido mais tempo para desaparecer. Mesmo assim eles continuaram, passo a passo.

Por volta do meio da tarde, a floresta ficou mais rala, e Vasya estacou, olhando para lá e para cá. – Agora acho que estamos perto. Por aqui – disse.

A essa altura, os rastros tinham sumido completamente, até para o olhar de Sasha. Sua irmã seguia pela lembrança das árvores que tinha visto no escuro. Sasha estava involuntariamente impressionado.

– Este seu irmão é esperto – Dmitrii disse a Sasha, olhando Vasya, pensativamente. – Cavalga bem e tem um bom cavalo. O animal caminhou a noite toda e, mesmo assim, hoje leva o menino sem problemas. Ainda que Vasilii não passe de um fiapo. Seu irmão é magro demais. Vamos alimentá-lo fartamente. Estou pensando em levá-lo a Moscou. – Dmitrii calou-se e levantou a voz: – Vasilii Petrovich...

Vasya interrompeu-o. – Tem alguém aqui – disse. Seu rosto estava tenso com a escuta. Um vento frio começou a soprar do nada, e por toda parte. – Alguém...

No momento seguinte, o vento transformou-se num zunido, mas não alto o bastante para encobrir o silvo e baque de uma flecha, ou o grito de um homem atrás deles. Repentinamente, homens fortes em cavalos encorpados cavalgavam em direção a eles, vindos de todos os lados, lâminas reluzindo no baixo sol do inverno.

◇

– Emboscada! – gritou Sasha, no mesmo momento em que Dmitrii berrava: – Atacar! – Os cavalos empinaram, assustados com o primeiro tumulto, e caíram mais flechas. Agora, o vento soprava furiosamente, uma condição adversa para o disparo de flechas, e Sasha bendisse sua boa sorte. Os arqueiros das estepes são mortais.

Os homens juntaram-se no mesmo instante, cercando o grão-príncipe. Nenhum entrou em pânico. Todos eram veteranos, que haviam cavalgado com Dmitrii em suas guerras.

As árvores frondosas limitavam a visão. Agora, o vento zunia. Os bandidos, uivando, galoparam de encontro aos homens do grão-príncipe. Os dois grupos encontraram-se num corpo a corpo, e as espadas tilintaram. *Espadas? Algo caro para serem portadas por bandidos...*

Mas Sasha não teve tempo para pensar. Em um instante, a refrega tinha se fragmentado em um conjunto de lutas individuais, estribo contra estribo, e o bando de Dmitrii estava muito pressionado. Sasha impediu um golpe de lança, despedaçou o cabo com um golpe descendente, e abateu cruelmente o primeiro homem que o ameaçou.

Tuman empinou, atacando com as patas dianteiras, e três outros agressores, cavalgando cavalos menores, recuaram.

– Vasya! – Sasha chamou abruptamente. – Caia fora. Não... – Mas sua irmã desarmada mostrou os dentes, não exatamente rindo, e permaneceu tenazmente ao lado do príncipe. Seus olhos tinham ficado extremamente frios ao ver os bandidos. Não tinha espada, nem lança, que, com certeza, não saberia usar, nem puxou a adaga ao seu lado, curta demais para lutar sobre o lombo de um cavalo. Não, ela tinha seu garanhão, arma equivalente a cinco homens.

Vasya teve apenas que se agarrar a suas costas e dirigir o animal para cada vítima. Os coices de Solovey faziam os bandidos voarem; seus cascos afundavam em seus crânios. Menina e cavalo mantiveram-se, com determinação, emparelhados e bem próximos a Dmitrii, mantendo os bandidos a distância com o peso do garanhão. Agora, o rosto de Vasya exibia uma palidez mortal, a boca rígida e resoluta. Sasha protegia o outro lado da irmã, rezando para ela não cair do cavalo. Uma vez no caos, ele poderia jurar ter visto um cavalo alto e branco ao lado do garanhão baio, cujo cavaleiro impedia as lâminas dos bandidos de atingir a menina. Mas depois, Sasha percebeu que era apenas uma nuvem de neve esvoaçante.

Dmitrii estendia-se à sua volta, com um machado, bradando seu entusiasmo.

Depois do primeiro furor do ataque, foi tudo um trabalho conjunto, numa seriedade mortal. Sasha sofreu um golpe de espada no antebraço, que não sentiu, e decepou a cabeça do homem que o feriu.

– Quantos bandidos pode haver? – Vasya gritou, seus olhos faiscando com temeroso prazer pela batalha. O garanhão escoiceou, quebrando a perna de um homem, e mandando seu cavalo arrebatar-se na neve. Sasha estripou outro e o chutou para fora da sela, enquanto Tuman deslocava-se para permanecer sob ele.

Um dos homens de Dmitrii caiu, e mais outro, e então a batalha ficou desesperada.

– Vasya! – disse Sasha, rapidamente. – Se eu ou o grão-príncipe cair, você *precisa* fugir. Precisa voltar para o monastério. Não...

Vasya não escutava. Era estranho como o grande garanhão baio protegia seu cavaleiro, e agora nenhum dos tártaros trazia seu cavalo ao alcance dos cascos do animal. E, no entanto, um único golpe de lança o derrubaria. Eles ainda não tinham conseguido isso, mas...

Repentinamente, Dmitrii gritou. Um grupo de homens irrompeu da mata, revolvendo a neve sangrenta sob os cascos vigorosos de seus cavalos. Esses homens não eram bandidos, mas guerreiros com capacetes brilhantes, muitos guerreiros, armados com lanças de caçar javalis. Um homem alto e ruivo liderava-os.

Os bandidos empalideceram perante essa nova chegada, abaixaram as armas e fugiram.

11

NEM TODOS SOMOS FILHOS DE LORDES

— Seja bem-vindo, Kasyan Lutovich — gritou Dmitrii. — Procuramos você mais cedo. — Um descuidado respingo escarlate recobria uma face e emplastrava sua barba amarela; havia sangue em seu machado, e no pescoço do seu cavalo. Seus olhos brilhavam muito.

Kasyan sorriu de volta e enfiou a espada na bainha. — Peço-lhe que me perdoe, Dmitrii Ivanovich.

— Desta vez — retorquiu o grão-príncipe, e eles riram. Apenas os bandidos mortos e os extremamente feridos jaziam amontoados na neve; o restante fugira. Os homens de Kasyan já estavam cortando a garganta dos feridos. Vasya, abalada, não assistiu; concentrou-se em suas mãos, cuidando do braço ferido do irmão. A brisa fria ainda sussurrava pela clareira. Logo antes de os bandidos aparecerem, ela poderia jurar ter ouvido a voz de Morozko. *Vasya*, ele havia dito, *Vasya*. E então, o vento tinha vindo gritando, e desviado as flechas dos bandidos. Vasya até pensou ter visto a égua branca, com o demônio do gelo em suas costas, desviando as lâminas que chegavam o mais perto de atingi-la.

Mas, talvez estivesse enganada.

A brisa passou. As sombras das árvores pareceram adensar-se. Vasya virou a cabeça e lá estava ele. Vagamente. Uma presença tênue, negra e óssea entrou mansamente na clareira, seus olhos de uma familiaridade desconcertante.

Morozko parou perante seu olhar. Aquele não era o demônio do gelo, era seu outro eu, mais velho, encapotado de preto, pálido, dedos longos. Estava ali pelos mortos. Repentinamente, a luz do sol pareceu se atenuar. Ela sentiu a presença dele no sangue sobre a terra, no toque do ar frio sobre seu rosto velho, imóvel e forte.

Respirou fundo.

Ele inclinou lentamente a cabeça.

– Obrigada – ela murmurou na manhã gelada, baixo demais para que alguém ouvisse.

Mas ele ouviu. Seus olhos encontraram os dela, e por um instante ele pareceu (quase) real. Depois se virou, e não havia homem nenhum ali, apenas a sombra fria.

Mordendo o lábio, Vasya acabou de enfaixar o braço do irmão. Quando tornou a olhar, Morozko tinha ido embora. Os mortos jaziam em seu sangue, e o sol brilhava alegremente.

Uma voz clara falava: – Quem é aquele menino, que se parece tanto com o irmão Aleksandr? – perguntou Kasyan.

– Ora, é nosso jovem herói – respondeu Dmitrii erguendo a voz. – Vasya!

Vasya tocou no braço de Sasha e disse: – Isto vai precisar ser limpo mais tarde, com água quente, e imobilizado com mel. – Depois se virou.

– Vasilii Petrovich – disse Dmitrii, quando ela atravessou a clareira, e se curvou para os dois homens. Solovey acompanhou-a, ansioso. – Meu primo, filho da irmã do meu pai. Este é Kasyan Lutovich. Vocês dois trouxeram a minha vitória.

– Mas nós nos conhecemos – disse Kasyan a Vasya. – Você não me disse que era primo do grão-príncipe. – Perante o olhar atônito de Dmitrii, ele acrescentou: – Encontrei este menino por acaso em uma feira, sete noites atrás. Eu sabia que ele tinha um ar familiar, é o retrato do irmão. Gostaria que você tivesse me contado quem era, Vasilii Petrovich. Poderia tê-lo trazido ao Lavra com o maior prazer.

O escrutínio sombrio de Kasyan não tinha se atenuado desde aquele dia em Chudovo, mas Vasya, envolta na tranquilidade de extremo cansaço e choque, respondeu serenamente: – Eu tinha fugido de casa e não queria que a notícia chegasse tão cedo. Não o conhecia, *Gospodin*. Além disso – ela se viu sorrindo de um jeito malandro, quase embriagado, e ficou em dúvida sobre a sensação que subia à sua garganta, risada ou soluço, não saberia dizer –, cheguei em boa hora, não foi, Dmitrii Ivanovich?

Dmitrii riu. – De fato, chegou. Garoto esperto. Muito esperto, na verdade, porque só os tolos confiam quando estão sós na estrada. Venham, quero que sejam amigos.

– Assim como eu – disse Kasyan, com os olhos nos dela.

Vasya concordou, desejando que ele não ficasse encarando, e especulando por que ele o fazia. Uma menina deveria rezar muito à Virgem Santa para ter um cabelo naquele tom de ruivo. Ela desviou rapidamente o olhar.

– Sasha, está pronto? – chamou Dmitrii.

Sasha examinava Truman à procura de arranhões. – Estou – respondeu brevemente. – Mas tenho que levar a espada na minha mão enfaixada.

– É justo – disse Dmitrii. Seu próprio cavalo tinha um grande corte no flanco; o grão-príncipe montou no cavalo de um dos seus homens. – Agora, temos outra caçada à frente, Kasyan Lutovich. Temos que rastrear os retardatários até seu covil. – Dmitrii inclinou-se na sela para dar instruções àqueles que levariam os feridos de volta à Lavra.

Kasyan montou e fez uma pausa, examinando Vasya. – Cuide deste menino, irmão Aleksandr – disse alegremente. – Ele está da cor da neve.

Sasha franziu o cenho perante o rosto de Vasya. – Você deveria voltar com os feridos.

– Mas não estou ferido – Vasya observou, numa lógica imparcial e inconsistente, que não pareceu convencer o irmão. – Quero ver isto terminado.

– Claro que quer – interferiu Dmitrii. – Venha, irmão Aleksandr, não envergonhe o menino. Beba isto, Vasya, e vamos embora agora. Quero minha ceia.

Ele estendeu seu odre de hidromel, e Vasya engoliu-o, apreciando o calor que levava junto a emoção. O vento tinha diminuído e os mortos jaziam sós, amontoados na neve. Ela olhou para eles e desviou o olhar.

Solovey não tinha sido ferido no corpo a corpo, mas tinha a cabeça alta, os olhos alucinados pelo cheiro de sangue.

– Venha – disse Vasya, agradando o pescoço do garanhão. – Não terminamos.

Não gosto disto, disse Solovey batendo o pé. *Vamos fugir para a floresta.*

– Ainda não – ela cochichou. – Ainda não.

◊

Dmitrii e Kasyan lideravam a cavalgada; ora um na frente, ora o outro, ora falando baixo, ora calados, à maneira de homens que exploram uma confiança frágil. Sasha cavalgava ao lado de Solovey, sem abrir a boca. Levava o braço cortado imóvel.

A neve tinha sido revolvida na fuga dos sobreviventes, toda salpicada e manchada de sangue. Solovey tinha silenciado, mas estava longe de estar calmo. Não caminhava, ia de lado, quase num meio-galope sem sair do lugar, as orelhas girando.

Eles não iam em disparada para poupar os cavalos exaustos, e o dia se arrastava. Trotaram de descampado a sombra e novamente para descampado, sentindo cada vez mais frio.

Por fim, os guerreiros de Dmitrii pegaram um único bandido ferido.

– Onde estão os outros? – perguntou o grão-príncipe, enquanto Kasyan segurava o homem que estremecia na neve.

O homem disse alguma coisa em sua própria língua, os olhos arregalados.

– Sasha – disse Dmitrii.

Sasha desceu pelo ombro de Truman e, para surpresa de Vasya, falou na mesma língua.

O homem sacudiu a cabeça freneticamente e despejou uma série de sílabas.

– Ele diz que eles têm um acampamento ao norte. Uma versta de distância, não mais – disse Sasha em sua voz contida.

– Em troca disso – disse Dmitrii ao bandido, recuando –, vou matá-lo rapidamente. Venha, Vasya, você conquistou isto.

– Não, Dmitrii Ivanovich – Vasya engasgou quando Dmitrii ofereceu-lhe sua própria arma, gesticulando solenemente para onde Kasyan segurava o bandido. Temeu vomitar. Solovey estava à beira de sair em disparada.
– Não posso.

O bandido deve ter entendido o sentido das palavras, porque abaixou a cabeça, movendo os lábios em oração. Não era um monstro, então, nem ladrão de crianças, mas um homem temente, respirando pela última vez.

Sasha, embora estivesse firme, tinha ficado cinza com seu ferimento. Tomou fôlego para falar, mas Kasyan falou primeiro: – Vasilii é apenas um menino franzino, Dmitrii Ivanovich – disse, ainda segurando seu cativo. – Talvez errasse o golpe, e os homens já tiveram o suficiente por hoje, que não seja ouvir um homem gritar e morrer, estripado.

Vasya engoliu com dificuldade, e a expressão do seu rosto pareceu convencer o príncipe, pois ele enfiou a lâmina na garganta do homem, com petulância. Ficou um instante com os ombros arfando, recobrou seu bom humor, limpou os salpicos e disse: – Tudo em ordem. Mas vamos alimentá-

-lo adequadamente em Moscou, Vasilii Petrovich, e em pouco tempo você estará matando javalis com um golpe de lança.

◇

O acampamento dos bandidos era pequeno e rudimentar. Cabanas para proteger do frio, cercados para os animais, e pouca coisa mais. Nenhum muro, fosso ou paliçada; os bandidos não temiam ataque.

Não havia som, nem movimento, nenhuma fumaça do preparo de alimentos, e o efeito geral era de uma imobilidade gélida, sombria e triste.

Kasyan cuspiu. – Acho que eles partiram, Dmitrii Ivanovich. Os que sobreviveram.

– Procurem por toda parte.

Os homens de Dmitrii entraram e saíram de cada cabana, vasculhando a sujeira, a escuridão e o fedor da vida daqueles homens.

O ódio de Vasya começou a descamar, deixando apenas uma ligeira náusea.

– Nada – disse Dmitrii, depois que o último local tinha sido revistado. – Estão mortos ou fugiram.

– Foi uma boa luta, *Gosudar* – disse Kasyan. Ele tirou o chapéu e passou a mão por seu cabelo embaraçado. – Não acredito que voltarão a nos perturbar. – Inesperadamente, virou-se para Vasya: – Por que está tão perturbado, Vasilii Petrovich?

– Não encontramos o líder – Vasya disse. Mais uma vez, ela deu uma olhada no acampamento esquálido. – O homem que os comandava na floresta, quando roubei as crianças de volta.

Kasyan pareceu surpreso. – Que tipo de homem é esse líder?

Vasya descreveu-o. – Procurei por ele na batalha, e entre os mortos – concluiu. – Não seria fácil esquecer o seu rosto. Mas onde ele está?

– Fugiu – disse Kasyan, prontamente. – Perdeu-se na floresta e já está faminto, senão morto. Não se preocupe, menino, poremos fogo neste lugar. Mesmo que esse chefe viva, não será fácil encontrar mais homens para se aventurar na floresta. Acabou.

Vasya assentiu devagar, sem exatamente concordar, e disse: – E as prisioneiras deles? Para onde foram levadas?

Dmitrii estava dando ordens para que se fizessem fogueiras, e fosse distribuída carne para o conforto de todos. – O que têm eles? – o grão-príncipe perguntou. – Matamos os bandidos; não haverá mais aldeias queimadas.

— Mas todas aquelas crianças roubadas!

— O que têm elas? Seja razoável – disse Dmitrii. – Se as meninas não estão aqui, então estão mortas ou longe. Não posso sair galopando em meio ao matagal, com cavalos exaustos, para procurar camponesas.

Vasya tinha aberto a boca para dar uma resposta furiosa, quando a mão de Kasyan caiu pesadamente sobre seu ombro. Ela calou a boca e se virou para ele.

Dmitrii já tinha se afastado, gritando mais ordens.

— Não toque em mim – Vasya disse secamente.

— Não fiz por mal, Vasilii Petrovich – Kasyan disse. Sombras vespertinas escureciam seu cabelo incandescente. – É melhor não confrontar príncipes. Existem maneiras melhores de conseguir o que quer. Mas, neste caso, ele tem razão.

— Não, não tem – ela disse. – Um bom senhor importa-se com seu povo.

Os homens juntavam tudo que poderia ser queimado. O cheiro de fumaça de madeira começou a vagar pela floresta.

Kasyan escarneceu. Sua expressão divertida fez com que ela se sentisse, ressentidamente, como a menina do campo, Vasilisa Petrovna, e nem um pouco como o jovem herói Vasilii, de Dmitrii.

— Mas que povo? Esta é a questão, menino. Suponho que seu pai era senhor de alguma propriedade rural.

Ela não disse nada.

— Dmitrii Ivanovich é responsável por mil vezes mais almas – Kasyan continuou. – Não pode desperdiçar a força dos seus homens em futilidade. Aquelas meninas se foram. Não pense em heroísmo essa noite. Você está morto de cansaço; parece o fantasma de uma criança louca. – Olhou para Solovey, uma presença pairando sobre o ombro dela. – Seu cavalo não está em muito melhor estado.

— Estou bastante bem – Vasya disse, friamente, endireitando o corpo, embora não pudesse deixar de olhar para Solovey, com preocupação. – Melhor do que aquelas crianças roubadas.

Kasyan deu de ombros e olhou na escuridão. – Pode ser que, para elas, a vida entre escravistas seja uma bênção – disse. – Pelo menos, essas meninas têm valor econômico para um escravista, o que é mais do que são para suas famílias. Você acha que alguém quer uma menina meio crescida, mais uma boca frágil pra alimentar, em fevereiro? Não. Elas se deitam no alto do forno até morrer de fome. Pode ser que algumas morram indo pro sul para o mercado de escravos, mas pelo menos o mercador lhes dará o golpe de misericórdia quando não puderem mais andar. E as fortes, as fortes viverão. A que for bonita ou esperta poderá ser comprada por um príncipe e viver fartamente em algum pavilhão banhado de sol. Melhor do que um chão sujo em Rus', Vasilii Petrovich. Nem todos nascem filhos de lordes.

A voz do grão-príncipe quebrou o silêncio que se instalou entre eles.

– Descansem enquanto puderem – Dmitrii disse a seus homens. – Partimos ao nascer da lua.

◊

O pessoal de Dmitrii queimou o acampamento dos bandidos e voltou para a Lavra na escuridão prateada. Apesar da hora, muitos dos aldeões reuniram-se à sombra do portão do monastério. Soltaram gritos ferozes de aprovação aos cavaleiros que voltavam. – Deus o abençoe, *Gosudar*! – exclamaram. – Aleksandr Peresvet! Vasilii Petrovich!

Vasya ouviu seu nome ser aclamado junto com os outros, mesmo no torpor da sua exaustão, e encontrou forças para, pelo menos, cavalgar com as costas retas.

– Deixem os cavalos – Rodion disse para todos eles. – Eles serão bem cuidados. – O jovem monge não olhou para Vasya. – A casa de banhos está quente – acrescentou um pouco inquieto.

Dmitrii e Kasyan apearam na mesma hora dos seus cavalos, empurrando um ao outro, vitoriosos e despreocupados. Seus homens fizeram o mesmo.

Vasya ocupou-se imediatamente de Solovey, para que ninguém se perguntasse por que ela não havia ido ao banho com os outros.

Padre Sergei não foi visto. Enquanto Vasya escovava seu cavalo, viu Sasha sair para procurá-lo.

◊

A Lavra tinha duas casas de banhos. Uma delas fora aquecida para os vivos. Na outra, os moscovitas mortos na batalha daquele dia já estavam banhados e embrulhados pela mão firme de Sergei, e foi ali que Sasha encontrou o hegúmeno.

– A bênção, padre – disse Sasha, entrando na escuridão da casa de banhos, aquele mundo regrado de água e calor, onde os cidadãos de Rus' nasciam e jaziam após a morte.

– Que o Senhor o abençoe – disse Sergei, e depois o abraçou. Por um momento, Sasha voltou a ser um menino, pressionando o rosto contra a frágil força do ombro do velho monge.

– Conseguimos – disse Sasha, recompondo-se. – Pela graça de Deus.

– Vocês conseguiram – ecoou Sergei, voltando o olhar para os rostos dos mortos. Fez um lento sinal da cruz. – Graças a seu irmão.

Os velhos olhos úmidos encontraram os do discípulo.

– É – disse Sasha, respondendo à pergunta silenciosa. – Ela é minha irmã, Vasilisa. Mas se comportou bravamente, hoje.

Serguei escarneceu. – É claro. Só meninos e tolos pensam que os homens são os que têm mais coragem. *Nós* não parimos crianças. Mas vocês estão tomando um rumo perigoso, você e sua irmã.

– Não vejo melhor saída – disse Sasha. – Especialmente agora, que não haverá mais lutas. Se ela for descoberta, o escândalo será terrível e, se soubessem do seu segredo, alguns dos homens de Dmitrii a pegariam à força, alegremente, em alguma noite escura.

– Talvez – disse Sergei, gravemente. – Mas Dmitrii confia muito em você; não aceitará com facilidade essa mentira.

Sasha ficou calado.

Sergei suspirou. – Faça o que for preciso. Rezarei por você. – O hegúmeno beijou as duas faces de Sasha. – Rodion sabe, não sabe? Falarei com ele. Agora vá. Os vivos precisam mais de você do que os mortos. E são mais difíceis de consolar.

◇

As trevas tornaram o terreno santo da Lavra um lugar pagão, cheio de sombras e vozes estranhas. O sino tocou para a *povecheriye*, e nem seu dobre conseguiu conter a consequência caótica e nefasta da batalha, ou os pensamentos perturbados de Sasha.

A neve do lado de fora da casa de banhos estava polvilhada de pessoas: aldeões espoliados, entregues à misericórdia de Deus. Uma mulher, próxima à casa de banhos, chorava com a boca aberta. – Eu só tinha uma – murmurava –, apenas uma, a primeira, meu tesouro. E você não conseguiu encontrá-la, *Gospodin*?

Vasya, surpreendentemente, estava ali, e ainda firme. Ficou como uma aparição etérea perante a dor da mulher. – Sua filha está salva, agora – replicou. – Está com Deus.

A mulher cobriu o rosto com as mãos. Vasya olhou consternada para o irmão.

O braço rasgado de Sasha doía. – Venha – ele disse à mulher. – Vamos à capela. Rezaremos pela sua filha. Pediremos à Mãe de Deus, que tudo guarda no coração, para tratar sua filha como se fosse dela.

A mulher levantou os olhos cintilantes de lágrimas na ruína que era seu rosto, congestionado e inchado, gasto pelo tempo. – Aleksandr Peresvet – murmurou, a voz convulsa pelo choro.

Lentamente, ele fez o sinal da cruz.

Rezou com ela por um longo tempo. Rezou com todos que tinham ido à capela buscar conforto, rezou até que todos se acalmaram. Porque entendia que esse era seu dever, lutar pelos cristãos e zelar pelas consequências.

Vasya permaneceu na capela até a última pessoa ir embora. Também rezava, mas não em voz alta. Quando, finalmente, eles saíram, não faltava muito para o amanhecer. Havia muito que a lua tinha se posto, e a Lavra estava banhada pela luz das estrelas.

– Você consegue dormir? – Sasha perguntou-lhe.

Ela sacudiu a cabeça uma vez. Ele já tinha visto aquele olhar em guerreiros, levados pela exaustão a um estado de alerta doentio. A mesma coisa tinha lhe acontecido quando matou um homem pela primeira vez. – Tem um catre para você na minha própria cela – disse. – Se não conseguir dormir, agradeceremos a Deus em vez disso, e você me contará como chegou aqui.

Ela assentiu lentamente. Os pés de ambos rangeram na neve, enquanto cruzavam o monastério juntos. Vasya parecia estar recuperando as forças.

– Nunca fiquei tão feliz como quando o reconheci, irmão – ela conseguiu dizer, baixinho, enquanto caminhavam. – Sinto muito não ter demonstrado isto antes.

– Eu também fiquei feliz em te ver, sapinho – ele respondeu.

Ela estacou como que chocada. Subitamente, atirou-se sobre ele, e ele se viu envolvendo uma irmã que soluçava.

– Sasha, Sasha, senti tantas saudades de você! – ela disse.

– Shh! – ele disse, agradando suas costas, constrangidamente. – Shh!

Depois de um tempo, ela se recompôs.

– Não é bem o comportamento do seu irmão arrojado Vasilii, não é? – ela disse, esfregando o nariz que escorria. Eles voltaram a caminhar. – Por que você nunca voltou?

— Isto não importa — Sasha disse. — O que *você* estava fazendo na estrada? Onde conseguiu esse cavalo? Você fugiu de casa? De um marido? A verdade, agora, irmã.

Tinham chegado à cela dele, de teto baixo e sem atrativos, uma em um punhado de pequenas cabanas. Ele abriu a porta e acendeu uma vela.

Endireitando os ombros, ela disse: — O pai morreu.

Sasha ficou calado, a vela acesa na mão. Tinha prometido voltar para casa depois de ordenado monge, mas não voltou. Nunca.

— Você não é meu filho — Pyotr dissera com raiva, quando ele partiu. *Pai.*

— Quando? — Sasha perguntou. Sua voz soou estranha aos seus próprios ouvidos. — Como?

— Foi morto por um urso.

Ele não conseguiu ler o rosto dela na escuridão.

— Entre — disse à irmã. — Comece do começo. Conte-me tudo.

◇

Não era a verdade, é claro. Não poderia ser. Por mais que Vasya amasse o irmão, e tivesse sentido sua falta, não conhecia esse monge de ombros largos, com a tonsura e a barba preta. Então, contou parte da história.

Contou a ele sobre o padre de cabelos claros que tinha amedrontado o povo de Lesnaya Zemlya. Contou sobre os invernos gélidos, os fogos. Contou, rindo um pouco, sobre um pretendente que tinha vindo pedi-la em casamento, e fora embora sem casar, e que seu pai tinha, então, pretendido mandá-la a um convento. Contou sobre a morte da ama, mas não do que ocorreu depois, e contou sobre *um* urso. Disse que Solovey era um cavalo que pertencia ao pai, embora soubesse que ele não tinha acreditado. Não contou que sua madrasta a tinha mandado buscar campânulas brancas no auge do inverno, ou de uma casa num bosque de abetos. E, com certeza, não contou sobre um demônio do gelo, frio e voluntarioso e, às vezes, terno.

Terminou a narrativa e ficou em silêncio. Sasha estava com o cenho franzido. Respondeu à sua expressão, não às suas palavras. — Não, o pai não estaria lá fora, procurando na floresta, se eu não estivesse lá — murmurou. — Eu fiz isso; fui eu, irmão.

— Foi por isso que você fugiu? — Sasha perguntou. Sua voz amada, mal lembrada, não tinha inflexão, o rosto estava composto, portanto, ela não tinha ideia do que ele estaria pensando. — Por ter matado o pai?

Ela se encolheu, depois abaixou a cabeça. – Foi. Isso. E as pessoas... As pessoas temiam que eu fosse uma bruxa. O padre disse a elas que temessem as bruxas, e elas escutaram. O pai já não estava lá para me proteger, então fugi.

Sasha ficou em silêncio. Ela não podia ver seu rosto e, por fim, estourou: – Pelo amor de Deus, diga alguma coisa!

Ele suspirou. – Você é uma feiticeira, Vasya?

A língua dela ficou grossa; a vibração das mortes dos homens ainda percorria seu corpo. Não lhe sobravam mais mentiras, nem meias verdades.

– Não sei, irmãozinho – disse. – Não sei o que é uma feiticeira, não mesmo. Mas nunca desejei mal a ninguém.

Depois de um tempo, ele disse: – Não acho que você tenha agido certo, Vasya. É pecado uma mulher se vestir deste jeito, e foi errado você desafiar o pai.

Depois, ele voltou a ficar em silêncio. Vasya especulou se ele estaria pensando em como também ele desafiara o pai.

– Mas – acrescentou lentamente – você foi corajosa em chegar até aqui. Não te culpo, criança, não mesmo.

As lágrimas afloraram-lhe, mais uma vez, à garganta, mas ela as engoliu.

– Vamos lá, então – Sasha disse, duramente. – Tente dormir, agora, Vasya. Você vai conosco a Moscou. Olya saberá o que fazer com você.

Olya, Vasya pensou, com o coração em suspenso. Ia rever Olya. Suas memórias mais antigas, de mãos bondosas e risadas, pertenciam à irmã.

Vasya estava sentada em frente ao irmão, em um catre ao lado do forno de barro. Sasha tinha acendido o fogo e, aos poucos, o quarto ia se aquecendo. Subitamente, Vasya quis puxar as peles sobre a cabeça e dormir, mas tinha uma última pergunta: – O pai te amava. Queria que você viesse para casa. Você me prometeu que viria. Por que não veio?

Nenhuma resposta. Ele estava entretido com o fogo; talvez não tivesse ouvido. Mas, para Vasya, o silêncio pareceu se adensar, subitamente, com arrependimentos que seu irmão não expressaria.

◊

Ela dormiu, um sono parecido com o inverno, um sono como uma doença. Nele, todos os homens morriam novamente, estoicos ou aos berros, suas vísceras como joias escuras sobre a neve. A figura encapotada de preto ficava ali parada, calma e ciente, para marcar cada morte.

Mas dessa vez, uma voz terrível e conhecida também falou ao seu ouvido: – Veja-o, pobre rei do inverno, tentando manter a ordem. Mas o campo de batalha é o meu reino, e ele só vem para escolher as minhas sobras.

Vasya girou e viu o Urso junto ao seu ombro, caolho, com um sorriso indolente. – Oi – disse. – Meu trabalho lhe agrada?

– Não – ela gaguejou –, não...

Então, ela fugiu, escorrendo freneticamente pela neve, tropeçando no vazio, caindo num buraco de um branco sem fim. Não sabia se estava gritando ou não.

– Vasya – disse uma voz.

Um braço amparou-a, impedindo sua queda. Ela conhecia o formato e a curva da mão de dedos longos, ágeis e abrangentes. Pensou: *Ele veio à minha procura, agora; é a minha vez*, e começou a atacar para valer.

– Vasya – disse a voz em seu ouvido. – Vasya. – Uma voz cheia de crueldade, vento invernal, e um luar antigo. Até um tom grosseiro de ternura.

Não, ela pensou. *Não, coisa gananciosa, não seja gentil comigo.*

Mas, mesmo enquanto pensava isso, toda a luta esvaiu-se dela. Sem saber se estava acordada ou se ainda dormia, pressionou o rosto no ombro dele, e desatou numa tormenta de choro violento.

Em seu sonho, o braço passou com hesitação ao seu redor, e a mão dele aconchegou sua cabeça. Suas lágrimas lancetaram um pouco da ferida envenenada da memória. Por fim, ela emudeceu e olhou para cima.

Estavam juntos em um pequeno espaço iluminado pela lua, com árvores adormecidas a toda a volta. Nenhum Urso, o Urso estava amarrado, muito longe. O gelo erodia o ar como douração em prata. Ela *estava* sonhando? Morozko fazia parte da noite, seus pés incongruentemente nus, os olhos claros preocupados. O mundo vivo de sinos, ícones e mudança de estações parecia o sonho, então, e o demônio do gelo era a única coisa real.

– Eu estou sonhando? – ela perguntou.

– Está – ele disse.

– Você está mesmo aqui?

Ele não respondeu.

– Hoje... Hoje, eu vi... – ela gaguejou. – E você...

Quando ele suspirou, as árvores agitaram-se. – Sei o que você viu – ele disse.

As mãos dela abriram-se e se fecharam. – Você estava lá? Estava lá só por causa dos mortos?

Mais uma vez, ele não disse nada. Ela recuou.

– Eles querem que eu vá a Moscou – ela disse.

– Você quer ir a Moscou?

Ela assentiu. – Quero ver a minha irmã. Quero estar mais com o meu irmão. Mas não posso ser um menino eternamente, e não quero ser uma menina em Moscou. Eles vão tentar me arrumar um marido.

Ele ficou calado por um momento, mas seus olhos haviam escurecido.

– Moscou é cheia de igrejas. Muitas igrejas. Não posso... Os *chyerti* já não são fortes em Moscou.

Ela recuou, cruzando os braços sobre o seio. – Isso faz diferença? Não vou ficar para sempre. Não estou pedindo sua ajuda.

– Não – ele concordou. – Não está.

– Na noite debaixo do abeto... – ela começou. A toda a volta deles, a neve flutuava como uma bruma.

Morozko pareceu se recompor, e sorriu. Era o sorriso do rei do inverno, velho, justo e impenetrável. Qualquer sinal de um sentimento mais profundo desaparecera do seu rosto.

– Bom, coisa louca, o que você quer me perguntar? Ou está com medo?

– Não estou com medo – disse Vasya, irritando-se.

Isso era verdade e também era mentira. A safira estava quente sob suas roupas, também brilhava, embora ela não pudesse vê-la.

– Não estou com medo – repetiu.

O hálito dele deslizou frio pelo seu rosto. Instigada, ela ousou fazer, sonhando, o que não ousaria acordada. Enrolou a mão no capote dele, e o trouxe mais para perto.

Mais uma vez, surpreendeu-o. A respiração dele entalou-se em sua garganta. Sua mão pegou a dela, mas ele não entrelaçou os dedos dos dois.

– Por que você está aqui? – ela lhe perguntou.

Por um instante, achou que ele não responderia, então ele disse, embora relutante: – Ouvi você chorando.

– Eu... Você... Você não pode vir até mim assim, e partir novamente – ela disse. – Salvar a minha vida? Deixar-me à deriva com três crianças, no escuro? Salvar novamente a minha vida? O que você quer? Não me beije e vá embora... Eu não... – Ela não conseguiu encontrar as palavras para o que queria dizer, mas seus dedos falaram por ela, afundando-se na pele cintilante do manto dele. – Você é imortal, e talvez eu pareça pequena a seus olhos – disse, por fim, furiosa. – Mas a minha vida não é uma brincadeira sua.

O aperto da mão dele, por sua vez, esmagou a dela até o limite da dor. Então, ele separou os dedos dela, um a um, mas não soltou a mão. Por um instante, seus olhos encontraram os dela e os queimaram, tão cheios de luz estavam.

Novamente, o vento agitou as velhas árvores. – Você tem razão. Nunca mais – disse, simplesmente, e mais uma vez pareceu uma promessa. – Adeus.

Não, ela pensou. *Assim não...*

Mas ele tinha partido.

12

VASILII, O CORAJOSO

Os sinos tocaram para a *outrenya*, e Vasya acordou com um sobressalto, perdida em sonhos. As cobertas pesadas pareciam sufocá-la. Como uma criatura em uma armadilha, Vasya ficou em pé sem se dar conta, e a friagem da manhã devolveu-lhe a consciência.

Quando saiu da cabana de Sasha, estava encapuzada, com chapéu, e louca por um banho. Tudo à volta era um turbilhão de atividade. Homens e mulheres corriam de lá para cá, gritando, brigando, empacotando, ela percebeu. O perigo tinha passado; os camponeses estavam indo para casa. Galinhas eram postas em engradados, vacas aguilhoadas, crianças levavam tapas, fogos eram apagados.

Bom, é claro que eles estavam indo para casa. Estava tudo bem. Os bandidos tinham sido rastreados até seu covil. Tinham sido mortos, não tinham?

Vasya afastou o pensamento do chefe desaparecido. Tentava decidir o que precisava mais, um café da manhã, ou se aliviar, quando Katya veio correndo, muito pálida, com o lenço torto.

— Calma — disse Vasya, amparando-a justo no momento em que ela estava prestes a jogar as duas na neve. — É muito cedo para ficar correndo por aí, Katyusha. Você viu um gigante?

Katya tinha manchas vermelhas de emoção, o nariz escorrendo livremente.

— Perdoe-me, vim à sua procura — disse, ofegante. — Por favor, *Gospodin*, Vasilii Petrovich.

— O que foi? — Vasya respondeu, subitamente alarmada. — O que aconteceu?

Katya sacudiu a cabeça, a garganta movimentando-se. – Um homem... Igor... Igor Mikhailovich... me pediu em casamento.

Vasya olhou Katya de cima a baixo. A menina parecia mais desconcertada do que assustada.

– É mesmo? – Vasya perguntou, cautelosa. – Quem é Igor Mikhailovich?

– É um ferreiro, tem uma forja – Katya gaguejou. – Ele e a mãe dele têm sido bons comigo e com as menininhas, e hoje ele disse que me ama e... Ah! – Ela cobriu o rosto com as mãos.

– Bom, você quer se casar com ele? – Vasya perguntou.

O que quer que Katya estivesse esperando do filho de boiardo Vasilii Petrovich, aparentemente não era uma pergunta sensata e tranquila. A menina ficou boquiaberta como um peixe em terra. Depois, disse baixinho: – Gosto dele. Ou gostava. Mas hoje de manhã ele perguntou... E eu não soube o que dizer... – Ela parecia à beira das lágrimas.

Vasya fez uma careta. Katya viu, engoliu as lágrimas, e terminou, gemendo: – Eu... Eu me casaria com ele, acho, mais tarde. Na primavera. Mas quero ir pra casa, ver a minha mãe, e ter o consentimento dela, terminar as coisas do casamento do jeito certo. Prometi a Anyushka e Lenochka que levaria as duas pra casa. Mas não posso levar elas sozinha, então não sei o que fazer...

Para seu desgosto, Vasya percebeu que não conseguia suportar as lágrimas de Katya, tanto quanto não suportava as de sua irmã pequena. O que Vasilii Petrovich faria?

– Falarei com esse menino por você, como é o certo – disse Vasya, com delicadeza. – E depois, te levo pra casa. – Ela pensou por um instante. – Eu e meu irmão, o santo monge. – Vasya esperava, piamente, que a casta presença de Sasha bastasse para a mãe de Katya.

Katya parou novamente. – Você leva? Você leva?

– Dou a minha palavra – Vasya disse, encerrando o assunto. – Agora, quero meu café da manhã.

◆

Vasya descobriu uma latrina isolada que usou de forma rápida, aterrorizada, caso fosse descoberta, e depois foi para o refeitório. Caminhou com mais segurança do que sentia. O cômodo comprido e baixo estava imerso em decoroso silêncio, e Dmitrii e Kasyan comiam pão mergulhado em algo que fumegava. Vasya sentiu o cheiro e engoliu em seco.

— Vasya! — Dmitrii gritou afetuosamente, ao vê-la. — Venha, sente-se, coma. Precisamos assistir à missa, agradecer a Deus por nossa vitória, e depois... Moscou!

— Você ouviu a conversa dos camponeses esta manhã? — Kasyan perguntou-lhe, enquanto ela recebia uma tigela. — Estão te chamando, agora, de Vasilii, o Corajoso, e dizendo que você livrou a todos dos demônios.

Vasya quase engasgou com a sopa.

Dmitrii, rindo, bateu nela entre as omoplatas. — Você mereceu! — exclamou. — Invadindo o acampamento dos bandidos, lutando naquele garanhão, embora precise aprender a empunhar uma lança, Vasya. Logo, você será uma lenda tão grande quanto seu irmão.

— Deus esteja com vocês — disse Sasha, entreouvindo. Entrou com as mãos enfiadas nas mangas: um verdadeiro monge. Cedo, tinha ido rezar com seus irmãos. Agora, acrescentou austeramente: — Espero que não. Vasilii, o Corajoso. É um nome pesado para alguém tão jovem. — Mas seus olhos reluziram.

Ocorreu a Vasya que ele pudesse estar gostando, mesmo contra a vontade, dos riscos do embuste deles. *Ela* certamente estava, percebeu com alguma surpresa. O perigo em cada palavra que dizia, entre essas pessoas importantes, era como vinho em suas veias, como água em um país quente. *Talvez*, pensou, *tenha sido por isso que Sasha saiu de casa. Não por Deus, não para magoar o pai, mas por querer surpresas a cada curva da estrada, e isso ele jamais teria em Lesnaya Zemlya.* Olhou para o irmão, cismando.

Depois, tomou mais um gole de sopa e disse: — Preciso devolver três meninas camponesas a sua aldeia, antes de ir a Moscou. Prometi.

Dmitrii bufou e engoliu sua cerveja. — Por quê? Pessoas partirão hoje; as meninas podem ir com elas. Você não precisa se dar ao trabalho.

Vasya ficou calada.

Dmitrii riu, subitamente, lendo seu rosto. — Não? Você parece exatamente o seu irmão, quando resolve uma coisa e quer ser educado. É porque você quer a menina mais velha... Como ela se chama? Não seja pudico, Sasha; quantos anos você tinha quando começou a rolar com camponesas? Bom, tenho uma dívida com você, Vasya. Deixar que banque o herói para uma criança bonita é bem pouco. Não fica muito longe do nosso caminho. Coma. Partimos amanhã.

Na noite anterior à partida da Lavra, irmão Aleksandr bateu à porta do seu mestre.

– Entre – disse Sergei.

Sasha entrou e encontrou o velho hegúmeno sentado ao lado de um fogão, olhando as chamas. Tinha ao lado uma xícara intocada e uma ponta de pão, um pouco roída por ratos.

– A bênção, padre – disse Sasha, pisando no rabo de um rato que acabara de apontar sob o catre. Ergueu o rato, quebrou seu pescoço, e o largou lá fora na neve.

– O Senhor o abençoe – disse Sergei, sorrindo.

Sasha atravessou o quarto, e se ajoelhou aos pés do hegúmeno.

– Meu pai está morto – disse, sem cerimônia.

Sergei suspirou. – Que Deus lhe conceda paz – disse, e fez o sinal da cruz. – Eu me perguntava o que teria acontecido para fazer sua irmã vagar pela floresta.

Sasha ficou quieto.

– Conte-me, meu filho – disse Sergei.

Sasha repetiu lentamente a história que Vasya lhe contara, sem tirar os olhos do fogo.

Quando terminou, Sergius estava com o cenho franzido. – Estou velho – disse. – Talvez meu juízo esteja falhando, mas...

– Tudo é muito improvável – arrematou Sasha rapidamente. – Não consigo tirar mais nada dela. Mas Pyotr Vladimirovich jamais iria...

Sergei recostou-se em sua cadeira. – Chame-o de pai, meu filho. Deus não ficará ressentido, nem eu. Pyotr era um bom homem. Raramente vi alguém tão triste por se separar do filho, e mesmo assim ele não me dirigiu nenhuma palavra raivosa, depois da primeira. E não, ele não me pareceu um homem tolo. O que pretende fazer com esta sua irmã?

Sasha estava sentado aos pés do mestre como um menino, os braços ao redor dos joelhos. A luz do fogo apagou algumas marcas de guerra, de viagem e de longas e solitárias orações. Sasha suspirou. – Levá-la a Moscou. O que mais? Minha irmã Olga pode recebê-la discretamente no *terem*, e Vasilii Petrovich pode desaparecer. Talvez na viagem, Vasya conte-me a verdade.

– Dmitrii não gostará disto, caso descubra – Sergei disse. – E se a sua... Se Vasya recusar-se a ser escondida?

Sasha levantou os olhos rapidamente, com uma ruga entre as sobrancelhas. Do lado de fora, reinava um silêncio no monastério, com exceção da voz isolada de um monge, entoando um cantochão. Todos os aldeões tinham partido, menos as três meninas, que iriam na manhã seguinte com a cavalgada de Dmitrii.

– Ela é tão parecida com você, quanto podem ser um irmão e uma irmã – prosseguiu Sergei. – Vi isto desde o começo. Você iria tranquilamente para o *terem*? Depois de galopar à solta, salvar meninas, matar bandidos?

Sasha riu com a imagem. – Ela é uma menina – disse. – É diferente.

Sergei ergueu uma sobrancelha. – Somos todos filhos de Deus – disse com suavidade.

Franzindo o cenho, Sasha não respondeu. Depois, mudando de assunto, disse: – O que o senhor acha da história de Vasya, sobre ter visto um chefe dos bandidos do qual não conseguimos encontrar um sinal?

– Bom, ou esse chefe está morto, ou não está – disse Sergei, praticamente. – Se estiver morto, que Deus lhe dê paz. Se não estiver, acho que descobriremos – o monge falou placidamente, mas seus olhos brilharam à luz do fogo. Em seu remoto monastério, Sergei dava um jeito de saber de muita coisa. Antes de morrer, o próprio santo Aleksei tinha querido que Sergei fosse seu sucessor como metropolitano de Moscou.

– Peço que mande Rodion a Moscou, se tiver notícias do chefe dos bandidos, depois de partirmos – disse Sasha, com relutância. – E...

Sergei sorriu. Tinha apenas quatro dentes. – E agora você está se perguntando quem é esse lorde ruivo com quem o jovem Dmitrii Ivanovich fez amizade?

– O senhor acertou, Batyushka – disse Sasha. Sentou-se para trás, apoiado nas mãos, depois se lembrou do braço ferido e o agarrou com um grunhido de dor. – Nunca ouvi falar em Kasyan Lutovich. Eu, que percorri toda a extensão de Rus'. E então, repentinamente, ele surge, cavalgando da floresta, em toda sua importância, com suas roupas maravilhosas, e seus cavalos maravilhosos.

– Nem eu – disse Sergei, muito pensativo. – E devia ter ouvido.

Os olhares dos dois se encontram, entendendo-se.

– Perguntarei – disse Sergei. – E enviarei Rodion com notícias. Mas, enquanto isso, fique atento. Venha de onde vier, esse Kasyan é um homem que pensa.

– Um homem pode pensar e não fazer mal – disse Sasha.

– Pode – disse Sergei, apenas. – De qualquer modo, estou atento. Deus esteja com você, meu filho. Cuide da sua irmã, e do seu esquentado primo.

Sasha dirigiu a Sergei um olhar irônico. – Tentarei. Sob muitos aspectos, eles são abominavelmente parecidos. Talvez eu devesse renunciar ao mundo e ficar aqui, um homem santo em território selvagem.

– Certamente, deveria. Deus ficaria imensamente satisfeito – disse Sergei, sarcasticamente. – Eu lhe imploraria que fizesse isso, se algum dia pensasse que poderia convencê-lo. Agora, dê o fora. Estou cansado.

Sasha beijou a mão do mestre e os dois se separaram.

13

A MENINA QUE MANTEVE UMA PROMESSA

Foram precisos dois dias para cobrir a distância até a aldeia das meninas. Vasya colocou as três juntas montadas em Solovey. Às vezes, cavalgava com elas; com mais frequência, caminhava ao lado do garanhão, ou cavalgava num dos cavalos de Dmitrii. Quando acamparam, Vasya disse às meninas: – Não saiam das minhas vistas. Fiquem perto de mim ou do meu irmão. – Fez uma pausa. – Ou de Solovey. – O garanhão tinha se tornado mais destemido desde a batalha, como um garoto sanguíneo.

Na primeira noite, enquanto comiam ao redor do fogo, Vasya levantou os olhos e viu Katya em um tronco em frente, chorando copiosamente.

Vasya ficou surpresa. – O que foi? – perguntou. – Está com saudades da sua mãe? Faltam poucos dias, Katyusha.

Na fogueira maior, não muito distante, os homens cutucavam uns aos outros e seu irmão tinha um ar austero, o que demonstrava seu aborrecimento.

– Não. Ouvi as brincadeiras dos homens – disse Katya baixinho. – Eles disseram que você pretende compartilhar a minha cama... – Ela fez uma pausa, recuperada. – Que este era o preço por nos salvar e nos levar pra casa. Eu... Eu entendo, mas sinto muito, *Gosudar*, estou com medo.

Vasya ficou boquiaberta, percebeu que estava boquiaberta, engoliu seu cozido e disse: – Mãe de Deus. – Os homens riam.

Katya olhou para baixo, os joelhos juntos.

Vasya contornou a fogueira e se sentou ao lado da menina dando as costas para os homens ao redor do fogo. – Vamos lá – disse em voz baixa. – Você tem sido corajosa; vai ficar nervosa, agora? Eu não prometi que a deixaria a salvo? – Ela fez uma pausa e não soube bem que demônio levou-a a acrescentar: – Afinal de contas, nós não somos prêmios.

Katya ergueu os olhos: – Nós? – Conteve a respiração. Seus olhos desceram pelo corpo de Vasya, informe por causa das peles, e acabou pousando, questionador, em seu rosto.

Vasya deu um sorrisinho, pôs o dedo nos lábios e disse: – Venha, vamos dormir; as crianças estão cansadas.

Por fim, elas dormiram, felizes, as quatro juntas, amontoadas na pelerine de Vasya e em seu saco de dormir, as duas meninas mais novas esmagadas e se contorcendo entre as mais velhas.

◇

No terceiro dia, o último, as meninas cavalgaram Solovey juntas, as quatro, como tinham feito quando fugiram dos golpes da espada do chefe dos bandidos. Vasya segurou Anyushka e Lenochka à sua frente, enquanto Katya sentou-se atrás, com os braços em volta da cintura de Vasya.

Ao se aproximarem da aldeia, Katya cochichou: – Qual é o seu verdadeiro nome?

Vasya enrijeceu-se, a ponto de Solovey jogar a cabeça para trás, e as menininhas gritarem.

– Por favor – acrescentou Katya, obstinada, depois que o cavalo acalmou-se. – Não tenho más intenções, mas quero rezar por você do jeito certo.

Vasya suspirou. – É realmente Vasya – disse. – Vasilisa Petrovna. Mas isto é um grande segredo.

Katya não disse nada. Os outros cavaleiros estavam um pouco à frente. Quando passavam brevemente por um grupo de árvores, Vasya enfiou a mão em seu alforje, retirou um punhado de prata, e o enfiou na manga da menina.

Katya disse entredentes: – Você está me subornando para guardar seu segredo? Eu te devo a minha vida.

– Eu... Não – disse Vasya, chocada. – *Não*. Não me olhe assim. Isto é o seu dote, e das duas pequenas também. Guarde-o para qualquer necessidade. Compre roupas boas, compre uma vaca.

Por um bom tempo, Katya ficou calada. Só quando Vasya virou-se e cutucou Solovey para alcançar os outros, foi que Katya falou, baixinho em seu ouvido. – Vou guardar, Vasilisa Petrovna. Também vou guardar seu segredo. Amarei você para sempre.

Vasya pegou a mão da menina e a apertou com força.

Elas deixaram as últimas árvores e a aldeia das meninas estendeu-se à sua frente, os telhados cintilando ao sol de final de inverno. Seus moradores tinham começado a retirar a pior parte dos estragos. Saía fumaça das chaminés intactas, e a aparência soturna de profunda desolação tinha sumido.

Uma cabeça coberta por lenço levantou-se num impulso ao som dos cascos que se aproximavam. Depois outra, e mais uma. Gritos cortaram a manhã, e os braços de Katya enrijeceram-se. Então, alguém gritou: – Não..., shhh, olhem os cavalos. Não são bandidos.

As pessoas correram para fora de suas casas, aglomerando-se e olhando. – Vasya! – chamou Dmitrii. – Venha, cavalgue ao meu lado, garoto.

Vasya tinha mantido Solovey próximo ao final da cavalgada, mas agora se viu sorrindo. – Espere – disse a Katya. Segurando as crianças com mais firmeza, incitou Solovey. O cavalo, satisfeito, passou a galopar.

Assim, o último trecho até a aldeia de Katya foi coberto com Vasilisa Petrovna e o grão-príncipe de Moscou galopando lado a lado. Os gritos foram ficando cada vez mais altos, à medida que os cavaleiros aproximavam-se, e então, uma única mulher, parada com as costas retas e sozinha, gritou: – Anyushka! – Os cavalos saltaram os restos da paliçada semilimpa, e eles se viram cercados.

Solovey ficou parado, enquanto as duas pequenas eram entregues nos braços de mulheres em lágrimas.

Bênçãos choveram sobre os cavaleiros; gritos, rezas, e exclamações de "Dmitrii Ivanovich!" e "Aleksandr Peresvet!".

– Vasilii, o Corajoso – Katya contou aos aldeões. – Ele salvou nós todas.

Os aldeões retomaram os gritos. Vasya olhou intensamente, e Katya sorriu. Então, a menina ficou paralisada. Apenas uma mulher não tinha vindo se juntar à multidão. Estava separada do resto, mal visível na sombra de sua *izba*.

– Mãe – Katya disse, numa tom que provocou uma descarga de dor inesperada em Vasya. Então, Katya apeou pelo flanco de Solovey, e saiu correndo.

A mulher abriu os braços e agarrou a filha ao seu encontro. Vasya não viu. Doía olhar. Em vez disso, olhou para a porta da *izba*. Justo na entrada, estava o pequeno e robusto *domovoi*, com olhos de brasa, dedos de graveto, e o rosto sorridente todo coberto de fuligem.

Foi apenas um lampejo. Então, a multidão aumentou e o *domovoi* desapareceu. Mas Vasya pensou ter visto uma mãozinha erguida em saudação.

14

A CIDADE ENTRE RIOS

— Bom — disse Dmitrii, satisfeito, quando a floresta engoliu a aldeia de Katya e eles voltaram a cavalgar numa neve intocada. — Você fez o papel de herói, Vasya; até aí tudo bem, mas chega de mimar crianças, agora temos que correr. — Uma pausa. — Acho que seu cavalo concorda comigo.

Solovey corcoveava afavelmente, satisfeito com o sol depois de uma semana de neve, e satisfeito por já não ter o peso de três pessoas em suas costas.

— Com certeza, concorda — Vasya ofegou. — Coisa doida — acrescentou ao cavalo, exasperada. — Dá pra tentar caminhar, agora?

Solovey dignou-se a descer à terra, mas em vez de corcovear, saltitou e escoiceou até Vasya inclinar-se à frente para olhar feio em um olho sem remorso. — Pelo amor de Deus — disse, enquanto Dmitrii ria.

Naquele dia, cavalgaram até escurecer, e seu ritmo só aumentou à medida que as semanas se passaram. Os homens comiam seu pão no escuro, e cavalgavam desde o amanhecer até as sombras engolirem as árvores. Seguiram caminhos de lenhadores, e abriram trilhas quando preciso. A neve estava endurecida por cima, um pó profundo por debaixo, e era difícil de percorrer. Após uma semana, apenas Solovey, entre todos os cavalos, tinha os olhos brilhantes e os pés leves.

Na última noite antes de Moscou, a escuridão surpreendeu-os ao abrigo das árvores, às margens do Moskva. Dmitrii ordenou que parassem, olhando a expansão do rio. A essa altura, a lua estava decrescente, e nuvens revoltas encobriam as estrelas.

— É melhor acamparmos aqui — disse o príncipe. — Amanhã teremos uma cavalgada mais fácil e estaremos em casa no meio da manhã. — Apeou do seu cavalo, ainda forte, embora tivesse perdido peso nos longos dias. — Uma boa quantidade de hidromel hoje à noite – acrescentou, elevando a voz. – E talvez nosso monge guerreiro pegue alguns coelhos para nós.

Vasya desmontou com os outros, e quebrou o gelo dos bigodes de Solovey. – Amanhã, Moscou – cochichou para ele, com o coração aos pulos e as mãos geladas. – Amanhã!

Solovey arqueou o pescoço, despreocupado, e a empurrou com o focinho. *Você tem um pouco de pão, Vasya?*

Ela suspirou, desencilhou-o, escovou-o, deu-lhe uma côdea, e deixou que procurasse mato debaixo da neve. Era preciso cortar lenha, raspar a neve, fazer uma fogueira e cavar uma trincheira para dormir. Agora, todos os homens a chamavam de Vasya, provocando-a, enquanto trabalhavam. Para sua surpresa, ela havia descoberto que podia revidar da melhor maneira possível, na mesma moeda do seu humor grosseiro.

Quando Sasha voltou, todos riam. Três coelhos mortos pendiam de sua mão, e um arco com a corda frouxa estava pousado em seu ombro. Os homens comemoraram, abençoaram-no e puseram a carne para cozinhar. As chamas de suas fogueiras saltavam com vontade, agora, e os homens passaram odres de hidromel, esperando pela ceia.

Sasha foi para onde Vasya cavava suas trincheiras para dormir. – Está tudo bem com você? – perguntou, um pouco rígido. Não conseguia encontrar um tom para usar com seu "irmão que na verdade era sua irmã".

Vasya sorriu, maliciosamente, para ele. O esforço confuso, mas determinado, que ele fazia para mantê-la a salvo na estrada, tinha aliviado a solidão torturante que ela sentia.

– Gostaria de dormir sobre um forno, e comer um cozido que alguém mais fizesse, mas estou bem, irmão – ela disse.

– Ótimo – disse Sasha. Sua gravidade era perturbadora, depois das brincadeiras dos homens. Ele entregou a ela uma trouxa um pouco manchada. Ela desembrulhou os fígados crus dos três coelhos, escuros de sangue.

– Deus te abençoe – Vasya conseguiu dizer, antes de morder o primeiro. O gosto metálico salgado-doce de vida explodiu pela sua língua. Atrás dela, Solovey relinchou; não gostava do cheiro de sangue. Vasya ignorou-o.

Seu irmão escapuliu antes de ela terminar. Vasya observou-o indo, enquanto lambia os dedos, perguntando-se como poderia aliviar a preocupação crescente em seu rosto.

Terminou de cavar, e desabou em um tronco próximo ao fogo. Com o queixo na mão, contemplou Sasha, enquanto ele abençoava os homens, a carne, e bebia seu hidromel, inescrutável, do outro lado das chamas. Sasha não pronunciou uma palavra enquanto dava as bênçãos; até Dmitrii tinha começado a observar o quanto o irmão Aleksandr estava silencioso, desde que deixara a Lavra.

Ele está perturbado, é claro, pensou Vasya, *porque estou vestida como menino, lutei contra bandidos, e ele mentiu para o grão-príncipe. Mas não tínhamos escolha, irmão...*

— Um grande herói, o seu irmão — disse Kasyan, interrompendo seus pensamentos. Sentou-se ao lado dela e lhe ofereceu seu odre de hidromel.

— É — retrucou Vasya com certa secura. — É, ele é. — Havia algo quase zombeteiro na voz de Kasyan, embora não fosse bem isto. Não aceitou o hidromel.

Kasyan pegou a mão dela enluvada, e colocou nela o vasilhame. — Beba — disse. — Não quis ofender.

Vasya hesitou, depois bebeu. Ainda não estava acostumada com aquele homem, com seus olhos secretos e sua risada repentina. Talvez seu rosto tivesse empalidecido um pouco com a semana de viagem, mas isso apenas tornava suas cores mais vívidas. Os dois cruzavam olhares em momentos estranhos, e ela reprimia um enrubescimento, embora nunca tivesse sido uma menina tímida. *Como ele reagiria*, ela se via, às vezes imaginando, *se soubesse que sou uma menina?*

Não pense nisto. Ele jamais saberá.

O silêncio entre eles estendeu-se, mas ele não fez menção de ir embora. Para quebrá-lo, Vasya perguntou: — Já esteve em Moscou, Kasyan Lutovich?

Os lábios dele curvaram-se num esgar. — Vim a Moscou não muito depois da mudança do ano, para convocar o grão-príncipe para a minha causa. Mas antes disto? Uma vez. Há muito tempo. — Uma árida sugestão de sentimento apenas pincelou sua voz. — Talvez todo jovem idiota vá às cidades, em busca do desejo do seu coração. Nunca mais voltei, até este inverno.

— Qual era o desejo do seu coração, Kasyan Lutovich? — Vasya perguntou.

Ele lhe dirigiu um olhar de menosprezo bem-humorado. — Virou minha avó, agora? Você está demonstrando sua pouca idade, Vasilii Petrovich. O que você acha? Eu amava uma mulher.

Do outro lado da fogueira, a cabeça de Sasha virou-se.

Dmitrii estivera fazendo brincadeiras e observando o cozido como um gato na toca de um rato (suas rações não saciaram seu apetite), mas entreouviu e falou primeiro. – É mesmo, Kasyan Lutovich? – perguntou, interessado. – Uma moscovita?

– Não – disse Kasyan, agora falando para o grupo atento. Sua voz era tranquila. – Ela veio de muito longe. Era muito bonita.

Vasya mordeu o lábio inferior. Kasyan, normalmente, não se expunha. Ficava mais tempo em silêncio do que falando, exceto quando ele e Dmitrii cavalgavam lado a lado, compartilhando um amigável odre com vinho. Mas, agora, todos ouviam.

– O que aconteceu com ela? – perguntou Dmitrii. – Vamos, conte-nos a história.

– Eu a amava – disse Kasyan com cautela. – Ela me amava. Mas ela desapareceu no dia em que deveria levá-la para Bashnya Kostei, para ser minha. Nunca mais a vi. – Uma pausa. – Agora ela está morta – acrescentou, secamente. – Isto é tudo. Dê-me um pouco de cozido, Vasilii Petrovich, antes que esses gulosos comam tudo.

Vasya levantou-se para fazer isto, mas ficou muito tempo pensando na expressão de Kasyan. Ternura nostálgica, ao falar de sua amada morta. Mas, apenas por um instante, e bem no final, tinha surgido tal expressão de raiva desconcertada que o sangue dela correu mais lento. Foi tomar sua sopa com Solovey, decidindo não pensar mais em Kasyan Lutovich.

◆

O inverno ainda estava rigoroso, cheio de geadas negras e mendigos mortos, mas a velha e rígida neve tinha começado a mostrar sua idade no dia em que Dmitrii Ivanovich cavalgou de volta a Moscou, ao lado dos primos: o monge Aleksandr Peresvet e o menino Vasilii Petrovich. Com ele também estavam Kasyan e seus acompanhantes, que, estimulado por Dmitrii, não tinha ido para casa.

– Venha, homem, venha a Moscou e seja meu hóspede na Maslenitsa – disse Dmitrii. – As meninas são mais bonitas em Moscou do que na sua velha torre de ossos.

– Não duvido – disse Kasyan, com ironia. – Embora eu ache que você deseja garantir os meus impostos, *Gosudar*.

Dmitrii mostrou os dentes. – Isso, também – disse. – Estou errado?

Kasyan apenas riu.

Naquela manhã, eles se levantaram em uma fina névoa de esparsos flocos de neve, e cavalgaram até Moscou ao longo da vasta extensão do Moskva.

A cidade era uma coroa branca no alto da colina escura, desfocada por cortinas de neve sopradas pelo vento. Seus muros claros cheiravam a cal; suas torres pareciam dividir o céu. Sasha nunca conseguia aquietar um pulo do seu coração ao vê-la.

Vasya cavalgava ao seu lado, com neve nas sobrancelhas. Seu sorriso era contagioso. – Hoje, Sasha – disse, ao surgirem as primeiras torres, projetando-se acima do mundo branco acinzentado. – Veremos Olga hoje. – Solovey tinha captado o humor do seu cavaleiro; estava quase dançando, enquanto caminhavam.

O papel de Vasilii Petrovich tinha crescido em Vasya como pele. Se fazia truques com Solovey, era aplaudida; se pegava uma lança, Dmitrii ria com sua falta de jeito e prometia ensiná-la; se fazia perguntas, eram respondidas. Uma felicidade hesitante começou a surgir em seu rosto expressivo. Isso fez Sasha sentir sua mentira com mais intensidade, e não soube o que fazer.

Dmitrii tinha se afeiçoado a ela. Prometera-lhe uma espada, um arco, um casaco de qualidade. – Um lugar na corte – havia dito. – Você vai fazer parte dos meus conselhos, e dos meus comandantes, quando for mais velho.

Vasya tinha aquiescido, ruborizada de prazer, enquanto Sasha assistia, rangendo os dentes. *Deus permita que Olga saiba o que fazer,* pensou. *Porque eu não sei.*

◇

Quando a sombra do portão incidiu em seu rosto, Vasya respirou fundo, fascinada. Os portões de Moscou eram feitos de carvalho revestido de ferro, erguendo-se cinco vezes acima do seu tamanho, e vigiados acima e abaixo. Mais maravilhosos ainda eram os próprios muros. Naquela terra de florestas, Dmitrii tinha despejado o ouro de seu pai, o sangue do seu povo, para construir os muros de Moscou com pedra. Sinais chamuscados em sua base davam crédito a sua visão.

– Está vendo ali? – perguntou Dmitrii, apontando um daqueles lugares. – Foi onde Algirdas veio com os litovskii, três anos atrás, e sitiou a cidade. Foi quase uma batalha.

– Eles vão voltar? – Vasya perguntou, olhando os lugares queimados.

O grão-príncipe riu. – Não, se forem inteligentes. Casei-me com a primeira filha do príncipe de Nizhny Novgorod, uma vaca estéril, é o que ela é. Algirdas seria um idiota se desafiasse o pai dela e a mim, ao mesmo tempo.

Os portões abriram-se com um rangido. A cidade murada escondia o céu. Era maior do que qualquer coisa de que Vasya já tivera notícia. Por um momento, quis fugir.

– Coragem, menino do campo – disse Kasyan.

Vasya dirigiu-lhe um olhar de agradecimento, e incitou Solovey a seguir adiante.

O cavalo atendeu ao seu pedido, mas com uma orelha infeliz. Atravessaram a entrada, um arco claro que ecoava o som de pessoas aclamando.

– O príncipe!

A exclamação foi ouvida e levada pelos caminhos estreitos de Moscou. – O grão-príncipe de Moscou! Deus o abençoe, Dmitrii Ivanovich! – E mesmo: – Abençoe-nos! O monge guerreiro! O guerreiro da luz! Irmão Aleksandr! Aleksandr Peresvet!

A saudação seguiu em efeito cascata, levada de um canto a outro, desfeita e refeita, girando feito folhas em uma tempestade. Pessoas corriam pelas ruas, e uma multidão reuniu-se próximo aos portões do kremlin. Dmitrii cavalgava com uma dignidade impregnada pela viagem. Sasha esticou-se para tocar nas mãos das pessoas e fez o sinal da cruz sobre elas. Lágrimas brilharam nos olhos de uma velha senhora; uma jovem ergueu seus dedos trêmulos.

Sob os gritos, Vasya entreouviu trechos de conversas comuns:

– Olhe aquele garanhão baio. Já viu algum parecido?

– Sem freio.

– E aquele que vai montado não passa de um menino. Uma pluma cavalgando um cavalo desses!

– Quem é ele?

– É mesmo, quem é?

– Vasilii, o Corajoso – Kasyan informou, meio rindo.

As pessoas registraram. – Vasilii, o Corajoso!

Vasya estreitou os olhos para Kasyan. Ele deu de ombros, escondendo um sorriso em sua barba. Ela bendisse a brisa gelada, que lhe deu uma desculpa para puxar o capuz e o gorro mais para junto do rosto.

– Descobri que você é um herói, Sasha – ela disse, quando o irmão chegou cavalgando ao seu lado.

– Sou um monge – ele retrucou. Seus olhos brilhavam. Tuman caminhava tranquila, carregando-o com o pescoço arqueado.

– Todos os monges recebem esse tipo de nome? Alexandr o Portador de Luz?

Ele pareceu desconfortável. – Se eu pudesse, os impediria. É anticristão.

– Como foi que você conseguiu este nome?

– Superstição – ele disse, concisamente.

Vasya abriu a boca para lhe arrancar a história, mas, nesse momento, um grupo de crianças encapotadas chegou saltitando quase debaixo dos cascos de Solovey. O garanhão deteve-se deslizando, empinando de leve, tentando não machucar ninguém.

– Tomem cuidado! – ela disse para as crianças. – Está tudo bem – acrescentou ao cavalo, acalmando-o. – Chegamos em um minuto. Ouça-me, ouça, ouça...

O cavalo acalmou-se em parte. Pelo menos, colocou os quatro pés no chão. *Não gosto daqui*, disse a ela.

– Vai gostar – ela respondeu. – Logo. O marido de Olga terá uma boa aveia em seu estábulo, e vou te levar pães de mel.

Solovey contraiu as orelhas, não convencido. *Não consigo sentir cheiro de céu*.

Vasya não tinha uma resposta para isso. Tinham acabado de passar pelas choupanas, pelos ferreiros, os armazéns e lojas que formavam os círculos externos de Moscou, e agora haviam chegado ao coração da cidade: a catedral da Ascensão, o monastério do Arcanjo, e os palácios dos príncipes.

Vasya olhou para cima e seus olhos reluziram na luz refletida das torres. Todos os sinos de Moscou tinham começado a badalar. O som repercutiu em seus dentes. Solovey sapateou e estremeceu.

Ela pôs a mão no pescoço do cavalo, tranquilizando-o, mas não tinha o que dizer a ele, nenhuma palavra que traduzisse o encanto da sua perplexidade, ao inferir, de imediato, a beleza e a escala das coisas feitas pelos homens.

– O príncipe chegou! O príncipe! – Os gritos ficavam cada vez mais altos. – Aleksandr Peresvet!

Tudo era movimento e cores vibrantes. Aqui estava um suporte repleto de roupas penduradas; ali, grandes fornos soltando fumaça, em meio a montes de neve lamacenta; e por toda parte novos cheiros: temperos e doçuras, e o cheiro acre do fogo das forjas. Dez homens construíam um escorregador de neve, levantando blocos e os deixando cair, às gargalhadas. Cavalos altos, trenós pintados e pessoas encapotadas abriam caminho para a cavalaria do príncipe. Os cavaleiros passaram em frente aos portões de madeira de casas nobres; atrás deles, estendiam-se extensos palácios: torres e passeios pintados ao acaso, e escurecidos por chuvas passadas.

Os cavaleiros pararam no maior desses portões, e ele foi escancarado. Entraram em um vasto pátio. A aglomeração adensou-se ainda mais: criados, cavalariços e parasitas aos gritos. Alguns boiardos, também: homens encorpados, com caftãs coloridos e amplos sorrisos que nem sempre incluíam seus olhos. Dmitrii gritava saudações.

As pessoas acercaram-se mais e mais.

Solovey revirou um olhar alucinado, e bateu os pés dianteiros.

– Solovey! – exclamou Vasya. – Calma, agora. Calma. Você vai acabar matando alguém.

– Afastem-se! – disse Kasyan, empunhando com firmeza seu animal castrado. – Afastem-se ou vocês são idiotas? Aquele ali é um garanhão, e jovem; vocês acham que ele não vai arrancar as suas cabeças?

Vasya aparentou sua gratidão, ainda tentando controlar Solovey. Sasha surgiu no outro lado, empurrando as pessoas para longe com a força bruta de Tuman.

Praguejando, a multidão abriu espaço. Vasya viu-se no centro de um círculo de olhares curiosos, mas, pelo menos, Solovey começou a se acalmar.

– Obrigada – ela disse aos dois homens.

– Só me dirigi aos cavalariços, Vasya – Kasyan disse, despreocupado. – A não ser que você queira ver seu cavalo rachar mais crânios?

– Prefiro que não – ela disse, mas o calor do momento tinha passado.

Ele deve ter percebido a mudança no rosto dela. – Não – disse. – Eu não pretendia...

Ela já tinha apeado, descendo em meio a um pequeno grupo de rostos desconfiados. Solovey tinha se acomodado, mas suas orelhas projetavam-se para frente e para trás.

Vasya coçou o ponto macio sob seu maxilar e murmurou: – Preciso ficar, quero ver a minha irmã, mas você... Eu poderia deixá-lo partir, levá-lo de volta para a floresta. Você não precisa...

Se você ficar, eu fico, interrompeu Solovey, embora tremesse e fustigasse seus flancos com sua cauda.

Dmitrii atirou suas rédeas para um cavalariço e pulou para o chão, seu cavalo tão indiferente à multidão quanto ele. Alguém enfiou uma xícara em sua mão; ele bebeu seu conteúdo e abriu caminho até Vasya. – Melhor do que eu esperava – disse. – Eu tinha certeza de que você o perderia assim que atravessamos os portões.

– Você pensou que Solovey fosse sair em disparada? – Vasya perguntou, indignada.

– Claro que pensei – disse Dmitrii. – Um garanhão, sem freio, e tão pouco acostumado com multidões quanto você? Desmanche este ar ultrajado, Vasilii Petrovich; você parece uma donzela na noite de núpcias.

Um rubor insinuou-se em seu pescoço.

Dmitrii deu um tapa no flanco do garanhão. Solovey pareceu afrontado.

– Vamos colocar este aqui com as minhas éguas – disse o grão-príncipe. – Em três anos, meu estábulo dará inveja ao Khan, em Sarai. Este é o melhor cavalo que já vi. Tal temperamento... fogoso, mas obediente.

Solovey virou uma orelha amolecida; gostava de elogios.

– Mas agora é melhor uma pastagem para ele – Dmitrii acrescentou com praticidade. – Caso contrário, ele vai derrubar o meu estábulo com coices. – O príncipe deu suas ordens, e depois disse em voz alta: – Venha, Vasya. Você mesmo leva o animal, a menos que ache que um cavalariço possa pôr um cabresto nele. Depois, irá se banhar no meu próprio palácio, e tirar a sujeira da estrada.

Vasya sentiu-se empalidecer. Buscou palavras. Um cavalariço aproximou-se com uma corda na mão.

O cavalo estalou os dentes, e o cavalariço recuou às pressas.

– Ele não precisa de um cabresto – disse Vasya, sem grande necessidade. – Dmitrii Ivanovitch, gostaria de ver minha irmã imediatamente. Faz muito tempo; eu era apenas uma criança quando ela partiu para se casar.

Dmitrii franziu o cenho. Vasya pôs-se a imaginar o que faria em relação ao banho, se ele insistisse. Dizer que estava escondendo uma deformidade? Que tipo de deformidade faria um menino...?

Sasha veio em seu socorro. – A princesa de Serpukhov estará ansiosa por ver o irmão – disse. – Vai querer agradecer por ele ter chegado a salvo. O cavalo pode ficar no estábulo do marido dela, se permitir, Dmitrii Ivanovich.

Dmitrii fechou a cara.

– Talvez devamos deixá-los entregues a esse encontro – disse Kasyan. Tinha entregado suas rédeas e estava elegante como um gato no meio do tumulto. – Haverá tempo de sobra para colocar o animal junto às éguas, depois que ele descansar.

O grão-príncipe deu de ombros. — Muito bem — disse, com certa irritação. — Mas voltem os dois para cá, depois de verem sua irmã. Não, não faça esse ar, irmão Aleksandr. Você não vai cavalgar conosco todo o caminho até Moscou, e depois exaltar a solidão monástica assim que passar os portões. Se quiser, vá primeiro até o monastério; flagele-se e erga orações aos céus, mas depois venha ao palácio. Precisamos agradecer, e depois existem planos em curso. Fiquei muito tempo longe.

Sasha não disse nada.

— Estaremos lá, *Gosudar* — Vasya interveio, rapidamente.

O grão-príncipe e Kasyan sumiram juntos dentro do palácio, conversando, seguidos por criados e boiardos aos empurrões. Bem na entrada, Kasyan virou-se e deu uma olhadela em Vasya de relance, antes de desaparecer nas sombras.

◇

— Por aqui, Vasya — disse Sasha, tirando-a da contemplação.

Vasya tornou a montar em Solovey. O cavalo andava quando ela pedia, embora sua cauda ainda abanasse para lá e para cá.

Os dois viraram à direita, ao sair dos portões do grão-príncipe, e foram imediatamente pegos pelo rodamoinho da cidade agitada. Cavalgavam lado a lado sob palácios mais altos do que árvores, por uma terra transformada em sujeira, a neve suja empurrada para o lado. Vasya achou que sua cabeça despregaria de tanto olhar.

— Maldita seja, Vasya — disse Sasha, enquanto cavalgavam. — Começo a ter simpatia por sua madrasta. Você deveria ter alegado doença, em vez de concordar em cear com Dmitrii Ivanovich. Pensa que Moscou é como Lesnaya Zemlya? O grão-príncipe está cercado de homens que competem pelo seu favor, e vão se ressentir de você por ser primo dele, por pular por cima deles e cair tão alto em suas boas graças. Vão te desafiar e te embebedar. Você nunca consegue segurar a língua?

— Eu não poderia ter dito não ao grão-príncipe — retrucou Vasya. — Vasilii Petrovich não teria dito não. — Ela mal escutava. Os palácios pareciam ter caído do céu, em toda sua extensa glória. As cores luminosas de suas torres quadradas apontavam através de coberturas de neve.

Um desfile de senhoras bem-nascidas passou por eles, caminhando juntas, bem encobertas, com homens na frente e atrás. Aqui, escravos de lábios azuis corriam, ofegando no cumprimento de suas obrigações; ali, um tártaro cavalgava uma égua forte e encorpada.

Eles chegaram a outro portão de madeira, não tão bonito quanto o de Dmitrii. O guardião da entrada deve ter reconhecido Sasha, porque o portão abriu-se imediatamente, e eles se viram no pátio dianteiro de um pequeno reino tranquilo e bem organizado.

De algum modo, apesar de todo o ruído dos portões, aquilo lembrou a Vasya Lesnaya Zemlya. – Olya – ela murmurou.

Um cocheiro veio ao encontro deles, sobriamente vestido. Não mexeu um músculo ao se deparar com um menino imundo, um monge, e dois cavalos exaustos. – Irmão Aleksandr – disse, curvando-se.

– Este é Vasilii Petrovich – disse Sasha. Um toque de desgosto perpassou por sua voz; devia estar mortalmente cansado da mentira. – Meu irmão, antes de eu me tornar um irmão em Cristo. Vamos precisar de um pasto para seu cavalo. Depois, ele deseja ver a irmã.

– Por aqui – disse o cocheiro, após um instante de hesitação perplexa.

Eles o seguiram. O palácio do príncipe de Serpukhov era intrinsecamente um patrimônio, como o do pai deles, mas mais elegante e mais rico. Vasya viu uma padaria, uma cervejaria, uma casa de banhos, uma cozinha, e um galpão para defumar, pequeno ao lado da extensão da casa principal. Os cômodos térreos do palácio eram semienterrados no chão, e os cômodos superiores só podiam ser acessados por escadas externas.

O cocheiro levou-os por um estábulo baixo e bem cuidado, que exalava cheiros doces de animais e lufadas de ar quente. Atrás dele havia um cercado para garanhões com uma cerca alta. Possuía um pequeno abrigo quadrado, feito para proteger da neve, e também um picadeiro.

Solovey estacou na entrada do cercado e olhou a disposição com desgosto.

– Você não precisa ficar aqui, se não quiser – Vasya murmurou, novamente, para ele.

Venha várias vezes, o cavalo apenas disse. *E não vamos ficar muito tempo aqui.*

– Não ficaremos – Vasya disse. – Claro que não.

Não ficariam. Ela pretendia conhecer o mundo. Mas, naquele exato momento, Vasya não queria estar em nenhum outro lugar, nem por ouro, nem por joias. Moscou estava aos seus pés, todas as suas maravilhas prontas para seus olhos. E sua irmã estava perto.

Um cavalariço tinha vindo atrás deles e, perante o gesto impaciente do cocheiro, abaixou as barras do cercado. Solovey dignou-se a ser levado para dentro. Vasya soltou a barrigueira do garanhão, e pendurou os alforjes em seu próprio ombro.

– Eu mesmo carrego – disse ao cocheiro. Na estrada, seus alforjes eram a própria vida, e agora ela descobria que não poderia relegá-los a um estranho, nesta cidade linda e assustadora.

Um pouco pesaroso, Solovey disse: *Tome cuidado, Vasya.*

Vasya fez um carinho no pescoço do cavalo. – Não pule para fora – cochichou.

Não vou pular, disse o cavalo. Uma pausa. *Se me trouxerem aveia.*

Ela se virou para dizer isto ao cocheiro.

– Voltarei para ver você – disse a Solovey. – Logo.

Ele soprou seu bafo quente no rosto dela.

Então, eles deixaram o cercado, Vasya trotando atrás do irmão. Virou-se para trás uma vez, antes que a curva do estábulo quase encobrisse sua visão. O cavalo observou-a indo, destacado contra a neve branca. Grande erro pensar que Solovey ficaria ali atrás de uma cerca, como um cavalo comum...

Então, ele desapareceu atrás da curva de uma parede de madeira. Vasya afastou suas apreensões e seguiu o irmão.

15

MENTIROSO

Olga tinha escutado a volta da cavalaria de Dmitrii. Mal daria para evitá-lo; os sinos tocaram até seu chão tremer, e na sequência das badaladas vieram os gritos de "Dmitrii Ivanovich! Aleksandr Peresvet!".

Uma dor apertada e relutante mais uma vez abrandou-se no coração de Olga, ao ouvir o nome do irmão. Mas ela não demonstrou seu alívio. Seu orgulho não permitiria isso, e não havia tempo. Era chegada a hora da Maslenitsa, e os preparativos para o festival tomavam toda sua atenção.

A Maslenitsa era a celebração ao sol que durava três dias, um dos mais antigos feriados no Grão-Principado de Moscou. Muito mais antigo do que os sinos e cruzes que assinalavam sua passagem, embora tivesse recebido as pompas da religião para mascarar sua alma pagã. Este, o último dia antes do início do festival, era o último dia em que eles poderiam comer carne, até a Páscoa. Vladimir, marido de Olga, ainda estava em Serpukhov, mas Olga tinha providenciado um banquete para o pessoal de sua casa: javali selvagem, guisado de coelho, faisões e peixe.

Por mais alguns dias, as pessoas ainda poderiam comer manteiga, toucinho, queijo e outras iguarias. Assim, na cozinha estavam sendo preparados bolos amanteigados em grande quantidade, às centenas, bolos suficientes para dias de glutonia.

A oficina de Olga estava cheia de mulheres, que falavam e comiam. Todas tinham vindo com seus véus e suas capas para costurar na agradável presença de corpos quentes, e conversar. A excitação nas ruas parecia ter aumentado e invadido a própria atmosfera da pacata torre.

Marya deu um pulo, gritando. Ocupada ou não, Olga ainda se preocupava com a filha. Desde a noite da história do fantasma, Marya frequentemente acordava sua ama, gritando.

Olga deu um tempo na sua correria, para se sentar por um momento ao lado do forno, trocar futilidades com suas vizinhas, chamar Marya e examiná-la. Do outro lado do fogão, Darinka simplesmente não parava de falar. Olga desejou que sua cabeça doesse menos.

— Fui me confessar com o padre Konstantin — Darinka dizia em voz alta. Sua voz fazia um contraponto agudo ao murmúrio da sala apinhada. — Antes que ele entrasse em reclusão no monastério. Padre Konstantin, o padre de cabelo claro. Porque ele pareceu um homem muito santo. E, de fato, ele me mostrou o caminho da retidão, contou-me tudo sobre bruxas.

Ninguém levantou os olhos. A costura das mulheres pedia nova urgência. Na alegria desvairada da semana do festival, Moscou cintilaria como uma noiva, e todas as mulheres deveriam ir à igreja, não uma, mas diversas vezes, magnificamente agasalhadas, e serem vistas espiando ao redor dos seus véus. Além disso, esta não era a primeira vez que Darinka regalava-as com histórias desse homem santo.

Marya, que já tinha ouvido a história de Darinka, e estava cansada da agitação da mãe, libertou-se e saiu em disparada.

— Ele disse que elas caminham entre nós, essas que nascem bruxas — Darinka prosseguiu, não muito incomodada com sua falta de audiência. — Nunca se sabe quem são, até ser tarde demais. Ele disse que elas amaldiçoam os bons cristãos, amaldiçoam-nos, para que eles vejam coisas que não estão lá, ou ouçam vozes estranhas, as vozes dos demônios...

Olga tinha ouvido rumores do ódio desse padre em relação a bruxas. Eles a deixaram incomodada. Só ele sabia que Vasya...

Chega, Olga disse consigo mesma. *Vasya morreu, e padre Konstantin foi para o monastério; deixe pra lá.* Mas Olga estava satisfeita com o tumulto da semana do festival, que desviaria a atenção das mulheres dos delírios de um padre bonito.

Varvara entrou na oficina, com Marya de volta, ofegante, em seus calcanhares. Antes que a escrava pudesse falar, a menina explodiu. — Tio Sasha está aqui! Irmão Aleksandr — ela corrigiu, vendo sua mãe franzir o cenho. Depois, acrescentou, descontroladamente: — Ele trouxe um menino com ele. Eles querem ver você.

Olga franziu o cenho. A touca de seda da criança estava torta, e ela tinha rasgado seu *sarafan*. Já tinha passado da hora de substituir sua ama.

— Muito bem — Olga disse. — Mande-os subir, imediatamente. *Sente-se, Masha.*

A ama da menina chegou à sala atrasada, ofegante. Marya dirigiu-lhe um olhar malvado e a ama encolheu-se.

– Quero ver meu tio – a menina disse à mãe.

– Tem um menino com ele, Masha – Olga observou, cansada. – Agora você é uma menina grande. É melhor não.

Marya fez cara feia.

O olhar exausto de Olga abarcou a aglomeração perto do seu forno.

– Varvara, traga nossos visitantes para o meu quarto. Providencie vinho quente. Não, Masha, escute a sua ama. Mais tarde você vê o seu tio.

◆

Durante o dia, o próprio quarto de Olga não era tão quente quanto a oficina apinhada, mas tinha a vantagem da paz. A cama estava sem cortinado, e era bastante comum receber visitas ali. Olga sentou-se bem a tempo de ouvir os passos, e seu irmão aparecer à porta, recém-chegado da estrada.

Olga levantou-se pesadamente. – Sasha – disse. – Matou seus bandidos?

– Matei – ele disse. – Não haverá mais aldeias queimadas.

– Pela graça de Deus – Olga disse. Ela se persignou e eles se abraçaram.

Então, Sasha disse, com inexplicável dureza: – Olya. – E se colocou de lado.

Atrás dele, na entrada do quarto, espreitava um menino de olhos verdes, esguio, com capuz e pelerine, usando um couro macio e pele de lobo, dois alforjes pendurados no ombro. O menino empalideceu imediatamente, os alforjes caíram no chão.

– Quem é este? – Olga perguntou, pensativa. Então, um respiro chocado sibilou por entre seus dentes.

A boca do menino mexeu-se; seus grandes olhos brilharam. – Olya – ela sussurrou. – É Vasya.

Vasya? Não, Vasya está morta. Este não é a Vasya. É um menino. De qualquer modo, Vasya era apenas uma criança de nariz arrebitado. E mesmo assim, mesmo assim... Olga olhou novamente. Aqueles olhos verdes... – Vasya? – Olga arfou. Seus joelhos fraquejaram.

Seu irmão ajudou-a a ir até sua cadeira, e Olga inclinou-se para frente, com as mãos nos joelhos. O menino pairou, hesitante, na entrada do quarto.

– Venha cá – disse Olga, recobrando-se. – Vasya. Não consigo acreditar.

O antigo menino fechou a porta, e com as costas para eles, ergueu os dedos trêmulos e procurou desatar os cordões do seu capuz.

Uma trança pesada de um negro brilhante deslizou para fora, e ela, mais uma vez, virou-se de frente para o forno. Sem o capuz, agora Olga conseguia ver sua irmãzinha crescida; aquela criança estranha e impossível transformada em uma mulher estranha e impossível. Não morta, viva, aqui... Olga fez força para respirar.

– Olya – Vasya disse. – Olya, sinto muito. Você está muito pálida. Olya, você está bem? Ah! – Os olhos verdes brilharam; as mãos apertaram-se. – Você vai ter um bebê. Quando...?

– Vasya! – Olga interrompeu, retomando sua voz. – Vasya, você está viva. Como chegou aqui? E vestida tão... Irmão, sente-se. Você também, Vasya. Venha para a claridade. Quero olhar para você.

Sasha, por uma vez submisso, fez o que lhe era dito.

– Sente-se, também – Olga disse a Vasya. – Não, ali.

A menina, parecendo ansiosa e assustada, desmoronou no banquinho indicado, com uma agilidade graciosa.

Olga pegou a menina pelo queixo e virou seu rosto para a luz. Poderia ser mesmo Vasya? Sua irmã tinha sido uma criança feia. Esta mulher não era feia, embora seus traços fossem definidos demais para uma beleza: boca larga, olhos imensos, dedos longos. Parecia-se demais com a menina feiticeira que Konstantin descrevera.

Seus olhos verdes transbordavam tristeza, coragem e uma fragilidade terrível. Olga jamais esquecera os olhos da irmãzinha.

Vasya disse, vacilando: – Olya?

Olga Vladimirova viu-se sorrindo. – É bom vê-la, Vasya.

Vasya caiu de joelhos, chorando como criança no colo de Olga. – Eu sen-senti sua falta – gaguejou. – Senti muito a sua falta.

– Shhh – Olga disse. – Shhh. Também senti sua falta, irmãzinha. – Acariciou o cabelo da irmã, e percebeu que também chorava.

Por fim, Vasya levantou a cabeça. Sua boca tremia. Enxugou os olhos, respirou fundo, e pegou as mãos da irmã. – Olya – disse. – Olya, o pai morreu.

Olya sentiu um pontinho frio formando-se e crescendo dentro dela: raiva desta menina temerária, misturada com amor. Não disse nada.

– Olya – Vasya disse. – Você escutou? O pai está *morto*.

– Eu sei – Olga disse. Persignou-se, e não conseguiu evitar a frieza na voz. Sasha olhou para ela, franzindo o cenho. – Que Deus lhe dê paz. Padre

Konstantin contou-me tudo. Disse que você tinha fugido. Pensou que você tinha morrido. Eu pensei que você tinha morrido. Chorei por você. Como foi que chegou aqui? E vestida desse jeito? – Olhou para a irmã com certo desespero, assimilando, novamente, a lustrosa trança brilhante, as botas, as perneiras e a jaqueta, a graça perturbadora de algo selvagem.

– Conte a ela, Vasya – disse o irmão.

Vasya ignorou tanto a pergunta, quanto a ordem. Tinha se levantado com as pernas rígidas. – Ele está aqui? Onde? O que está fazendo? O que o padre Konstantin te contou?

Olga mediu as palavras. – Que nosso pai morreu para salvar a sua vida. De um urso. Que você... Ah, Vasya, é melhor não falar nisso. Responda à pergunta: como você chegou aqui?

Uma pausa e toda a ferocidade pareceu esvair-se dela. Vasya jogou-se de volta em seu banquinho. – Tinha que ter sido eu – disse em voz baixa. – Mas foi ele. Olya, eu não queria... – Ela engoliu em seco. – Não dê ouvidos ao padre; ele é...

– Chega, Vasya – disse a irmã com firmeza. Depois, acrescentou, enfaticamente: – Menina, o que deu em você pra fugir de casa?

◊

– Será que esta é toda a verdade? – Olga perguntou ao irmão, um pouco mais tarde. Eles tinham ido até a capelinha dela, onde conversas sussurradas não eram tão estranhas, e havia menos chance de serem ouvidos. Vasya tinha sido dispensada, entregue aos cuidados de Varvara para um banho, e em grande sigilo. – O padre contou quase a mesma história, mas não exatamente, e mal acreditei nele, então. O que levaria uma menina a se comportar assim? Estará louca?

– Não – disse Sasha, exausto. Acima dele, Cristo e os santos erguiam-se em gloriosa panóplia. A iconóstase de Olga era muito bonita. – Alguma coisa aconteceu com ela, e acho que esta história tem mais coisas do que nós dois sabemos. Ela não vai me contar. Mas não acredito que esteja louca. Ela é inquieta e altiva, e às vezes temo pela sua alma. Mas é apenas ela mesma; não é louca.

Olga assentiu, mordendo os lábios. – Se não fosse por ela, o pai não teria morrido – disse, antes de conseguir se controlar. – E a mãe, também...

– Agora, isso é cruel – Sasha disse secamente. – Temos que esperar para julgar, irmã. Perguntarei ao padre. Talvez ele possa dizer o que ela não dirá.

Olga levantou os olhos para os ícones. – Que faremos com ela, agora? Devo vesti-la com um *sarafan*, e lhe arrumar um marido? – Um novo pensamento chocou-a. – Nossa irmã cavalgou até aqui vestida como menino? Como você explicou isso a Dmitrii Ivanovich?

Um silêncio constrangedor.

Olga estreitou os olhos.

– Eu... Bem... – o irmão de Olga disse, encabulado. – Dmitrii Ivanovich pensa que ela é meu irmão, Vasilii.

– Ele o quê? – Olga disse entredentes, num tom completamente inadequado para uma oração.

Sasha disse, com uma calma determinada: – Ela disse a ele que seu nome era Vasilii. Achei melhor concordar.

– Por quê, em nome de Deus? – Olga retorquiu, controlando a voz. – Você devia ter contado a Dmitrii que ela era uma pobre criança louca, uma tola santa, com a cabeça perturbada, e a trazido imediatamente para mim, em segredo.

– Uma tola santa que entrou galopando na Lavra com três crianças resgatadas em seu cavalo – respondeu Sasha. – Ela desentocou bandidos que não tínhamos achado em duas semanas de busca. Depois de tudo isso, eu deveria me desculpar por ela e escondê-la?

Esse era o questionamento de Sergei, saindo pela sua boca, Sasha percebeu com certa frustração.

– Sim – Olga respondeu, cansada. – Você não fica tempo bastante em Moscou, não entende... Não importa. Está feito. Seu irmão Vasilii precisa ser mandado embora imediatamente. Manterei Vasya quieta no *terem* por um período considerável, até que as pessoas esqueçam. Então, lhe arrumarei um casamento. Não um grande partido, ela não deve ser vista pelo grão-príncipe, mas dificilmente isso poderá ser evitado.

Sasha percebeu que não conseguia ficar parado, mais uma coisa estranha para ele. Caminhava pelos trechos de luz e sombra produzidos pelas inúmeras velas, e a luz rendilhava seu cabelo preto, como o de Olga e o de Vasya, herança de sua falecida mãe. – Você ainda não pode confiná-la no *terem* – ele disse, parando com esforço.

Olga cruzou os braços sobre a barriga. – Por que não?

– Dmitrii Ivanovich afeiçoou-se a ela, na estrada – Sasha disse, cauteloso. – Ela lhe prestou um grande serviço, encontrando aqueles saqueadores. Ele lhe prometeu honrarias, cavalos, um lugar nas suas dependências.

Vasya não pode desaparecer antes da Maslenitsa, não sem insultar o grão-príncipe.

— *Insultar?* — sibilou Olga. O tom comedido, adequado para a capela, abandonou-a mais uma vez. Ela se inclinou para frente. — Qual você pensa que será a reação dele, quando descobrir que este menino corajoso é uma menina?

— Ruim — disse Sasha, secamente. — Não vamos contar a ele.

— Espera-se que eu, para perpetuar isto, assista a minha irmã donzela correndo por Moscou na companhia dos boiardos orgíacos de Dmitrii?

— Não assista — aconselhou Sasha.

Olga ficou calada. Desde seu casamento, aos quinze anos, fazia jogos políticos, bem antes até do que Sasha. Tinha que fazer isso; a vida dos seus filhos dependia dos caprichos dos príncipes. Nem ela, nem o irmão poderiam correr o risco de irritar Dmitrii Ivanovich. Mas se Vasya fosse descoberta...

Com mais delicadeza, Sasha acrescentou:

— Agora não tem escolha. Você e eu temos que fazer o possível para manter o segredo de Vasya durante o festival.

— Eu deveria ter mandado buscar Vasya, quando ela era criança — Olga disse, emocionada. — Devia tê-la chamado há muito tempo. Nossa madrasta não a criou adequadamente.

Sasha disse, com ironia: — Estou começando a achar que ninguém conseguiria fazer nada melhor. Bom, fiquei tempo demais. Preciso ir ao monastério e saber as novidades. Falarei com o padre. Deixe Vasya descansar. Não será estranho se o jovem Vasilii Petrovich passar o dia com a irmã. Mas toda noite ele deverá ir ao palácio do grão-príncipe.

— Vestida como menino? — Olga perguntou.

Seu irmão travou o queixo. — Vestida como menino — disse.

— E o que digo ao meu marido? — Olga perguntou.

— Agora isso — disse Sasha, virando-se para a porta — fica inteiramente por sua conta. Se ele voltar, recomendo enfaticamente que conte o mínimo possível.

16

O LORDE VINDO DE SARAI

Ao deixar a irmã, irmão Aleksandr foi imediatamente ao monastério do Arcângelo, isolado em um complexo próprio, à parte dos palácios dos príncipes. Padre Andrei acolheu Sasha calorosamente. – Vamos dar graças – determinou o hegúmeno. – Depois, você vem aos meus aposentos e me conta tudo.

Andrei não acreditava na mortificação da carne, e seu monastério tinha crescido rico, como a própria Moscou, com o imposto da prata vindo do sul, e o comércio de cera, peles e potassa. Os aposentos do hegúmeno estavam mobiliados com conforto. Seus ícones contemplavam do alto de seu canto sagrado, em fileiras agrupadas e reprovadoras, envoltos em prata e pérolas diminutas. Uma réstia de luz gelada infiltrou-se do alto, e reduziu as chamas do fogão a fantasmas vacilantes.

Ditas as preces, Sasha largou-se, agradecido em um banquinho, abaixou o capuz, e aqueceu as mãos.

– Ainda não é hora da ceia – disse Andrei, que, em sua juventude, tinha ido até o Sarai, no sul, e ainda se lembrava, com melancolia, do açafrão e da pimenta da corte do khan. – Mas – acrescentou, considerando Sasha – pode-se fazer uma exceção para um homem que acabou de chegar das terras selvagens.

Naquele dia, os monges haviam preparado um grande pernil de vaca para ficarem com o sangue mais espesso, antes do grande jejum; também havia pão fresco e um queijo denso e sem gosto. A comida chegou e Sasha atacou-a com determinação.

– Sua jornada foi tão difícil? – perguntou Andrei, vendo-o comer.

Sasha sacudiu a cabeça, mastigando. Engoliu e disse: – Não. Encontramos os bandidos e liquidamos com eles. Dmitrii Ivanovitch ficou maravilhado. Foi para seu palácio, agora, satisfeito como um menino.

– Então por que você está tão... – Andrei calou-se e seu rosto mudou. – Ah – disse lentamente. – Ficou sabendo do seu pai.

– Fiquei sabendo do meu pai – Sasha confirmou, pousando sua vasilha de madeira sobre o braseiro, e enxugando a boca com as costas da mão. Suas sobrancelhas juntaram-se. – E, ao que parece, o senhor também. O padre contou-lhe?

– Contou a todos nós – disse Andrei, franzindo o cenho. Tinha uma vasilha com considerável quantidade de caldo para si mesmo, onde nadava o restante da gordura de verão, mas a colocou de lado com relutância, e se inclinou para frente. – Ele contou uma história de certa maldade; disse que sua irmã era uma feiticeira, que atraiu Pyotr Vladimirovich para dentro da floresta invernal contra qualquer lógica, e que sua irmã também está morta.

O rosto de Sasha mudou, e o hegúmeno interpretou-o completamente errado. – Você não sabia, meu filho? Sinto muito causar-lhe sofrimento. – Quando Sasha não disse nada, Andrei apressou-se a prosseguir: – Talvez seja melhor que ela esteja morta. Pessoas boas e más vêm da mesma árvore, e pelo menos sua irmã morreu antes que pudesse fazer um mal maior.

Sasha pensou em sua vívida Vasya cavalgando seu cavalo na manhã cinzenta, e não disse nada. Andrei levantou-se. – Chamarei o padre, irmão Konstantin, ele guarda muita coisa dentro de si. Reza sem cessar, mas tenho certeza que encontrará tempo para lhe contar tudo. Um homem muito santo... – Andrei ainda estava afobado; falava como se estivesse preso entre a admiração e a dúvida.

– Não é preciso – Sasha disse, abruptamente, levantando-se, por sua vez. – Mostre-me onde ele está e vou até ele.

Konstantin recebera uma cela pequena, mas limpa, uma das muitas mantidas para monges que quisessem rezar em isolamento. Sasha bateu à porta.

Silêncio.

Então, passos hesitantes soaram lá dentro, e a porta abriu-se.

Quando o padre viu Sasha, o sangue esvaiu-se do seu rosto e voltou.

– Deus esteja com você – disse Sasha, cismando com a expressão do outro homem. – Sou irmão Aleksandr, que o tirou da floresta.

Konstantin controlou-se. – Que o Senhor o abençoe, irmão Aleksandr – disse. Seu rosto esculpido estava quase inexpressivo, depois daquele espasmo involuntário de choque apavorado.

– Antes de eu renunciar ao mundo, meu pai era Pyotr Vladimirovich – disse Sasha, friamente, porque a dúvida tinha se imiscuído: *Talvez este padre tenha dito a verdade. Por que mentiria?*

Konstantin assentiu uma vez, não parecendo surpreso.

– Soube pela minha irmã Olga, que você veio de Lesnaya Zemlya – Sasha disse. – Que viu meu pai morrer.

– Não vi – replicou o padre, recompondo-se. – Vi-o sair cavalgando em busca da sua filha louca, e vi seu corpo estraçalhado, quando o trouxeram para casa.

Um músculo contraiu-se no maxilar de Sasha, escondido pela sua barba. – Gostaria de ouvir a história toda, tanto quanto você conseguir lembrar, Batyushka – disse.

Konstantin hesitou. – Como queira.

– No claustro – disse Sasha, rapidamente.

Um fedor azedo, o cheiro do medo, emanou do quarto estreito do padre, e Sasha viu-se imaginando pelo que rezava este padre Konstantin.

◇

Plausível. A história era plausível, mas não era bem a mesma história que Vasya havia lhe contado. *Um dos dois está mentindo*, Sasha voltou a pensar. *Ou os dois.*

Vasya não tinha dito nada sobe a madrasta, a não ser que estava morta. Sasha não tinha questionado isso; as pessoas morriam facilmente. Com certeza, Vasya não tinha dito que Anna Ivanovna morrera com seu pai...

– Então, Vasilisa Petrovna está morta – Konstantin terminou com uma maldade sutil. – Que Deus dê sossego a sua alma, e também às de seu pai e de sua madrasta. – O monge e o padre caminhavam ao redor do claustro, olhando para um jardim todo cinzento de neve.

Ele odiava a minha irmã, Sasha pensou, atônito. *Ainda odeia. Os dois não devem se ver. Não acho que roupas de menino enganarão este homem.*

– Diga-me – Sasha perguntou, abruptamente –, meu pai tinha um grande garanhão em seu estábulo, de cor baia, com uma crina longa e uma estrela na cara?

Fosse qual fosse a pergunta esperada por Konstantin, não era esta. Seus olhos estreitaram-se. Mas... – Não – disse, após um instante. – Não... Pyotr Vladimirovich tinha muitos cavalos, mas nenhum como esse.

E no entanto, Sasha pensou, *sua serpente clara, você se lembrou de alguma coisa. Está me contando mentiras misturadas com verdades.*

Como Vasya fez?

Malditos sejam os dois. Só quero saber como meu pai morreu!

Olhando no rosto cinza encovado do padre, Sasha soube que não conseguiria arrancar mais nada dele. – Obrigado, *Batyushka* – disse, inesperadamente. – Reze por mim. Preciso ir.

Konstantin inclinou-se e fez o sinal da cruz. Sasha caminhou a passos firmes pela galeria, sentindo-se como se tivesse tocado em algo viscoso, e se perguntando por que temeria um pobre padre piedoso, que tinha respondido a todas as suas perguntas com aquele ar de honestidade dolorosa, numa voz grave e gloriosa.

◊

Vasya foi esfregada até os poros pela eficiente Varvara, que gozava de total confiança da sua senhora, e era absolutamente inabalável. Até o pendente de safira de Vasya só obteve um bufo desdenhoso. Havia algo de irritantemente familiar no rosto dela. Ou talvez fosse apenas sua rispidez que fazia Vasya lembrar-se de Dunya. Varvara lavou o cabelo sujo de Vasya, e o secou ao lado da fornalha que rugia na casa de banhos. – Você precisa cortar isto... menino – disse, secamente, enquanto o trançava.

Vasya franziu o cenho. A voz da sua madrasta sempre viveria dentro dela, em algum lugar tenso, esganiçando "Menina feia, magrela, desengonçada", mas nem mesmo Anna Ivanovna jamais criticara o negro com reflexos avermelhados do seu cabelo. No entanto, a voz de Varvara tinha um leve toque de desdém.

– Meia-Noite, quando o fogo está morrendo – Dunya, a ama de infância de Vasya, dissera a respeito dele, quando estava velha e inclinada a fazer carinho. Vasya também se lembrava de como ela penteava seu cabelo ao pé do fogo, enquanto um demônio do gelo assistia, embora não parecesse.

– Ninguém vai ver o meu cabelo – Vasya disse a Varvara. – Uso capuz o tempo todo, e também chapéus. É inverno.

– Tolice – disse a escrava.

Vasya deu de ombros, intransigente, e Varvara não disse mais nada.

Olga apareceu após o banho de Vasya, com os lábios comprimidos e pálida, para ajudar a irmã a se vestir. O próprio Dmitrii havia enviado o caftã, trabalhado em verde e dourado, próprio para um pequeno príncipe. Olga trazia-o em um braço.

— Não beba o vinho – a princesa de Serpukhov disse, entrando sem cerimônia na casa de banhos quente. – Só finja. Não fale. Fique com Sasha. Volte assim que puder. – Estendeu o caftã e Varvara trouxe uma camisa limpa, perneiras e as próprias botas de Vasya, rapidamente limpas.

Vasya concordou, sem fôlego, desejando que pudesse ter vindo até Olga de outra maneira, para que as duas pudessem rir juntas, como costumavam, e sua irmã não ficasse zangada.

— Olga – ela disse, com hesitação.

— Agora não, Vasya – Olga disse. Ela e Varvara já estavam arrumando as roupas de Vasya com uma habilidade vigorosa e impessoal.

Vasya ficou calada. Tinha as lembranças infantis de sua irmã alimentando as galinhas, o cabelo soltando-se da trança. Mas esta mulher tinha uma beleza de rainha, majestosa e distante, acentuada por roupas elegantes, um toucado, e o peso da criança não nascida.

— Não tenho tempo – Olga prosseguiu de maneira mais delicada, dando uma olhada para o rosto de Vasya. – Perdoe-me, irmã, mas não posso fazer mais nada. A Maslenitsa começará ao crepúsculo, e preciso cuidar da minha própria casa. Durante esta semana, você é responsabilidade de Sasha. Tem um quarto esperando por você na ala masculina do palácio. Não durma em nenhum outro lugar. Passe o ferrolho na porta. Esconda seu cabelo. Fique alerta. Não encare os olhos de nenhuma outra mulher; não quero que as mais espertas reconheçam-na, quando eu acabar levando-a para o *terem*, como minha irmã. Voltarei a falar com você quando o festival terminar. Mandaremos Vasilii Petrovich para casa assim que pudermos. Agora, vá.

O último laço foi dado; Vasya estava vestida como um pequeno príncipe moscovita. Um chapéu circundado de pele estava puxado sobre suas sobrancelhas, sobre um capuz de couro que escondia seu cabelo.

Vasya sentiu a objetividade do plano de Olga, mas também a frieza. Magoada, abriu a boca, encontrou o olhar inflexível da irmã, voltou a fechá-la e saiu.

Atrás dela, Olga e Varvara trocaram um longo olhar.

— Mande um recado para Lesnaya Zemlya – disse Olga. - Em segredo. Diga a meus irmãos que nossa irmã está viva e está comigo.

◆

A tarde ia avançada quando Sasha encontrou Vasya no portão do príncipe de Serpukhov. Eles se viraram juntos e começaram a subir, progressivamente. O kremlin estava construído no alto de uma colina, com uma catedral e o palácio do grão-príncipe compartilhando o cume.

A rua era esburacada e sinuosa, e estava coberta de neve. Vasya prestou atenção onde pisava, para manter suas botas longe de todo tipo de sujeira, e teve que se esforçar para acompanhar Sasha. *Solovey tinha razão*, pensou, esquivando-se das pessoas, um pouco assustada com a pressa impessoal com que andavam. *Aquela outra cidade não era nada em comparação a esta.*

Então, pensou com tristeza: *Não viverei no terem. Vou fugir antes que tentem me transformar novamente numa menina. Terei visto a minha irmã pela primeira vez em anos, e pela última e derradeira vez? E ela está zangada comigo.*

Os guardas saudaram-nos no portão do palácio de Dmitrii. Irmão e irmã entraram, cruzaram o pátio – maior, mais elegante, mais barulhento e mais sujo do que o de Olya –, subiram uma escada e começaram a atravessar cômodo após cômodo, atraentes como um conto de fadas, embora Vasya não tivesse esperado o fedor, nem a poeira.

Estavam subindo uma segunda escada, aberta para o burburinho e a fumaça da cidade, quando Vasya disse, hesitante: – Causei um grande problema para você e Olya, Sasha?

– Causou – respondeu o irmão.

Vasya parou de andar. – Posso ir embora agora. Posso sumir com Solovey esta noite, e não perturbaremos mais vocês. – Tentou falar com orgulho, mas sabia que ele percebia o nó em sua voz.

– Não seja boba – retorquiu o irmão. Ele não diminuiu o passo; mal virou a cabeça. Parecia estar mordido por uma raiva secreta. – Para onde você iria? Você se manterá assim durante a Maslenitsa, e depois abandonará Vasilii Petrovich. Agora, estamos quase lá. Fale o mínimo possível. – Estavam no alto da escada. Um brilho de cera iluminava os painéis entalhados de uma grande porta, e dois guardas postavam-se à sua frente. Eles se persignaram e curvaram a cabeça em rápido sinal de respeito. – Irmão Aleksandr – disseram.

– Deus esteja com vocês – disse Sasha.

As portas abriram-se. Vasya viu-se em um magnífico cômodo enfumaçado, baixo, lotado de homens.

As cabeças próximas à porta viraram-se primeiro. Vasya paralisou na entrada, como um cervo perante uma matilha. Sentiu-se nua, certa de que, no mínimo, um em meio à multidão deveria cair na gargalhada e dizer para o amigo: – Veja! Uma mulher ali, vestida como menino! – Mas ninguém falou.

O cheiro do suor deles, dos seus óleos, e das suas ceias espessava o ar já compacto. Nunca havia imaginado uma multidão tão densa.

Então, Kasyan aproximou-se, elegante e tranquilo. – Prazer em vê-lo, irmão Aleksandr, Vasilii Petrovich. – Mesmo naquela reunião cravejada de joias, Kasyan destacava-se, com seu colorido de pássaro de fogo, e as pérolas costuradas em suas roupas. Vasya ficou-lhe agradecida. – Voltamos a nos encontrar. O grão-príncipe honrou-me com um lugar em sua casa para o festival.

Vasya viu, então, que as pessoas olhavam mais para seu irmão famoso do que para ela. Respirou novamente.

Dmitrii trovejou de um lugar em um pequeno estrado. – Primos! Venham cá os dois.

Kasyan curvou-se ligeiramente e indicou o caminho. O amontoado de boiardos encostou-se na parede, permitindo que passassem.

Seguindo o irmão, Vasya atravessou a sala. Um burburinho ergueu-se à sua passagem. A cabeça de Vasya flutuou com a variedade de cores das joias, dos caftãs e das paredes pintadas vivamente. Obrigou-se a caminhar com imponência atrás de Sasha. Uma confusão enlouquecida de tapetes e peles cobria o chão. Serviçais aguardavam nos cantos, com rostos inexpressivos. Janelas mínimas, meras fendas, permitiam que um pouco de ar respirável entrasse.

Dmitrii estava sentado no meio da multidão, em uma cadeira entalhada e incrustada. Acabara de se banhar, estava rosado e alegre, à vontade em meio à conversa dos boiardos, mas Vasya julgou ver turbulência em seus olhos, algo duro e uniforme em sua expressão.

Sasha agitou-se ao seu lado; também tinha percebido isso.

– Apresento meu irmão, Dmitrii Ivanovitch – Sasha disse em um tom formal e sucinto que atravessou o murmúrio do saguão. Suas mãos estavam enfiadas nas mangas; Vasya quase podia senti-lo vibrar de tensão. – Vasilii Petrovich.

Vasya fez uma grande reverência, esperando não perder o chapéu.

– Você é bem-vindo aqui – disse Dmitrii, com igual formalidade. Prosseguiu, apresentando-a a uma variedade fantástica de primos em primeiro e segundo graus. Quando sua cabeça estava zonza com a enumeração de nomes, o grão-príncipe acrescentou, abruptamente: – Basta de apresentações. Está com fome, Vasya? Bom... – Ele olhou a confusão e falou: – Teremos uma refeição entre nós, e conversaremos entre amigos. Por aqui.

Dizendo isso, o grão-príncipe levantou-se, enquanto todas as pessoas que olhavam se curvavam, e abriu caminho para outra sala, felizmente vazia. Vasya respirou aliviada.

Havia uma mesa entre o fogão e a janela e, mediante um aceno de Dmitrii, um serviçal começou a enchê-la de bolos, sopa e travessas. Vasya observou com evidente desejo. Tinha quase se esquecido de qual era a sensação de não se sentir faminta. Não importa o que tivesse comido nos últimos quinze dias, o frio sempre consumia o alimento. Ela havia contado cada uma de suas costelas na casa de banhos.

– Sente-se – disse Dmitrii. Seu casaco era entremeado de prata e duro de pedras preciosas e ouro vermelho; o cabelo e a barba tinham sido lavados e oleados. Em suas roupas elegantes, ele adquirira um novo ar de autoridade, seco, preciso e um pouco intimidante, embora ainda escondesse isso sob um sorriso nas faces redondas. Vasya e Sasha tomaram seus lugares na mesa estreita; copos de vinho quente e com cheiro doce estavam à disposição. O centro da mesa estava ocupado com uma grande torta, forrada de repolho, ovos, e peixe defumado.

– Os boiardos virão esta noite – disse o grão-príncipe. – Preciso oferecer-lhes um banquete, derivados de porco, e mandá-los para casa inebriados de carne. Eles precisam receber sua porção de carne antes que tenha início o grande jejum. – O olhar de Dmitrii abarcou Vasya, que ainda não tinha conseguido desviar os olhos das travessas. Seu rosto abrandou-se um pouco. – Mas não achei que nosso Vasya pudesse esperar pela ceia.

Vasya concordou com a cabeça, engoliu e conseguiu dizer: – Tenho sido um buraco sem fundo desde a estrada, Dmitrii Ivanovich.

– E está certo! – exclamou Dmitrii. – Você ainda está crescendo. Vamos, comam e bebam, vocês dois. Vinho para meu jovem primo, e para o monge-guerreiro; ou você já está jejuando, irmão? – Dirigiu a Sasha um olhar irônico de afeto, e empurrou a torta em direção a Vasya. – Uma fatia para Vasilii Petrovich – disse ao criado.

A fatia foi cortada, e Vasya começou a comê-la com prazer. Repolho azedo, ovos grandes, e o sal do queijo em sua língua... Atacou com vontade e começou a relaxar com o peso da comida dentro dela. Devorada a torta, caiu como um cachorro no cozido de carne e no leite tostado.

Mas a hospitalidade bem-humorada de Dmitrii não enganou Sasha. – O que aconteceu, primo? – perguntou ao grão-príncipe, enquanto Vasya comia.

— Coincidentemente, boas e más notícias – disse Dmitrii. Recostou-se na cadeira, cruzou as mãos cheias de anéis, e sorriu com lenta satisfação. – Agora, preciso perdoar minha tola esposa por chorar e imaginar fantasmas. Ela carrega uma criança.

A cabeça de Vasya ergueu-se rapidamente da sua ceia.

— Que Deus proteja as duas – disse Sasha, segurando no ombro do primo. Vasya gaguejou felicitações.

— Deus permita que ela me dê um herdeiro – disse Dmitrii, bebendo do seu copo. Seu ar de animada despreocupação foi se desprendendo lentamente, enquanto ele bebia, e, quando ele voltou a levantar os olhos, Vasya percebeu que o estava vendo pela primeira vez; não o primo entusiasmado da estrada, mas um homem moderado e sobrecarregado além da idade. Um príncipe que detinha a vida de milhares em seu pulso firme.

Dmitrii enxugou a boca e disse: – Agora, as más notícias. Chegou um novo embaixador de Sarai, da corte do Khan, com cavalos e arqueiros em sua comitiva. Está instalado no palácio do emissário, exigindo, imediatamente, todos os impostos devidos, e mais. Diz que o Khan não quer mais saber de atrasos. Também diz, bem abertamente, que se não pagarmos, o general Mamai trará um exército do baixo Volga.

As palavras caíram como um martelo.

— Pode ser só uma bravata – disse Sasha, depois de uma pausa.

— Não tenho certeza – disse Dmitrii. Tinha mais remexido sua comida do que comido. Agora, colocou a faca de lado. – Soube que Mamai tem um rival no sul, um senhor da guerra chamado Tokhtamysh. Este homem também está pleiteando o trono. Se Mamai precisar partir para a guerra para derrotar seu rival...

Uma pausa. Todos se entreolharam. – Então, Mamai precisa primeiro receber os nossos impostos – terminou Vasya, repentinamente, surpreendendo até a si mesma. Estava tão entretida na conversa que esqueceu sua timidez. – Para ter dinheiro para lutar contra Tokhtamysh.

Sasha olhou-a com muita dureza. *Fique calada*. Vasya fez um ar de inocência.

— Menino esperto – disse Dmitrii, distraído. Fez uma careta. – Há dois anos não mando tributos, e ninguém notou. Não esperava que notassem. Estão ocupados demais envenenando uns aos outros, para que eles, ou seus filhos gordos, possam conquistar o trono. Mas os generais não são tão idiotas quanto os pretendentes. – Uma pausa. O olhar de Dmitrii encontrou o de Sasha. – E mesmo que eu decida pagar, onde é que vou conseguir o dinheiro, agora? Quantas aldeias foram queimadas neste inverno, até que Vasya rastreasse esses bastardos até seu covil? Como é que as pessoas vão se alimentar, e além do mais juntar um imposto para mais uma guerra?

– As pessoas já fizeram isso antes – Sasha observou, sombriamente. O clima ao redor da mesa fazia um estranho contraponto aos gritos animados da cidade lá fora.

– É, mas com os tártaros divididos entre dois senhores da guerra, temos uma chance de nos livrar ardilosamente do jugo, de opor resistência, e toda carroça que vai para o sul nos enfraquece. Por que nossos impostos deveriam enriquecer a corte em Sarai?

O monge ficou calado.

– Uma vitória esmagadora poria fim a tudo isso – disse Dmitrii.

Para Vasya, era como se eles tivessem retomando uma velha discussão.

– Não – retorquiu Sasha. – Não poria. Os tártaros poderiam não aceitar uma situação de derrota; ainda existe muito orgulho ali, mesmo que a Horda não seja o que era. Uma vitória poderia nos fazer ganhar tempo, mas, depois, quem quer que assuma o controle da Horda viria atrás de nós. E não apenas iriam querer nos subjugar, e sim punir.

– Se eu tiver que levantar dinheiro – o grão-príncipe disse lentamente –, teremos que matar de fome alguns daqueles camponeses que você salvou, Vasya. Honestamente, Sasha – acrescentou para o monge –, reconheço a importância do seu conselho. Que todos tomem conhecimento disso. Porque estou cansado de ser o *cão* desses pagãos. – A frase terminou afiada como gelo quebrado, e Vasya encolheu-se. – Mas... – Dmitrii fez uma pausa, e acrescentou em tom mais baixo – eu não poderia legar a meu filho uma cidade queimada.

– Você é sábio, Dmitrii Ivanovich – disse Sasha.

Vasya pensou nas centenas de Katyas, em aldeias pelo Grão-Principado de Moscou, passando fome porque o grão-príncipe precisaria pagar uma taxa ao senhor do mesmo povo que, antes de tudo, havia queimado suas casas.

Fez menção de voltar a falar, mas Sasha dirigiu-lhe um olhar terrível do outro lado da mesa e, desta vez, ela engoliu as palavras.

– Bom, em todo caso, temos que cumprimentar esse embaixador – disse o grão-príncipe. – Que não digam que falhei na hospitalidade. Termine sua ceia, Vasya. Vocês dois vêm comigo. E nosso Kasyan Lutovich, com sua boa aparência e roupas elegantes. Se preciso acalmar um senhor tártaro, devo também fazê-lo do jeito certo.

◇

Um palácio pequeno e de construção primorosa achava-se um tanto isolado, próximo ao canto sudeste do kremlin. Seus muros eram mais altos do que os dos outros palácios, e algo em seu formato ou posição transpirava uma sensação indefinível de distância.

Vasya, Sasha, Kasyan e Dmitrii, com vários dos principais membros da casa deste último, caminharam do palácio do grão-príncipe até lá, com guardas para deterem os curiosos.

– Humildade – disse Dmitrii a Vasya, com humor negro. – Apenas um homem orgulhoso cavalga. Não se deve ser orgulhoso perante os senhores de Sarai, ou você será morto, sua cidade queimada, seus filhos deserdados.

Seus olhos encheram-se de lembranças amargas, mais velhas do que ele. Fazia quase duzentos anos que os guerreiros do Grande Khan tinham vindo pela primeira vez a Rus', derrubando suas igrejas, estuprando e massacrando seu povo para que se conformassem.

Vasya não conseguiu pensar numa resposta digna, mas talvez seu rosto expressasse simpatia, porque o grão-príncipe disse, asperamente: – Não importa, menino. Para ser um grão-príncipe é preciso fazer coisas piores, e piores ainda para ser um grão-príncipe de um Estado-vassalo.

Parecia anormalmente pensativo. Vasya lembrou-se da sua risada durante os longos dias, quando a neve caía no bosque sem rastros. Num impulso repentino, disse: – Estarei ao seu serviço da maneira que puder, Dmitrii Ivanovich.

Dmitrii parou sua caminhada; Sasha enrijeceu-se. Dmitrii disse: – É possível que eu recorra a isso, primo. – Com a facilidade despretensiosa de quem foi coroado aos dezesseis anos. – Deus esteja com você. – Pousou brevemente a mão na cabeça encapuzada de Vasya.

Depois, recomeçaram a andar. Dmitrii acrescentou a Sasha, em voz baixa: – Posso me humilhar o quanto quiser, mas isso não aumentará em nada os meus recursos. Ouvi seu conselho, mas...

– De qualquer modo, a humildade pode adiar o acerto – Sasha murmurou de volta. – Tokhtamysh pode atacar Mamai mais cedo do que esperamos; todo adiamento pode lhe render tempo.

Vasya, de ouvido afiado e caminhando logo atrás do irmão, pensou: *Não é de se estranhar que Sasha nunca tenha voltado para a casa do nosso pai. Como poderia, sendo tão necessário ao grão-príncipe?* Depois, pensou com um pressentimento: *Mas Sasha mentiu. Mentiu por mim. Quando eu for embora, como ele ficará em relação ao príncipe?*

Eles chegaram aos portões, foram admitidos, privados dos seus guardas, e levados para a sala mais linda que Vasya já vira.

Vasya não tinha noção de luxo; mal tinha uma palavra para isso. Para ela, um mero calor era um luxo, e a pele limpa, meias secas, não sentir fome. Mas isto, esta sala deu-lhe um indício do que poderia ser luxo, e contemplou à sua volta, encantada.

O assoalho de madeira tinha sido colocado com cuidado, e encerado. Espalhados sobre ele havia tapetes vibrantes com figuras de felinos rosnando, livres de poeira, de um tipo que ela não conhecia.

O fogão no canto tinha sido azulejado e pintado com árvores e pássaros na cor escarlate. Seu fogo ardia calorosamente. Em um instante, Vasya ficou aquecida demais; uma gota de suor rolou pela sua espinha. Homens dispostos como estátuas estavam junto às paredes, usando casacos cereja e chapéus estranhos.

Conhecerei essa cidade, Sarai, Vasya pensou, sentindo seu belíssimo caftã uma coisa chamativa e malfeita em toda aquela elegância. *Irei longe com Solovey, e nós dois a conheceremos.*

Inalou um aroma (mirra, embora não soubesse) que fez seu nariz coçar; freneticamente, reprimiu um espirro e quase foi de encontro a Sasha quando o grupo parou a poucos passos de um estrado atapetado. Dmitrii ajoelhou-se e curvou a cabeça até o chão.

Com os olhos lacrimejando, Vasya não conseguiu ver o embaixador com clareza. Ouviu uma voz baixa mandando o grão-príncipe de Moscou se levantar. Escutou em silêncio Dmitrii transmitir suas saudações ao Khan.

Mal reconheceu o destemido príncipe nesse senhor que murmurou suas desculpas, curvou-se, e estendeu seus presentes aos servidores. As saudações prosseguiram: – ... que Deus proteja a todos os seus filhos, suas esposas... – Vasya só voltou a prestar atenção quando a voz de Dmitrii mudou. – Aldeia atrás de aldeia – ele disse num tom respeitoso, mas vibrante – roubadas, deixadas em chamas. Meu povo terá muito que fazer para sobreviver ao inverno, e não há mais dinheiro, não até a colheita do próximo outono. Não quero faltar ao respeito, mas somos homens do mundo, e o senhor entende...

O tártaro respondeu em sua própria língua, com a voz ríspida. Vasya franziu o cenho. Ainda não tinha levantado os olhos além do intérprete aos pés da plataforma, mas algo na voz atraiu seu olhar para cima. E então, ficou paralisada, estarrecida.

Porque Vasya reconheceu o embaixador. A última vez que o tinha visto fora no escuro, atrás do golpe perverso de uma espada curva, enquanto aquela mesma voz convocava seus homens com um grito de guerra.

Agora, ele reluzia em veludo de seda e zibelina, mas ela não poderia confundir os ombros largos, o maxilar e os olhos duros. Falava com o tradutor numa voz firme. Mas, por um instante, o embaixador tártaro – o chefe dos bandidos – voltou o olhar para ela, e seu lábio curvou-se numa expressão de ódio misturado com riso.

◇

Vasya deixou o saguão da audiência zangada, com medo, e em dúvida quanto a seu próprio juízo. *Não, não pode ser ele. Aquele homem era um bandido, não um tártaro de alta linhagem, não um servidor do Khan. Você está enganada. Você o viu uma vez, à luz do fogo, e novamente no escuro. Não pode ter certeza.*

Tinha? Será que ela poderia realmente esquecer o rosto que tinha visto atrás do golpe de uma espada, o rosto de um homem que quase a tinha matado?

Que este homem dissesse coisas untuosas sobre aliança e a ingratidão de Dmitrii, enquanto o sangue russo ainda manchava suas mãos...

Não, não era ele. Como poderia ser? E, no entanto... Um homem poderia ser um senhor e um bandido? Seria um impostor?

O grupo de Dmitrii estava voltando por onde tinha vindo, cruzando o kremlin num passo apressado. Tudo à volta deles ressoava a barulheira despreocupada de uma cidade no auge de um festival: risadas, gritos, um trecho de música. As pessoas abriam caminho quando o grão-príncipe passava e gritavam seu nome.

– Preciso falar com você – Vasya disse a Sasha numa rápida decisão. Sua mão urgente fechou-se no punho do irmão. – Agora.

Os portões do palácio de Dmitrii materializaram-se à frente deles; as primeiras tochas brilhavam. Kasyan lançou-lhes um olhar curioso; irmão e irmã caminharam com as cabeças juntas.

— Muito bem — disse Sasha, após um instante de hesitação. — Venha, vamos voltar para o palácio de Serpukhov. Aqui há ouvidos demais.

Mordendo o lábio, Vasya esperou enquanto seu irmão dava uma rápida desculpa para um preocupado Dmitrii. Depois, seguiu o irmão.

O dia estava terminando; a luz dourada transformava as torres de Moscou em tochas, e sombras juntavam-se no espaço ao redor dos pés do palácio. Uma brisa de estalar os ossos assobiava entre as construções. Agora, Vasya mal podia se manter em pé no tumulto das ruas; havia gente demais correndo de lá para cá, rindo, fechando a cara, ou apenas se encolhendo contra o frio. Lamparinas e ferros em brasa suavizavam as rampas de neve; blinis chiavam na gordura. Vasya virou a cabeça uma vez, sorrindo contra a vontade com as bolas de neve arremessadas, que uivavam e se espatifavam, tudo sob um céu que rapidamente se transformava em fogo, à medida que o dia se esvaía

Quando os dois chegaram ao cercado de Solovey, num canto tranquilo do pátio dianteiro de Olga, Vasya estava novamente com fome. Ao vê-la, Solovey levantou de imediato sua cabeça de estrela branca. Vasya passou por cima da cerca, e foi até ele. Tocou em todo o seu corpo, penteou sua crina com os dedos, deixou-o focinhar em suas mãos, o tempo todo buscando palavras que fizessem seu irmão entender.

Sasha recostou-se na cerca. — Solovey está muito bem. Agora, o que você quer me dizer?

As primeiras estrelas haviam se acendido em um céu que passara a ser regiamente violeta, e a lua fazia uma leve curva prateada sobre a linha irregular dos palácios.

Vasya respirou fundo. — Você disse — ela começou —, quando estávamos caçando os bandidos... Você disse que era estranho que eles tivessem boas espadas, forjadas com capricho, e que tivessem cavalos fortes. Estranho, você disse, que tivessem hidromel, cerveja e sal no acampamento.

— Eu me lembro.

— Eu sei o motivo — disse Vasya, falando ainda mais rápido. — O chefe dos bandidos, o que roubou Katya, Anyushka e Lenochka, é aquele a quem chamam de Chelubey, o emissário do general Mamai. Eles são um único e mesmo homem. Tenho certeza disso. O emissário é um bandido...

Ela parou, um pouco sem fôlego.

As sobrancelhas de Sasha juntaram-se. — É impossível, Vasya.

— Tenho certeza — ela repetiu. — Quando o vi pela última vez, ele balançava uma espada em direção ao meu rosto. Duvida de mim?

Sasha disse, lentamente: – Estava escuro, você estava com medo, não pode ter certeza.

Ela se inclinou para frente. Sua voz veio enfatizando a intensidade do seu sentimento: – Eu estaria dizendo isso se não tivesse certeza? Eu tenho certeza.

Seu irmão cofiou a barba.

Ela explodiu: – Ele diz coisas sobre a ingratidão do grão-príncipe, enquanto se aproveita das meninas russas. Isso significa...

– Significa o quê? – Sasha retrucou com um sarcasmo repentino e cortante. – Os grandes senhores têm quem faça seu trabalho sujo; por que um emissário estaria cavalgando pelo campo com um grupo de bandidos?

– Eu sei o que vi – disse Vasya. – Vai ver que ele nem é um senhor. Alguém em Moscou o conhece?

– Eu conheço você? – replicou Sasha. Ele desceu da cerca como um gato. Solovey jogou a cabeça para cima, quando as botas do monge bateram na neve. – Você sempre conta a verdade?

– Eu...

– Me diga – disse o irmão. – De onde vem este cavalo, este elogiado garanhão baio que você cavalga? Era do pai?

– Solovey? Não... ele...

– Ou me conte isto – disse Sasha –, como morreu a sua madrasta?

Ela inspirou de leve. – Você andou conversando com o padre Konstantin. Mas uma coisa não tem nada a ver com a outra.

– Não tem? Estamos discutindo a verdade, Vasya. Padre Konstantin contou-me toda a história da morte do pai. Uma morte causada por você, ele diz. Infelizmente, ele está mentindo pra mim. Mas você também está. O padre não diz por que te odeia. Você não disse por que ele acha que você é uma bruxa. Você não disse de onde veio o seu cavalo. E não disse por que estava louca o bastante para entrar na caverna de um urso, no inverno, nem por que o pai foi tolo o bastante para te seguir. Eu jamais teria acreditado nisso, vindo do pai e, depois de uma semana cavalgando, não acredito nisso, vindo de você, Vasya. Tudo não passa de um monte de mentiras. Agora, eu quero a verdade.

Ela não disse nada, os olhos imensos na escuridão recém-chegada. Solovey manteve-se tenso ao seu lado, e a mão dela, inquieta, enrolava e desenrolava a crina do garanhão.

– Irmã, a verdade – Sasha repetiu.

Vasya engoliu em seco, lambeu os lábios e pensou: *Fui salva da minha falecida ama por um demônio do gelo, que me deu o meu cavalo e me beijou à luz do fogo. Posso dizer isto? Para meu irmão, o monge?* – Não posso contar tudo pra você – ela sussurrou. – Eu mesma, mal entendo tudo.

– Então – disse Sasha sem rodeios –, devo acreditar no padre Konstantin? Você é uma bruxa, Vasya?

– Eu... Eu não sei – ela disse, com dolorosa honestidade. – Eu te contei o que consigo. E não menti, não mesmo. Não estou mentindo agora. Só que...

– Você estava cavalgando sozinha em Rus', vestida como menino, no melhor cavalo que já vi.

Vasya engoliu com dificuldade, procurou uma resposta, e descobriu que sua boca estava completamente seca.

– Você tinha um alforje cheio de tudo que poderia precisar numa viagem, até com um pouco de prata... Sim, eu olhei. Tem uma faca de aço dobrável. Onde conseguiu isso, Vasya?

– Pare! – ela exclamou. – Você acha que eu queria ir embora? Acha que eu queria alguma destas coisas? Eu precisei, irmão, precisei.

– E aí? *O que você não está me contando?*

Ela ficou muda. Pensou em *chyerti* e nos mortos que andavam, pensou em Morozko. As palavras não vieram.

Sasha fez um leve som de desgosto. – Basta! – disse. – Manterei o seu segredo, e me custa fazer isto, Vasya. Ainda sou filho do meu pai, embora nunca mais o verei. Mas não tenho que confiar em você, nem satisfazer as suas fantasias. O embaixador tártaro não é um bandido. Você não fará mais promessas de ajuda ao grão-príncipe, não dirá mais mentiras além das que conseguir evitar, não falará mais, quando precisar ficar em silêncio, e talvez termine esta semana sem ser descoberta. Isto é tudo que lhe diz respeito.

Sasha pulou as barras do cercado com uma agilidade graciosa.

– Aonde você vai? – Vasya gritou, estupidamente.

– Vou te levar de volta ao palácio de Olga – ele respondeu. – Você disse, fez e viu o suficiente por uma noite.

Vasya hesitou, sua garganta enchendo-se de protestos. Mas um olhar para as costas tensas do irmão revelou-lhe que ele não os escutaria. Com a respiração entrecortada, tocou no pescoço de Solovey para se despedir, e seguiu.

17

MARYA, A PIRATA

O quarto de Vasya na ala masculina era pequeno, mas quente e bem mais limpo do que qualquer coisa no palácio de Dmitrii. Havia um pouco de vinho, mantido quente no fogão ao lado de uma pequena pilha de bolos amanteigados, apenas um pouco roídos por um camundongo ousado.

Sasha trouxe-a até a soleira, disse "Deus esteja com você" e partiu.

Vasya largou-se na cama. Os sons do festival de Moscou infiltraram-se por sua janela de frestas. Tinha cavalgado o dia todo, todos os dias, semanas sem fim, suportado batalha e doença, e estava extremamente cansada. Passou a tranca na porta, tirou a pelerine e as botas, comeu e bebeu sem sentir gosto, e se enfiou por baixo do monte de cobertores de pele.

Embora eles fossem pesados e o fogão emanasse um calor constante, ela continuava tremendo e não conseguia dormir. Repetidamente, experimentava as mentiras em sua própria língua, ouvia a voz grave e plausível do padre Konstantin contando a seus irmãos uma história que era – quase – verdade. Escutou mais uma vez o grito de guerra do chefe dos bandidos, e viu sua espada reluzir ao luar. O barulho de Moscou e seu brilho confundiam-na; não sabia o que era verdade.

Por fim, Vasya adormeceu. Acordou de um pulo na hora silenciosa, após a meia-noite. O ar tinha um cheiro forte de lã molhada e incenso, e Vasya olhou confusa para as vigas da meia-noite, desejando um sopro do límpido vento invernal.

Então, sua respiração parou na garganta. Em algum lugar, alguém chorava.

Chorando e caminhando, o som aproximava-se. Soluços como agulhas varavam o palácio de Serpukhov.

Vasya, cismada, levantou-se. Não ouviu passos, só o soluço e lágrimas sufocadas.

Mais perto.

Quem chorava? Vasya não ouviu sons de pés, nem o roçar de roupas. Uma mulher chorando. Que mulher viria até aqui? Esta era a ala masculina da casa.

Mais perto.

Quem chorava parou logo em frente à sua porta.

Vasya quase parou de respirar. Assim os mortos tinham voltado a Lesnaya Zemlya, chorando, implorando para entrar e deixar o frio. *Bobagem, aqui não há mortos. O Urso está amarrado.*

Vasya juntou coragem, tirou sua faca de gelo por precaução, atravessou o quarto, e abriu uma fresta da porta.

Um rosto olhou de volta para ela, bem junto ao batente da porta: um rosto pálido, curioso, com uma boca sorridente.

Você, ele gorgolejou. *Caia fora, vá...*

Vasya bateu a porta e correu de volta para a cama, com o coração aos pulos. Um certo orgulho, ou algum instinto de silêncio, sufocou seu grito, embora sua respiração ficasse barulhenta e penosa.

Não tinha passado a tranca na porta, e lentamente ela foi se abrindo.

Não... Agora não havia nada ali, apenas sombras, uma réstia de luar. *O que foi aquilo? Um fantasma? Um sonho? Deus me proteja.*

Vasya passou um bom tempo observando, mas nada se mexeu, nenhum som perturbou a escuridão. Por fim, juntou coragem, levantou-se, atravessou o quarto e fechou a porta.

Demorou muito tempo para voltar a dormir.

◆

No primeiro dia da Maslenitsa, Vasilisa Petrovna acordou tensa e faminta, arrependida e revoltada, e descobriu um par de grandes olhos verdes pairando sobre ela.

Vasya piscou e juntou os pés debaixo dela, desconfiada como um lobo.

– Oi – disse a dona dos olhos, maliciosamente. – Tia, sou Marya Vladimirovna.

Vasya olhou para a criança, boquiaberta. Depois tentou optar por uma dignidade ultrajada de irmão mais velho. Ainda estava com o cabelo amarrado em um capuz. – Isto é impróprio – disse, severamente. – Sou seu tio Vasilii.

– Não é não – disse Marya. Ela recuou e cruzou os braços. Suas botinhas traziam raposas escarlate bordadas, e uma faixa de seda com anéis de prata pendurados sobressaía em seu cabelo escuro. O rosto era branco como leite, os olhos pareciam buracos queimados na neve. – Entrei às escondidas, ontem, depois de Varvara. Ouvi mamãe contando tudo ao tio Sasha. – Olhou para Vasya de alto a baixo, com um dedo na boca. – Você é a minha feia tia Vasilisa – acrescentou, tentando, nitidamente, mostrar-se despreocupada. – Sou mais bonita do que você.

Marya poderia muito bem ser considerada bonita, da maneira disforme das crianças, se não fosse tão pálida, tão cadavérica.

– Você é mesmo – Vasya disse, dividida entre o divertimento e o desânimo. – Mas não tão bonita quanto Yelena, a Linda, roubada pelo Lobo Cinza. Sim, sou sua tia Vasilisa, mas este é um grande segredo. Você consegue guardar um segredo, Masha?

Marya ergueu o queixo e se sentou no banco ao lado do fogão, tomando cuidados com suas saias. – Consigo guardar um segredo – respondeu. – Também quero ser um menino.

Vasya decidiu que era muito cedo de manhã para aquela conversa. – Mas o que sua mãe diria – perguntou, com certo desespero –, se perdesse sua filhinha Masha?

– Ela não se incomodaria – retorquiu Marya. – Ela quer filhos. Além disso – prosseguiu numa bravata –, tenho que deixar o palácio.

– Pode ser que a sua mãe queira filhos – Vasya admitiu –, mas ela também quer você. Por que você precisa deixar o palácio?

Marya engoliu com dificuldade. Pela primeira vez, perdeu o ar de coragem desenvolta. – Você não acreditaria em mim.

– Provavelmente acreditaria.

Marya olhou para suas mãos. – A fantasma vai me comer – sussurrou.

Vasya ergueu uma sobrancelha. – A fantasma?

Marya confirmou com a cabeça. – A ama diz que eu não devo contar histórias e preocupar a minha mãe. Tento não fazer isto. Mas estou com medo. – Sua voz foi sumindo ao dizer a última palavra. – A fantasma está sempre à minha espera, assim que adormeço. *Sei* que ela pretende me comer. Então, preciso deixar o palácio – disse Marya com um ar de renovada determinação. – Deixe eu ser um menino com você, ou conto pra todo mundo que, na verdade, você é uma menina. – Ela fez sua ameaça com ferocidade, mas se encolheu quando Vasya rolou para fora da cama.

Vasya ajoelhou-se à frente da menininha. – Acredito em você – disse com suavidade. – Eu também vi essa fantasma. Ontem à noite.

Marya ficou com o olhar parado. – Você ficou com medo? – perguntou, por fim.

– Fiquei – disse Vasya. – Mas acho que a fantasma também ficou.

– Detesto ela! – Marya explodiu. – Detesto a fantasma. Ela não me deixa em paz.

– Talvez, da próxima vez, a gente deva perguntar o que ela quer – disse Vasya, pensativa.

– Ela não escuta – disse Marya. – Eu digo pra ela ir embora, e ela não escuta.

Vasya analisou sua sobrinha. – Masha, você sempre vê outras coisas que a sua família não vê?

Marya pareceu mais cautelosa do que nunca. – Não – disse.

Vasya esperou.

A criança olhou para baixo. – Tem um homem na casa de banhos – disse. – E um homem no forno. Eles me assustam. Mãe me disse que não devo contar tais histórias, ou nenhum príncipe vai querer se casar comigo. Ela... Ela ficou brava.

Vasya lembrou-se, vividamente, da sua própria confusão indefesa, quando lhe disseram que o mundo que ela via era um mundo que não existia.

– O homem na casa de banhos é real, Masha – Vasya disse incisivamente. Pegou a criança pelos ombros. – Você não deve ter medo dele. Ele protege a sua família. Ele tem muitos parentes: um para guardar o pátio da frente, outro para o estábulo, outro para a fornalha. Eles mantêm as coisas ruins a distância. São tão reais quanto você. Jamais duvide dos seus próprios sentidos, e não tenha medo das coisas que vê.

A testa de Marya vincou-se. – Você também vê esses homens, tia?

– Vejo – Vasya respondeu. – Vou te mostrar. – Uma pausa. – Se você prometer não contar pra ninguém que sou uma menina.

O rosto da garotinha iluminou-se. Ela pensou por um momento. Depois, uma princesa nos mínimos detalhes, Marya respondeu: – Dou a minha palavra.

– Muito bem – disse Vasya. – Deixe eu me vestir.

◊

O sol ainda não tinha nascido; o mundo estava tênue, aplainado, e cinza. Um silêncio suave e suspenso estendia-se sobre Moscou. Apenas a fumaça espirada movia-se, dançando sozinha, velando a cidade como que com amor. Os pátios e as escadas do palácio de Olga estavam silenciosos; suas cozinhas, padarias, cervejarias e defumarias apenas começavam a se agitar.

Vasya encontrou a padaria sem erro. O ar cheirava maravilhosamente a café da manhã.

Pensou em pão lambuzado com queijo, depois tomou fôlego, tendo que se apressar atrás de Marya, que corria diretamente pelo caminho protegido que levava à casa de banhos.

Vasya agarrou a menina pelas costas da sua capa, um instante antes de ela agarrar o trinco. – Olhe pra ver se não tem ninguém dentro – disse, exasperada. – Ninguém nunca te disse para pensar antes de fazer as coisas?

Marya esquivou-se. – Não – respondeu. – Eles me dizem pra *não* fazer as coisas. Mas aí eu quero fazer e não consigo evitar. Às vezes, a ama fica roxa, essa é a melhor parte. – Ela deu de ombros e suas costas retas relaxaram. – Mas, às vezes, a mãe diz que tem medo por mim. Não gosto disso. – Marya reanimou-se e se soltou das garras da tia. Apontou para a chaminé. – Não tem fumaça... Está vazia.

Vasya apertou a mão da menina, levantou a tranca, e as duas entraram na penumbra gelada. Marya escondeu-se atrás de Vasya, agarrada a sua pelerine.

No dia anterior, o banho de Vasya tinha sido apressado demais para que ela pudesse notar seu entorno, mas, agora, olhava com apreço as almofadas bordadas, os bancos de carvalho lustrosos. A casa de banhos em Lesnaya Zemlya era estritamente funcional. Então, disse para as sombras: – *Bannik*. Mestre. Avô. Pode falar conosco?

Silêncio. Marya apontou a cabeça cautelosa ao redor da pelerine de Vasya. A respiração das duas fumegava na friagem.

Então... – Ali – disse Vasya.

Mesmo ao dizer isto, ela franziu o cenho.

Poderia estar apontando para uma nesga de vapor, iluminada pelo fogo. Mas era só virar um pouco a cabeça; um velho estava sentado ali, com as pernas cruzadas em uma almofada, a cabeça inclinada de lado. Era ainda menor do que Marya, com fios nebulosos como cabelo, olhos estranhos e distantes.

– É ele! – disse Marya, guinchando.

Vasya não disse nada. O *bannik* era ainda mais apagado do que o *domovoi* lacrimoso na aldeia de Katya. Um pouco mais do que vapor e luz de brasa. O sangue de Vasya tinha revivido os *chyerti* de Lesnaya Zemlya, quando Konstantin aterrorizou seu povo para bani-los. Mas este tipo de desvanecimento parecia menos violento e mais difícil de impedir.

Vai terminar, Vasya pensou. *Um dia. Este mundo de assombros, onde o vapor numa casa de banhos possa ser uma criatura que faça profecias. Um dia, haverá apenas sinos e procissões. Os* chyerti *serão nevoeiro, lembrança, e frêmitos na cevada de verão.*

Sua mente foi para Morozko, o rei do inverno, que moldava o gelo a sua vontade. Não. *Ele* não poderia desvanecer.

Vasya espantou seus pensamentos, foi até o balde de água, e despejou uma concha. Tinha uma côdea no bolso, que pousou em frente à réstia viva, juntamente com um ramo de bétula pego no canto.

O *bannik* solidificou-se um pouco mais.

Marya ficou boquiaberta.

Vasya deu um tapinha no ombro da sobrinha e soltou as mãos da criança da sua pelerine. – Venha, ele não vai te fazer mal. Você precisa ser respeitosa. Este é o *bannik*. Chame-o de avô, porque é isto que ele é, ou mestre, porque é este o seu título. Você precisa lhe dar ramos de bétula, água quente e pão. Às vezes ele diz o futuro.

Marya comprimiu sua boca de botão de rosa, e depois fez uma reverência muito imponente, apenas um pouco oscilante. – Avô – sussurrou.

O *bannik* não disse nada.

Marya deu um hesitante passo à frente, e ofereceu um pedaço de bolo ligeiramente amassado.

O *bannik* sorriu lentamente. Marya estremeceu, mas não arredou pé. O *bannik* aceitou o bolo em suas mãos nebulosas. – Então você realmente me vê – ele sussurrou, sibilando como água nos carvões. – Levou muito tempo.

– Eu te vejo – disse Marya. Ela chegou mais perto, esquecendo o medo, à maneira das crianças. – É claro que te vejo. Mas você nunca tinha falado, por quê? A mãe disse que você não era real. Tive medo. Você vai dizer o futuro? Com quem eu vou me casar?

Com um príncipe sisudo, assim que você sangrar, pensou Vasya sombriamente. – Basta, Masha – disse em voz alta. – Saia daí. Você não precisa de profecias; ainda não vai se casar.

O *chiert* sorriu com um vislumbre de maldade. – Por que ela não precisaria? Vasilisa Petrovna, você já teve a sua profecia.

Vasya ficou calada. O *bannik* em Lesnaya Zemlya lhe contara que ela iria arrancar campânulas brancas no auge do inverno, morrer à sua própria escolha, e chorar por um rouxinol.

– Eu era crescida quando ouvi isso – disse, por fim. – Masha é uma criança.

O *bannik* sorriu, mostrando seus dentes enevoados. – Aqui vai sua profecia, Marya Vladimirovna – disse. – Eu agora sou apenas uma réstia, porque o seu povo colocou sua fé em sinos e ícones pintados. Mas este pouco eu sei: você crescerá longe daqui, e amará um pássaro mais do que à sua mãe, depois da mudança da estação.

Vasya enrijeceu-se. Marya ficou muito vermelha. – Um pássaro...? – murmurou. Depois... – Jamais! Você está enganado! – Ela fechou seus punhos. – Retire o que disse.

O *bannik* deu de ombros, ainda sorrindo com um pequeno toque de malícia.

– Retire o que disse! – Marya gritou. – Retire...

Mas o *bannik* tinha voltado seu olhar para Vasya, e algo duro reluziu no fundo dos seus olhos ardentes. – Antes do final da Maslenitsa – disse. – Todos nós estaremos observando.

Vasya, zangada em nome de Marya, disse: – Não te entendo.

Mas se dirigia a um canto vazio. O *bannik* tinha desaparecido.

Marya parecia chocada. – Não gosto dele. Ele estava dizendo a verdade?

– É uma profecia – Vasya disse, lentamente. – Pode ser verdade, mas não exatamente da maneira como você pensa.

Então, como o lábio inferior da menina tremesse e seus olhos escuros estivessem grandes e perdidos, Vasya disse: – Ainda é cedo. Vamos dar uma volta a cavalo, nós duas?

Um nascer do sol surgiu no rosto de Masha. – Vamos – disse de imediato. – Ah, sim, por favor. Vamos agora.

Certa excitação dissimulada deixou claro que galopar pelas ruas não era algo permitido a Marya. Vasya perguntou-se se teria feito algo errado. Mas também se lembrou como, quando pequena, adorava cavalgar com o irmão, o rosto contra o vento.

– Venha comigo – disse. – Você precisa ficar muito perto.

Elas saíram da casa de banhos furtivamente. A manhã tinha clareado, passando de cinza-chumbo para cinza-claro, e as espessas sombras azuis tinham começado a se afastar.

Vasya tentou caminhar a passos largos, como um menino destemido, mas era difícil, porque Marya segurava sua mão com muita força. Com toda sua ferocidade, Marya só saía do palácio do pai para ir à igreja, cercada pelas mulheres da mãe. Até caminhar até o pátio da frente sem acompanhante tinha o gosto de uma rebelião.

Solovey estava com os olhos brilhando em seu cercado, fungando a manhã. Por um momento, Vasya achou que uma criatura de membros compridos, com um tufo de barba estava penteando a crina do cavalo. Mas todos os sinos do monastério tocaram juntos a *outrenya*. Vasya piscou e não havia ninguém.

– Ah – disse Marya, parando de repente. – Aquele é o seu cavalo? Ele é muito grande.

– É – disse Vasya. – Solovey, esta é a minha sobrinha, que quer montar em você.

– Agora, eu já não quero tanto – disse Marya, olhando o garanhão com apreensão.

Solovey tinha uma predileção por fragmentos de humanidade – ou talvez só ficasse intrigado com criaturas tão menores do que ele. Aproximou-se com delicadeza da cerca, deu uma fungada morna no rosto de Marya, depois abaixou a cabeça e cutucou seus dedos com os lábios.

– Ah – disse Marya, mudando o tom de voz. – Ah, ele é muito macio. – E acariciou seu focinho.

As orelhas de Solovey foram para trás e para frente, satisfeitas, e Vasya sorriu.

Diga a ela para não me chutar, Solovey disse. Ele mordiscou o cabelo de Marya, o que a fez rir. *Nem puxar a minha crina.*

Vasya transmitiu esta mensagem, e ajudou Marya a subir no alto da cerca.

– Ele precisa de uma sela – a criança informou, nervosa, a Vasya, agarrando-se à amurada da cerca. – Vi os empregados do meu pai saírem a cavalo; todos eles têm selas.

– Solovey não gosta delas – Vasya retorquiu. – Suba. Não vou deixar você cair. Ou você está com medo?

Marya empinou o nariz. Desajeitada com as saias, passou uma perna por cima e se sentou, *plump*, na cernelha do cavalo. – Não – disse –, não estou.

Mas deu gritinhos e se agarrou ao cavalo, quando ele suspirou e mudou o apoio do seu peso. Vasya sorriu, subiu na cerca, e se acomodou atrás da sobrinha.

– Como vamos sair daqui? – Marya perguntou, de maneira prática. – Você não abriu o portão. – Então, ela prendeu o fôlego. – Ah!

Atrás dela, Vasya ria. – Agarre-se à crina dele – disse. – Mas procure não puxá-la.

Marya não disse nada, mas duas mãozinhas agarraram-se à crina. Solovey virou-se. A respiração de Marya acelerou-se. Vasya inclinou-se para frente.

A criança gritou quando o cavalo partiu: um galope, dois, três, e então, com um tremendo impulso, o cavalo subiu e passou por cima da cerca, leve como uma folha.

Quando aterrissaram, Marya estava rindo. – De novo! – exclamou. – De novo!

– Na volta – Vasya prometeu. – Temos uma cidade para ver.

Sair foi surpreendentemente simples. Vasya escondeu Marya em sua pelerine, ficando um pouco nas sombras, e o guarda do portão correu para puxar a tranca. Afinal de contas, o trabalho deles era impedir a entrada das pessoas.

Fora dos portões do príncipe de Serpukhov, a cidade estava começando a se agitar. O som e o cheiro dos blinis fritando entremeavam o silêncio da manhã. No amanhecer violeta, um grupo de meninos pequenos brincavam em um escorregador de neve, antes que os meninos maiores chegassem e os pusessem de lado.

Marya observou-os ao passar. – Ontem, Gleb e Slava estavam fazendo um escorregador de neve no nosso pátio da frente – ela disse. – A ama diz que sou muito velha para escorregar, mas a mãe diz que talvez. – A criança parecia melancólica. – A gente não pode brincar neste escorregador aqui?

– Acho que sua mãe não iria gostar disto – Vasya disse, lamentando.

Lá no alto, o aro do sol, como um anel de cobre, mostrava sua beirada acima dos muros do kremlin. Manipulava as cores de todas as igrejas brilhantes, de modo que a luz cinzenta se foi e o mundo reluziu verde, escarlate e azul.

O rosto de Marya também revelou uma luminosidade, provocada pelo novo sol. Não a exuberância selvagem de uma criança à solta dentro da torre da mãe, mas algo mais calmo e mais alegre. O sol dispôs diamantes em seus olhos escuros, e ela se embebeu de tudo que as duas viam.

Solovey caminhou, trotou e galopou pela cidade que despertava. Lá foram eles, passando por padeiros, cervejeiros, estalagens e trenós. Passaram por um fogão ao ar livre, onde uma mulher fritava bolos de manteiga. Atendendo ao impulso da fome, Vasya desceu para o chão. Solovey gostava de bolos; acompanhou-a, esperançoso.

A cozinheira, sem tirar os olhos do fogo, espetou a colher no focinho curioso do garanhão. Solovey deu um pinote para trás, indignado, e mal se lembrou que o gesto poderia deslocar sua pequena passageira.

— Nada disso — a cozinheira disse ao garanhão, sacudindo a colher para enfatizar. O alto da sua cernelha ficava bem acima da cabeça da mulher. — Aposto que você comeria a pilha toda, se pudesse, grande do jeito que é.

Vasya escondeu um sorriso e disse: — Perdoe-lhe; seus bolos têm um cheiro delicioso. — E comprou uma pilha enorme e gordurosa.

Tranquilizada, a cozinheira acrescentou mais alguns. — Você poderia engordar um pouco, jovem amo. Não deixe a criança comer demais. — E com um ar de grande condescendência, deu até um bolo a Solovey com a própria mão.

Solovey não guardou rancor; abocanhou-o com delicadeza, e focinhou o lenço da cozinheira até ela cair na risada e mandá-lo embora.

Vasya tornou a montar, e as duas meninas comeram enquanto cavalgavam, lambuzando-se de gordura. De vez em quando, Solovey virava a cabeça, esperançoso, e Marya lhe dava um pedaço. Seguiram calmamente, observando o despertar da cidade.

Quando os muros do kremlin ergueram-se diante delas, Marya esticou o pescoço à frente, a boca aberta, abraçando o pescoço de Solovey com suas duas mãos engorduradas de manteiga.

— Só vi de longe — disse. — Não sabia como eram grandes.

— Nem eu — Vasya admitiu. — Até ontem. Vamos chegar mais perto.

As meninas passaram pelo portão, e então foi a vez de Vasya prender o fôlego de encantamento. Na grande praça aberta, em frente aos portões do kremlin, estava sendo montada uma feira. Mercadores instalavam suas barracas, enquanto homens berravam cumprimentos e sopravam as mãos. Seus moleques corriam por lá, gritando como estorninhos.

— Ah — disse Marya, com o olhar arremessando-se de lá para cá. — Ah, veja, ali tem pentes! E tecidos! Agulhas de ossos e selas!

Tudo isso e mais. Passaram por comerciantes de pães e vinho, de madeiras preciosas e recipientes de prata, cera, lã, tafetá, e limões em conserva. Vasya comprou um dos limões, cheirou-o com prazer, mordeu-o, engasgou, e passou a coisa rapidamente para Marya.

— Não é pra comer; é pra se colocar um pouquinho na sopa — disse Marya, cheirando o limão, alegremente. — Eles precisam viajar um ano e um dia pra chegar aqui. O tio Sasha me contou.

A criança olhava à volta com o interesse ansioso de um esquilo. — O tecido verde! — exclamava. Ou: — Veja, aquele pente tem a forma de um gato dormindo!

Vasya, ainda lamentando o limão, avistou um bando de cavalos presos no lado sul da praça. Cutucou Solovey para irem dar uma olhada.

Uma égua relinchou para o garanhão. Solovey arqueou o pescoço e pareceu satisfeito.

— Quer dizer que agora você quer um harém, é? — Vasya perguntou baixinho.

O responsável pelos cavalos, observando, disse: — Senhorzinho, você não pode trazer esse garanhão muito perto; ele vai causar um tumulto entre os meus animais.

— Meu cavalo está tranquilo — Vasya disse, tentando simular a arrogância de um boiardo rico. — O que os *seus* fizerem não é problema meu. — Mas os cavalos dele estavam, obviamente, ficando inquietos, e ela se afastou com Solovey, em consideração às éguas. Eram todas muito parecidas, salvo aquela que chamara Solovey. Era castanha, com elegante trote e mais alta do que as outras.

— Gosto daquela — disse Marya, apontando a castanha.

Vasya também gostou. Um pensamento louco e rápido lhe veio à cabeça: comprar um cavalo? Até deixar sua casa, não tinha comprado nada. Mas estava com um punhado de prata no bolso, e uma recente confiança aquecendo seu sangue. — Quero ver aquela potranca — disse.

O responsável pelos cavalos olhou o garoto delgado, com dúvida.

Vasya aguardou com arrogância.

— Às suas ordens, *Gospodin* — murmurou o homem. — Imediatamente.

A égua castanha foi trazida, inquieta, na ponta da corda. O condutor fez com que ela trotasse para lá e para cá, pela neve. — Saudável — disse. — Está chegando aos três anos; um cavalo de batalha, para transformar qualquer homem em herói.

A égua levantou primeiro um pé, depois o outro. Vasya quis ir até ela, tocá-la, analisar suas pernas, seus dentes, mas não queria deixar Marya sozinha e exposta nas costas de Solovey.

Oi, disse Vasya para a égua, em vez disso.

A égua abaixou os pés; suas orelhas moveram-se para frente. Com medo, então, mas não sem bom senso. *Oi?* disse, hesitante. Estendeu um focinho interrogativo.

O som de novos tropéis ecoou do arco do portão do kremlin. A égua pulou para trás, parcialmente empinando. O condutor a fez descer com um xingamento, e a mandou corcoveando de volta para o picadeiro.

Vasya, disse Solovey.

Vasya virou-se. Três homens entraram na praça com um ruído surdo, montados em cavalos de peito largo. Moviam-se em forma de cunha; seu líder usava um chapéu redondo, e tinha um ar de elegante autoridade. *Chelubey*, Vasya pensou. Chefe dos bandidos, o suposto embaixador do Khan.

Chelubey virou a cabeça; seu cavalo passou a andar a passo. Então, todos os três cavaleiros mudaram de direção e foram direto para o picadeiro. Chelubey gritou pedidos de desculpas num russo terrível, enquanto eles abriam caminho em meio à multidão. Rostos espantados e raivosos viraram-se para ver o avanço do tártaro.

O sol estava mais alto. Chamas frias e brancas acendiam no gelo do rio, e luzes disparavam das joias dos cavaleiros.

Vasya puxou sua pelerine para esconder a criança. – Fique calada – cochichou. – Temos que ir. – Cutucou Solovey para uma caminhada casual em direção ao portão do kremlin. Masha ficou imóvel, mas Vasya podia sentir seu coração disparado.

Deveriam ter ido mais rápido. Os três cavaleiros espalharam-se com perfeita habilidade, e subitamente Solovey estava cercado. O garanhão empinou, zangado. Vasya fez com que ele descesse, segurando a sobrinha com firmeza. Os cavaleiros controlaram seus cavalos com uma destreza que provocou murmúrios em quem assistia.

Chelubey cavalgava sua égua encorpada com elegante compostura, sorrindo. Algo em sua autoridade aparentemente fácil fez Vasya se lembrar de Dmitrii; naquele momento, Chelubey estava tão diferente do espadachi furioso da escuridão, que ela pensou que havia se enganado.

– Está com pressa? – Chelubey perguntou a Vasya, com uma inclinação extremamente graciosa. Seu olhar foi para Marya, semiescondida e se contorcendo na pelerine de Vasya. Ele pareceu se divertir. – Eu nem sonharia em detê-lo. Mas acho que já vi seu cavalo antes.

– Sou Vasilii Petrovich – Vasya respondeu por sua vez, inclinando a cabeça rigidamente. – Não posso imaginar onde possa ter visto o meu cavalo. Preciso ir.

Solovey começou a andar, mas dois dos homens de Chelubey puseram as mãos nas lâminas e bloquearam seu caminho.

Vasya recuou, tentando mostrar-se despreocupada, mas estava começando a ficar com medo. – Deixe-me passar – disse. Todo movimento havia cessado na praça. O sol subia rapidamente; logo as ruas estariam lotadas. Ela e Marya tinham que voltar, e nesse meio-tempo Vasya pouco se importava com a ameaça sorridente na expressão do tártaro.

– Tenho toda certeza – disse Chelubey, pensativo – que já vi este cavalo antes. Uma olhada e o reconheci. – Ele fingiu pensar. – Ah – falou, dando um piparote num cisco em sua linda manga. – Agora lembrei. Uma floresta, tarde da noite. Curiosamente, encontrei um garanhão ali, que estava perdido. Gêmeo do seu.

Os olhos grandes e escuros fixaram-se nos dela, e Vasya soube que não estava enganada.

– Você disse que estava escuro – Vasya retrucou, por fim. – É difícil reconhecer um cavalo que só foi visto no escuro. Deve ter visto outro. Este aqui é meu.

– Eu sei o que vi – disse Chelubey. Olhava para ela com grande dureza. – Acho que assim como você, menino.

Seus homens avançaram com os cavalos. *Ele sabe que eu sei*, pensou Vasya. *Este é o seu aviso.*

Solovey era maior do que os cavalos tártaros e, provavelmente, mais rápido. Poderia forçar a passagem. Mas os homens tinham arcos, e era preciso pensar em Masha...

– Vou comprar o seu cavalo – disse Chelubey.

A surpresa sobressaltou-a com uma resposta impensada: – Com que propósito? – perguntou. – Não o levaria. Só eu consigo montá-lo.

O tártaro sorriu de leve. – Ah, ele acabaria me levando.

Dentro da pelerine, Marya fez um som abafado de protesto. – Não – Vasya disse, alto o bastante para a praça ouvir. A raiva só permitia uma resposta. – Não, você não pode comprá-lo, por nada.

Sua resposta perpassou pelos mercadores, e ela viu os rostos mudarem, alguns chocados, outros em aprovação.

O sorriso do tártaro alargou-se, e ela percebeu, horrorizada, que ele tinha contado com a sua reação, que ela apenas lhe dera uma desculpa perfeita para, agora, puxar sua espada contra ela e se desculpar mais tarde com Dmitrii. Mas antes que Chelubey pudesse agir, uma voz alta veio resmungando da direção do rio:

— Nossa Senhora – disse. – Um homem não pode ir dar uma galopada sem ter que abrir caminho pelas hordas de Moscou? Afastem-se ali...

O sorriso de Chelubey morreu. As faces de Vasya arderam.

Kasyan surgiu magnificamente em meio à multidão, vestindo verde, cavalgando seu capão de grande ossatura. Olhou de Vasya para os tártaros.

— É necessário atormentar crianças, meu senhor Chelubey? – perguntou.

Chelubey deu de ombros. – O que mais há para se fazer neste buraco lamacento de cidade... Kasyan Lutovich, é isso?

Algo na cadência fácil da sua resposta deixou Vasya inquieta. Kasyan tocou seu cavalo para junto de Vasya e disse friamente: – O menino vem comigo. Seu primo deve estar à sua procura.

Chelubey olhou à esquerda e à direita. A multidão estava calada, mas obviamente do lado de Kasyan. – Não tenho dúvida – disse, curvando-se. – Quando quiser vender, menino, tenho uma bolsa de ouro pra você.

Vasya sacudiu a cabeça, sem tirar os olhos dele.

— É melhor aceitar – acrescentou o tártaro, em voz baixa. – Se o fizer, não guardarei dívida entre nós. – Ele continuou sorrindo, mas em seus olhos havia uma ameaça clara e inflexível.

— Então... – Vamos lá – disse Kasyan, com impaciência. Seu cavalo contornou os outros cavaleiros, e seguiu para o portão do kremlin.

Vasya não soube o que a possuiu, então. Com raiva, rápida, a luz do sol matinal em seus olhos, dirigiu Solovey diretamente para o cavalo do cavaleiro mais próximo. Um passo, e o homem percebeu o que ela pretendia fazer; ele se atirou, xingando, para fora da sela, e no momento seguinte Solovey elevava-se acima das costas do seu cavalo. Vasya segurou Marya firme, com as duas mãos. Solovey aterrissou como um pássaro, e alcançou Kasyan.

Vasya virou-se para trás. O homem tinha se levantado, sujo de neve barrenta. Chelubey ria dele, juntamente com as outras pessoas.

Kasyan não disse nada; não falou uma palavra até estarem bem longe nas ruas sinuosas e lotadas, e suas primeiras palavras não foram para Vasya:
– Marya Vladimirovna, imagino? – disse para a criança, sem virar a cabeça. – Muito prazer em conhecê-la.

Marya olhou-o com firmeza. – Não posso conversar com homens – afirmou. – A mãe disse. – Estremeceu um pouco, e depois, heroicamente, controlou-se. – Ah, a mãe vai ficar brava comigo.

– Com vocês dois, imagino – disse Kasyan. – Você é, realmente, um idiota, Vasilii Petrovich. Chelubey estava prestes a te furar, e pedir perdão ao grão-príncipe depois. O que deu em você para levar a filha do príncipe de Serpukhov num passeio a cavalo?

– Eu não deixaria nada de mau acontecer a ela – disse Vasya.

Kasyan escarneceu: – Você não poderia nem se proteger, se o embaixador tivesse tirado a espada, muito menos a criança. Além disso, ela foi vista. Isso já é um mal suficiente. Pergunte à mãe dela. Não, me desculpe; não tenho dúvida de que a mãe dela te dirá, exaustivamente. Quanto ao resto... Você irritou Chelubey. Ele não esquecerá isto, apesar dos seus sorrisos. Eles são todos sorrisos, na corte em Sarai, até meterem os dentes na sua garganta e puxarem.

Vasya mal ouvia; pensava na alegria e na fome no rosto de Marya, ao ver o vasto mundo, fora dos aposentos femininos.

– Que importância tem se Marya foi vista? – perguntou um tanto inflamada. – Só a levei para uma volta a cavalo.

– Eu quis ir! – Marya interveio, inesperadamente. – Eu queria ver.

– A curiosidade – disse Kasyan, didaticamente – é um traço terrível nas meninas. – Ele sorriu com uma espécie de alegria ácida. – Pergunte a Baba Yaga: quanto mais uma pessoa sabe, mais rápido ela envelhece.

Eles estavam quase chegando ao palácio do príncipe de Serpukhov. Kasyan suspirou. – Bom, bom – acrescentou. – É um feriado, não é? Não tenho nada melhor a fazer do que proteger donzelas virtuosas das fofocas. – Sua voz ficou aguçada. – Esconda-a na sua pelerine. Leve-a diretamente para o cercado do garanhão e espere. – Kasyan seguiu em frente e chamou o cocheiro. Seu anel reluziu ao sol. – Aqui estou, Kasyan Lutovich. Vim tomar vinho com o jovem Vasilii Petrovich.

O portão já estava destravado, em homenagem à manhã do festival; o guarda do portão cumprimentou-o. Kasyan entrou com Vasya logo atrás, e o cocheiro correu na frente.

– Leve meu cavalo – Kasyan ordenou, majestoso. Pulou para o chão e entregou as rédeas do cavalo ao cocheiro. – Vasilii Petrovich precisa cuidar pessoalmente do seu animal. Vejo você depois, menino. – Com isso, Kasyan caminhou em direção ao palácio, deixando sozinho um cocheiro irritado, segurando o cavalo pelo cabresto. Mal olhou para Vasya.

Vasya dirigiu Solovey para o cercado. Não tinha ideia do que Kasyan tinha feito, mas quando pularam a cerca, para alegria de Marya, Vasya encontrou Varvara já apressada, com tal expressão de fúria muda e branca no rosto, que ela e Marya estremeceram. Vasya desceu rapidamente para o chão, levando a criança com ela.

– Venha, Marya Vladimirovna – Varvara disse. – Você está sendo chamada lá dentro.

Marya pareceu assustada, mas disse a Vasya: – Sou corajosa como você. Não quero entrar.

– Você é mais corajosa do que eu, Masha – Vasya disse à sobrinha. – Desta vez, você precisa entrar. Lembre-se, da próxima vez que vir a fantasma, pergunte o que ela quer. Ela não pode te machucar.

Marya assentiu. – Estou feliz pelo passeio a cavalo – cochichou. – Mesmo que a mãe esteja brava. Estou feliz que a gente tenha saltado sobre o tártaro.

– Eu também – disse Vasya.

Vasya pegou a criança firmemente pela mão e começou a levá-la embora. – Minha senhora quer vê-lo na capela – disse Varvara por sobre o ombro. – Vasilii Petrovich.

◆

Não ocorreu a Vasya desobedecer. A capela era encimada por uma pequena floresta de domos, e não era difícil de achar. Vasya entrou sob o olhar reprovador de centena de ícones, e esperou.

Logo, Olga reuniu-se a ela, ali, andando pesadamente, quase chegada a hora. Persignou-se, abaixou a cabeça diante da iconóstase, e depois se virou para a irmã.

– Varva me contou – Olga disse, sem preâmbulo – que você saiu a cavalo ao nascer do sol e desfilou com minha filha pelas ruas. Isto é verdade, Vasya?

– É – disse Vasya, gelada com o tom de Olga. – Saímos a cavalo. Mas eu não...

– Nossa Senhora, Vasya! – exclamou Olga. O pouco que ela tinha de cor fugiu do seu rosto. – Você não se preocupa com a reputação da minha filha? Aqui não é Lesnaya Zemlya!

– Com a reputação dela? – perguntou Vasya. – Claro que me preocupo. Ela não conversou com ninguém. Estava vestida adequadamente; cobri o cabelo. Acham que sou o tio dela. Por que não posso levá-la a cavalo?

– Porque não é... – Olga interrompeu-se e tomou fôlego. – Ela precisa permanecer no *terem*. As meninas virgens não podem sair de lá. Minha filha precisa aprender a ficar quieta. Deste jeito, você a deixou inquieta por um mês, e arruinou sua reputação para sempre, se tivermos azar.

– Você quer dizer, permanecer nestes quartos? Nesta torre? – Os olhos de Vasya foram, involuntariamente, para a fenda fechada que funcionava como janela, para as fileiras massificadas de ícones. – Para sempre? Mas ela é corajosa e esperta. Você não pode estar dizendo...

– Estou – retrucou Olga, friamente. – Não interfira novamente, ou juro que contarei a Dmitrii Ivanovich quem é você, e você irá para um convento. Basta. Vá. Divirta-se. O dia tem pouco mais de uma hora e já estou cansada de você. – Ela se virou para a porta.

Vasya, chocada, falou antes que pudesse pensar. Olga parou perante a censura em sua voz. – Você tem que ficar aqui? Você nunca vai a canto algum, Olya?

Os ombros de Olga retesaram-se. – Estou muito bem – disse. – Sou uma princesa.

– Mas, Olya – disse Vasya, aproximando-se. – Você *quer* ficar aqui?

– Menininha – disse Olga, virando-se para ela com um lampejo de verdadeira raiva –, você acha que importa, para qualquer uma de nós, o que queremos? Você pensa que existe alguma indulgência para qualquer uma dessas coisas, seus impulsos desenfreados, sua insolência atrevida?

Vasya olhou fixo, calada e tensa.

– Não sou sua madrasta – Olga continuou. – Não vou aguentar isto. Você não é criança, Vasya. Pense só, se você ao menos tivesse escutado uma vez, o pai ainda estaria vivo. Lembre-se disso e se controle!

A garganta de Vasya mexeu-se, mas as palavras não vieram. Por fim, ela disse, com os olhos fixos na memória além das paredes da capela. – Eu... Eles queriam me mandar embora. O pai não estava lá. Tive medo. Não foi minha intenção que ele...

– Basta! – replicou Olga, secamente. – Basta, Vasya. Isto é desculpa de criança, e você é uma mulher. O que está feito está feito. Mas, no futuro, você precisa melhorar seus modos. Fique quieta até terminar o festival, pelo amor de Deus.

Os lábios de Vasya pareciam gelados. Quando criança, ela imaginava sua linda irmã, morando em um palácio, como a Olga do conto de fadas e seu príncipe-águia. Mas, agora, esses sonhos infantis reduziam-se a isto: uma mulher envelhecida, majestosa e solitária, cuja porta da torre jamais se abria, que faria de sua filha uma donzela adequada, mas nunca contabilizava os custos.

Olga olhou nos olhos de Vasya com um toque de exausta compreensão. – Venha, agora – disse. – Viver é, ao mesmo tempo, melhor e pior do que os contos de fadas. Alguma hora você terá que aprender isso, e minha filha também. Não fique assim, como um falcão de asas aparadas. Marya ficará bem. Felizmente, ela ainda é jovem demais para um grande escândalo e, com sorte, não foi reconhecida. Com o tempo, aprenderá seu lugar e será feliz.

– Será? – Vasya perguntou.

– Será – Olga disse, com firmeza. – Será. E você também. Eu te amo, irmãzinha. Farei o melhor pra você, prometo. Quando chegar sua vez, terá filhos e criadas pra administrar, e todo este infortúnio será esquecido.

Vasya mal ouviu. As paredes da capela estavam sufocando-a, como se os longos anos sem ar de Olga tivessem um formato e um sabor que ela pudesse aspirar. Conseguiu fazer um gesto de assentimento com a cabeça. – Então, me perdoe, Olga – disse, e passou pela irmã, saindo pela porta, e descendo os degraus para a balbúrdia da aglomeração do festival. Se Olga tentou chamá-la de volta, ela não escutou.

18

DOMADOR DE CAVALOS

Kasyan encontrou-a no portão.

– Pensei que você tivesse vindo tomar vinho comigo – Vasya disse.

Kasyan fez um muxoxo. – Bom, você está aqui – respondeu tranquilamente. – E se pode conseguir vinho. Está parecendo que lhe faria bem. – O olhar profundo encontrou o dela. – Bom, Vasilii Petrovich? Sua irmã quebrou uma tigela na sua cabeça, e ordenou que você desposasse sua sobrinha imediatamente, para resgatar a virtude que ela perdeu?

Vasya não estava completamente certa de que Kasyan estivesse brincando. – Não – disse bruscamente. – Mas ficou muito brava. Eu... agradeço por me ajudar a devolver Marya em casa, sem que o cocheiro e o guarda vissem.

– Você precisa se embebedar – Kasyan disse, sem dar importância ao que era dito. – Completamente. Vai te fazer bem. Você está bravo e não sabe muito bem com quem ficar bravo.

Vasya mal mostrou os dentes. Sentia intensamente sua tentativa de agarrar a liberdade. – Vá na frente, Kasyan Lutovich – disse. A toda a volta, a cidade gritava e se agitava, como uma chaleira no fogo.

A boca firme e secreta de Kasyan curvou-se ligeiramente. Eles viraram para a rua lamacenta que saía do palácio de Olga, e instantaneamente, viram-se perdidos na bocarra alegre de uma cidade festiva. Músicas soavam de ruas transversais, onde moças dançavam com aros. Uma procissão estava se formando. Vasya viu uma mulher de palha em uma vara, sendo erguida acima da multidão que ria, e um urso de coleira bordada, sendo conduzido como um cachorro. Os sinos tocaram acima deles. Os escorregadores de neve estavam cheios, agora, e as pessoas empurravam-se querendo que fosse sua vez, caíam por trás do escorregador, ou vinham rolando pela frente, de cabeça. Kasyan parou.

– O embaixador – disse, gentilmente. – Chelubey.

– O quê? – perguntou Vasya.

– Pareceu que ele o conhecia – disse Kasyan.

Ouviu-se um clamor nas ruas à frente.

– O que é isso? – Vasya perguntou, em vez de responder.

Um mar de pessoas à frente deles caía para trás. No instante seguinte, um cavalo surgiu galopando pela rua, os olhos desvairados. Era a égua do mercado, cobiçada por Vasya. Suas manchas brancas das patas reluziam na neve suja. Pessoas gritavam e se abaixavam, saindo do caminho. Vasya abriu os braços para frear a fuga da égua.

O animal tentou desviar-se dela, mas Vasya, habilmente, pegou sua corda arrebentada, e disse: – Espere, senhora. O que houve?

A égua recuou frente a Kasyan e empinou, apavorada com a multidão.

– Afastem-se! – Vasya disse. As pessoas afastaram-se um pouquinho, e então se ouviu o tropel regular de três conjuntos de cascos, e Chelubey surgiu trotando pela rua, com seus acompanhantes.

O tártaro desferiu a Vasya um olhar de lânguida surpresa. – Então, nos encontramos novamente – disse.

Agora que Marya estava em casa e segura, Vasya sentiu que tinha muito pouco a perder. Ergueu uma sobrancelha e disse: – Comprou a égua e ela fugiu?

Chelubey estava contido. – Um bom cavalo tem atitude. Que bom menino, pegando-a para mim.

– Atitude não é motivo para aterrorizá-la – retrucou Vasya. – E não me chame de menino. – A égua quase vibrava em sua mão, jogando a cabeça num medo renovado.

– Kasyan Lutovich – Chelubey disse –, controle esta criança, ou a espanco por ser insolente e levo seu cavalo. Ele pode ficar com a potranca.

– Se a potranca fosse minha – Vasya disse, impulsivamente – estaria cavalgando-a antes do sino do meio-dia. Não faria com que fugisse, em pânico, pelas ruas de Moscou.

Ela notou, com raiva, que o bandido parecia se divertir. – Belo palavreado para uma criança. Vamos, entregue-a para mim.

Vasya pensou em Katya, morrendo de fome porque Dmitrii precisava de impostos para sustentar uma nova guerra, e sua raiva contra Chelubey fomentou um temperamento já inclinado à temeridade. – Aposto o meu cavalo – disse, sem se mexer – que esta égua me leva em seu dorso antes do toque das três horas.

Kasyan começou: – Vasya...

Ela não olhou para ele.

Chelubey caiu na risada. – Você agora aposta? – Seu olhar recaiu sobre a égua assustada e instável. – Como quiser. Mostre-nos esta proeza. Mas se fracassar, eu, com certeza, fico com o seu cavalo.

Vasya se recompôs. – Se eu ganhar, quero a égua pra mim.

Kasyan agarrou seu braço com urgência. – É uma aposta estúpida.

– Se o menino quiser abrir mão da sua propriedade contando vantagem – disse Chelubey a Kasyan –, o problema é dele. Agora vamos lá, menino. Monte na égua.

Vasya não respondeu, mas analisou o animal assustado. A égua dançava no final da corda, sacudindo os braços de Vasya a cada pulo. Raramente um cavalo parecera menos cavalgável.

– Vou precisar de um picadeiro, com uma cerca de altura decente – disse Vasya, depois de um tempo.

– Você só vai ter um espaço aberto e um círculo de pessoas – disse Chelubey. – Deveria considerar as condições das suas apostas, antes de fazê-las.

Ele já não sorria; estava ríspido e sério.

Vasya voltou a pensar. – A praça do mercado – disse, depois de um tempo. – Tem mais espaço.

– Como quiser – disse Chelubey, com ar de grande condescendência.

– Quando seu irmão descobrir, Vasilii Petrovich – Kasyan murmurou –, não estarei no meio de vocês.

Vasya ignorou-o.

◆

A ida deles até a praça tornou-se uma procissão, com a notícia espalhando-se pelas ruas, à frente: – Vasilii Petrovich fez uma aposta com o tártaro, senhor Chelubey. Venham para a praça.

Mas Vasya não escutou. Não escutava nada além da respiração da égua. Caminhou ao lado dela, enquanto o animal debatia-se contra a corda, e conversou. Em grande parte, falava bobagens, cumprimentos, palavras de carinho, o que lhe viesse à cabeça. E escutava o cavalo. *Fugir* era tudo em que a égua conseguia pensar, tudo o que conseguia dizer com a cabeça, as orelhas e os membros trêmulos. *Fugir, preciso fugir. Quero estar com os outros, um pasto bom e silêncio. Fugir. Correr.*

Vasya escutou o cavalo, esperando que não tivesse feito algo extremamente estúpido.

◇

Ele podia ser pagão, mas os russos adoravam um showman, e rapidamente Chelubey revelou ser isto, acima de tudo. Se alguém na multidão gritava um elogio, ele se inclinava, com um floreio das gemas mal lapidadas dos seus dedos. Se alguém zombava, escondido na multidão, ele respondia rugindo, fazendo sua plateia rir.

Chegaram à grande praça, e os cavaleiros de Chelubey, imediatamente, começaram a abrir um espaço. Os comerciantes xingaram, mas a coisa acabou sendo feita, e os cavalos corpulentos dos tártaros aquietaram-se, abanando os rabos, o machinho afundado na neve, contendo a multidão.

Chelubey informou a todos as condições da aposta, em seu russo execrável. Imediatamente, e desafiando quaisquer que fossem os prelados presentes, começaram a correr as apostas abundantes e rápidas, entre os espectadores. Crianças subiram nas barracas da feira para assistir. Vasya ficou com a aterrorizada égua no meio do círculo recém-feito.

Kasyan ficou bem na margem interna do público. Parecia meio desgostoso, meio intrigado, o olhar recolhido, como se estivesse pensando furiosamente. O público cresceu e ficou mais barulhento, mas toda a atenção de Vasya estava na égua.

– Vamos lá, senhora – disse na linguagem do cavalo. – Não pretendo te fazer mal.

A égua, com o corpo tenso, não respondeu.

Vasya refletiu, respirou, e então, ignorando o risco, e com todos os olhos da praça voltados para ela, foi em frente e tirou o cabresto da cabeça do cavalo. Um som abafado de perplexidade percorreu a multidão.

A égua ficou quieta por um instante, tão atônita quanto seus espectadores, e naquele momento, Vasya disse entre os dentes: – Então vá! Fuja!

A égua não precisava de encorajamento; precipitou-se em direção ao primeiro dos cavalos da estepe, girou, correu para o outro, e voltou a correr. Se tentava parar, Vasya incitava-a. Porque, é óbvio, para ser montado, o cavalo primeiro precisa obedecer e, naquele momento, a única ordem que a égua obedeceria era a de fugir.

Vá embora. Esta ordem tinha outro significado. Quando um potro desobedecia, Mysh, querida de Vasya, líder da manada em Lesnaya Zemlya, mandava o filhote, por um tempo, para fora do rebanho. Tinha até feito isso com Vasya, uma vez, para tristeza da menina. Esse era o castigo mais extremo que um cavalo novo podia encarar, porque a manada significa vida.

Com aquela potranca, Vasya agia como se fosse uma égua, uma velha e sábia égua. Agora, a potranca estava se perguntando – Vasya percebia isso em suas orelhas – se essa criatura de duas pernas entendia-a, e se seria possível ela não estar mais sozinha.

A multidão ao redor estava em completo silêncio.

Subitamente, Vasya ficou parada, e, no mesmo momento, a égua estacou.

A multidão suspirou. Os olhos da égua estavam fixos em Vasya. *Quem é você? Não quero ficar sozinha*, a égua lhe disse. *Estou com medo. Não quero ficar sozinha.*

Então venha, disse Vasya, virando o corpo. *Venha cá e você nunca mais vai ficar sozinha.*

A égua lambeu os lábios, com as orelhas espetadas. Depois, entre exclamações suaves de deslumbramento, a égua deu um passo à frente, depois outro, um terceiro, um quarto, até colocar o focinho no ombro da menina.

Vasya sorriu. Não levou em consideração os gritos de todos os lados; coçou a cernelha e os flancos da égua, como os cavalos fazem uns com os outros.

Você tem cheiro de cavalo, disse a égua, focinhando-a com hesitação.

– Infelizmente – disse Vasya.

A menina começou a andar, casualmente. A égua seguiu-a, ainda com o focinho em seu ombro. Agora aqui, agora ali, voltando.

Pare.

A égua parou, quando Vasya assim o fez.

Normalmente, Vasya teria parado por ali, deixando o cavalo ir e ficar sossegado, lembrando-se de não ter medo, mas havia uma aposta. Agora, quanto tempo mais ela tinha?

O povo assistia num murmúrio abafado. Vasya vislumbrou os olhos inescrutáveis de Kasyan.

– Vou subir nas suas costas – disse ao cavalo. – Só por um instante.

A égua ficou em dúvida. Vasya esperou.

Então, a égua lambeu os lábios e abaixou a cabeça, infeliz, a confiança ali, mas frágil.

Vasya inclinou o corpo na cernelha da égua, deixando-a avaliar o peso. A égua estremeceu, mas não se moveu.

Rezando, internamente, Vasya saltou com tanta leveza quanto possível, passou uma perna por cima, e ficou nas costas da égua.

O animal semiempinou, depois se aquietou, tremendo, com ambas as orelhas suplicantes lançadas para trás, para Vasya. Um movimento errado, até uma respiração errada, e a égua sairia em disparada, invalidando todo o trabalho da menina.

Vasya não fez absolutamente nada. Esfregou o pescoço da égua, murmurou para ela. Quando sentiu o cavalo relaxar um pouco, bem pouco, tocou-o de leve com o calcanhar, significando, *ande*.

A égua andou, ainda rígida, as orelhas ainda para trás. Deu alguns passos e parou, as pernas duras como as de um potro.

Basta. Vasya escorregou para o chão.

Foi recebida num silêncio absoluto.

E então, um barulho ensurdecedor: – Vasilii Petrovich! – gritavam. – Vasilii, o Corajoso!

Vasya, triunfante, um pouco tonta, curvou-se para a multidão. Viu o rosto de Chelubey, agora irritado, mas ainda com aquela curva de relutante divertimento.

– Vou levá-la, agora – Vasya disse-lhe. – Afinal de contas, um cavalo precisa permitir ser montado.

Chelubey não disse nada por um momento. Depois, surpreendeu-a, rindo. – Não sabia que seria vencido por um garotinho mágico e seus truques – disse. – Cumprimento-o, mágico. – Do alto do cavalo, fez-lhe uma reverência.

Vasya não retribuiu. – Para mentes estreitas – disse, com a coluna bem reta –, qualquer habilidade deve parecer bruxaria.

Todos à volta caíram na risada. O sorriso do tártaro não vacilou, mas seu esboço de sorriso desapareceu. – Então venha lutar comigo, menino – replicou em voz baixa. – Terei a minha recompensa.

– Hoje não – interveio Kasyan, com firmeza, aproximando-se e ficando junto a Vasya.

— Então, está bem – disse Chelubey com fingida candura. Acenou para um dos seus homens. Um cabresto bonito e bordado apareceu. – Com os meus cumprimentos. Ela é sua. Que você viva muito.

Seus olhos prometiam o contrário.

— Não preciso de um cabresto – Vasya disse, com orgulho e indiferença. Virou as costas, e quando começou a se afastar, a égua ainda a acompanhou, com o focinho em seu ombro.

— Você sabe arrumar confusão, Vasilii Petrovich – disse Kasyan, resignado, chegando ao seu lado. – Fez um inimigo. Mas você também sabe lidar com um cavalo. Foi uma apresentação magistral. Como vai chamá-la?

— Zima – disse Vasya, sem pensar. Inverno. Combinava com a sua delicadeza e suas manchas brancas. Acariciou o pescoço da égua.

— Você pretende se estabelecer como criador de cavalos, então?

A égua respirava como um fole na orelha de Vasya, e a menina voltou-se, atônita, para olhar para a cara com lista branca da potranca. Criador de cavalos? Bom, agora ela tinha este cavalo, que produziria potros. Tinha um caftã trabalhado com fio de ouro, presente de um príncipe; uma faca clara, embainhada ao seu lado, presente de um demônio do gelo; e o colar de safira, que pendia frio entre seus seios, presente do seu pai. Muitos presentes, e preciosos.

Tinha um nome. Vasilii Petrovich, a multidão tinha gritado. Vasilii, o Corajoso. Vasya sentiu orgulho, como se o nome fosse realmente seu.

Vasya sentiu que, naquele momento, poderia ser qualquer pessoa, exceto quem realmente era, Vasilisa, filha de Pyotr, nascida na floresta distante. *Quem sou eu?*, perguntou-se, subitamente atordoada.

— Venha – disse Kasyan. – Antes do anoitecer, isto terá se espalhado por toda a Moscou. Agora, vão chamá-lo de Vasilii, o Domador de Cavalos; você terá mais alcunhas do que seu irmão. Coloque a potranca no cercado, com Solovey, e deixe que ele a console. Agora você precisa, com certeza, se embebedar.

Na falta de ideia melhor, Vasya seguiu-o de volta pelo caminho por onde tinham vindo, com uma das mãos no pescoço da égua, enquanto passavam mais uma vez pela tumultuada cidade.

◆

Confrontado com uma verdadeira égua, Solovey ficou mais inseguro do que satisfeito. A égua, olhando o garanhão baio, não ficou em melhor situação. Os dois cavalos avaliaram-se com as orelhas para trás. Solovey arriscou um ronco apaziguador, e acabou recebendo de volta um relincho e cascos no ar. Por fim, os dois recuaram para cada uma das extremidades do cercado, e ficaram se entreolhando.

Nada promissor. Vasya observou-os, com as mãos em punho, encostada na trave do cercado. Em parte havia sonhado com o momento em que teria um potro com o sangue de Solovey, uma manada de cavalos toda sua, um patrimônio para administrar à sua maneira.

Por outro lado, sua parte sensata informava-lhe, pacientemente, que isso era praticamente impossível.

– Beba, Vasilii Petrovich – Kasyan disse, encostando-se na trave ao lado dela. Estendeu-lhe um odre de cerveja escura e encorpada, que tinha comprado no caminho. Ela deu um grande gole, e o pousou com uma arfada.

– Você não respondeu – disse Kasyan pegando o odre de volta. – Por que este homem Chelubey parece conhecer você?

– Você não acreditaria em mim – Vasya disse. – Meu irmão não acreditou em mim.

Kasyan soltou um suspiro parcial. – Sugiro que tente, Vasilii Petrovich – disse, acidamente, bebendo a cerveja, por sua vez.

Foi quase um desafio. Vasya olhou-o no rosto, e contou.

◇

– Quem sabe isto? – Kasyan perguntou-lhe, bruscamente, quando ela terminou a narrativa. – Para quem mais você contou?

– Além do meu irmão? Ninguém – retrucou Vasya, amargamente. – Você acredita em mim?

Um pequeno silêncio. Kasyan virou-se de costas para ela, contemplando com olhos cegos as espirais de fumaça de uma centena de fornos, contra o céu límpido.

– Acredito – disse Kasyan. – Sim, acredito em você.

– O que devo fazer? – perguntou Vasya. – O que isso quer dizer?

– Que eles são um bando de ladrões e filhos de ladrões – Kasyan replicou. – O que mais poderia ser?

Vasya não acreditava que meros ladrões pudessem ter construído o extraordinário palácio do embaixador, nem achava que um ladrão de nascimento teria as maneiras elegantes de Chelubey. Mas não discutiu.

— Eu queria contar ao grão-príncipe — disse, em vez disso. — Mas meu irmão disse que não devo.

Kasyan ficou pensativo, batendo nos dentes com um dedo indicador. — Primeiro é preciso ter uma prova, além da sua palavra, para depois ir até Dmitrii Ivanovich. Mandarei um homem vasculhar as aldeias queimadas. Encontraremos um padre, ou algum aldeão que tenha visto os bandidos. Temos que ter mais testemunhas, além de você.

Vasya sentiu uma onda de gratidão por ele acreditar nela, e saber o que fazer. Os sinos tocaram no alto. Os dois cavalos focinhavam a neve, à procura de relva seca por debaixo, determinados a se ignorarem.

— Então vou esperar — Vasya disse, com renovada segurança. — Mas não esperarei demais. Logo terei que tentar a sorte com Dmitrii Ivanovich, com ou sem testemunhas.

— Entendido — disse Kasyan, pragmático, batendo em seu ombro. — Vá se lavar, Vasilii Petrovich. Precisamos ir à igreja, e depois haverá festa.

19

MASLENITSA

O sol mergulhou em uma panóplia de roxo e escarlate, sob as estrelas cintilantes, e Vasya foi à missa no início da noite, com seu irmão silencioso, Dmitrii Ivanovich, e um grande bando de boiardos e suas esposas. Nos dias importantes, era permitido o acesso das mulheres, com véus, às ruas obscuras, para rezar com suas famílias.

Olga não foi; estava muito próxima da hora, e Marya ficou no *terem* com a mãe. Mas as outras mulheres nobres de Moscou percorreram as ruas esburacadas até a igreja, desajeitadas em suas botas bordadas. Andando todas juntas, com as criadas e os filhos, compunham uma campina invernal de flores, maravilhosa e compreensivelmente velada. Vasya, semissufocada na confusão dos boiardos de Dmitrii, contemplava as figuras ricamente vestidas com um misto de curiosidade e terror, até que um cotovelo gozador enfiou-se entre suas costelas. Um dos meninos na comitiva do grão-príncipe disse: – É melhor não olhar demais, estranho, a não ser que queira uma esposa ou uma cabeça quebrada.

Sem saber se ria ou se envergonhava, Vasya desviou o olhar para outro canto.

As torres da catedral eram um punhado de chamas mágicas à luz do sol que se punha. As portas duplas da catedral, cravejadas de bronze, estendiam-se no dobro da altura de um homem. Quando eles passaram do nártex para a nave vasta e ressonante, Vasya ficou, por um instante, parada, com os lábios entreabertos.

Era o lugar mais lindo que já vira. Só a escala já a deslumbrava, o cheiro de incenso... a iconóstase revestida de ouro, as paredes pintadas, as estrelas de prata em seu azul, na abóbada do teto... a infinidade de vozes...

O instinto levou Vasya para a esquerda da nave, onde as mulheres louvavam, até ela cair em si. Então ficou parada, maravilhando-se, na multidão atrás do grão-príncipe.

Pela primeira vez em muito tempo, Vasya condoeu-se do padre Konstantin. *Foi isto que ele perdeu,* pensou, *quando foi morar em Lesnaya Zemlya. Este vislumbre do seu Paraíso, este contexto precioso, onde poderia louvar e ser amado. Não é de se espantar que tudo tenha se transformado em ameaças, amarguras e maldição.*

A cerimônia estendeu-se, foi o ofício mais longo de que Vasya já participara. Cânticos substituíram sermões, que substituíram orações, e o tempo todo ela permaneceu divagando, até que o grão-príncipe e seu séquito deixaram a catedral. Vasya, saciada de beleza, ficou feliz em partir. A noite liberou-os para uma liberdade violenta, após três horas de um sóbrio ritual.

A procissão do grão-príncipe virou-se de volta para o palácio de Dmitrii; enquanto percorriam as ruas, os bispos abençoavam a multidão.

Confrontaram-se, brevemente, com outra procissão, espontânea, que caminhava na neve com lady Maslenitsa, uma boneca-efígie, carregada no alto. No meio da confusão, um grupo de jovens boiardos cercou Vasya.

Com cabelos claros, olhos separados, joias nos dedos e faixas tortas, certamente era outro bando de primos. Vasya cruzou os braços. Eles se empurravam como uma matilha.

– Soube que você está em alta nos favores do grão-príncipe – disse um deles. Sua barba incipiente era uma penugem esperançosa em seu rosto magro.

– E por que não deveria estar? – Vasya retrucou. – Bebo meu vinho sem derrubar, e cavalgo melhor do que você.

Um dos jovens senhores empurrou-a. Ela retribuiu com graça, e não se desequilibrou. – Que brisa forte esta noite, não acha? – disse.

– Vasilii Petrovich, você é bom demais para nós? – outro menino perguntou, sorrindo com um dente podre.

– Provavelmente – disse Vasya.

Certa insensatez de temperamento, reprimida na infância, mas agora alimentada pelo mundo bruto em que se achava, tinha ganhado vida levianamente, em sua alma. Sorriu para os jovens boiardos e, realmente, não sentiu medo.

– Bom demais pra nós? – eles escarneceram. – Você não passa de um filho de um senhor do campo, um ninguém, convencido, neto de um casamento morganático.

Vasya refutou tudo isto com uns poucos insultos inventados por ela mesma. Rindo e sendo ríspidos ao mesmo tempo, eles acabaram informando-a de que pretendiam correr duas vezes em torno do palácio de Dmitrii Ivanovich, e o ganhador ganharia uma jarra de vinho.

– Como quiserem – disse Vasya, com pés chatos desde a infância. Tinha deixado de lado todos os pensamentos sobre bandidos, mistérios, fracassos; pretendia aproveitar a noite. – Quanto vocês querem de vantagem?

◊

Agarrada ao seu vinho, já zonza, Vasya foi carregada por uma onda de novos amigos até o saguão de Dmitrii Ivanovich, com um tanto da sua preocupação afogado em triunfo. Na caverna do saguão do grão-príncipe, deparou-se com a presença da maioria dos participantes do seu drama fraudulento.

Dmitrii, logicamente, estava sentado no lugar principal. Uma mulher, cujo vestido abaulava-se a partir dos ombros, sob um rosto redondo que expressava amarga complacência, estava sentada ao seu lado. Sua esposa...

Kasyan... Vasya franziu o cenho. Kasyan estava calmo como sempre, magnificamente vestido, mas com uma expressão grave, um vinco entre as sobrancelhas ruivas. Vasya perguntava-se se ele teria recebido más notícias, quando seu irmão apareceu e a pegou pelo braço.

– Você soube – disse, resignada.

Sasha levou-a para um canto, deslocando uma conversa sedutora, para irritação de ambas as partes. – Olga me contou que você levou Marya até a cidade.

– Levei – Vasya confirmou.

– E que ganhou um cavalo de Chelubey em uma aposta.

Vasya concordou. Podia ouvi-lo rangendo os dentes.

– Vasya, você precisa parar com tudo isso – Sasha disse. – Fazer um espetáculo de si mesma e arrastar aquela criança junto? Você precisa...

– O quê? – Vasya replicou. Amava demais este filho do seu pai de olhos claros e mãos fortes, e estava ainda mais zangada por causa disso. – Sair discretamente à noite, voltar para um quarto trancado do palácio de Olya, arrumar ali, imediatamente, minha roupa branca, dizer as orações pela manhã, reunir meus parcos encantos para seduzir os jovens senhores? Tudo isso, enquanto Solovey definha no pátio da frente? Pretende vender meu cavalo, então, irmão, ou ficar com ele para seu próprio uso, enquanto vou para o *terem*? Você é um monge. Não o vejo no monastério, irmão Aleksandr. Não deveria estar cuidando de uma horta, cantando, orando sem descanso? Em vez disto, está aqui, o conselheiro mais próximo do grão-príncipe de Moscou. Por que você, irmão? Por que você, e não eu? – Seus ombros ergueram-se; surpreendeu até a si mesma com seu fluxo de palavras.

Sasha não respondeu. Ela percebeu que ele havia remoído tudo isso nos silêncios reflexivos do monastério, argumento e contra-argumento e também não obtivera respostas. Olhava para ela com uma perplexidade franca e infeliz, que feriu seu coração.

– Não – ela disse. Sua mão encontrou a dele, magra e forte, ali em seu próprio braço coberto de pele. – Você sabe tão bem quanto eu que não posso ficar no *terem* tanto quanto se fosse um verdadeiro menino. Aqui estou e aqui permaneço. A não ser que você pretenda nos revelar como mentirosos perante todos os presentes.

– Vasya – ele disse. – Isto não pode durar.

– Eu sei. E vou acabar com isto. Juro, Sasha. – Sua boca curvou-se, sombriamente. – Mas não existe alternativa. Vamos festejar agora, meu irmão, e contar nossas mentiras.

Sasha encolheu-se e, antes que pudesse responder, Vasya afastou-se dele de cabeça erguida na raiva que se dissipava, o suor acumulando-se em suas têmporas, sob o odiado chapéu, e lágrimas juntando-se em seus olhos, porque seu irmão amara a criança Vasilisa. Mas como alguém pode amar uma mulher que se pareça demais com aquela criança, ainda impertinente, ainda destemida?

Preciso ir, pensou com lucidez, repentinamente. *Não posso esperar até o final da Maslenitsa. Estou magoando-o demais com esta mentira em meu benefício, e preciso ir.*

Amanhã, irmão, pensou. *Amanhã.*

Dmitrii fez sinal para que se aproximasse, sorrindo como sempre, e apenas sua absoluta sobriedade demonstrava que, talvez, o príncipe não estivesse tão à vontade quanto parecia. Sua cidade e seus boiardos eferversciam em conversas; um senhor tártaro vagava pela cidade, exigindo tributos, e o coração do grão-príncipe mandava que lutasse, enquanto sua cabeça mandava que esperasse; as duas atitudes exigiam um dinheiro que ele não tinha.

– Soube que ganhou um cavalo de Chelubey – Dmitrii disse a ela, banindo a preocupação do rosto com uma experiente facilidade.

— Ganhei — disse Vasya sem fôlego, levando uma batida nas costas de uma travessa que passava.

Os primeiros pratos já estavam circulando, um tanto salpicados de neve por terem atravessado o pátio. Nenhuma carne, mas todo tipo de delícias que farinha, mel, manteiga, ovos e leite podiam criar.

— Muito bem, menino — disse o grão-príncipe. — Embora eu não possa aprovar. Afinal de contas, Chelubey é um hóspede. Mas meninos serão meninos. Era para se pensar que o senhor cavaleiro lidaria melhor com uma potranca. — Dmitrii piscou para ela.

Até então, Vasya sentira a dor da mentira de Sasha para o grão-príncipe; nunca tinha sentido sua própria culpa. Mas agora, lembrou-se de uma promessa de serviço, e sua consciência fulminou-a.

Bom, pelo menos um segredo podia ser contado. — Dmitrii Ivanovich — Vasya disse, repentinamente. — Preciso contar-lhe uma coisa sobre esse senhor cavaleiro.

Kasyan bebia seu vinho e escutava. Agora, pôs-se em pé, sacudindo o cabelo ruivo para trás.

— Não vamos ter nenhum divertimento no período do festival? — trovejou, bêbado, para todo o salão, quase se sobrepondo a ela. — Não vamos ter nenhuma distração?

Virou-se para Vasya, sorrindo. O que ele estava fazendo?

— Proponho uma distração — Kasyan prosseguiu. — Vasilii Petrovich é um grande cavaleiro, todos nós vimos. Bom, vamos testar sua velocidade. Quer apostar uma corrida amanhã, Vasilii Petrovich? Perante toda a Moscou? Eu o desafio agora, com estes homens como testemunhas.

Vasya ficou boquiaberta. Uma corrida de cavalo? O que isso tinha a ver com...?

Um murmúrio satisfeito percorreu a multidão. Kasyan olhava-a com uma estranha intensidade.

— Corro — respondeu num reflexo confuso. — Se permitir, Dmitrii Ivanovich.

Dmitrii recostou-se para trás, parecendo satisfeito. — Não tenho nada a me opor, Kasyan Lutovich, mas não vi nenhum animal seu que fosse páreo para o Solovey dele.

— Mesmo assim — replicou Kasyan, sorrindo.

— Então, ouvido e testemunhado! — Dmitrii exclamou. — Amanhã de manhã. Agora comam, todos vocês, e agradeçam a Deus.

A conversa aumentou, a cantoria, e a música.

– Dmitrii Ivanovich – Vasya recomeçou.

Mas Kasyan saiu aos tropeções do seu banco e se sentou ao lado de Vasya, passando um braço pelos seus ombros. – Achei que você poderia estar prestes a cometer uma indiscrição – murmurou em seu ouvido.

– Estou cansado de mentiras – ela cochichou para ele. – Dmitrii Ivanovich pode ou não acreditar em mim, a escolha é dele. É por isso que ele é o grão-príncipe.

Do outro lado, Dmitrii gritava brindes a seu futuro filho, com a mão no ombro da sua quase sorridente esposa, jogando bocados de cartilagens para os cachorros a seus pés. A luz do fogo brilhava cada vez mais vermelha, conforme se aproximava a meia-noite.

– Isto não é uma mentira – disse Kasyan. – Só uma pausa. As verdades são como flores, é melhor arrancá-las no momento certo. – O braço duro apertou-se ao redor dos ombros de Vasya. – Você não bebeu o bastante, menino – ele acrescentou. – Não chegou nem perto. – Esguichou vinho em um copo e o estendeu para ele. – Tome, é pra você. Vamos apostar uma corrida, eu e você, de manhã.

Ela pegou o copo e deu um gole. Ele olhou e sorriu devagar. – Não. Beba mais, assim fica mais fácil eu ganhar. – Ele se inclinou para frente, segredando: – Se eu ganhar, você vai me contar tudo – murmurou. Seu cabelo quase roçou no rosto dela. Ela não se mexeu. – Tudo, Vasya, sobre você mesmo e sobre o seu cavalo... E sobre aquela linda adaga azul que pende ao seu lado.

Os lábios de Vasya abriram-se, surpresos. Kasyan estava tomando seu próprio vinho. – Já estive aqui – disse. – Neste mesmo palácio. Há muito tempo. Procurava uma coisa. Uma coisa que perdi. Perdida. Perdida para mim. Quase. Não exatamente. Você acha que vou recuperá-la, Vasya? – Seus olhos estavam enevoados, luminosos e distantes. Estendeu o braço e a puxou mais para perto. Vasya teve seu primeiro abalo de desconforto.

– Escute, Kasyan Lutovich... – Vasya começou.

Sentiu-o se enrijecer, e o sentiu, de fato, escutando, mas não a ela. Vasya calou-se, e lentamente também tomou consciência de um silêncio: um antigo e pequeno silêncio, formando-se sob a barulheira e a algazarra da festa; um silêncio que, aos poucos, cresceu com o correr macio de um vento invernal.

Vasya esqueceu completamente Kasyan. Era como se uma película tivesse sido arrancada dos seus olhos. Em meio ao mau cheiro, fumaça, e barulhos desta festa dos boiardos em Moscou, outro mundo havia se insinuado discretamente, para comemorar com aquele povo.

Sob a mesa, uma criatura vestida com magníficos trapos, com uma barriguinha, e um longo bigode, ocupava-se em varrer as migalhas. *Domovoi*, Vasya pensou. Era o *domovoi* de Dmitrii.

Uma mulher minúscula de cabelos sedosos estava sobre a mesa de Dmitrii, pulando por entre os pratos e, às vezes, derrubando o copo de um homem desatento. Era a *kikimora* – porque o *domovoi*, às vezes, tem uma esposa.

Um farfalhar de asas lá no alto; Vasya olhou para cima por um instante, nos olhos arregalados de uma mulher, antes que ela se esvaísse na fumaça das paredes superiores. Vasya sentiu um arrepio, porque o pássaro com cabeça de mulher é o rosto do destino.

Vistos e igualmente não vistos, Vasya sentiu o peso dos seus olhares. *Eles estão observando, estão esperando... Por quê?*

Então, ela voltou os olhos para a entrada e viu Morozko.

Estava parado em um tênue círculo de luz de tocha. Atrás dele, a luz do fogo fluía na noite. No formato e no colorido, ele poderia ser um homem de verdade, exceto por sua cabeça nua, o rosto imberbe e a neve que não derretia em suas roupas. Estava vestido de azul, como um crepúsculo de inverno, rodeado e contornado de gelo. Seu cabelo preto levantava-se e se agitava com um vento cheirando a pinho, que entrou dançando e dissipou um pouco da fumaça do salão.

A música ganhou novo vigor; os homens endireitaram-se nos bancos, mas ninguém pareceu vê-lo.

Exceto Vasya. Ela olhou para o demônio do gelo como se fosse uma aparição.

Os *chyerti* viraram-se. O pássaro acima abriu suas vastas asas. O *domovoi* parou de varrer. Sua esposa ficou imóvel. Todos eles ficaram mortalmente quietos.

Vasya foi até o centro do saguão, passando entre mesas barulhentas, entre os espíritos atentos, indo até onde Morozko estava parado, vendo-a chegar, com uma leve e irônica curva na boca.

– Como é que você está aqui? – ela cochichou. Estava tão perto dele, que sentia o cheiro da neve, dos anos, e da noite pura e selvagem.

Ele ergueu uma sobrancelha para os *chyerti* atentos. – Não me é permitido juntar-me à multidão? – perguntou.

– Mas por que você iria querer isso? – perguntou-lhe. – Aqui não tem neve, nem lugares selvagens. Você não é o rei do inverno?

– A festa do sol é mais velha do que esta cidade – Morozko respondeu. – Mas não é mais velha do que eu. Houve época em que estrangulavam donzelas na neve nesta noite, para me invocar e também me pedir para ir, deixando-os com o verão. – Seus olhos avaliaram-na. – Agora não há sacrifícios, mas, às vezes, ainda venho aos festejos. – Seus olhos estavam mais pálidos do que as estrelas, e mais distantes, mas pousaram nos rostos vermelhos à volta deles com fria ternura. – Eles ainda são o meu povo.

Vasya não disse nada. Pensava na menina morta do conto de fadas, uma história moralista para crianças nas noites frias, para mascarar uma história de sangue.

– Esta festa assinala a diminuição do meu poder – Morozko acrescentou, com suavidade. – Logo será primavera, e ficarei na minha própria floresta, onde a neve não derrete.

– Você veio, então, por uma donzela estrangulada? – Vasya perguntou, com um frio na voz.

– Por quê? – ele perguntou. – Haverá alguma?

Fez-se uma pausa, enquanto os dois se entreolhavam. Então... – Eu acreditaria em qualquer coisa nesta cidade maluca – disse Vasya, deixando a estranheza de lado. Não voltou a olhar para os anos nos olhos dele. – Não vou ver você, vou? – perguntou. – Quando for primavera?

Ele não disse nada. Tinha se virado para outro lado. Seu olhar cerrado percorreu todo o salão.

Vasya acompanhou seu olhar. Pensou ter entrevisto Kasyan, observando-os, mas quando tentou vê-lo por completo, Kasyan não estava ali.

Morozko suspirou e o olhar estrelado recolheu-se. – Nada – disse, quase consigo mesmo. – Eu estremeço com as sombras. – Ele se virou, novamente, para olhar para ela. – Não, você não vai me ver. Porque não estou presente na primavera.

Foi a velha e tênue tristeza em seu rosto que a impeliu a perguntar, então, formalmente: – Você vai se sentar à mesa principal esta noite, rei do inverno? – Ela estragou o efeito, acrescentando num tom prático: – A esta altura, os boiardos estão todos caindo dos bancos; tem espaço.

Morozko riu, mas ela achou que ele pareceu surpreso. – Tenho sido um vagabundo nos salões dos homens, mas faz muito tempo, muito, muito tempo, que não sou convidado para o banquete.

– Então, eu o convido – disse Vasya –, embora este saguão não seja meu.

Os dois viraram-se para olhar para a mesa principal. Realmente, alguns dos homens haviam caído do banco e roncavam, mas os que ainda estavam firmes tinham convidado mulheres para se sentar ao seu lado. Todas as esposas tinham ido para a cama. O grão-príncipe tinha duas moças, uma em cada braço. Pegou o seio de uma delas na palma da sua grande mão, e o rosto de Vasya esquentou. Ao seu lado, Morozko disse, a voz entremeada por uma risada contida: – Bom, vou adiar meu banquete. Quer cavalgar comigo, em vez disso, Vasya?

Por todo canto, vibravam a agitação e o mau cheiro, gritos e canções berradas pela metade. Repentinamente, Moscou sufocou-a. Estava farta de palácios mofados, olhares duros, dissimulações, desapontamentos...

A toda a volta, os *chyerti* observavam.

– Quero – Vasya respondeu.

Morozko fez um gesto elegante em direção à porta, depois a seguiu noite adentro.

◇

Solovey viu-os primeiro e soltou um sonoro relincho. Ao lado dele estava a égua branca de Morozko, um fantasma pálido em contraste com a neve. Zima refugiou-se junto à cerca, observando os recém-chegados.

Vasya abaixou-se por entre as traves da cerca, murmurou palavras para tranquilizar a potranca, e pulou nas costas familiares de Solovey, indiferente a suas roupas elegantes.

Morozko montou na égua branca, e colocou a mão em seu pescoço.

Estavam rodeados pelas altas barras do cercado. Vasya colocou seu cavalo frente a elas. Solovey ultrapassou a cerca, a égua branca a apenas um passo atrás dele. No alto, o que ainda havia de bruma desfez-se, e as estrelas vigorosas brilharam.

Eles passaram pelo portão do príncipe de Serpukhov como aparições. Abaixo deles, o portão do kremlin ainda estava aberto, em homenagem à noite do festival, e a *posad* abaixo da área do kremlin estava repleta de luzes de fogueiras e cantos arrastados.

Mas Vasya não estava interessada em fogueiras ou músicas. O outro mundo, mais antigo, agora a possuía, com sua beleza pura, seus mistérios, sua selvageria. Atravessaram o portão do kremlin a galope, sem serem notados, e os cavalos viraram à direita, correndo por entre as casas festivas. Então, o som dos cascos mudou, e o rio desenrolou-se como uma fita à frente deles. A fumaça da cidade ficou para trás, e tudo à volta era neve e luar claro.

Vasya ainda estava mais do que parcialmente bêbada, apesar do choque revigorante do ar noturno. Gritou bem alto, e Solovey aumentou a passada; então, eles passaram a galopar ao longo do Moskva. Os dois cavalos corriam na mesma velocidade pelo gelo e pela neve prateada, e Vasya ria, os dentes à mostra contra o vento.

Morozko cavalgava ao seu lado.

Galoparam por muito tempo. Quando Vasya sentiu-se satisfeita, refreou Solovey para ir a passo e, num impulso, mergulhou, ainda rindo, em um banco de neve. Suando debaixo das roupas pesadas, livrou-se do chapéu e do gorro, e exibiu sua cabeça negra e desgrenhada para a noite.

Morozko freou quando Solovey parou, e desceu com leveza no rio congelado. Tinha disparado com uma alegria enlouquecida para combinar com a dela, mas agora havia algo contido e cuidadoso em sua expressão. – Então, agora você é filho de um senhor – Morozko disse.

Algo da descontração de Vasya esvaiu-se. Ela se levantou, espanando-se. – Gosto de ser um senhor. Por que fui nascer menina?

Um brilho azul, por debaixo das pálpebras encobertas. – Você não é nada mal como menina.

Foi o vinho, apenas o vinho, que deixou seu rosto em brasa. Seu humor mudou. – Então, isso é tudo que há para mim? Ser um fantasma, alguém real e irreal? Gosto de ser um jovem lorde. Poderia ficar aqui e ajudar o grão-príncipe. Poderia treinar cavalos, orientar os homens, e manejar uma espada. Mas, na verdade, não posso, porque com o tempo eles descobrirão meu segredo.

Virou-se, abruptamente. A luz das estrelas brilhou em seus olhos abertos. – Se não posso ser um lorde, ainda posso ser um viajante. Quero correr mundo, se Solovey me levar. Verei a terra verde além do crepúsculo, a ilha...

– Buyan? – Morozko murmurou às suas costas. – Onde as ondas batem em uma costa rochosa, e o vento cheira a pedra fria e flores de laranjeira? Governada por uma donzela-cisne, com olhos cinzentos como o mar? O país dos contos de fadas? É isto que você quer?

O calor do vinho e da cavalgada desenfreada estava diminuindo, agora, e tudo à volta era o silêncio mortal antes do erguer do vento da madrugada. Vasya estremeceu subitamente, abrigada em pele de lobo e nas meadas do seu cabelo negro.

— Foi por isso que você veio? — perguntou, sem se virar. — Para me atrair para longe de Moscou? Ou vai me dizer que fico melhor fora daqui, vestida como menina, e casada? Por que os *chyerti* vieram ao banquete? Por que a *gamayun* estava esperando no alto? Sim, eu sei o que o pássaro significa. O que está havendo?

— Não nos é permitido festejar com as pessoas?

Ela ficou calada. Moveu-se novamente, andando como um felino em uma jaula, apesar da extensão de gelo, floresta e céu. — Quero liberdade — disse, por fim, quase que consigo mesma. — Mas também quero um canto e um propósito. Não tenho certeza de poder ter nenhum dos dois, muito menos ambos. Não quero viver uma mentira. Estou magoando meus irmãos. — Ela parou abruptamente, e se virou. — Você pode resolver esta charada para mim?

Morozko ergueu uma sobrancelha. O vento da madrugada provocou turbilhões com a neve aos pés dos cavalos.

— Sou um oráculo? — perguntou-lhe friamente. — Não posso vir ao banquete, cavalgar ao luar, sem ser chamado para ouvir as queixas de donzelas russas? O que me importam seus pequenos segredos, ou a consciência do seu irmão? Aqui vai a minha resposta: você não deve prestar atenção em contos de fadas. Falei sinceramente, uma vez: o seu mundo não se preocupa com o que você quer.

Vasya contraiu os lábios. — Minha irmã disse a mesma coisa. Mas e você? Você se preocupa?

Ele fechou-se em silêncio. Nuvens formavam-se ao alto. A égua arrepiou-se toda.

— Pode caçoar — Vasya prosseguiu, agora zangada, aproximando-se cada vez mais. — Mas você vive eternamente. Talvez não queira nada, ou não se importe com nada. Mesmo assim... está aqui.

Ele continuou sem dizer nada.

— Deveria viver a minha vida como um falso senhor, até me descobrirem e me colocarem em um convento? — ela perguntou. — Deveria fugir? Ir para casa? Nunca mais ver meus irmãos? Eu pertenço ao quê? Não sei. Não sei quem sou. E comi em sua casa, quase morri em seus braços, você cavalgou comigo esta noite. Esperava que você pudesse saber.

As palavras pareceram tolas até enquanto eram ditas. Ela mordeu o lábio. O silêncio estendeu-se.

– Vasya – ele disse.

– Não. Você nunca teve intenção – ela disse, afastando-se. – Você é imortal, e não passa de um jogo...

A resposta dele não veio em palavras, mas suas mãos, talvez, falaram por ele, quando as pontas dos seus dedos procuraram a pulsação atrás do maxilar dela. Ela não se mexeu. Os olhos dele estavam frios e parados: estrelas esmaecidas para fazerem-na se perder. – Vasya – ele repetiu, baixo e quase severo. – Talvez eu não seja tão sábio quanto você gostaria, considerando todos os meus anos neste mundo. Não sei o que você deveria escolher. Todas as vezes em que você escolhe um caminho, deve viver com a lembrança do outro, de uma vida relegada. Decida o que achar melhor, um rumo ou outro. Cada um deles terá seu lado amargo e seu lado doce.

– Isto não é um conselho – ela disse. O vento soprou seu cabelo contra o rosto dele.

– É tudo o que tenho – ele respondeu. Então, deslizou os dedos pelo cabelo dela e a beijou.

Ela soltou uma espécie de soluço, misturado com raiva e desejo. Depois, passou os braços à volta dele.

Vasya nunca havia sido beijada, não desta maneira. Não um beijo longo e deliberado. Não sabia como, mas ele lhe ensinou. Não com palavras, não, com sua boca, as pontas dos dedos, e um sentimento não expresso em palavras. Um toque misterioso e intenso, que se fez sentir pela sua pele.

Então ela se agarrou, seus ossos relaxaram, e todo o seu corpo intoxicou-se com um fogo gelado. *Agora, até seus irmãos a chamariam de amaldiçoada*, ela pensou, mas não se incomodou absolutamente. Um vento leve fez as últimas nuvens deslizarem rapidamente pelo céu, e as estrelas brilharam com força sobre os dois.

Quando, finalmente, ele se afastou, ela estava com os olhos imensos, corada, ardendo. Os olhos dele estavam de um azul de coração ardente, brilhante, perfeito, e ele poderia ser humano.

Ele a soltou, bruscamente.

– Não – disse.

– Não entendo. – Ela estava com a mão na boca, o corpo tremendo, apreensiva como a menina que, certa vez, ele jogou no arção da sua sela.

– Não – ele repetiu, passando a mão pelos seus cachos escuros. – Eu não pretendia...

O despertar da mágoa. Ela cruzou os braços. – Não pretendia? Por que você veio, sinceramente?

Ele rangeu os dentes. Estava de costas para ela, as mãos fechadas com força. – Porque queria te dizer...

Ele se interrompeu, e olhou no rosto dela. – Há uma sombra sobre Moscou – disse. – No entanto, sempre que tento olhar mais a fundo, sou impedido. Não sei o que a está causando. Se você não...

– Se eu não o quê? – Vasya perguntou, odiando sua voz, por sair dolorosamente arranhada da garganta.

Uma pausa. A chama azul aprofundou-se nos olhos de Morozko. – Não importa – ele disse. – Mas, Vasya...

Por um instante, pareceu que ele realmente pretendia falar, que algum segredo sairia dali. Mas ele suspirou e fechou a boca. – Vasya, fique atenta – disse, por fim. – Seja o que for que você escolher, fique atenta.

Vasya não o escutou, realmente. Ficou ali parada, fria, tensa, e ao mesmo tempo, queimando. *Não? Por que não?*

Se fosse mais velha, teria visto o conflito nos olhos dele. – Ficarei – disse. – Agradeço seu aviso. – Ela se virou com passos decididos, e pulou para as costas de Solovey.

Saiu galopando, portanto não o viu parado por um longo tempo, vendo-a ir.

Mais tarde, bem mais tarde, na hora fria e dolorosa antes do amanhecer, uma luz vermelha, como um lampejo de fogo, cortou o céu de Moscou. Os poucos que a viram chamaram-na de mau agouro. Mas a maioria não viu. Estava dormindo, sonhando com sóis de verão.

Kasyan Lutovich viu-a. Sorriu, e deixou seu quarto no palácio de Dmitrii para descer ao pátio, e tomar suas últimas providências.

Morozko saberia reconhecer o flash, mas não o viu, porque galopava sozinho, nos lugares selvagens do mundo, a expressão determinada e recolhida, na solidão da noite.

20

FOGO E ESCURIDÃO

Uma solar luz amarelada inundou o quartinho de Vasya, no dia seguinte. Ela acordou com seu toque tímido, e se pôs em pé. Sua cabeça latejava, e desejou, ardentemente, ter gritado menos, corrido menos, bebido menos, e chorado menos na noite anterior.

Esta noite ressoava como um tambor no seu crânio. Contaria a Dmitrii o que sabia, ou suspeitava, a respeito de Chelubey. Sussurraria suas despedidas a Olga e Marya, mas baixinho, para que elas não pudessem ouvir e a chamar de volta. Então, partiria. Sul, iria para o sul, onde o clima era quente, e nenhum demônio do gelo poderia perturbar as suas noites. Sul. O mundo era vasto, e sua família já tinha sofrido o suficiente.

Mas antes, esta corrida de cavalo.

Vasya vestiu-se rapidamente. Colocou a pelerine e as botas sobre sua velha camisa, a jaqueta e as perneiras forradas de lã. Depois, correu para o sol. Um pouco de calor bafejou do céu, quando ela virou o rosto para a luz. Logo as campânulas brancas floresceriam em recantos escondidos, e o inverno entraria em seu final.

Uma lufada de neve, logo ao amanhecer, tinha coberto o pátio da entrada. Vasya foi diretamente até o cercado de Solovey, as botas rangendo.

Os olhos do garanhão estavam brilhantes e ele respirava como um cavalo de guerra, antes do ataque. A potranca Zima agora estava calma, ao seu lado.

— Procure não ganhar com uma vantagem muito grande — Vasya disse a Solovey, vendo a selvageria nele. — Não quero ser acusada de enfeitiçar o meu cavalo.

Solovey apenas sacudiu a crina, e sapateou na neve.

Suspirando, Vasya disse: – E esta noite vamos embora, quando a festividade estiver no auge. Portanto, não se acabe, correndo. Precisamos estar longe, antes do amanhecer.

Isto acalmou um pouco o cavalo. Ela escovou seu pelo, murmurando planos para ambos saírem da cidade, com seus alforjes, quando a escuridão caísse.

Uma borda vermelha do sol começava a surgir sobre os muros da cidade, quando Kasyan entrou no pátio de Olga, vestido em prata, cinza e castanho-claro, as pontas das botas ligeiramente arrebitadas e bordadas. Ele parou junto ao cercado. Vasya levantou os olhos, e o viu observando-a.

Enfrentou facilmente seu olhar. Poderia enfrentar qualquer olhar após o de Morozko, na noite anterior.

– Prazer em vê-lo, Vasilii Petrovich – Kasyan disse. Um leve suor ondulava o cabelo das suas têmporas. Vasya especulou se ele estaria nervoso. Que homem não estaria, tendo concordado em disputar algum cavalo comum contra Solovey? A ideia quase levou-a a sorrir.

– Uma linda manhã, lorde – Vasya respondeu, curvando-se.

Kasyan deu uma olhada em Solovey. – Um cavalariço poderia preparar o cavalo, sabia? Você não precisa se sujar.

– Solovey não aceitaria a mão de um cavalariço – Vasya respondeu, secamente.

Ele sacudiu a cabeça. – Não quis ofender, Vasya. Com certeza, nos conhecemos bem mais do que isso.

Conheciam? Ela concordou com a cabeça.

– Rapaz de sorte – Kasyan disse, voltando a olhar para Solovey. – Ser tão amado por um cavalo. Por que você acha que isso acontece?

– Mingau – Vasya respondeu. – Solovey não resiste a um mingau. O que veio me dizer, Kasyan Lutovich?

Ao ouvir isto, Kasyan inclinou-se para frente. Vasya estava com um braço passado sobre as costas de Solovey. As narinas do cavalo inflaram-se; ele se mexeu, inquieto. Os olhos de Kasyan fixaram-se nos de Vasya, prendendo-os. – Gosto de você, Vasilii Petrovich – disse. – Gosto de você desde o momento em que o vi, antes de saber quem era você. Você precisa vir para o sul, para Bashnya Kostei, na primavera. Tenho tantos cavalos quanto as folhas de grama, e você pode cavalgar todos eles.

– Eu gostaria disso – disse Vasya, embora sabendo que estaria muito longe na primavera. – Se o grão-príncipe me liberar. – Por um momento, desejou que fosse verdade. Cavalos como folhas de gramas...

Os olhos de Kasyan percorreram-na como se ele pudesse mergulhar em sua alma e roubar seus segredos. – Venha para casa comigo – disse em voz baixa, com uma nova emoção na voz. – Eu lhe darei tudo o que desejar. Só preciso lhe dizer...

O que ele pretendia dizer? Nunca terminou. Naquele momento, vários cavalos passaram em alvoroço pelo portão, e uma pequena cavalaria galopou aos gritos, atravessando o pátio, perseguidos pelo zangado cocheiro.

Vasya ficou imaginando o que Kasyan tinha em mente. Dizer a ela o quê?

Então, os jovens boiardos do círculo de Dmitrii estavam a toda a volta; aqueles que haviam gritado seus insultos no saguão, e a empurrado, em desafio. Controlavam seus cavalos inquietos com seus joelhos revestidos de peles, e seus freios e estribos faziam uma música como se fosse de guerra. "Menino!", chamaram, e "Filhote de lobo! Vasya!", gritaram suas brincadeiras grosseiras. Um deles abaixou-se e cutucou Kasyan com o cotovelo, perguntando qual seria a sensação de ser vencido por aquele menino, cujo casaco pendia dele como roupa no varal, e cujo cavalo não usava cabresto.

Kasyan riu. Vasya cismou se teria imaginado a rudeza em seu tom de voz.

Por fim, os jovens boiardos foram convencidos a ir embora. Fora daquele cercado cheio de neve, fora dos portões de madeira de Vladimir, a cidade despertava. Um grito ressoou da torre acima, reprimido por um tapa e uma réplica severa. O ar cheirava a fumaça de lenha, e centenas de bolos assando.

Kasyan demorou-se ainda, com uma ruga entre suas sobrancelhas ruivas. – Vasya – ele recomeçou. – Ontem à noite...

– Você não tem um cavalo pra cuidar? – Vasya perguntou, rispidamente. – Somos rivais, agora. Devemos trocar confidências?

Com a boca retorcida, Kasyan olhou-a no rosto, por um momento. – Você vai... – ele começou.

Mas novamente foi interrompido por um visitante, desta vez alguém totalmente vestido como um pardal. Tinha o capuz erguido para proteger do frio, e o rosto severo. Vasya engoliu em seco, virou-se e se curvou. – Irmão – disse.

– Perdoe-me, Kasyan Lutovich – disse Sasha. – Preciso falar com Vasya a sós.

Sasha tinha a aparência de alguém que estivesse acordado por um bom tempo, ou jamais tivesse ido para a cama.

– Deus esteja com você – Vasya disse a Kasyan, em educada despedida.

Por um momento, Kasyan pareceu surpreso. Depois, disse numa voz estranha e fria: – Teria sido melhor se você tivesse me dado atenção. – E saiu pisando duro.

Fez-se um breve silêncio, depois que ele se foi. *Aquele homem tem um cheiro estranho*, disse Solovey.

– Kasyan? – Vasya perguntou. – Em que sentido?

Solovey sacudiu a crina. *Poeira*, disse. *E relâmpago*.

– O que Kasyan quis dizer? – Sasha perguntou.

– Não faço ideia – Vasya respondeu, sinceramente. Olhou atentamente o rosto do irmão. – O que andou fazendo?

– Eu? – ele perguntou. Recostou-se, exausto, na cerca. – Estou querendo saber sobre esse homem Chelubey, o embaixador de Mamai. Os senhores importantes não surgem, simplesmente, da floresta. Em toda esta cidade, alguém deveria saber alguma coisa sobre ele, mesmo que fosse por ouvir dizer. Mas com toda sua magnificência, não consigo notícia nenhuma.

– E então? – Vasya retrucou. Os olhos verdes e os cinzas se encontraram.

– Chelubey tem a carta, os cavalos, os homens – Sasha disse, lentamente. – Mas não tem a reputação.

– Então, agora você suspeita que o embaixador seja um bandido, não é? – Vasya perguntou, como se fosse criança. – Finalmente, você acredita em mim?

O irmão suspirou. – Se não conseguir explicação melhor, então sim, acreditarei em você. Embora nunca tenha ouvido falar numa coisa dessas. – Ele fez uma pausa e acrescentou, quase que consigo mesmo: – Se um bandido, ou quem quer que ele seja, enganou a nós todos tão completamente, deve ter tido ajuda. Onde foi que conseguiu dinheiro, escriturários, documentos, cavalos, trajes refinados e joias para se fazer passar por um lorde tártaro? Ou o Khan nos mandaria tal espécie de homem? Com certeza, não.

– Quem poderia estar ajudando-o? – Vasya perguntou.

Sasha sacudiu a cabeça devagar. – Quando terminar a corrida, e Dmitrii Ivanovich puder ser convencido a prestar atenção, você lhe contará tudo.

– Tudo? – ela perguntou. – Kasyan disse que precisávamos de prova.

– Kasyan é mais esperto do que deveria – retrucou o irmão.

Seus olhos encontraram-se pela segunda vez.

— *Kasyan*? — ela disse, respondendo ao olhar do irmão. — Impossível. Aqueles bandidos queimaram suas próprias aldeias. Ele veio pedir ajuda a Dmitrii Ivanovich.

— É — Sasha disse, lentamente. Seu rosto ainda estava preocupado. — Isso é verdade.

— Direi a Dmitrii tudo o que sei — disse Vasya, às pressas. — Mas... depois... vou embora de Moscou. Para isto, vou precisar da sua ajuda. Você precisa cuidar da potranca, a minha Zima, e ser bom para ela.

O irmão contraiu-se, olhou em seu rosto. — Vasya, não há para onde ir.

Ela sorriu. — Tem o mundo todo, irmão. Eu tenho Solovey.

Quando ele não disse nada, ela acrescentou, encobrindo a dor: — Você sabe que tenho razão. Você não pode me mandar para um convento; não vou me casar com ninguém. Não posso ser um senhor em Moscou, mas não serei uma donzela. Vou-me embora.

Vasya não conseguiu olhar para ele e, em vez disso, começou a pentear a crina de Solovey.

— Vasya — Sasha começou.

Ela continuou sem olhar para ele.

Ele soltou um rangido de irritação, e se colocou entre as barras da cerca. — Vasya, você não pode simplesmente...

Ela se virou para ele. — Posso — disse. — E vou. Se quiser me impedir, me tranque.

Ela viu que ele ficou desconcertado, e então percebeu que tinha os olhos cheios de lágrimas.

— Não é natural — Sasha disse, mas com um tom de voz diferente.

— Eu sei — ela disse, decidida, veemente, miserável. — Sinto muito.

Enquanto falava, o sino da grande catedral tocou. Estava na hora.

— Vou te contar a verdadeira história — Vasya disse. — Da morte do pai. Do Urso. Tudo. Antes de ir.

— Mais tarde — foi tudo o que Sasha disse, depois de uma pausa. — Conversaremos mais tarde. Preste atenção nas trapaças, irmãzinha. Tome todo o cuidado que puder. Eu... Rezarei por você.

Vasya sorriu. — Aposto que Kasyan não tem um cavalo que se equipare a Solovey — disse. — Mas ficarei feliz com as suas orações.

O garanhão bufou, jogou a cabeça, e a expressão sombria de Sasha suavizou-se. Eles se abraçaram com súbita ferocidade, e Vasya viu-se envolvida nos familiares cheiros de infância do seu irmão mais velho. Enxugou os olhos disfarçadamente no ombro dele. – Vá com Deus, irmã – murmurou Sasha em seu ouvido. Depois, afastou-se, levantando a mão para abençoar Vasya e o cavalo. – Não faça as curvas muito rapidamente. E não perca.

Um novo grupo de espectadores tinha começado a se juntar junto ao cercado: os cavalariços da casa de Olga. Vasya pulou para as costas de Solovey. Os mais espertos abriram caminho; os tolos ficaram de boca aberta, e Vasya posicionou Solovey para a cerca. Ele a saltou, sendo também obrigado a pular sobre várias cabeças, quando seus donos não se mexeram. Sasha acomodou-se na sela de Tuman. Irmão e irmã trotaram juntos, atravessando o portão.

Vasya olhou para trás no momento em que saía, e pensou ter visto uma figura majestosa, observando de uma janela da torre, enquanto uma figura menor agarrava-se a suas saias, suspirando em direção à luz. Então, ela e o irmão viram-se na rua.

Grupos de pessoas começaram a se amontoar atrás deles. Vasya, excitada com o entusiasmo das pessoas, levantava a mão para elas, e eles gritavam em resposta. "Peresvet!", ela escutou, e "Vasilii, o Corajoso!".

O grão-príncipe de Moscou surgiu, vindo do seu palácio, com um séquito de boiardos e serviçais, precedido pelo clamor da multidão. – Está preparado, Vasya? – perguntou Dmitrii, emparelhando-se com eles. Sua comitiva ficou para trás, abrindo caminho. Todos os grandes senhores de Moscou lutavam por uma posição atrás. – Fiz uma grande aposta em você.

– Estou preparado – Vasya respondeu. – Ou, pelo menos, Solovey está, e vou me agarrar ao seu pescoço, e procurar não envergonhá-lo.

De fato, Solovey estava glorioso naquela manhã radiante, com o pelo como se fosse um espelho escuro, a queda da sua crina, a cabeça sem bridão. O príncipe analisou o cavalo e riu. – Menino maluco – disse com afeto.

Os boiardos atrás olharam com ciúmes os irmãos talentosos que gozavam dos favores de Dmitrii.

– Se você ganhar – Dmitrii disse a Vasya –, encherei sua bolsa de ouro, e encontraremos uma bela esposa que lhe traga filhos.

Vasya engoliu em seco, e assentiu com um gesto de cabeça.

◆

O silêncio diminuiu. Vasya olhou para trás, a rua nevada, por onde Kasyan vinha a cavalo, descendo do alto da colina, sozinho.

Dmitrii, Vasya, Sasha e todos os boiardos ficaram muito quietos.

Vasya tinha visto Solovey em sua glória, correndo pela neve, e tinha observado a égua branca de Morozko empinando à luz da madrugada. Mas jamais havia visto um cavalo que se igualasse à criatura dourada, cavalgada por Kasyan.

A pelagem da égua era brilhante, realmente da cor do fogo, manchada nos flancos. Sua crina caía sobre o pescoço e a espádua, apenas um ou dois tons mais claro. Seus membros eram longos, com uma musculatura tensa, e ela era ainda mais alta do que Solovey.

Na cabeça da égua estava preso um cabresto dourado, com um freio da mesma cor ligado a rédeas também douradas. Kasyan controlava-a com essas rédeas, seu nariz quase encostando no peito do animal. Parecia que a égua só não fugia por estar segura pelo seu cavaleiro. Cada um dos seus movimentos era uma perfeição, cada virada de cabeça, as sacudidas da sua crina dourado-prateada.

O freio tinha pontos dentados que se projetavam da sua boca. Vasya odiou ver o bridão.

A égua hesitou perante a multidão, e seu cavaleiro cutucou-a para que seguisse. Ela seguiu, relutante, a cauda fustigando conforme se aproximava. Tentou empinar, mas Kasyan fez com que descesse, e, com uma esporeada nos flancos, ela foi em frente, aos pinotes.

Os espectadores não comemoraram sua chegada; ficaram imóveis, hipnotizados pelas passadas leves e belas.

As orelhas de Solovey inclinaram-se para frente. *Esta vai ser rápida*, disse, e deu patadas no chão.

Vasya empertigou-se nas costas de Solovey. Seu rosto ficou imóvel e determinado. Esta égua era um cavalo tão incomum quanto Solovey. Onde Kasyan a conseguira?

Bom, ela pensou, *no final das contas, será uma competição*.

A égua dourada estacou. Seu cavaleiro inclinou-se, sorrindo. – Deus esteja com vocês, Dmitrii Ivanovich, irmão Aleksandr, Vasilii Petrovich. – No rosto de Kasyan havia uma alegre malícia. – Cá está a minha dama, a quem chamo de Zolotaya. Combina com ela, não é?

– Combina – disse Vasya. – Por que nunca a vi?

O sorriso de Kasyan não vacilou, mas algo escureceu em seus olhos. – Ela é... preciosa para mim, e não costumo cavalgá-la com frequência. Mas achei que valeria a pena disputá-la contra o seu Solovey.

Vasya inclinou-se, distraída, e não respondeu. Teve um vislumbre de outro *domovoi*, sentado etereamente no telhado de uma casa. No alto, pareceu perceber o rufar de asas, e viu a mulher-pássaro olhando para ela de um poleiro sobre uma torre. Uma sensação estranha começou a lhe descer pela espinha.

Ao lado dela, Dmitrii disse, após um instante de mutismo: – Bom. – Bateu nas costas de Vasya. – Por Deus, teremos uma competição.

Vasya concordou, o príncipe sorriu e riu. Simples assim, a tensão foi quebrada. Era um radiante dia de inverno, o último dia do festival, com a presença de toda a Moscou para festejá-los. A multidão ovacionou, encorajando os dois cavalos, o claro e o escuro.

Eles seguiram em frente, atravessando o portão do kremlin e saindo para a *posad*.

Toda a cidade amontoou-se no alto do muro, nas margens do rio, nos campos cintilantes. Os meninos destemidos lotaram as árvores na extremidade do rio, e fizeram cair neve, como se fosse água, sobre os espectadores abaixo. – O menino! – Vasya ouviu. – O menino! Ele é uma pluma, nada de nada, aquele grande animal baio vai ajudá-lo.

– Não! – respondeu uma voz. – Não! Olhe aquela égua, olhe só aquela égua!

A égua sacudiu a cabeça e sapateou onde estava. Seus lábios estavam borrifados de espuma, e Vasya condoeu-se de cada movimento seu.

O desfile de cavaleiros atravessou a praça de feira vazia e desceu até o rio.

– Vá com Deus, Vasya – disse Dmitrii. – Seja rápido, primo.

Dizendo isto, o príncipe esporeou seu cavalo até um lugar junto à chegada. Sasha, com um demorado olhar em Vasya, acompanhou-o.

Solovey e a égua dourada seguiram mais calmamente para a largada, seus cavaleiros joelho a joelho, os cavalos quase da mesma altura. O garanhão baio inclinou uma orelha e soprou pacificamente para a égua dourada, mas ela apenas espetou as orelhas e tentou morder, lutando contra o bridão dourado.

A larga extensão do rio congelado ofuscava ao sol. Na outra extremidade, a largada e a chegada da corrida, estavam reunidos os lordes e bispos, cobertos de pele e veludo, dispostos como joias na branca estrada fluvial, observando a chegada dos dois competidores.

– Você gostaria de apostar, Vasya? – perguntou Kasyan, de repente. A ansiedade no seu rosto espelhava a ansiedade no rosto dela.

— Uma aposta? — Vasya perguntou, surpresa. Cutucou Solovey, afastando-o do alcance da égua dourada. De perto, a belicosidade do outro animal era palpável, como o brilho trêmulo do calor.

Kasyan sorria. Em seus olhos, havia um triunfo claro e desarmado. — Uma aposta — ele disse. — Já presenciei sua alma de jogador.

— Se eu ganhar — ela disse, impulsivamente —, me dê o seu cavalo.

Ambas as orelhas de Solovey inclinaram-se em sua direção, e a orelha da égua dourada contraiu-se.

Os lábios de Kasyan estreitaram-se, mas ainda havia aquela risada em seus olhos. — Um grande prêmio — ele disse. — Um grande prêmio, de fato. Estou vendo que, agora, você entrou no ramo de colecionar cavalos, Vasya. — Ele colocou uma leve intimidade no nome dela, que a deixou desconcertada. — Muito bem — ele prosseguiu. — Apostarei meu cavalo contra a sua mão em casamento.

O olhar chocado de Vasya disparou até o rosto dele, e o encontrou debruçado sobre o pescoço da égua, resfolegando de rir. — Você acha que todos nós somos cegos como o grão-príncipe?

Ela pensou: *Não*. Depois: *Admita, negue, ele soube o tempo todo?* Mas antes que pudesse falar qualquer coisa, ele instou a égua até a linha de largada, sua risada ainda flutuando à sua passagem, dura como diamante, no ar parado da manhã.

Os cavalos passaram com um ruído surdo sobre o gelo, seguindo para as fileiras reluzentes de pessoas. O percurso tinha sido estabelecido: duas vezes ao redor da cidade, e de volta ao longo do rio, para onde o grão-príncipe aguardava.

A respiração de Vasya fumegava por entre seus lábios. *Ele sabe. O que ele quer?*

Solovey tinha se enrijecido sob ela, a cabeça levantada, as costas rígidas. Um impulso alucinado explodiu dentro dela: fugir e se esconder, onde a maldade jamais pudesse encontrá-la. *Não*, pensou. É melhor enfrentá-lo. Se a intenção dele for perversa, não vai ser nada bom eu fugir. Mas para Solovey ela murmurou soturnamente: — Vamos ganhar. Aconteça o que acontecer, temos que ganhar. Se ganharmos, ele jamais contará o meu segredo. Porque ele é homem, e jamais admitirá que foi vencido por uma mulher.

As orelhas do cavalo relaxaram para trás, como resposta.

Conforme os cavalos avançaram naquela grande extensão de rio congelado, os gritos e as apostas foram silenciando. Na calmaria, o único movimento era o da fumaça, espiralando contra o céu límpido.

Não havia mais tempo para conversas. A largada tinha sido riscada na neve empedrada, e um bispo de lábios azulados, barrete e cruz negros em contraste com o céu inocente, esperava para abençoar os competidores.

Feita a bênção, Kasyan arregaçou os dentes para Vasya, girou sua égua e se afastou. Vasya cutucou Solovey, que se virou na direção oposta. Os dois cavalos andaram em círculo, e vieram caminhando lado a lado até a largada. Vasya sentiu a ferocidade acumulando-se no garanhão sob ela, uma fome por velocidade, e em seu próprio peito, percebeu um relaxamento, uma selvageria como reação.

– Solovey – sussurrou com amor, e soube que o cavalo entendeu. Teve uma impressão final de sol branco, neve branca, e um céu precisamente da cor dos olhos de Morozko. Então, os dois cavalos dispararam no mesmo instante. Quaisquer palavras que Vasya poderia ter dito foram fustigadas para longe, e se perderam com o vento da velocidade em que estavam, e a gritaria de arrebentar a garganta da multidão.

◇

A primeira parte da corrida levou-os diretamente rio abaixo, onde virariam bruscamente para atravessar a neve densa aos pés da cidade. Solovey foi aos saltos, como uma lebre, e Vasya soltou um grito, quando eles, pela primeira vez, passaram em disparada pela multidão: um uivo que desafiava a todos, desafiava seu rival, desafiava o mundo.

Os gritos de resposta das pessoas flutuaram sobre a neve, e então foi como se os dois cavalos estivessem sós, disputando a corrida passada a passada.

A égua corria como uma estrela cadente, e Vasya percebeu, com incredulidade, que em campo aberto ela era mais rápida do que Solovey. Ela ficou uma passada à frente, depois mais uma. Voava espuma dos seus lábios, enquanto seu cavaleiro açoitava-a com a rédea pesada. Será que conseguiria se manter assim, em duas voltas ao redor da cidade? Vasya permaneceu quieta e inclinada para frente nas costas de Solovey, e o cavalo correu velozmente, mas com facilidade. Estavam chegando à virada; Vasya podia ver o gelo azul e escorregadio. Endireitou o corpo. Solovey concentrou-se e contornou a margem sem escorregar.

A égua dourada avançava em tal velocidade que quase passou por lá sem perceber; Kasyan fez com que ela a contornasse, ela tropeçou, mas se recuperou, as longas orelhas grudadas na cabeça, enquanto seu cavaleiro incitava-a aos gritos. Vasya cochichou com Solovey, e ele deu uma passada curta, recolheu os quartos debaixo dele, e deu um pulo suave à direita, ganhando terreno. Sua cabeça estava no nível da garupa da égua. Ela estava meio frenética, debatendo-se com as fustigadas constantes do seu cavaleiro. Solovey corria em grandes saltos, e logo eles estavam ganhando a dianteira. Agora, o estribo de Kasyan estava emparelhado com o calcanhar de Solovey.

Kasyan gritou e cumprimentou Vasya, os dentes expostos quando eles passaram por ele, e apesar do medo, Vasya sentiu que uma risada subia como resposta em sua própria garganta. O medo e os pensamentos tinham desaparecido; havia apenas velocidade, o vento e o frio, o movimento perfeito, e o impulso do cavalo que cavalgava. Inclinou-se à frente, cochichando incentivos para Solovey. As orelhas do cavalo penderam para ela, e então ele conseguiu uma velocidade ainda maior. Estavam quase um corpo à frente, e Vasya tinha lágrimas congeladas escorrendo pelo rosto. Seus lábios ficaram secos e rachados por causa do vento, os dentes doíam com o frio. À direita, novamente, e então eles chegaram à neve densa, correndo sob o muro do kremlin. Sobre eles, choveram gritos vindos do alto do muro. Descendo, descendo, cada vez mais rápido, e com suas pernas, seu peso, e a voz carinhosa, Vasya instou o cavalo a manter a cabeça à frente e vigorosa. – Vá – dizia-lhe. – Vá.

Chegaram, novamente, ao gelo, rápidos como uma tempestade, à frente dos seus rivais, e agora se ouvia a aclamação dos boiardos. Tinham completado a primeira volta.

Alguns dos homens mais novos galoparam ao longo do gelo, competindo com o veloz Solovey, mas nem mesmo seus cavalos descansados conseguiram alcançá-lo, e eles ficaram para trás. Vasya insultou-os aos gritos, rindo, e eles responderam com a mesma moeda. Então, ela arriscou uma olhada para trás.

A égua dourada tinha disparado ao voltar ao rio, correndo pelo gelo com uma velocidade que Vasya jamais vira em um cavalo, acompanhada pelos gritos dos espectadores. Estava, mais uma vez, alcançando Solovey, seu peito salpicado de espuma. Vasya inclinou-se à frente e cochichou com seu cavalo. O garanhão descobriu algo dentro dele: uma respiração, uma passada ainda mais rápida, e quando a égua alcançou-o, ele se igualou a ela. Desta vez, os dois fizeram a volta lado a lado, e Kasyan tinha aprendido sua lição; segurou a égua uma passada antes, para que ela não escorregasse no gelo.

Não havia possibilidade de falar ou pensar. Como animais atrelados a uma carroça, a égua e o garanhão contornaram a cidade lado a lado, galopando no seu máximo, mas nenhum deles à frente, até voltarem a correr pelo caminho sinuoso da *posad*, descendo novamente para a margem do rio e o final da corrida.

Mas lá um trenó... um trenó imprudente, parou cedo demais, obstruindo sua passagem. Pessoas à volta dele gritavam, pulavam. Os cavaleiros haviam contornado a cidade mais rápido do que aqueles tolos pensaram ser possível, portanto, o caminho estava bloqueado.

Kasyan olhou para ela num convite animado, e Vasya não conseguiu evitar, sorriu de volta para ele. Desceram disparados em direção ao trenó, empilhado até o alto, e Vasya passou a contar as passadas de Solovey, com a mão em seu pescoço. Três, dois, e não houve espaço para mais uma. O cavalo ergueu-se e passou por cima, encolhendo os cascos. Desceu com leveza na neve escorregadia, e se arremessou pelo último trecho do rio, em direção ao final da corrida.

A égua saltou o trenó um passo atrás; atingiu o gelo como um pássaro, e em seguida eles estavam correndo no plano, com toda a Moscou aos gritos. Pela primeira vez, Vasya gritou para Solovey; gritou e sentiu que ele respondia, mas a égua igualou-se a ele, desembestada, olhos alucinados. Os dois cavalos correram juntos pelo gelo, os joelhos dos seus cavaleiros se atritando.

Vasya não viu até ser tarde demais.

Num minuto, Kasyan corria, com os dedos urgentes nas rédeas; no minuto seguinte, estendeu o braço e agarrou as tiras que fechavam seu capuz, agarrou-as e deu um puxão, fazendo com que se separassem. O gorro de pele de carneiro rolou. O cabelo de Vasya soltou-se, a trança emaranhou-se, e então, o estandarte negro que era o seu cabelo voou solto para todos verem.

Solovey não poderia ter parado, nem que quisesse. Seguiu desatento de tudo. Vasya, com sua loucura guerreira arrefecida e morta, só pôde agarrar-se a ele, ofegante.

O garanhão impulsionou a cabeça à frente, depois o ombro, e então eles irromperam pela linha de chegada em um silêncio atônito.

Vasya sabia que, ganhando ou perdendo a corrida, Kasyan havia vencido um jogo que ela não sabia que estava jogando.

Vasya endireitou o corpo. Solovey desacelerou. O garanhão respirou ofegante, exausto. Mesmo que ela quisesse fugir, o cavalo não tinha condições no momento.

Vasya desceu para o chão, tirando seu peso de cima dele, e se virou para encarar a multidão de boiardos, bispos, e o próprio grão-príncipe, que olhava para ela num silêncio horrorizado.

Seu cabelo envolvia seu corpo, preso na pele da sua pelerine. Kasyan já tinha descido da sua égua dourada. O animal ficou parado, cabeça baixa, sangue e espuma pingando dos cantos macios da sua boca, onde o freio tinha cortado profundamente.

Em meio ao horror, Vasya sentiu-se, subitamente, furiosa com aquele bridão dourado. Impulsivamente, colocou a mão na testeira, pretendendo arrancá-la fora. Mas a mão enluvada de Kasyan saltou, afastou seus dedos, e a puxou para trás.

Solovey relinchou e empinou, atacando, mas homens com cordas – os homens de Kasyan – afastaram o exausto cavalo. Vasya foi jogada de joelhos na neve, perante o grão-príncipe, todo seu cabelo pendendo ao redor do rosto, e Moscou inteira assistindo.

Dmitrii estava branco como sal, acima da sua barba clara. – Quem é você? – perguntou. – O que é isto? – A toda a volta, seus boiardos assistiam.

– Por favor – disse Vasya, dando um puxão na mão que a segurava. – Deixe-me ir até Solovey. – Atrás dela, o cavalo voltou a relinchar. Homens gritavam. Ela girou para olhar. Tinham atirado cordas ao redor do pescoço do animal, mas o garanhão lutava contra elas.

Kasyan resolveu o problema. Levantou Vasya, colocou uma faca em seu pescoço, e disse bem baixinho. – Vou matá-la. – Falou tão baixo que ninguém escutou, exceto a menina e o garanhão de ouvidos apurados.

Solovey ficou mortalmente imóvel.

Ele sabia de tudo, Vasya pensou. Que ela era uma menina, que Solovey entendia a linguagem dos homens. A mão dele ao redor do seu braço deixaria marcas dos dedos.

Kasyan dirigiu-se a Solovey, baixinho. – Deixe que o levem até o estábulo do grão-príncipe – disse. – Vá calmo e ela viverá e voltará para você. Dou a minha palavra.

Solovey gritou um desafio. Escoiceou e um homem caiu no chão, arfando. *Vasya*. Ela leu a palavra no olho alucinado do cavalo. *Vasya*.

A mão de Kasyan apertou seu braço até ela arfar, e a faca sob seu maxilar afundou até ela sentir a pele abrir-se...

– Corra! – Vasya gritou para o cavalo, desesperada. – Não seja um prisioneiro!

Mas o cavalo já tinha abaixado a cabeça, rendido. Vasya sentiu Kasyan soltar um bufo satisfeito.

– Levem-no – disse.

Vasya gritou num protesto sem palavras, mas então os cavalariços já corriam para colocar um bridão com uma corrente torcida na cabeça de Solovey. Vasya experimentou lágrimas de ódio. O garanhão deixou-se levar, com a cabeça baixa, ainda exausto. A faca de Kasyan sumiu, mas ele não soltou o braço dela. Girou-a para que encarasse o grão-príncipe, o grupo de boiardos. – Você devia ter escutado esta manhã – murmurou em seu ouvido.

Sasha ainda estava montado; Tuman abrira caminho pelo gelo, e o irmão tinha uma espada na mão, o capuz jogado para trás do seu rosto pálido. Seus olhos estavam no gotejar de sangue que escorria pelo lado da garganta de Vasya.

– Solte-a – Sasha disse.

Os guardas de Dmitrii haviam sacado suas espadas; os homens de Kasyan, em seus belos cavalos, rodearam Sasha. Lâminas reluziram no sol indiferente.

– Estou bem, Sasha – Vasya gritou para o irmão. – Não...

Kasyan interrompeu-a. – Desconfiei – disse numa voz equilibrada, dirigindo as palavras ao grão-príncipe. O início de atrito no gelo foi interrompido. – Só tive certeza hoje, Dmitrii Ivanovich. – Kasyan tinha uma expressão grave, salvo o brilho em seus olhos. – Existe uma grande mentira aqui, e uma arrogância repugnante, se não pior. – Virou-se para Vasya, chegou a tocar na sua face com um dedo muito quente. – Mas com certeza a culpa é do irmão mentiroso, que quis enganar um príncipe – acrescentou. – Eu não culparia a menina, tão jovem como ela é, e talvez meio louca.

Vasya não disse nada; procurava uma saída. Sem Solovey, o irmão rodeado por homens armados... Se algum dos *chyerti* estivesse lá, ela não conseguia vê-los.

– Morozko – sussurrou, relutante, furiosa, em desespero. – Por favor...

Kasyan deu-lhe um tapa na boca. Ela sentiu gosto de sangue em um lábio partido; a expressão dele passara a ser venenosa.

– Nada disso.

— Traga-a aqui – disse Dmitrii com uma voz sufocada.

Antes que Kasyan fizesse um gesto, Sasha desembainhou sua espada, desceu da sua égua, e caminhou até o grão-príncipe. Uma profusão de lanças fez com que parasse. Sasha desafivelou o cinto da sua espada, atirou a lâmina na neve, e exibiu suas mãos vazias. As lanças recuaram um pouco.

— Primo – Sasha disse. Perante o olhar furioso de Dmitrii, ele mudou a fala: – Dmitrii Ivanovich...

— Você tinha conhecimento disto? – sibilou Dmitrii. O rosto do príncipe estava exposto com o choque da traição.

Em seu rosto, Vasya viu o fantasma queixoso de uma criança que tinha amado e confiado em seu irmão, incondicionalmente; suas ilusões agora destruídas e quebradas. Vasya inspirou de uma maneira que era quase um soluço. Então, a criança foi-se; restava apenas o grão-príncipe de Moscou, solitário, senhor do seu mundo.

— Eu sabia – respondeu Sasha, ainda com aquela voz calma. – Eu sabia. Suplico que não puna minha irmã por isto. Ela é jovem, não entendia o que fez.

— Traga-a aqui – repetiu Dmitrii, os olhos cinza fechados.

Dessa vez, Kasyan arrastou-a em frente.

— Isto é realmente uma mulher? – Dmitrii perguntou a Kasyan. – Não aceito enganos. Não posso acreditar...

Que combatemos bandidos juntos, Vasya terminou por ele, em silêncio. *Que enfrentamos a neve, o escuro, que bebi no seu saguão, e lhe ofereci meus serviços. Tudo o que Vasilii Petrovich fez, porque Vasilii Petrovich não era real. É como se um fantasma tivesse feito isso.*

E de fato, olhando as curvas de cansaço amparando a boca de Dmitrii, era como se Vasilii Petrovich tivesse morrido.

— Muito bem – disse Kasyan.

Vasya não soube o que estava acontecendo, até sentir a mão de Kasyan no laço da sua pelerine. E então, compreendeu e se atirou contra ele, rugindo. Mas Kasyan pôs a mão na adaga dela, antes que ela conseguisse; chutou suas pernas de debaixo dela, e a empurrou contra a neve, com o rosto para baixo. Uma lâmina, sua própria lâmina, deslizou fria e precisa em suas costas. – Fique quieta, gata selvagem – Kasyan murmurou, com uma risada suspensa na voz, enquanto ela se debatia. – Ou eu te corto.

Vagamente, ela ouviu Sasha: – Não, Dmitrii Ivanovich, não, ela é uma donzela de verdade, é minha irmã, Vasilisa, imploro para que você não...

Kasyan abriu sua roupa. Vasya deu um pulo ao sentir as garras do frio em sua pele, e então Kasyan colocou-a em pé. Sua mão livre arrancou a jaqueta e a camisa ao mesmo tempo, e Vasya foi deixada seminua perante os olhos da cidade.

Lágrimas afloraram em seus olhos, de choque e vergonha. Ela os fechou por um instante. *Aguente. Não desmaie. Não chore.*

O ar gelado percorreu sua pele.

Uma das mãos de Kasyan apertou os ossos do seu braço; a outra agarrou seu cabelo, torceu-o, e o puxou para longe do rosto, de modo que nem isto ela tinha para se esconder.

Um alarido levantou-se da multidão que assistia: risadas misturadas com justa indignação.

Kasyan parou por um momento, respirando no ouvido dela. Ela sentiu seu olhar resvalar pelos seus seios, a garganta e os ombros. Então, o lorde levantou os olhos para o grão-príncipe.

Vasya ficou tremendo, temerosa pelo irmão que tinha se atirado contra os homens que o rodeavam, e fora trazido de volta por três, seguro com força na neve.

O príncipe e seus boiardos assistiram com expressões que variavam da perplexidade, do horror e da raiva, até um prazer dissimulado e um início de lascívia.

– Uma menina, como eu disse – Kasyan continuou, sua voz razoável discordando das suas mãos violentas. – Mas uma tola inocente, acho, e sob o controle do irmão. – Seu olhar penalizado abarcou Sasha, ajoelhado, consternado, seguro por guardas.

Um murmúrio percorreu a multidão mais atrás. – Peresvet – ela ouviu. – Bruxaria. Feitiçaria. Não é um monge de verdade.

O olhar de Dmitrii deslizou dos pés calçados com botas de Vasya a seus seios nus. Parou em seu rosto e se demorou ali, sem expressão.

– A menina tem que ser punida! – gritou um dos boiardos. – Ela e o irmão trouxeram vergonha para nós com sua blasfêmia. Que seja açoitada; que seja queimada. Não toleraremos bruxas em nossa cidade.

Um uivo de aprovação respondeu ao seu grito, e o sangue esvaiu-se lentamente do rosto de Vasya.

Outra voz replicou, não alto, mas alquebrada pela idade, e decidida:
– Isto é inapropriado – disse. Quem falava era gordo, a barba contornando

o rosto, sua voz calma contra a raiva que crescia. *Padre Andrei*, pensou Vasya, dando-lhe um nome. Hegúmeno do monastério do Arcanjo.

– Uma punição precisa ser debatida perante toda a Moscou – disse o hegúmeno. Seus olhos perpassaram rapidamente pelas pessoas alvoroçadas à margem do rio. Os gritos estavam ficando mais altos, mais insistentes. – Eles vão tumultuar – acrescentou sem rodeios –, e talvez pôr em perigo a inocente.

Vasya já estava gelada, enjoada e amedrontada, mas essas palavras provocaram-lhe novo sobressalto de terror.

A mão de Kasyan apertou-se em seu braço, e Vasya, olhando para cima, viu seu lampejo de irritação. Kasyan queria que o povo se revoltasse?

– Tem razão – disse Dmitrii. Parecia subitamente exausto. – Você... menina. – Seus lábios curvaram-se com a palavra. – Você vai para um convento até decidirmos o que fazer com você.

Vasya abriu os lábios para um novo protesto, mas foi Kasyan quem falou primeiro: – Talvez esta pobre menina ficasse mais tranquila com a irmã – disse. – Sinceramente, acho que ela é inocente nos planos perversos do irmão.

Vasya viu a rápida malícia em seus olhos, dirigida a Sasha. Mas isso não transpareceu em sua voz.

– Muito bem – disse o grão-príncipe sem emoção. – Convento ou torre, é tudo uma coisa só. Mas porei meus próprios guardas no portão. E você, irmão Aleksandr, ficará confinado sob guarda no monastério.

– Não! – exclamou Vasya. – Dmitrii Ivanovich, ele não...

Kasyan torceu seu braço mais uma vez, e Sasha encontrou seus olhos e balançou a cabeça muito de leve. Estendeu as mãos para serem amarradas.

Vasya assistiu, tremendo, enquanto seu irmão era levado embora.

– Ponha a menina num trenó – Dmitrii disse.

– Dmitrii Ivanovich – Vasya voltou a falar, ignorando o aperto de Kasyan. Seus olhos marejaram de dor, mas estava determinada a falar. – Uma vez você me prometeu amizade. Imploro-lhe...

O príncipe rodeou-a com olhos ferozes. – Prometi amizade a um mentiroso, a um menino que está morto – disse. – Tire-a da minha frente.

– Venha, gata selvagem – disse Kasyan numa voz macia.

Ela deixou de resistir a seu aperto. Ele apanhou sua pelerine da neve, envolveu-a com ela, e a levou embora.

21

A ESPOSA DO FEITICEIRO

Varvara não demorou a contar as novidades a Olga. Na verdade, ela foi a primeira a chegar alvoroçada à oficina da princesa, macambúzia com o peso do desastre, com neve em sua trança mirrada.

O *terem* de Olga estava a ponto de transbordar, tal a quantidade de mulheres e suas indumentárias elegantes. O festival delas era esse, ali, naquela torre entulhada, onde comiam, bebiam, e impressionavam umas às outras com brocados de seda, toucados e perfumes, ouvindo o clamor da orgia lá fora.

Eudokhia sentou-se mais próximo do fogo, enfeitando-se com mau humor. Algumas admiradoras sentaram-se perto dela, elogiando sua gravidez e pedindo favores. Mas nem a criança não nascida de Eudokhia poderia competir com essa famosa corrida de cavalo. Uma boa quantidade de apostas furtivas, em meio a risadinhas, tinha marcado a manhã, enquanto as beatas travavam a boca.

– Quem vai levar o prêmio é aquele rapaz lindo (o irmão mais novo de Olga)? – elas perguntavam umas às outras, rindo. – Ou o príncipe de cabelo claro, Kasyan, que, segundo as escravas, tem um sorriso de santo, e se despe como um deus pagão na casa de banhos? – Kasyan era o favorito geral, porque metade das donzelas estava apaixonada por ele.

– Não! – Marya gritou com valentia, enquanto as mulheres lhe davam bolos. – Vai ser o meu tio Vasilii! Ele é o mais corajoso e tem o melhor cavalo do mundo.

O clamor da partida pareceu sacudir as paredes do *terem*, e a gritaria da corrida envolveu a cidade em barulheira. As mulheres escutaram com as cabeças grudadas, seguindo os cavaleiros pelo som de suas passadas.

Olga pegou Marya no colo, e a segurou com força.

Então, o barulho esmoreceu. – Acabou – as mulheres disseram.

Não tinha acabado. O ruído recomeçou, mais forte do que antes, com um tom novo e desagradável. Este barulho não diminuiu, ele foi se deslocando para cada vez mais perto da torre, envolvendo as paredes de Olga como uma maré que sobe.

Nesta maré, como um destroço boiando, veio Varvara, correndo. Entrou na oficina com uma calma aparente, foi direto até Olga, e se inclinou para cochichar em seu ouvido.

Mas embora Varvara fosse a primeira, embora fosse rápida, não foi rápida o suficiente.

A notícia subiu pela escada como uma onda, quebrando lentamente, e depois de uma só vez. Mal a escrava havia cochichado o desastre no ouvido de Olga, um murmúrio, como um lamento, ascendeu das mulheres, levado pelos lábios de outras escravas.

– Vasya é uma menina! – Eudokhia esganiçou.

Não havia tempo, não havia tempo para nada; certamente não para Olga esvaziar a torre, nem mesmo tempo para acalmá-las.

– Vindo para cá, você disse? – Olga perguntou a Varvara. Fez força para pensar. Dmitrii Ivanovich deveria estar furioso. Mandar Vasya para lá só associaria Olga e seu marido à fraude, só irritaria ainda mais o grão-príncipe. De quem tinha sido essa ideia?

Kasyan, Olga pensou. *Kasyan Lutovich, o novo jogador neste jogo, nosso senhor misterioso. Que melhor maneira de se infiltrar junto ao grão-príncipe? Isto dispensará Sasha e meu marido. Tolos eles de não enxergar isto.*

Bom, este erro era deles, e ela teria que se virar o melhor possível com isso. O que mais poderia fazer uma princesa em uma torre? Olga endireitou a coluna, e falou num tom calmo: – Diga às minhas criadas para virem aqui – disse a Varvara. – Prepare um quarto para Vasya. – Ela hesitou. – Faça com que tenha uma tranca por fora.

Olga estava com ambas as mãos enlaçadas sobre a barriga, os nós dos dedos brancos. Mas manteve o equilíbrio e não cederia. – Leve Masha com você – acrescentou. – Cuide para que ela não participe.

Marya, com seu rostinho inteligente de criança travessa, estava muito alerta. – Isto é ruim, não é? – perguntou à mãe. – Que eles saibam que Vasya é menina?

– É – disse Olga. Ela nunca mentia para os filhos. – Vá, filha.

Marya, com o rosto lívido e subitamente dócil, saiu atrás de Varvara.

A notícia tinha se espalhado entre as convidadas de Olga com a rapidez de um fogo recém-aceso. As mais virtuosas juntavam suas coisas com as bocas contraídas, preparando-se para uma saída às pressas. Mas se preocuparam tempo demais com seus toucados, pelerines, a posição dos seus véus, e isso não era de se surpreender porque logo mais passos, uma grande sequência de passos, foram ouvidos na escada da torre de Olga.

Todas as cabeças na oficina viraram-se. As que estavam prestes a sair voltaram a se sentar com uma vivacidade suspeita.

A porta interna abriu-se, e dois homens a serviço de Dmitrii pararam na entrada, segurando Vasya pelos braços. A menina estava pendurada entre eles, envolta de qualquer maneira em uma pelerine.

Um som de satisfação estupefata correu por entre as mulheres. Olga imaginou-as falando mais tarde: *Você viu a menina, suas roupas rasgadas, o cabelo solto? Ah, vi, eu estava lá naquele dia, o dia da desgraça da princesa de Serpukhov e de Aleksandr Peresvet.*

Olga manteve os olhos em Vasya. Ela teria esperado que sua irmã chegasse subjugada, até arrependida, mas (*tola, esta é Vasya*) a menina estava com os olhos brilhando de raiva. Quando os homens atiraram-na com desprezo no chão, ela rolou, transformando a queda em algo gracioso. Todas as mulheres ficaram boquiabertas.

Vasya levantou-se, seu cabelo tempestuoso caindo por todo o rosto e pela pelerine. Jogou-o para trás e encarou a sala escandalizada. Não era um menino, mas também era tão diferente das mulheres criadas na torre, cheias de botões e laços, quanto um gato de galinhas.

Os guardas vacilaram um passo atrás, olhando de soslaio a esbelteza da menina, e a escuridão brilhante do seu cabelo.

– Vocês terminaram sua missão – Olga disse secamente para eles. – Saiam.

Eles não se mexeram. – Ela precisa ser confinada, pelas ordens do grão--príncipe – disse um.

Vasya fechou os olhos por um mero instante.

Olga inclinou a cabeça, cruzou os braços sobre a barriga pesada de criança, e, com uma expressão que lhe conferiu uma semelhança súbita e chocante com a irmã, olhou friamente para os homens, até eles ficarem constrangidos. – Saiam – repetiu.

Eles hesitaram, depois viraram e saíram, mas não sem um toque de insolência; sabiam para onde o vento soprava. A disposição dos seus ombros revelou a Olga muito do que se passava fora da torre. Seus dentes afundaram em seu lábio inferior.

A tranca desceu; a porta externa foi fechada. As duas irmãs ficaram se entreolhando, todo grupo de mulheres ávidas assistindo. Vasya puxou a pelerine em volta dos ombros; tremia muito. – Olya – ela começou. A sala estava em perfeito silêncio, para não perder uma palavra. Bom, já havia falatórios suficientes.

– Levem-na para a casa de banhos – Olga ordenou a suas criadas, com frieza. – E depois para o seu quarto. Tranquem a porta. Façam com que seja vigiada.

◇

Os guardas – homens de Dmitrii – acompanharam Vasya até a casa de banhos, e aguardaram do lado de fora. Lá dentro, Varvara aguardava. Despiu as roupas rasgadas de Vasya, com as mãos diligentes e impessoais. Nem mesmo se dignou a olhar o colar de safira, embora se demorasse no grande surgimento de hematomas no braço da moça. Por sua vez, Vasya mal podia suportar a visão da sua própria carne pálida de inverno. Ela a havia traído.

Então, a escrava jogou água sobre as pedras quentes do forno, empurrou Vasya para a sala interior da casa de banhos, fechou a porta interna e a deixou sozinha.

Vasya desmoronou em um banco, nua no calor, e pela primeira vez se permitiu chorar. Mordendo o punho, não emitiu som, mas chorou até o espasmo da vergonha, da tristeza e do horror diminuir. Depois, recompondo-se, ergueu a cabeça e sussurrou para o ar atento: – Me ajude. O que devo fazer?

Não estava completamente sozinha, porque o ar tinha uma resposta.

– Lembre-se de uma promessa, pobre tola – disse o *bannik* gordo e frágil de Olga, no chiar da água na pedra. – Lembre-se da minha profecia. Meus dias estão contados; talvez esta seja a última profecia feita por mim. Antes do final da Maslenitsa, tudo estará decidido. – Ele estava mais indistinto do que o vapor; apenas uma leve vibração no ar assinalava sua presença.

– Que promessa? – Vasya perguntou. – O que será decidido?

– Lembre-se – disse baixinho o *bannik*, e então ela se viu sozinha.

— Malditos sejam todos os *chyerti*, mesmo assim – disse Vasya, e fechou os olhos.

Seu banho perdurou por um bom tempo. Vasya desejou que ele pudesse durar para sempre, apesar das brincadeiras grosseiras e estúpidas dos guardas, claramente audíveis do lado de fora. Cada lufada de vapor do forno parecia eliminar mais o cheiro de cavalo e suor, o cheiro de sua liberdade duramente conquistada. Quando Vasya saísse do banho, seria, mais uma vez, transformada em donzela.

Por fim, Vasya, nua como um bebê e suando, foi para a antecâmara para ser encharcada com água fria, enxugada, tratada com pomadas, e vestida.

A camisola, a blusa e o *sarafan* que arrumaram para ela cheiravam fortemente à dona anterior, e pendiam pesados dos ombros de Vasya. Neles, ela sentiu toda a repressão da qual tinha se livrado.

Varvara trançou seus cabelos com mãos rápidas e puxões vigorosos.

— Olga Vladimirova tem inimigos que tudo que gostariam era vê-la num convento, depois que o bebê nascer – resmungou para Vasya. – E quanto ao próprio bebê? Desde que você apareceu, a senhora mãe dele tem passado por grandes choques. Por que você não foi embora, mais uma vez, calmamente, evitando este espetáculo?

— Eu sei – Vasya disse. – Sinto muito.

— Sente muito! – Varvara soltou com uma emoção atípica. – *Sente*, diz a donzela. Dou isto – estalou os dedos – pelo que você sente, e o grão-príncipe dará menos, quando decidir seu destino. – Ela amarrou a trança de Vasya com um pedaço de lã verde, e disse: – Siga-me.

Havia sido preparado um quarto para ela no *terem*: escuro, confinado, de teto baixo, mas quente, aquecido por debaixo pelo grande fogão da oficina. Nele, aguardava-a uma refeição: pão, vinho e sopa. A bondade de Olga feriu mais do que sua raiva.

Varvara deixou Vasya na soleira. A última coisa que Vasya escutou foi o som da tranca sendo fechada, e seu passo ligeiro e leve ao se afastar.

Vasya largou-se no catre, com os dois punhos fechados, e se recusou a chorar novamente. Não merecia o conforto das lágrimas; não quando tinha causado um problema tão grave para seus irmãos. *E seu pai*, zombou uma voz baixinho, em seu cérebro. *Não se esqueça dele; que seu desafio custou-lhe a morte. Você é uma maldição para sua família, Vasilisa Petrovna.*

Não, Vasya sussurrou de volta para a voz. *Não é verdade, isto não é absolutamente verdade.*

Mas era difícil lembrar-se do que era exatamente verdade, ali, naquele quarto escuro, abafado, usando uma tenda dura como *sarafan*, com a expressão gelada da irmã perante seus olhos.

Pelo bem deles, Vasya pensou, preciso consertar isto.

Mas não conseguia ver como.

◇

As visitas de Olga partiram assim que a excitação terminou. Depois que todas se foram, a princesa de Serpukhov desceu pesadamente até o quarto de Vasya.

– Fale – Olga disse, assim que a porta fechou-se às suas costas. – Peça desculpas. Diga que você não fazia ideia de que isso fosse acontecer.

Vasya tinha se levantado quando a irmã entrou, mas não disse nada.

– Eu sabia – Olga continuou. – Preveni você, você e o tolo do meu irmão. Você percebe o que fez, Vasya? Mentiu para o grão-príncipe, arrastou nosso irmão nisso. Agora, na melhor das hipóteses, será mandada para um convento; na pior, será julgada como bruxa, e não posso impedir isso. Se Dmitrii Ivanovich decidir que participei disso, fará Vladimir me deixar. Eles também me colocarão em um convento, Vasya. Levarão meus filhos embora.

Sua voz falhou na última palavra.

Os olhos de Vasya, arregalados de terror, não desgrudaram do rosto de Olga. – Mas... Por que eles mandariam *você* para um convento, Olya? – sussurrou.

Olga modulou sua resposta para punir sua irmã idiota. – Se Dmitrii Ivanovich estiver suficientemente zangado, e achar que sou cúmplice, fará isso. Mas não serei separada dos meus filhos. Antes, denunciarei você, Vasya, juro.

– Olga – disse Vasya, abaixando sua cabeça reluzente. – Você estaria certa. Sinto muito. Sinto muitíssimo.

Corajosa e miserável. Subitamente, sua irmã tinha novamente oito anos, e Olga contemplava-a com exasperada piedade, enquanto seu pai surrava-a, resignado, por mais uma bobagem.

– Eu também sinto muito – Olga disse, então, e sentia.

– Faça o que for preciso – Vasya disse. Sua voz tinha a rouquidão de um corvo. – Sou culpada perante você.

◊

Fora da casa do príncipe de Serpukhov, aquele dia transcorreu em gloriosa troca de rumores. A comoção e o tumulto do festival, que terreno melhor para fomentar fofocas? Nada tão delicioso quanto isso acontecera em muitos anos.

– Aquele jovem senhor, Vasilii Petrovich, não é senhor de maneira alguma, mas sim uma menina!

– Não.

– É verdade. Uma donzela.

– Nua para que todos vissem.

– Uma bruxa, seja como for.

– Ela iludiu até o santo Aleksandr Peresvet com suas artimanhas. Fez orgias em segredo no palácio de Dmitrii Ivanovich. Teve todos a seu serviço: príncipe e monge, alternativamente. Vivemos em tempos de pecadores.

– Ele deu um fim a tudo isso, o príncipe Kasyan. Revelou a maldade dela. Kasyan é um grande senhor. Ele não pecou.

Os rumores rodaram animadamente durante aquele longo dia. Chegaram até a um padre de cabelo dourado, escondido na cela de um monge, dos monstros da sua própria memória. Ergueu subitamente a cabeça de suas orações, empalidecendo.

– Não pode ser – disse a seu visitante. – Ela está morta.

Kasyan Lutovich analisava o bordado amarelo na faixa em sua cintura, os lábios comprimidos em desagrado, e não levantou os olhos ao responder. – É mesmo? – disse. – Então, era um fantasma; um fantasma jovem e belo, na verdade, que expus ao povo.

– Você não devia – disse o padre.

Kasyan sorriu perante isso e levantou os olhos. – Por quê? Porque você não pôde estar ali para assistir?

Konstantin recuou. Kasyan riu abertamente. – Não pense que não sei de onde vem sua mania por bruxas – disse. Recostou-se à porta, casual, imponente. – Você passou tempo demais com a neta da feiticeira, não foi? Viu-a crescer, ano após ano, viu vezes demais aqueles olhos verdes e a selvageria que nunca lhe pertencerá, nem ao seu deus.

– Sou um servo de Deus; eu não...

– Ah, cale a boca – disse Kasyan, endireitando o corpo. Foi até o padre, passo a passo, caminhando com calma, até Konstantin recuar, quase tropeçando nos ícones iluminados por vela. – Conheço você – murmurou. – Sei a que deus você serve. Ele tem um olho, não é?

Konstantin passou a língua nos lábios, seus olhos presos no rosto de Kasyan, e não disse uma palavra.

– Assim é melhor – disse Kasyan. – Agora, preste atenção. Você quer a sua vingança, afinal? Quanto você ama a feiticeira?

– Eu...

– Odeia-a? – Kasyan riu. – No seu caso, é a mesma coisa. Você terá toda a vingança que quiser, se seguir as minhas ordens.

Os olhos de Konstantin estavam marejados. Olhou uma vez, por um longo tempo, para seus ícones. Depois, sussurrou, sem olhar para Kasyan. – O que tenho que fazer?

– Obedeça-me – disse Kasyan. – E se lembre de quem é seu senhor.

Kasyan inclinou-se e cochichou ao ouvido de Konstantin. O padre deu um pulo para trás. – Uma criança? Mas...

Kasyan prosseguiu falando numa voz calma, calculada, até Konstantin acabar concordando, lentamente.

◊

A própria Vasya não ouviu rumores, nem planos. Permaneceu trancada em seu quarto, sentada ao lado da fenda que servia de janela. O sol mergulhou abaixo dos muros, enquanto ela pensava em maneiras de escapar, para acertar tudo.

Tentou não pensar no dia que poderia ter tido, rua abaixo, caso seu segredo tivesse sido mantido. Mas esses pensamentos também continuavam se imiscuindo: sua vitória perdida, o ardor do vinho dentro dela, as risadas e festejos, o orgulho do príncipe, a admiração de todos.

E Solovey? Teria sido conduzido com calma, e cuidado depois da corrida? Teria permitido que os cavalariços lhe tocassem, depois da primeira submissão por cansaço? Talvez tivesse reagido, talvez até o tivessem matado. E se não? Onde estaria ele agora? No cabresto, amarrado, trancado no estábulo do grão-príncipe?

E Kasyan... Kasyan. O aristocrata que havia sido gentil com ela, e que, sorrindo, a humilhara perante toda a Moscou. A pergunta veio com força renovada: *O que ele ganha com isto?* E então: *Quem foi que ajudou Chelubey a se fazer passar por embaixador do Khan? Quem abasteceu os bandidos? Foi Kasyan? Mas por quê? Por quê?*

Não tinha resposta. Só conseguia pensar em círculos, e sua cabeça doía com as lágrimas reprimidas. Por fim, enrodilhou-se no catre e mergulhou num sono raso.

◇

Vasya acordou de um pulo, tremendo, logo ao cair da noite. As sombras em seu quarto esticaram-se e ficaram monstruosamente longas.

Pensou em sua irmã, Irina, lá longe, em Lesnaya Zemlya. Antes que conseguisse impedi-los, outros pensamentos acumularam-se, logo em seguida: seus irmãos ao lado do fogo na cozinha de verão, a tarde dourada de meados do verão adentrando, os cavalos afáveis do seu pai, e os bolos feitos por Dunya...

Ela, então, se pôs a chorar desconsoladamente, como a criança que, com certeza, não era. Pai morto, mãe morta, irmão prisioneiro, o lar tão distante...

O zunido de um suspiro, como se fosse um pano arrastado pelo chão, sacudiu-a do seu choro.

Vasya endireitou o corpo, com o rosto molhado, ainda sufocando as lágrimas.

Um pedaço de escuridão moveu-se, moveu-se novamente, e parou justo no feixe de luz tênue do crepúsculo. Não era de maneira nenhuma uma escuridão, mas uma coisa cinza e sorridente. Tinha a forma de uma mulher, mas não era uma mulher. O coração de Vasya disparou; ela se levantou e recuou. – Quem é você?

Um buraco no rosto da coisa cinza abriu-se e se fechou, mas Vasya não escutou nada.

– Por que você veio até mim? – conseguiu dizer, juntando coragem.

Silêncio.

– Você consegue falar?

Uma encarada monstruosa e escura.

Vasya desejou ter luz, ao mesmo tempo que ficou feliz pela escuridão que escondia aquele semblante sem lábios. – Você tem algo para me dizer?

Um gesto de concordância com a cabeça. Seria aquilo um gesto de concordância? Vasya pensou por um momento, e então, enfiou a mão dentro do vestido, onde pendia o talismã frio, azul, de bordas afiadas. Hesitou, depois arrastou a borda ao longo da parte interna do seu antebraço. O sangue aflorou entre seus dedos.

Conforme ele tamborilava no chão, o fantasma estendeu uma das mãos ossuda, tentando agarrar a joia. Vasya deu um pulo para trás. – Não – disse. – É minha. Não... Mas tome. – Estendeu seu braço sangrento para a coisa horrorosa, esperando não estar sendo tola. – Tome – repetiu, de forma desastrada. – Às vezes o sangue ajuda as coisas que estão mortas. Você está morta? O meu sangue vai te deixar mais forte?

Nenhuma resposta, mas a sombra aproximou-se furtivamente, curvou seu rosto recortado até o braço de Vasya, e pulou para o sangue que jorrava. Então, a boca apertou com força e sugou com avidez. Exatamente quando Vasya estava a ponto de tirá-lo, o fantasma largou e cambaleou para trás.

Vasya percebeu que era uma mulher. Seu aspecto não tinha melhorado. Agora, tinha uma vaga aparência de carne, mas era uma carne ressecada e mumificada por anos sem ar, cinza, marrom e fibrosa. Mas, agora, o buraco da boca tinha uma língua, e a língua formou palavras.

– Obrigada – disse.

Pelo menos, uma fantasma educada.

– Por que você está aqui? – Vasya repetiu. – Aqui não é lugar para mortos. Você anda assustando Marya.

A fantasma sacudiu a cabeça. – Não é... um lugar para os vivos – conseguiu dizer. – Mas... sinto... muito, em relação à criança.

Vasya voltou a sentir as paredes à sua volta, entre sua pele e o crepúsculo, e mordeu os lábios. – O que você veio me dizer?

A boca da fantasma funcionou. – Vá. Fuja. Esta noite; ele pretende que seja esta noite.

– Não posso – disse Vasya. – A porta está trancada. O que vai acontecer esta noite?

As mãos ossudas retorceram-se. – Fuja agora – disse, e apontou para si mesma. – Isto... Ele pretende isto pra você. Esta noite. Esta noite ele vai assumir uma nova esposa, e vai se apoderar de Moscou. Fuja.

– Quem pretende isso para mim? – Vasya perguntou. – Kasyan? Como é que ele vai se apoderar de Moscou?

Ela, então, pensou em Chelubey, em seu palácio cheio de cavaleiros treinados. Sobreveio um entendimento terrível. – Os tártaros? – sussurrou.

As mãos da fantasma retorceram-se juntas, com força. – Fuja! – ela disse. – Fuja! – Tinha a boca aberta, um buraco diabólico.

Vasya não conseguiu se controlar; recuou daquele horror, ofegante, engolindo um grito.

– Vasya – disse a voz dele atrás dela. Uma voz que significava liberdade, magia e medo, que não tinha nada a ver com o mundo sufocante da torre.

A fantasma tinha desaparecido, e Vasya virou-se.

O cabelo de Morozko fazia parte da noite, seu manto um negrume imenso sem luz. Havia algo de velho e desesperado em seus olhos. – Não há mais tempo – ele disse. – Você precisa ir embora.

– Foi o que ouvi – ela disse, sem se mexer. – Por que você veio? Eu chamei, eu pedi, Mãe de Deus, quando estava nua perante toda a Moscou! Você não se deu ao trabalho, então! Por que me ajuda agora?

– Não pude vir de jeito nenhum, não até agora – ele disse. A voz do demônio do gelo estava calma e equilibrada, mas seus olhos deslizaram, uma vez, das suas faces riscadas de lágrimas, para seu braço sangrando. – Ele reuniu todas as suas forças para me impedir. Planejou bem este dia. Não consegui ir até você hoje, até seu sangue tocar a safira. Ele consegue se esconder de mim. Eu não sabia que ele tinha voltado. Se soubesse, jamais deixaria...

– *Quem?*

– O feiticeiro – respondeu Morozko. – Este homem a quem vocês chamam de Kasyan. Ele tem andado há muito tempo em lugares estranhos, além da minha visão.

– *Feiticeiro?* Kasyan Lutovich?

– Os homens chamavam-no de Kaschei – disse Morozko. – E ele jamais pode morrer.

Vasya olhou fixamente. *Mas isso é um conto de fadas. Assim como um demônio do gelo.*

– Não pode morrer? – ela conseguiu dizer.

– Ele fez uma magia – disse Morozko. – Escondeu sua vida fora do corpo, de modo que eu, que a morte, jamais consiga chegar perto dele. Ele jamais morre e é muito forte. Impediu que eu o visse; manteve-me longe, hoje. Vasya, eu não teria...

Ela quis se envolver na capa dele, e sumir. Quis se encolher junto a ele e chorar. Manteve-se imóvel. – Teria o quê? – sussurrou.

– Deixado você enfrentar este dia, sozinha – ele disse.

Ela tentou ler os olhos dele no escuro, e ele se afastou, fazendo o gesto morrer inacabado. Por um instante, poderia ter tido um rosto humano, e ali havia uma resposta, em seus olhos, além da compreensão de Vasya. *Conte-me*. Mas ele não contou. Inclinou a cabeça, como se escutasse. – Vamos embora, Vasya. Cavalgue para longe. Eu a ajudarei a escapar.

Ela poderia buscar Solovey. Ir embora com ele. Com Morozko. Para dentro da escuridão prateada pela lua, com aquela promessa à espreita, como que independentemente dele, nos olhos dele. E, no entanto...

– Mas meu irmão e minha irmã. Não posso abandoná-los.

– Você não está... – ele começou.

Um passo pesado no corredor fez Vasya dar meia-volta. Virou-se de frente para a porta, justamente quando a tranca correu para trás.

Olga parecia mais cansada do que estava de manhã; pálida, bamboleando com o peso da criança não nascida. Varvara estava junto ao seu ombro, com o olhar penetrante.

– Kasyan Lutovich veio vê-la – Olga disse, secamente. – Você vai recebê-lo, irmã.

As duas mulheres alvoroçaram-se para dentro do quarto de Vasya, e quando a luz percorreu seus cantos, o demônio do gelo tinha ido embora.

◊

Varvara arrumou a trança despenteada de Vasya, deixando-a uniforme, e amarrou um toucado bordado em volta das suas sobrancelhas, de modo que pendessem anéis prateados como gelo, emoldurando seu rosto. Então, Vasya foi levada pela escada gelada. Desceu entre Olga e Varvara, piscando. Desceram um andar, onde Varvara abriu uma nova porta; cruzaram uma antecâmara e entraram numa sala de visitas que cheirava a óleo doce.

À soleira, Olga disse, curvando a cabeça: – Minha irmã, *Gospodin*. – E ficou de lado para Vasya passar.

Kasyan estava recém-banhado e vestido para o festival, em branco e ouro claro. Seu cabelo cacheava vigorosamente sobre o colarinho bordado.

Ele disse, gravemente: – Peço que nos deixe, Olga Vladimirova. O que tenho a dizer a Vasilisa Petrovna é melhor que seja dito a sós.

Logicamente, era impossível que Vasya fosse deixada sozinha com qualquer homem com quem não tivesse compromisso, agora que voltara a ser uma menina. Mas Olga acenou a cabeça com firmeza, e os deixou.

A porta fechou-se com um leve ruído seco.

– Prazer em vê-la, Vasilisa Petrovna – Kasyan disse em tom baixo, um sorrisinho brincando em sua boca.

Ela curvou a cabeça deliberadamente, como um menino faria. – Kasyan Lutovich – disse, com frieza. *Feiticeiro*. A palavra batia em sua cabeça, tão estranha e, no entanto... – Foi você quem mandou homens atrás de mim na casa de banhos em Chudovo?

Ele deu um meio sorriso. – Estou atônito que você não tenha adivinhado antes. Matei quatro deles por perderem você.

Seus olhos percorreram o corpo dela. Vasya cruzou os braços. Estava vestida da cabeça aos pés, e jamais se sentira tão nua. Seu banho parecia ter levado tanto os expedientes, quanto a ambição; agora deveria observar e esperar, e deixar que os outros agissem. A impotência deixava-a nua.

Não. Não. Não sou diferente de ontem.

Mas era difícil acreditar. Nos olhos dele havia uma segurança monumental e divertida.

– Não chegue perto de mim – Vasya disse, quase cuspindo.

Ele deu de ombros. – Posso fazer o que quiser – replicou. – Você abriu mão de qualquer pretensão à virtude, quando apareceu no kremlin vestida como menino. Nem mesmo sua irmã me impediria, agora. Tenho sua ruína na palma da minha mão.

Ela não disse nada. Ele sorriu. – Mas chega disso – acrescentou. – Por que deveríamos ser inimigos? – Seu tom passou a ser apaziguador. – Salvei você das suas mentiras, agora você está livre para ser você mesma, para se enfeitar como uma garota deveria...

O lábio dela curvou-se. Ele se interrompeu com um elegante alçar de ombros.

– Você sabe tão bem quanto eu que agora só me resta o convento – Vasya disse. Ela colocou os braços atrás dela, e pressionou as costas contra a porta, a madeira enfiando farpas nas palmas da sua mão. – Se não for colocada numa jaula e queimada como bruxa. Por que você está aqui?

Ele passou a mão pelo cabelo ruivo. – Arrependi-me de hoje – disse.

– Você se divertiu – Vasya retrucou, desejando que sua voz não estivesse fraca com a lembrança da humilhação.

Ele sorriu e indicou o fogão. – Você não quer se sentar, Vasya?

Ela não se mexeu.

Ele soltou uma risada, e se sentou num banco entalhado, ao lado do fogo. Uma jarra de vinho incrustada de âmbar achava-se ao lado de dois copos. Ele encheu um deles para si mesmo, e bebeu o líquido claro.

– Bom, eu me diverti – ele admitiu. – Brincando com o humor do nosso príncipe esquentado. Vendo seu irmão presunçoso retorcer-se. – Enviesou um olhar para onde ela estava, paralisada de desgosto, perto da porta, e acrescentou mais seriamente: – E você mesma. Ninguém jamais a consideraria uma beldade, Vasilisa Petrovna, mas ninguém jamais quereria isso. Você estava adorável, lutando contra mim daquele jeito. E encantadora em suas roupas de menino. Foi difícil esperar o tanto que esperei. Eu sabia, entende? Sempre soube, seja lá o que possa ter dito ao grão-príncipe. Todas aquelas noites na estrada, eu sabia.

Ele enterneceu o olhar; seu tom convidava-a a amolecer, mas ainda havia risada no fundo dos seus olhos, como se ele zombasse de suas próprias palavras.

Vasya lembrou-se do beijo gelado do ar em sua pele, do olhar malicioso dos boiardos, e sua carne arrepiou-se.

– Vamos lá – ele prosseguiu. – Vai me dizer que não gostou, gata selvagem? Dos olhos de Moscou sobre você?

O estômago dela revirou. – O que você quer?

Ele despejou mais vinho, e ergueu o olhar para o dela. – Salvar você.

– O quê?

O olhar dele voltou-se, entreaberto, para o fogo. – Acho que você me entende muito bem – disse. – Como você mesma disse, o que lhe resta é o convento, ou um julgamento por bruxaria. Conheci um padre, há não muito tempo, ah, um homem muito santo, muito belo e piedoso, que estará muito disposto a contar ao príncipe tudo sobre suas perversidades. E se você for condenada – ele continuou, reflexivo –, quanto valerá a vida do seu irmão? Quanto valerá a liberdade da sua irmã? Dmitrii Ivanovich é objeto do ridículo de Moscou. Príncipes dos quais se ri, não seguram seus reinos por muito tempo, e ele sabe disso.

– Como você pretende me salvar? – Vasya perguntou entredentes.

Kasyan fez uma pausa antes de responder, saboreando seu vinho. – Venha cá e eu lhe conto.

Ela continuou onde estava. Ele suspirou numa exasperação tranquila, e deu mais um gole. – Muito bem – disse. – Tudo o que você precisa fazer é bater na porta; a escrava virá e a levará de volta para seu quarto. Não vou gostar de ver o fogo tomando conta de você, Vasilisa Petrovna, de jeito nenhum. E sua pobre irmã! Como ela chorará ao se despedir dos filhos!

Vasya marchou até o fogo e se sentou no banco em frente a ele. Kasyan sorriu para ela com um prazer indisfarçável. – Veja só! – exclamou. – Eu sabia que você poderia ser razoável. Vinho?

– Não.

Ele serviu um copo para ela e bebeu do seu. – Posso salvar você – disse. – E seu irmão e sua irmã na barganha. Se você se casar comigo.

Um instante de silêncio.

– Você está dizendo que pretende desposar esta menina-bruxa, esta prostituta que desfilou por Moscou em roupas de menino? – Vasya perguntou, acidamente. – Não acredito em você.

– Muito desconfiada para uma donzela – ele retrucou, animado. – É indelicado. Você conquistou meu coração com seu pequeno disfarce, Vasya. Amei seu temperamento à primeira vista. Não entendo como os outros não suspeitaram. Eu me casarei com você e a levarei para Bashna Kostei. Tentei dizer-lhe isto hoje de manhã. Tudo isto poderia ter sido evitado, entende? Mas não importa. Depois de nos casarmos, tomarei providências para que seu irmão seja solto, e volte para a Lavra, como é adequado, e viva seus dias em paz. – Seu rosto ficou desagradável. – Seja como for, fazer política não é função de um monge.

Vasya não respondeu.

O olhar dele encontrou o dela. Ele se inclinou para frente e acrescentou, com mais delicadeza: – Olga Vladimirovna poderá viver seus dias na torre com seus filhos. Tão segura quanto as paredes possam-no permitir.

– Você acha que nosso *casamento* acalmará o grão-príncipe? – Vasya perguntou.

Kasyan riu. – Deixe Dmitrii Ivanovich comigo – disse, os olhos brilhando sob as pálpebras abaixadas.

– Você pagou ao capitão-bandido para que se passasse por embaixador – Vasya disse, observando seu rosto. – Por quê? Você também pagou para que ele queimasse suas próprias aldeias?

Ele riu para ela, mas ela pensou ter visto algo endurecer-se em seus olhos. – Descubra por você mesma. Você é uma criança esperta. Caso contrário, onde está o prazer? – Ele se inclinou para mais perto. – Se você se casar comigo, Vasilisa Petrovna, haverá uma boa quantidade de mentiras e artimanhas, além de paixão, muita paixão. – Kasyan estendeu a mão e roçou um dedo ao longo do rosto dela.

Ela se afastou e não disse nada.

Ele voltou a se recostar. – Vamos lá, menina – ele disse, agora brusco. – Não estou vendo você receber propostas melhores.

Ela mal conseguia respirar. – Dê-me um dia para pensar.

– De maneira nenhuma. Você poderia não amar seus irmãos o bastante; poderia escapar e os deixar a ver navios. E me deixar também, porque estou completamente perdido de paixão. – Isto foi dito tranquilamente. – Não sou tolo a esse ponto, *vedma*.

Ela se enrijeceu.

– Ah – ele disse, lendo seu rosto antes que a pergunta fosse feita. – Nossa garota esperta com seu cavalo mágico; ela nunca soube quem ela é, soube? Bom, você também poderia aprender isso, ao se casar comigo. – Ele se recostou e olhou para ela em expectativa.

Ela pensou nos avisos da fantasma e de Morozko.

Mas... E quanto a Sasha e Olya? E quanto a Masha? Masha que vê coisas como eu, Masha que também será rotulada como bruxa, se as mulheres descobrirem seu segredo.

– Eu me caso com você – ela disse – se meu irmão e minha irmã ficarem a salvo. – Talvez mais tarde ela pudesse conceber uma maneira de escapar.

O rosto dele abriu-se num sorriso cintilante. – Excelente, excelente, minha doce e pequena mentirosa – ele disse carinhosamente. – Você não se arrependerá, prometo. – Ele fez uma pausa. – Bom, talvez se arrependa, mas sua vida jamais será entediante. E é disso que você tem medo, não é? Da gaiola dourada da donzela russa?

Vasya apenas disse: – Eu concordei. Meus pensamentos pertencem a mim. – Ela se levantou. – Agora eu me vou.

Ele não se mexeu da cadeira. – Não tão rápido. Agora você me pertence, e não lhe dei permissão para sair.

Ela ficou parada. – Você ainda não me comprou. Eu dei um preço, e você ainda não cumpriu.

– Isto é verdade – ele disse, recostando-se para trás na cadeira, e juntando as pontas dos dedos. – E, no entanto, se você for desobediente, eu ainda posso jogá-la de volta.

Ela permaneceu onde estava.

– Venha cá – ele disse com muita delicadeza.

Seus pés levaram-na até um ponto ao lado do banco dele, embora ela mal se desse conta disso, de tão furiosa que estava. Ontem, um filho de nobre, e um cão sem dono, hoje, ela era carne para este maquinador. Esforçou-se para não deixar transparecer seus pensamentos.

Ele deve ter visto sua luta interior, porque disse: – Ótimo, isto é ótimo. Gosto de um pouco de luta. Agora, ajoelhe-se. – Ela ficou imóvel e ele acrescentou: – Aqui, entre os meus pés.

Ela assim o fez, bruscamente, com as pernas duras como uma boneca. A doçura surpreendente e mordaz de um demônio do gelo ao luar não a havia, de maneira nenhuma, preparado para o cheiro animal e poeirento da pele perfumada desse homem, para sua risada semicontida.

Ele aninhou seu maxilar nas mãos, traçou os ossos do seu rosto com os dedos. – Bem parecida – murmurou, com a voz rouca. – Exatamente igual à outra. Você servirá.

– Quem? – perguntou Vasya.

Kasyan não respondeu. Tirou de uma bolsa algo que brilhava entre seus dedos pesados. Ela olhou e viu que era um colar de ouro maciço, de onde pendia uma pedra vermelha.

– Um presente de noivado – ele murmurou, quase rindo, respirando na boca de Vasya. – Beije-me.

– Não.

Ele ergueu uma sobrancelha lânguida, e beliscou o lóbulo da sua orelha, até os olhos dela marejarem. – Não tolerarei uma terceira desobediência, Vasochka. – O apelido infantil ficou feio na língua dele. – Em Moscou, existem donzelas casadoiras que ficariam felizes em ser minha noiva. – Ele se inclinou mais uma vez para frente, e murmurou: – Talvez, se eu pedir, o grão-príncipe fará queimar vocês três juntos. Tão aconchegados, os filhos de Pyotr Vladimirovich, enquanto sua sobrinha e seu sobrinho assistem.

O estômago dela agitou-se, mas ela se inclinou para frente. Ele sorria. Com ela ajoelhada, os rostos dos dois estavam no mesmo nível.

Ela colocou sua boca na dele.

A mão dele subiu rapidamente, pegando-a por trás da cabeça, na base da trança. Ela pulou para trás, instintivamente, a respiração tornou-se curta de desgosto, mas ele apenas apertou sua garra e, calmamente, enfiou a língua em sua boca. Ela mal se controlou; não arrancou a língua dele com uma mordida. O colar brilhou na outra mão de Kasyan. Ia enfiá-lo pela cabeça dela. Vasya sobressaltou-se e se afastou uma segunda vez, tomada por um novo medo que não compreendia. A peça de ouro balançou pesadamente do punho dele. Ele puxou a cabeça dela para trás...

Mas então, Kasyan blasfemou, e a joia em sua mão caiu no chão. Respirando rápido, ele arrancou o talismã de safira de Vasya. A pedra brilhava fracamente, lançando uma luz azul entre eles.

Kasyan sibilou, deixou cair o pendente dela, e estapeou-a no rosto. Sua visão encheu-se de centelhas vermelhas, e ela caiu para trás, no chão.

– Cadela! – ele exclamou, furioso, levantando-se. – Idiota! Justo você...

Vasya ficou em pé com dificuldade, sacudindo a cabeça. O suposto presente de Kasyan jazia como uma cobra no chão. Kasyan pegou-o com ternura, franzindo o cenho e se ergueu. – Suponho que você o deixe fazer isso – disse. Agora, seus olhos brilhavam de malícia, embora em algum lugar, escondido bem no fundo, ela pensou ter visto medo. – Imagino que, com seus olhos azuis, ela a tenha convencido a usar isto. Estou surpreso, menina, realmente, que você permitisse que aquele monstro a escravizasse.

– Não sou escrava de ninguém – Vasya replicou. – Aquela joia foi um presente do meu pai.

Kasyan riu. – Quem lhe disse isto? – perguntou. – *Ele?* – A risada sumiu do seu rosto. – Pergunte a ele, tola. Pergunte por que um deus da morte fica amigo de uma menina do campo. Veja o que ele responde.

Vasya não compreendia o medo que estava sentindo. – O deus da morte disse-me que você tem outro nome – ela disse. – Qual é o seu verdadeiro nome, Kasyan Lutovich?

Kasyan sorriu de leve, mas não respondeu. Seus olhos estavam rápidos e escuros com os pensamentos. Abruptamente, caminhou até ela com passos decididos, agarrou-a pelo ombro, prensou-a contra a parede e a beijou novamente. Sua boca aberta fartou-se dela com calma, e uma mão fechou-se doloridamente em seu seio.

Ela aguentou com uma postura rígida. Ele não tentou colocar o colar nela, novamente.

Com a mesma rapidez, afastou-se de lado e a empurrou para longe, de volta para a sala.

Ela manteve o equilíbrio, mas sem graça, respirando rápido, o estômago arfando.

Ele passou as costas da mão na boca. – Chega – disse. – Você servirá. Diga a sua irmã que aceitou o casamento, e que deverá ficar confinada até a cerimônia. – Ele fez uma pausa e sua voz endureceu. – Que será amanhã. Até lá, você terá tirado esse talismã, essa abominação, e o destruído. Qualquer desobediência, e farei com que sua família seja punida, Vasya. Irmão, irmã e as crianças igualmente. Agora vá.

Ela foi até a porta aos tropeços, acabada, nauseada, o gosto dele azedo em sua boca. A risada leve e satisfeita de Kasyan acompanhou-a até o corredor, quando ela fugiu da sala.

Vasya chocou-se com Varvara assim que saiu, depois se dobrou no corredor, com ânsias.

O lábio de Varvara curvou-se. – Um lorde elegante para salvar você da ruína – disse, o sarcasmo afiado. – Onde está sua gratidão, Vasilisa Petrovna? Ou ele teve a sua virtude ali, ao lado do forno?

– Não – Vasya retrucou, endireitando-se num esforço supremo. – Ele... Ele quer que eu tenha medo dele. Acho que conseguiu. – Ela esfregou a boca com a mão, e quase voltou a se sentir enjoada. O corredor estava imerso em uma escuridão pulsante, sôfrega, amenizada de leve pelo lampião seguro por Varvara, embora talvez aquilo fosse a escuridão em sua própria cabeça. Vasya queria juntar os joelhos, queria chorar.

O lábio de Varvara curvou-se mais, mas ela apenas disse: – Venha, pobre coisa, sua irmã quer ver você.

◇

Olga estava sozinha na oficina. Segurava a roca nas mãos, girando-a sem parar, mas não estava trabalhando. Suas costas doíam. Sentia-se velha e gasta. Levantou a cabeça assim que Varvara chegou com Vasya.

– Então? – disse, sem preâmbulo.

– Ele me pediu em casamento – disse Vasya. Ela não entrou propriamente na sala, ficou fora, nas sombras perto da porta, a cabeça inclinada com orgulho. – Concordei. Ele disse que se eu me casar com ele, intervirá junto ao grão-príncipe. Fará com que Sasha seja poupado, e você absolvida da culpa.

Olga analisou a irmã. Havia dezenas de meninas mais bonitas em Moscou, de melhor estirpe. Kasyan não poderia querê-la pela sua virtude. No entanto, queria Vasya o bastante para se casar com ela. Por quê?

Ele a deseja, Olga pensou. *Por que outro motivo se comportaria assim? E eu a deixei sozinha com ele...*

Bom, e daí? Ela andou perambulando pelas ruas em sua companhia, vestida como menino.

– Entre, então, Vasya – Olga disse, irritada com um vago sentimento de culpa. – Não fique parada na porta. Diga-me, o que ele te disse? – Ela deixou a roca de lado. – Varvara, acenda um fogo.

A escrava foi cuidar disso, andando macio, enquanto Vasya entrava. A cor ardente em seu rosto, daquela manhã, quase havia sumido; seus olhos estavam grandes e escuros. Os membros de Olga doíam; desejou sentir-se menos velha, menos zangada, e com menos pena da irmã. – É melhor do que você merece – disse. – Um casamento honrado. Você estava a um passo do convento, ou pior, Vasya.

Vasya assentiu uma vez, suas pálpebras veladas pela curva dos cílios negros. – Eu sei, Olya.

Bem neste momento, um clamor, como que em concordância, veio de fora dos portões do príncipe de Serpukhov. Eles acabaram de atirar ao fogo a efígie de Daisy Maslenitsa; o cabelo voava para longe em torrentes de fogo, e os olhos brilhavam, como que vivos, enquanto ela queimava.

Olga controlou sua irritação, tentando não demonstrar raiva, nem piedade. Uma dor aguda transpassou as suas costas.

– Então venha – disse, com toda gentileza que conseguiu. – Coma comigo. Vamos pedir bolos, hidromel, e celebraremos seu casamento.

Os bolos vieram, e as irmãs comeram juntas. Nenhuma delas conseguiu engolir grande coisa. O silêncio estendeu-se.

– Assim que cheguei aqui pela primeira vez – Olga disse, abruptamente, para Vasya –, eu era um pouco mais nova do que você, e estava muito assustada.

Vasya estivera olhando para a coisa sem gosto em sua mão, mas então ergueu a cabeça rapidamente.

– Eu não conhecia ninguém – Olga prosseguiu. – Não entendia nada. Minha sogra queria uma princesa de verdade para seu filho, e me detestou.

Vasya fez um som de dolorosa simpatia, e Olga ergueu a mão para silenciá-la. – Vladimir não podia me proteger, porque o que acontece no *terem* não é assunto para homens. Mas a mulher mais idosa do *terem*, a mais idosa que já conheci, era boa comigo. Amparava-me quando eu chorava, trazia-me mingau, quando eu sentia saudade do gosto de casa. Uma vez, perguntei por que ela se importava.

– Conheci sua avó – ela respondeu.

Vasya ficou calada. Diziam que a avó delas tinha chegado, um dia, em Moscou cavalgando, totalmente só. Ninguém sabia de onde ela tinha vindo. A notícia da misteriosa donzela chegou aos ouvidos do grão-príncipe, que a convocou para se divertir e acabou se apaixonando. Ele se casou com ela, e a garota deu à luz a mãe delas, Marina, e morreu na torre.

– "Você tem sorte", essa idosa me disse – Olga continuou – "por não ser parecida com ela. Era uma criatura de fumaça e estrelas. Tinha sido feita para o *terem* tanto quanto o foi uma tempestade de neve, e, no entanto, veio cavalgando até Moscou por vontade própria; na verdade, como se estivesse sendo perseguida por todo o inferno, cavalgando um cavalo cinza. Casou-se com Ivan sem objeção, embora tivesse chorado antes da noite de núpcias. Tentou ser uma boa esposa, e talvez tivesse sido, se não fosse por sua impetuosidade. Caminhava pelo pátio olhando para o céu. Falava com saudade do seu cavalo cinza, que desapareceu na noite do seu casamento. 'Por que você fica?', perguntei a ela, mas ela nunca me respondeu. Estava morta no coração bem antes de morrer de verdade, e fiquei feliz quando sua filha, Marina, desposou alguém de fora da cidade..."

Olga interrompeu-se. – Isto é para dizer – prosseguiu – que não sou como nossa avó, e agora sou uma princesa, a chefe da minha casa, e é uma vida boa, doce mesclado com amargo. Mas você, quando a vi pela primeira vez, pensei naquela história da nossa avó, entrando em Moscou montada no seu cavalo cinza.

– Qual era o nome da nossa avó? – Vasya perguntou, baixinho. Tinha perguntado à ama, uma vez, mas Dunya jamais lhe contou.

– Tamara – disse Olga. – O nome dela era Tamara. – Ela sacudiu a cabeça. – Está tudo certo, Vasya. Você não compartilhará o destino dela. Kasyan tem terras vastas, e muitos cavalos. Existe uma liberdade no campo que Moscou não oferece. Você irá para lá e será feliz.

– Com um homem que me deixou nua perante Moscou? – Vasya perguntou, rispidamente. Os bolos comidos pela metade estavam sendo levados. Olga não respondeu. Vasya disse: – Olya, se eu tiver que me casar com ele para consertar as coisas, eu me casarei. Mas... – ela hesitou, e depois terminou às pressas – ... acredito que foi Kasyan quem pagou os bandidos, que os soltou nas aldeias. E... O chefe dos bandidos está em Moscou agora, posando como embaixador dos tártaros. Está conchavado com Kasyan, e acho que eles pretendem depor o grão-príncipe. Acho que isto vai acontecer esta noite. Preciso...

– Vasya...

– O grão-príncipe precisa ser avisado – Vasya arrematou.

– Impossível – Olga disse. – Ninguém da minha casa pode chegar perto do grão-príncipe esta noite. Todos nós estamos contaminados pela sua desgraça. Seja como for, tudo isto é bobagem. Por que um lorde pagaria homens para queimarem as aldeias que lhe pertencem? De qualquer modo, poderia Kasyan Lutovich esperar manter a patente para Moscou?

– Não sei – disse Vasya. – Mas Dmitrii Ivanovich não tem filho, apenas uma mulher grávida. Quem governaria, se ele morrer esta noite?

– Isto não lhe diz respeito e não é sua prerrogativa – Olga disse, rispidamente. – Ele não vai morrer.

Vasya não pareceu ter ouvido. Caminhava pela sala, mais parecida com Vasilii Petrovich do que consigo mesma. – Por que não? – murmurou. – Dmitrii está zangado com Sasha porque Kasyan usou a mentira, a arma que pus em sua mão. Seu marido, príncipe Vladimir, não está aqui. Assim, os dois homens em quem o grão-príncipe mais acredita estão afastados. Kasyan tem seu próprio pessoal na cidade, e Chelubey tem mais. – Vasya parou de andar com visível esforço, ficando zonza e inquieta no meio da sala. – Depor o grão-príncipe – murmurou. – Por que ele precisa se casar comigo? – Seus olhos foram até sua irmã.

Mas Olga tinha parado de escutar. O sangue batia feito asas em seus ouvidos, e uma grande dor profunda começou a comê-la de dentro. – Vasya – sussurrou, com a mão na barriga.

Vasya viu o rosto de Olga, e seu próprio rosto mudou. – O bebê? – perguntou. – Agora?

Olga conseguiu concordar com a cabeça. – Chame Varvara – sussurrou. Oscilou, e sua irmã segurou-a.

22

MÃE

A CASA DE BANHOS, PARA ONDE OLGA FOI LEVADA PARA O PARTO, ESTAVA quente e escura, úmida como uma noite de verão. Cheirava a madeira fresca e fumaça, seiva, água quente e decomposição. Se a criadagem de Olga notou a presença de Vasya, não a questionou. Não tinham fôlego para questionar, nem tempo. Vasya tinha mãos fortes e capazes; já tinha visto partos, e na meia-luz cruel e fumegante, as mulheres não precisavam mais do que isso.

Vasya ficou apenas de camisola, como as outras, esquecida da raiva e da incerteza, na urgência confusa do nascimento. Sua irmã já estava nua. Agachou-se em um banquinho de parir, o cabelo negro solto. Vasya ajoelhou-se, pegou as mãos da irmã, e não estremeceu quando Olga esmagou seus dedos.

– Você se parece com a nossa mãe, sabia? – Olga sussurrou. – Vasochka. Eu já te disse isto? – Seu rosto mudou, quando a dor veio novamente.

Vasya segurou suas mãos. – Não – ela disse. – Você nunca me disse.

Os lábios de Olga estavam lívidos. As sombras tornavam seus olhos maiores e diminuíam a diferença entre eles. Com Olga nua e Vasya quase assim, era como se elas voltassem a ser meninas, antes que o mundo irrompesse entre elas.

A dor vinha e ia. Olga respirava, suava, e reprimia seus gritos. Vasya falava com a irmã ininterruptamente, esquecendo suas preocupações com o mundo lá fora. Havia apenas o suor e o parto, a dor suportada e novamente suportada. A casa de banhos ficou mais quente, seus corpos foram envolvidos de vapor, as mulheres trabalhavam na penumbra, e mesmo assim a criança não nascia.

– Vasya – disse Olga, recostando-se à irmã e arquejando. – Vasya, se eu morrer...

– Você não vai – retrucou Vasya.

Olga sorriu. Seus olhos vagaram. – Tentarei – disse. – Mas... Você precisa transmitir meu amor a Masha, dizer-lhe que sinto muito. Ela ficará zangada, não vai entender. – Olga calou-se, quando a dor veio novamente. Continuava sem gritar, mas um som subia no fundo da sua garganta, e Vasya achou que suas mãos se quebrariam no aperto da irmã.

O ambiente cheirava, agora, a suor e água da bolsa, e um sangue escuro apareceu entre as coxas de Olga. As mulheres não passavam de formas suadas e indefinidas no vapor. O cheiro de sangue impregnou-se, chocantemente, na garganta de Vasya.

– Dói – Olga murmurou. Ofegava largada e pesada.

– Tenha coragem – disse a parteira. – Tudo acabará bem. – Seu tom de voz era gentil, mas Vasya viu o olhar sombrio que ela trocou com a mulher ao lado.

A safira de Vasya reluziu subitamente, gelada, mesmo no calor da casa de banhos. Olga olhou por sobre o ombro da irmã, e seus olhos arregalaram-se. Vasya virou-se para seguir seu olhar. Uma sombra no canto olhava para elas.

Vasya soltou as mãos de Olga. – Não – disse.

– Eu teria lhe poupado isto – a sombra retrucou.

Ela conhecia essa voz, conhecia o olhar indiferente e claro. Ela o tinha visto quando o pai morreu, quando...

– Não – repetiu Vasya. – Não... Não. Vá embora.

Ele não disse nada.

– Por favor – sussurrou Vasya. – Por favor, vá embora.

Eles costumavam implorar, Morozko lhe dissera certa vez. *Se me vissem, imploravam. Isso era terrível; é melhor quando chego de mansinho, é melhor que apenas os mortos e os moribundos possam me ver.*

Bom, ela era amaldiçoada com a visão; ele não conseguia se esconder dela. Agora, era sua vez de implorar. Atrás dela, as mulheres murmuraram, mas a única coisa que ela conseguia ver eram os olhos dele.

Atravessou a sala sem pensar, e colocou a mão no centro do peito dele. – Por favor, vá. – Por um instante, poderia estar tocando uma sombra, mas depois a carne dele ficou real, embora fria. Ele se afastou, como se a mão dela o machucasse.

— Vasya — disse. Aquilo era um sentimento, em seu rosto indiferente? Ela foi até ele, novamente, implorando. Quando suas mãos encontraram as dele, ele ficou imóvel, parecendo perturbado e não tanto um pesadelo.

— *Estou* aqui — disse-lhe. — Não escolho.

— Você pode escolher — ela respondeu, seguindo-o quando ele recuou. — Deixe minha irmã em paz. Deixe-a viver.

A sombra da morte estendeu-se quase até o lugar onde Olga estava, exausta, no banco da casa de banhos, cercada por mulheres suadas. Vasya não soube o que as outras viam, ou se achavam que ela estava conversando com a escuridão.

Ele amou a mãe de Vasya, as pessoas diziam do seu pai. *Amou aquela Marina Ivanovna. Ela morreu parindo Vasilisa, e Pyotr Vladimirovich colocou metade da sua alma na terra, quando ela foi enterrada.*

Sua irmã uivou, um grito agudo, de arrepiar os ossos. — Sangue — Vasya ouviu das pessoas ao lado. — Sangue... Um exagero de sangue. Chamem o padre.

— Por favor! — Vasya gritou para Morozko. — Por favor!

O barulho da casa de banhos diminuiu, e as paredes esvaneceram-se com ele. Vasya viu-se parada num bosque vazio. Árvores escuras projetavam sombras na neve branca, e a Morte estava à sua frente.

Ele usava preto. Os olhos do demônio do gelo eram de um azul claríssimo, mas este — seu eu mais estranho e mais velho — tinha olhos como água, sem cor, ou quase. Estava mais alto do que ela jamais o vira, e mais estático.

Um grito fraco e arquejante. Vasya soltou a mão dele e se virou. Olga estava agachada na neve, translúcida e ensanguentada, nua, engolindo sua respiração angustiada.

Vasya inclinou-se e ergueu a irmã. Onde elas estavam? Era isto que aguardava após a vida? Uma floresta e uma única figura, esperando...

Em algum ponto além das árvores, ela conseguia sentir o fedor quente da casa de banhos. A pele de Olga estava morna, mas o cheiro e o calor diminuíam. A floresta estava muito fria. Vasya segurou a irmã com força; tentou transmitir-lhe todo seu calor, sua vida ardente e furiosa. Suas mãos estavam quentes a ponto de queimar, mas a joia pendia terrivelmente gelada entre seus seios.

— Você não pode ficar aqui, Vasya — disse o deus da morte, e uma pitada de surpresa perpassou por sua voz uniforme.

— *Não posso?* — Vasya retorquiu. — Você não pode ter a minha irmã. — Ela se agarrou a Olga, procurando uma maneira de voltar. A casa de banhos continuava ali, à volta delas, ela podia sentir seu cheiro, mas não sabia como chegar até lá.

Olga pendia largada nos braços de Vasya, seus olhos vidrados e leitosos. Virou a cabeça e sussurrou uma pergunta ao deus da morte. — E o meu bebê? E o meu filho? Onde está?

— É uma filha, Olga Petrovna — Morozko respondeu. Falava sem sentimento, e sem julgamento, baixo, claro, e frio. — Não é possível vocês duas viverem.

Suas palavras atingiram Vasya como dois punhos, e ela agarrou a irmã. — Não.

Com um esforço terrível, Olga endireitou-se, o rosto sem cor e sem beleza. — Não? — ela perguntou ao demônio do gelo.

Morozko assentiu com a cabeça. — A criança não poderá nascer viva — ele disse, sem emoção. — As mulheres poderão tirá-la de você, ou você poderá viver e deixá-la se sufocar e nascer morta.

— Ela — disse Olga, sua voz não mais do que um fiapo. Vasya tentou falar e percebeu que não conseguia. — Ela. Uma filha.

— É isto, Olga Petrovna.

— Bom, então a deixe viver — disse Olga, simplesmente, e estendeu a mão.

Vasya não conseguiu suportar aquilo. — Não! — gritou, e se atirou sobre Olga, bateu na mão estendida para longe, e envolveu a irmã em seus braços. — Viva, Olya — cochichou. — Pense em Marya e Daniil. Viva, viva.

Os olhos do deus da morte estreitaram-se.

— Morrerei pela minha criança, Vasya — Olga disse. — Não estou com medo.

— Não — Vasya disse baixinho. Pensou ter ouvido Morozko falar, mas não deu importância ao que ele disse. Era tal a corrente de amor, raiva e perda que passou entre ela e sua irmã naquele momento, que tudo mais ficou abafado e esquecido. Vasya reuniu toda a sua energia, e arrastou Olga à força, de volta para a casa de banhos.

Vasya voltou a si, desconcertada, e viu que estava apoiada na parede da casa de banho. Farpas espetavam suas mãos; seu cabelo grudava no rosto e no pescoço. Um grande grupo suado juntou-se à volta de Olga, parecendo estrangulá-la com seus vários braços. Entre elas estava alguém totalmente vestido, numa batina preta, entoando os últimos sacramentos numa voz que se estendia facilmente para todos eles. Uma mecha de cabelo dourado brilhou no escuro.

Ele? Vasya, com uma raiva súbita, atravessou o cômodo sofrido, afastou as pessoas, e pegou as mãos da irmã nas suas. A voz grave do padre parou abruptamente.

Vasya não se dignou a pensar nele. Em sua mente, viu outra mulher de cabelos negros, outra casa de banhos, e outra criança que havia matado a mãe.

– Olya, viva – disse. – Por favor, viva.

Olga agitou-se; seu pulso deu um pulo sob os dedos de Vasya. Seus olhos aturdidos abriram-se.

– Aí vem a cabeça! – gritou a parteira. – Aí... Mais uma...

O olhar de Olga encontrou o de Vasya, e então se arregalou de agonia; sua barriga ondulou como água em uma tempestade, e então a criança deslizou para fora. Seus lábios estavam azuis. Ela não se mexeu.

Um silêncio ansioso e sem fôlego substituiu os primeiros gritos de alívio, enquanto a parteira limpava as secreções dos lábios da menina, e respirava dentro da sua boca.

Ela permaneceu largada.

Vasya olhou da pequena forma cinzenta para o rosto da irmã.

O padre forçou caminho em frente, empurrando Vasya de lado. Passou óleo na cabeça do bebê e deu início às palavras do batismo.

– Onde ela está? – gaguejou Olga, procurando com mãos frágeis. – Onde está a minha filha? Deixe-me ver.

E a criança ainda não se mexia.

Vasya ficou ali, de mãos vazias, empurrada pelas pessoas, o suor escorrendo pelas suas costelas. O calor da sua fúria amainou, e deixou sua boca com gosto de cinzas. Mas ela não olhava para Olga, nem para o padre. Em vez disso, observou uma figura revestida de preto estender a mão com muita delicadeza, apanhar o pedacinho de humanidade sangrento e esbranquiçado, e o levar embora.

Olga fez um som terrível, e a mão de Konstantin abaixou, terminando o batismo, a única caridade que poderia ser feita em relação à criança. Vasya permaneceu onde estava. *Você está viva*, Olya, pensou. *Salvei você*. Mas o pensamento não teve força.

Os olhos exaustos de Olga pareceram olhar através dela. – Você matou a minha filha.

– Olya – Vasya começou –, eu...

Um braço vestido de preto estendeu-se e a agarrou. – Bruxa – sibilou Konstantin.

A palavra caiu como uma pedra, e o silêncio propagou-se em seu encalço. Vasya e o padre estavam no centro de um círculo sem rosto, cheio de olhos avermelhados.

A última vez que Vasya tinha visto Konstantin Nikonovich, o padre tinha se acovardado enquanto ela o mandava embora: que voltasse para Moscou ou Tsargrad, ou que fosse para o inferno, mas deixasse sua família em paz.

Bom, Konstantin tinha realmente ido para Moscou, e parecia que havia suportado os tormentos do inferno entre um lugar e outro. Seus ossos salientes lançavam sombras em seu lindo rosto; seu cabelo dourado descia embaraçado até os ombros.

As mulheres observaram caladas. Um bebê tinha acabado de morrer nos braços delas, e suas mãos retorciam-se de impotência.

– Esta é Vasilisa Petrovna – disse Konstantin, cuspindo as palavras. – Ela matou o pai. Agora, matou o bebê da irmã.

Atrás dele, Olga fechou os olhos. Uma de suas mãos aninhava a cabeça da criança morta.

– Ela conversa com demônios – Konstantin continuou, sem tirar os olhos do seu rosto. – Olga Vladimirovna foi generosa demais para mandar a irmã embora, e agora, foi este o resultado.

Olga não disse nada.

Vasya ficou em silêncio. Que defesa haveria? A criança estava imóvel, enrodilhada como uma folha. No canto, uma espiral de vapor quase poderia ter sido uma criaturazinha gorda, e também chorava.

O olhar do padre deslizou para a tênue figura do *bannik* – Vasya poderia jurar isto –, e seu rosto pálido empalideceu ainda mais.

– Bruxa – ele murmurou novamente. – Você responderá pelos seus crimes.

Vasya se recompôs. – Responderei – disse a Konstantin –, mas não aqui. O que você faz aqui é errado, *Batyushka*. Olya...

– Saia, Vasya – disse Olga, sem levantar os olhos.

Vasya, tropeçando de cansaço, cega pelas lágrimas, não protestou quando Konstantin arrastou-a para fora da sala interna da casa de banhos. Ele bateu a porta atrás deles, isolando o cheiro de sangue e os sons de pesar.

A camisola de linho de Vasya, transparente de tão ensopada, pendia dos seus ombros. Somente quando ela sentiu o frio, vindo da porta externa aberta, foi que cravou os pés no chão. – Ao menos me deixe vestir minhas roupas – disse ao padre. – Ou quer que eu congele até a morte?

Konstantin soltou-a repentinamente. Vasya sabia que ele podia ver todo o contorno do seu corpo, seus mamilos duros através da camisola.

– O que você fez comigo? – ele disse entredentes.

– Com você? – Vasya perguntou, aturdida de dor, zonza com a mudança de quente para frio. O suor persistia em seu rosto, seus pés nus raspavam o assoalho de madeira. – Não fiz nada.

– Mentirosa! – ele replicou. – Antes eu era um homem bom. Não via demônios. E agora...

– Você agora os vê, é? – Chocada e pesarosa como estava, Vasya não conseguiu reagir de outra maneira, senão com um humor amargo. Suas mãos fediam com o sangue da irmã, com a realidade feia e madura de um natimorto. – Bom, talvez você tenha provocado isto em você mesmo, com toda sua conversa sobre demônios. Já pensou nisso? Vá se esconder em um monastério. Ninguém o quer.

Ele estava tão pálido quanto ela. – Sou um homem bom – ele disse. – *Sou*. Por que você me amaldiçoa? Por que me persegue?

– Não persigo – disse Vasya. – Por que eu iria querer isto? Vim a Moscou para ver a minha irmã. Veja o que resultou disso.

Friamente, sem pudor, ela despiu sua camisola molhada. Se tivesse que sair noite adentro, não pretendia atrair a morte.

– O que está fazendo? – ele perguntou baixinho.

Vasya pegou seu *sarafan*, a blusa e o manto externo, largados na antessala. – Colocando roupas secas – respondeu. – O que você pensou? Que eu iria dançar para você, como uma camponesa na primavera, enquanto uma criança jaz morta logo ali?

Ele olhou-a se vestir, as mãos abrindo e fechando.

Ela estava longe de se importar. Amarrou sua pelerine e endireitou a coluna. – Aonde pretende me levar? – perguntou, com um humor amargo. – Acho que nem mesmo sabe.

— Você vai responder pelos seus crimes — Konstantin conseguiu dizer, numa voz perdida entre a raiva e um desejo desconcertante.

— Aonde? — ela perguntou.

— Está zombando de mim? — Ele invocou um tanto do seu autocontrole e sua mão fechou-se no braço dela. — Ao convento. Você será punida. Prometi que perseguiria bruxas. — Ele chegou mais perto. — Então, não verei mais demônios; então, tudo será como antes.

Em vez de puxar para trás, Vasya aproximou-se dele, que obviamente não esperava isso. Ficou paralisado.

Mais perto ainda. Vasya tinha medo de muitas coisas, mas não tinha medo de Konstantin Nikonovich.

— *Batyushka* — ela disse —, eu o ajudaria, se pudesse.

Ele travou os lábios.

Ela tocou em seu rosto suado. Ele não se mexeu. O cabelo dela caiu úmido sobre a mão dele, no ponto em que a mão agarrava seu braço.

Vasya obrigou-se a ficar parada, apesar da força com que ele a apertava. — Como posso ajudá-lo? — ela sussurrou.

— Kasyan Lutovich prometeu-me vingança — Konstantin sussurrou, olhando fixamente —, se eu... mas não importa. Não preciso dele, você está aqui. Isto basta. Venha até mim agora. Faça-me completo, novamente.

Vasya olhou-o nos olhos. — Isso eu não posso fazer. — E seu joelho subiu com total precisão.

Konstantin não gritou, nem caiu no chão, ofegante; seus mantos eram grossos demais. Mas dobrou-se com um gemido, e isso era tudo que Vasya precisava.

Ela saiu pela noite, atravessando o passeio, depois correndo pelo pátio dianteiro.

23

A JOIA DO NORTE

Uma lua cinzenta como um cadáver apenas apontava acima da torre de Olga. O pátio dianteiro do príncipe de Serpukhov ecoava o grito da cidade, que ainda festejava do lado de fora, mas Vasya sabia que haveria guardas espalhados. Em um instante, Konstantin daria o alarme. Ela precisava avisar o grão-príncipe.

Já estava correndo para o cercado de Solovey, quando se lembrou de que ele não estaria lá. Mas, então, um som surdo e cascos esmagando a neve foram ouvidos.

Vasya virou-se, aliviada, para jogar os braços ao redor do pescoço do garanhão. Não era Solovey. O cavalo era branco e tinha um cavaleiro.

Morozko desceu da égua. A menina e o demônio do gelo encararam-se sob o luar doentio.

– Vasya – ele disse.

O mau cheiro da casa de banhos e o cheiro de sangue estavam impregnados na pele de Vasya.

– Foi por isto que você quis que eu fugisse esta noite? – ela lhe perguntou com amargura. – Para não ver minha irmã morrer?

Ele não disse nada, mas um fogo, azul como um céu de verão, saltou entre os dois. Nenhuma lenha alimentava-o, contudo, seu calor afastou a noite, e aninhou sua pele que tremia. Ela se recusou a ser agradecida. – Responda! – Rangeu os dentes e pisou nas chamas. Elas morreram com a mesma rapidez com que tinham surgido.

– Eu sabia que a mãe, ou a criança, deveria morrer – Morozko disse, recuando. – Eu a teria poupado, sim. Mas agora...

– Olga me expulsou.

– Com razão – ele terminou, friamente. – Não cabia a você escolher.

Vasya recebeu as palavras como um soco. Tinha uma bola no estômago, um nó na garganta. Seu rosto estava grudento de lágrimas secas.

– Vim salvá-la, Vasya – Morozko disse, então. – Porque...

O nó de pesar desfez-se e fustigou. – Não me interessa o motivo! Não sei se você vai me dizer a verdade. Por que eu deveria escutar? Você tem me guiado como se eu fosse um cachorro à caça, tem me mandado ir aqui e ali, no entanto não me conta nada. Então, você sabia que Olga deveria morrer esta noite? Ou... que meu pai iria morrer ali, na clareira do Urso? Poderia ter me avisado, então? Ou... – Ela tirou a safira de sob suas roupas e a levantou. – O que é isto? Kasyan disse que isto fez de mim sua escrava. Ele estava mentindo, Morozko?

Ele ficou calado.

Ela chegou bem perto, e acrescentou baixinho: – Se você se importasse, um mínimo que fosse, com as pobres tolas que você beija no escuro, me contaria toda a verdade. Não suporto mais mentiras esta noite.

Eles se entreolharam, impassíveis, na escuridão prateada.

– Vasya – ele sussurrou das sombras. – Não é hora. Vamos embora, criança.

– Não – ela disse baixinho. – Agora é a hora. Sou tão criança que você precise mentir para mim?

Quando ele continuou em silêncio, ela acrescentou, com a mais leve quebra na voz: – Por favor.

Um músculo repuxou no rosto dele. – Na noite antes de ele morrer – Morozko disse num tom monocórdico –, Pyotr Vladimirovich ficou acordado ao lado das cinzas de uma aldeia queimada. Cheguei até ele quando a lua estava indo embora. Contei-lhe sobre seus *chyerti* enfraquecidos, do medo que o padre disseminava, do Urso que buscava, ardilosamente, sua liberdade. Eu disse a Pyotr que sua vida poderia salvar a do seu povo. Ele estava disposto, mais do que disposto. Guiei seu pai atrás de mim, pela floresta, no dia em que o Urso foi amarrado, de modo a ele chegar pontualmente à clareira. E ele morreu. Mas não o matei. Ofereci-lhe escolha. Ele escolheu isso. Não posso tomar uma vida fora de época, Vasya.

– Então, você mentiu para mim – Vasya disse. – Você disse que aconteceu de o meu pai estar na clareira do Urso. O que mais você mentiu, Morozko?

Novamente, ele ficou em silêncio.

– O que é isto? – ela sussurrou, segurando a joia entre eles.

O olhar dele foi da pedra para o rosto dela, afiado como cacos. – Foi feito por mim, com gelo e minhas próprias mãos – ele disse.

– Dunya...

– Ela a pegou do seu pai, em seu nome. Pyotr recebeu-a de mim, quando você era criança.

Vasya puxou o colar para baixo, de modo a ele ficar agarrado em sua mão, a corrente balançando, arrebentada. – Por quê?

Por um instante, ela achou que ele não fosse responder. Então, ele disse: – Há muito tempo, os homens imaginavam-me relacionado à vida, para dar um rosto ao frio e à escuridão. Puseram-me para governá-los. – Seu olhar perdeu-se além do dela. – Mas... O mundo foi rodando. Os monges chegaram com pergaminhos e tinta, canções e ícones, e eu diminuí. Agora, sou apenas um conto de fadas para crianças levadas. – Ele olhou para a joia azul. – Não posso morrer, mas posso esvanecer. Posso esquecer e ser esquecido. Mas... Não estou pronto para esquecer. Então, me liguei a uma menina humana, com poder em seu sangue, e sua força me fez novamente forte. – Uma descarga de azul passou pelos seus olhos claros. – Escolhi você, Vasya.

Vasya sentiu-se muito distante de si mesma. *Este*, então, era o vínculo entre eles, não uma aventura compartilhada, um afeto irônico, ou mesmo o fogo que ele podia provocar em sua carne, mas esta... *coisa*, esta joia, esta não magia. Pensou nas sugestões pálidas de *chyerti*, sumindo em seu mundo limitado pelo sino, e como a sua própria mão, suas palavras, seus presentes podiam torná-los brevemente reais, mais uma vez.

– Foi por isso que você me levou para a sua casa na floresta? – Vasya sussurrou. – Combateu os meus pesadelos e me deu presentes? Me... beijou no escuro? Porque eu era para ser sua adoradora? Sua... sua escrava? Tudo não passou de um esquema para você ficar mais forte?

– Você não é uma escrava, Vasilisa Petrovna – ele respondeu, secamente.

Quando ela se calou, ele prosseguiu, com mais delicadeza: – Tive isso o suficiente. O que eu precisava de você eram emoções, sentimentos.

– Adoração – retorquiu Vasya. – Pobre demônio do gelo. Todos os seus pobres fiéis voltaram-se para deuses mais novos, e você foi deixado em busca dos corações de meninas estúpidas, insensatas. Foi por isso que apareceu com tanta frequência, e foi novamente embora. Foi por isso que me fez usar a joia e me lembrar de você.

– Salvei sua vida – ele retrucou, agora severo. – Duas vezes. Você carregou esta joia, e sua força me sustentou. Não é uma troca justa?

Vasya não conseguiu falar. Mas escutou-o. Tinha sido usada por ele. Era uma desgraça para seus parentes. Sua família estava em ruínas... e seu coração...

– Encontre outra – ela disse, surpresa com a calma em sua voz. – Encontre outra para usar o seu amuleto. Eu não posso.

– Vasya... Não... Você precisa escutar...

– Não vou escutar! – ela gritou. – Não quero nada de você. Não quero ninguém. O mundo é grande; com certeza você encontrará outra. Talvez, então, você não se aproveite da ignorância dela.

– Se você me deixar agora, estará correndo um perigo terrível – ele respondeu, igualmente sereno. – O feiticeiro a encontrará.

– Então, me ajude – ela disse. – Diga o que Kasyan pretende fazer.

– Não posso ver. Ele está envolvido em magia, para me manter de fora. É melhor ir embora, Vasya.

Vasya sacudiu a cabeça. – Talvez eu morra aqui, como outros morreram, mas não morrerei como sua criatura.

De certa maneira o vento tinha aumentado no intervalo da sua pulsação, e, para Vasya, pareceu que eles estavam sós na neve, que o mau cheiro, e as formas da cidade tinham desaparecido. Havia apenas ela mesma, o demônio do gelo e o luar. O vento zuniu e balbuciou à volta deles, mas a trança dela não se mexeu com as rajadas.

– Deixe-me ir – ela disse. – Não sou escrava de ninguém.

A mão dela abriu-se e a safira caiu; ele a pegou. A pedra derreteu em sua mão até não ser mais uma joia, mas um punhado de água fria.

O vento morreu abruptamente, e tudo à volta era neve remexida, e palácios pesados.

Ela deu as costas para ele. O pátio dianteiro do príncipe de Serpukhov nunca pareceu tão grande, nem a neve tão profunda. Ela não olhou para trás.

PARTE QUATRO

24

BRUXA

Depois da corrida de cavalo, seis dos guerreiros de Dmitrii levaram Sasha para o monastério do Arcanjo, onde o puseram em uma pequena cela. Deixaram-no ali a sós com seus pensamentos. Sasha pensava, sobretudo, em sua irmã, despida e envergonhada perante toda a Moscou, mas com a coragem intacta, preocupando-se apenas com ele.

– Você será levado perante os bispos – Andrei contou-lhe naquela noite, quando foi trazida a sopa. Então, sombriamente, acrescentou: – E será interrogado. Se não for assassinado no escuro. Dmitrii poderia muito bem vir, pessoalmente, e cortar sua cabeça. Está furioso a esse ponto. O avô dele teria feito isso. Farei o que posso, mas isto não é grande coisa.

– Padre, se eu morrer – disse Sasha, estendendo a mão pouco antes de a porta se fechar –, o senhor precisa fazer o possível pela minha irmã. Pelas minhas duas irmãs. Olga fez o que fez contra a vontade, e Vasya é...

– Não quero saber o que sua irmã Vasya é – disse Andrei rispidamente. – Se você não tivesse se devotado a Deus, já estaria morto por causa das mentiras que contou, em prol daquela bruxa.

– Pelo menos, mande um recado a padre Sergei – Sasha disse. – Ele me ama muito.

– Isto eu farei – disse Andrei, mas já estava indo embora.

◇

Os sinos tocaram lá fora, os passos se foram, os rumores rodopiaram. Orações entrecortadas e incoerentes afloraram aos lábios de Sasha, e se perderam, novamente, à meia-voz. O crepúsculo havia se dissolvido em noite, e Moscou estava bêbada e animada sob o brilho de um recente luar, quando soaram passos no claustro, e a porta de Sasha foi sacudida.

Ele se levantou e colocou as costas junto à parede, sem saber se isso serviria para alguma coisa.

A porta abriu-se de mansinho. O rosto gordo e ansioso de Andrei voltou a surgir na fresta, a barba eriçada. Ao seu lado estava um jovem corpulento, de capuz.

Houve um momento de imobilidade descrente, e então Sasha adiantou-se, a passos largos. – Rodion! O que faz aqui? – Porque Andrei segurava uma tocha com a mão nervosa; sob essa luz, Sasha viu o rosto do amigo em péssimas condições, um sinal de congelamento em seu nariz.

Andrei parecia zangado, exasperado, temeroso. – O irmão Rodion veio às pressas da Lavra – disse –, com notícias que dizem respeito ao grão-príncipe de Moscou. – Uma pausa. – E seu amigo, Kasyan Lutovich.

– Estive em Bashnya Kostei – interrompeu Rodion. Olhava o amigo com apreensão, na cela fria e estreita. – Cavalguei dois cavalos até a exaustão para lhe trazer a notícia.

Sasha nunca tinha visto tal expressão no rosto de Rodion. – Então, entre.

Ele não estava em posição de dar ordens, mas os dois entraram na cela sem uma palavra, e trancaram a porta atrás deles.

Rodion prosseguiu, baixinho, contando uma história de pó, ossos e horrores na escuridão. – Aquilo faz jus ao nome – arrematou. – Bashnya Kostei, A Torre dos Ossos. Não sei que tipo de homem é esse Kasyan Lutovich, mas a casa dele não é moradia para um homem vivo. E se isso não fosse o bastante, foi Kasyan quem...

– Pagou Chelubey para se fazer passar como um emissário, para colocar seus homens dentro da cidade – completou Sasha, pensando com angústia em Vasya. – Eu sei. Rodya, você precisa partir imediatamente. Não diga que esteve comigo. Vá até o grão-príncipe. Conte a ele...

– Que emissário? Kasyan *pagou* aqueles bandidos para *incendiar aldeias* – Rodion interrompeu. – Encontrei o agente deles em Chudovo, o intermediário na compra de lâminas e cavalos.

Rodion andara atarefado.

– Contratou bandidos para queimar suas próprias aldeias? – Sasha perguntou com rispidez. – Para lucrar com meninas?

– É o que imagino – disse Rodion. Seu rosto, cortado pelo congelamento, estava sombrio.

Andrei ficou parado, próximo à porta.

— Talvez, Kasyan tenha usado os incêndios para atrair o grão-príncipe para dentro da mata, e o impostor conseguir se infiltrar com mais facilidade — Sasha disse, lentamente.

O olhar de Rodion ia de Sasha para Andrei. — Estou atrasado demais na minha missão? Vejo que você já foi vítima de alguma maldade.

— Meu próprio orgulho — disse Sasha, com uma sugestão de humor negro. — Julguei mal tanto a minha irmã, quanto Kasyan Lutovich. Mas basta. Vá. Estou bem o bastante aqui. Vá e avise...

Um clamor interrompeu-o. Houve um brilho de tochas, gritos vindos do portão, som de passos correndo e portas batendo.

— O que foi, agora? — resmungou Andrei. — Fogo? Ladrões? Esta é a casa de Deus.

O barulho ganhou intensidade; vozes gritavam e respondiam umas às outras.

Resmungando, Andrei passou com esforço pela porta, voltou-se para trancá-la, e então hesitou. Lançou a Sasha um olhar obscuro, não totalmente antagônico. — Não fuja enquanto isso, pelo amor de Deus. — Saiu desabalado, deixando a porta destrancada.

Rodion e Sasha entreolharam-se. A escuridão precipitada, faiscando entre as tochas, pontilhou as tonsuras dos dois.

— Você precisa prevenir o grão-príncipe — disse Sasha. — Depois, vá até minha irmã, a princesa de Serpukhov. Diga-lhe...

Rodion disse: — A criança da sua irmã está nascendo. Ela foi para a casa de banhos.

Sasha ficou paralisado. — Como você sabe?

Rodion abaixou a cabeça. — O padre Konstantin Nikonovich, aquele que conheceu seu pai em Lesnaya Zemlya, recebeu um recado, e saiu para lhe dar os sacramentos. Soube quando estava vindo.

Sasha virou-se bruscamente, olhando as mãos ainda com hematomas da briga daquele dia. Eles não chamariam um padre para uma mulher em trabalho de parto, se o fim dela não estivesse próximo. *Que ele, aquela criatura dissimulada devesse estar com a minha irmã moribunda...*

— Que Deus a proteja, na vida ou na morte — disse Sasha. Mas em seus olhos havia um brilho que teria feito o prudente Andrei voltar ofegante para passar três trancas na porta.

O ruído lá fora não havia diminuído. Acima do clamor, repentinamente, ergueu-se uma voz clara e incongruente, uma voz que Sasha conhecia.

Sasha empurrou Rodion de lado com um bom golpe de ombro, e voou pelo corredor do claustro, perseguido pelo amigo.

◆

Vasya estava no pátio dianteiro, logo depois do portão, usando uma pelerine suja, as mãos dobradas à frente, pálida e inimaginável no monastério à noite.

— Preciso ver meu irmão! – dizia rispidamente, sua voz baixa um contraponto à barulheira ao redor.

Os guardas de Dmitrii, que tinham permanecido mais pela boa cerveja de Andrei do que para vigiar a porta trancada de Sasha, apalparam vagamente suas espadas. Alguns monges tinham tochas; todos eles pareciam ultrajados. Vasya estava no centro de um grupo que crescia.

— Ela deve ter escalado o muro – gaguejou um dos guardas, na defensiva, persignando-se. – Surgiu do nada, a cadela sobrenatural.

O muro tinha sido feito mais para preservar a santidade das devoções dos monges, do que para manter os decididos do lado de fora, mas era razoavelmente alto. Recompondo-se, Sasha entrou no foco da luz da tocha.

Foi recebido com gritos de uma raiva atônita, e um dos guardas tentou colocar sua espada na garganta de Sasha. Mal olhando, Sasha desarmou o homem com uma torção e um tapa. A seguir, segurava uma espada em seu punho nu, e todos os monges recuaram. Os guerreiros tentaram pegar suas próprias espadas, mas Sasha mal os viu. Havia sangue nas mãos da irmã.

— Por que você veio? – perguntou. – O que houve? É a Olya?

— Ela perdeu a criança – Vasya respondeu com firmeza.

Sasha agarrou o braço da irmã. – Ela está viva?

Vasya soltou um pequeno som involuntário. Sasha lembrou-se que Kasyan também a havia agarrado ali, ao despi-la perante as pessoas. Soltou-a, lentamente. – Conte-me – disse, numa calma forçada.

— Sim – disse Vasya, freneticamente. – Sim, ela está viva e viverá.

Sasha soltou um suspiro. Grandes arcos de dor sombreavam os olhos da irmã.

Andrei abriu caminho em meio ao povaréu. – Calem a boca todos vocês – disse o hegúmeno. – Menina...

— Você precisa me ouvir agora, *Batyushka* – Vasya interrompeu.

— Não ouviremos! – retrucou Andrei, furioso, mas Sasha disse:

— Ouvir o quê, Vasya?

— É hoje à noite — ela disse. — Esta noite, quando as festividades estiverem no auge, e toda a Moscou estiver bêbada, Kasyan pretende matar o grão-príncipe, mergulhar Moscou no caos, e ele mesmo sair triunfante como grão-príncipe. Dmitrii não tem filho; Vladimir está em Serpukhov. Vocês têm que acreditar em mim. — Ela se virou, repentinamente, para Rodion, que estava atrás dos monges. — Irmão Rodion — acrescentou, naquela voz límpida. — Você veio às pressas a Moscou. O que o trouxe com urgência? Acredita em mim, irmão?

— Acredito — disse Rodion. — Vim de Bashnya Kostei. Talvez uma semana atrás eu tivesse rido de você, mas agora? Talvez seja como você diz.

— Ela está mentindo — disse Andrei. — Frequentemente, as meninas mentem.

— Não — disse Rodion lentamente. — Não, não acho que esteja.

Sasha perguntou: — Você deixou Olya para vir até mim? Com certeza nossa irmã precisa de você, agora.

— Ela me pôs pra fora — disse Vasya. Seus olhos não desviavam dos olhos do irmão, embora sua voz tropeçasse nas palavras. — Precisamos prevenir Dmitrii Ivanovich.

— Não posso deixá-lo ir, irmão Aleksandr — interrompeu Andrei, em desespero. — É um risco muito grande para a minha própria vida e a minha função.

— Com certeza, ele não pode — intrometeu-se um dos guardas, com a fala pastosa.

Os monges entreolharam-se.

Sasha e Rodion, ambos veteranos, desviaram o olhar do hegúmeno e se entreolharam, depois olharam o círculo de homens bêbados. Vasya esperou, com a cabeça inclinada, como se pudesse ouvir coisas que eles não podiam.

— Nós escaparemos — Sasha disse numa voz amável e baixa para Andrei. — Sou um homem perigoso. Feche os portões, padre. Coloque um vigia.

Por um bom tempo, Andrei olhou duro para o rosto do mais jovem. — Até hoje nunca critiquei o seu discernimento — murmurou de volta. Mais baixo ainda, acrescentou: — Deus esteja com vocês, meus filhos. — Uma pausa. Depois, de má vontade: — E com você, minha filha.

Vasya, então, sorriu para ele. Andrei fechou a boca com um estalo. Seus olhos encontraram os de Sasha. — Levem-nos — disse em voz alta. — Coloquem o irmão Aleksandr...

Mas Sasha já tinha sacado sua espada; com três golpes, desarmou os guardas bêbados, e forçaram caminho em meio ao restante. Rodion usou o cabo do seu machado para abrir passagem, e Vasya, sensatamente, ficou entre eles. Então, eles se viram livres do círculo de pessoas, correndo pelo claustro até o portãozinho dos fundos, que lhes daria acesso a Moscou.

◇

A dor do golpe de Vasya cegou Konstantin; por um momento, ele ficou dobrado na malcheirosa casa de banhos, com flashes vermelhos piscando em frente aos seus olhos. Ouviu a porta abrir e bater. Depois, silêncio, salvo pelos sons de choro no cômodo interno.

Sentindo-se nauseado, abriu os olhos.

Vasya tinha ido embora. Uma criatura etérea estudava-o com grave curiosidade.

Konstantin endireitou-se tão rapidamente, que sua visão escureceu mais uma vez.

– Você foi tocado pelo deus de um olho só – o *bannik* informou ao padre. – O comedor. Então, você nos vê. Não vejo um da sua estirpe há um bom tempo. – O *bannik* sentou-se para trás em seu quadril gordo, nu e enevoado. – Gostaria de escutar uma profecia?

Um suor gelado irrompeu por todo o corpo de Konstantin. Ele se levantou com dificuldade. – Para trás, demônio. Para longe de mim!

O *bannik* não se mexeu. – Você será grande entre os homens – informou ao padre, maliciosamente –, e isso só lhe trará horror.

A mão suada de Konstantin pesava na tranca. – Grande entre os homens?

O *bannik* bufou e arremessou uma concha de água fervente. – Caia fora, pobre criatura faminta. Caia fora e deixe os mortos em paz. – Jogou mais água.

Konstantin gritou e saiu da casa de banhos, aos tropeções, pingando e queimado. Vasya. Onde estava Vasya? Ela poderia quebrar a maldição. Poderia lhe dizer...

Mas Vasya tinha ido embora. Ele cambaleou pelo pátio dianteiro por um tempo, buscando, mas não havia sinal dela. Nem mesmo pegadas. Claro que ela tinha ido embora. Não era uma bruxa, mancomunada com demônios?

Kasyan Lutovich havia lhe prometido vingança, caso ele cumprisse uma pequena tarefa. – Você detesta as bruxinhas? – Kasyan dissera. – Bom, sua Vasya não é a única bruxa em Moscou. Faça isto para mim. Depois, eu o ajudarei...

Promessas, promessas vazias. Que importância tinha o que Kasyan Lutovich dissera? Os homens de Deus não se vingavam. Mas...

Isto não é vingança, pensou Konstantin. Guerrear contra o demônio, o que era bom aos olhos de Deus. Além disso, se tudo o que Kasyan dissera fosse verdade, então, Konstantin poderia, de fato, virar bispo. Só que, primeiro...

Konstantin Nikonovich, com amargura na alma, partiu em direção à torre do *terem*. Ela estava quase vazia, seus fogos, minguando. Todas as serviçais de Olga estavam com a princesa na casa de banhos, atrás dele.

Mas não completamente vazia. Uma menina de olhos negros dormia no *terem*, com fantasmas em seus olhos inocentes. Naquela noite tumultuada, sua guardiã era uma velha ama afetuosa, que jamais questionaria sua autoridade de padre.

◇

Sasha, Rodion e Vasya pararam um instante para respirar, à sombra do muro do monastério. Atrás deles, o monastério murmurava como uma enxurrada de primavera. Era só uma questão de tempo para que os guardas de Dmitrii irrompessem numa perseguição furiosa.

– Rápido – Vasya disse.

Agora, a orgia estava terminando, com a volta dos bêbados trôpegos para casa. O dia seguinte seria o Dia do Perdão. Os três subiram pela colina, correndo, sem serem notados, mantendo-se nas sombras. Sasha levava sua espada roubada, e Rodion tinha um machado.

O palácio do grão-príncipe achava-se maciço e inexpugnável no topo da colina. Tochas iluminavam o portão de madeira, e dois guardas trêmulos ladeavam-no, com gelo nas barbas. Com certeza, não parecia um palácio na iminência de um perigo.

– E agora? – cochichou Rodion, enquanto eles se esgueiravam à sombra do muro oposto.

– Temos que entrar – disse Vasya, com impaciência. – O grão-príncipe precisa ser acordado e prevenido.

– Como você pode estar... – Rodion começou.

— Existem dois portões menores, além do principal – interrompeu Sasha. – Mas terão uma tranca por dentro.

— Temos que passar por cima do muro – disse Vasya, secamente.

Sasha olhou para a irmã. Nunca havia pensado nela como alguém com uma fragilidade feminina, mas o último traço de suavidade tinha desaparecido. O cérebro rápido, os membros fortes estavam ali: impetuosamente presentes, quase desafiadores, embora escondidos sob sua vestimenta restritiva. Ela estava mais feminina do que jamais estivera, e menos.

Bruxa. A palavra vagou pela mente dele. *Damos este nome a este tipo de mulher, porque não temos outro nome.*

Ela pareceu captar seu pensamento; curvou a cabeça num entendimento incômodo. Depois, disse: — Sou menor do que vocês dois. Se me ajudarem, posso passar sobre o muro. Abrirei o portão pra vocês. — Seu olhar percorreu mais uma vez a rua nevada e silenciosa. — Enquanto isso, vigiem os inimigos.

— Por que você está dando ordens? — Rodion conseguiu dizer. — Como sabe tudo isto?

— Como você pretende abrir o portão para nós? — interrompeu Sasha com sua própria impaciência.

Ambos os homens desconfiaram do sorriso que Vasya deu em resposta: amplo e despreocupado. — Observe – disse.

Sasha e Rodion entreolharam-se Já tinham visto homens nos campos de batalha com aquela expressão, e raramente acabavam bem.

Vasya correu como um espectro até os muros do grão-príncipe de Moscou. Sasha foi atrás. No rosto dela, havia uma luz intermitente que não agradou ao irmão.

— Levante-me – ela disse.

— Vasya...

— Não há tempo, irmão.

— Mãe de Deus – Sasha murmurou, e se inclinou para suportar o seu peso.

Vasya subiu em suas costas com a leveza de um passarinho, e a sensação foi a mesma, quando ele endireitou as costas e ela subiu nos seus ombros. Ainda estava baixa para o muro, mas pulou inesperadamente, fazendo-o estatelar-se para trás, e agarrou o alto do muro com as primeiras duas falanges dos seus dedos fortes. Estava sem luvas. Ergueu-se por pura força. Uma bota levantou-se e tocou o alto do muro. Num instante, Vasya estava ali, agachada, quase invisível. Depois, soltou-se na neve funda do outro lado.

Sasha ficou em pé, espanando a neve. Rodion veio atrás dele, sacudindo a cabeça. – Quando a conheci em Lesnaya Zemlya, estava perdido na chuva – disse. – Ela colhia cogumelos, molhada como um espírito das águas, cavalgando um cavalo sem rédeas. Eu sabia que não era uma menina talhada para conventos, mas...

– Ela é ela mesma – disse Sasha. – Tanto uma perdição, quanto uma bênção, e quem deve julgá-la é Deus. Mas neste caso, confiarei nela. Temos que vigiar os inimigos e esperar.

◇

Vasya jogou-se do muro em um banco de neve, e se levantou incólume. Agora, obtinha algum benefício da sua corrida estúpida ao redor do palácio de Dmitrii Ivanovich – parecia ter sido muito tempo atrás –, porque tinha razoável certeza de onde pisava. Ali: estábulos. Ali: cervejaria. Defumaria, curtume, ferreiro. O próprio palácio.

Acima de tudo, Vasya queria seu cavalo. Queria sua força, seu bafo quente, seu afeto descomplicado. Sem ele, era uma menina perdida em um vestido; montada nele, se sentia invencível.

Mas antes, havia outra vantagem da corrida. E ela precisava aproveitá-la.

Com os dedos congelando, Vasya reabriu o corte no pulso que tinha dado mais cedo para a fantasma chupar. Deixou três gotas caírem na neve.

Um *dvorovoi* é um espírito do pátio junto à casa, mais raro do que um *domovoi*, menos compreendido e, às vezes, cruel. Este um destacou-se da luz das estrelas e da terra enlameada, parecendo uma pilha de neve suja, fraco como estavam todos os *chyerti* em Moscou.

Vasya ficou feliz ao vê-lo.

– Você de novo – ele disse, arreganhando os dentes. – Você invadiu o meu pátio.

– Para salvar o seu chefe – Vasya retrucou.

O *dvorovoi* sorriu. – Talvez eu queira um novo chefe. O feiticeiro vermelho acordará o dorminhoco e silenciará os sinos, e talvez, então, as pessoas voltem a me deixar presentes.

O dorminhoco... Vasya sacudiu a cabeça, bruscamente. – Você não escolhe – ela lhe disse. – Está vinculado ao seu povo para o bem e para o mal, e precisa ajudá-lo, quando necessário. Não tenho má intenção. Você me ajudará, agora? – Ela estendeu o braço, com cautela, e pressionou os dedos sangrentos no rosto frio e disforme do *dvorovoi*.

– O que quer que eu faça? – perguntou o *dvorovoi*, desconfiado, cheirando o sangue dela. Agora, ele era mais carne do que neve.

Vasya sorriu para ele, friamente. – Faça barulho – ela disse. Acorde todo o maldito palácio. O tempo para segredos é passado.

◊

Sobre o palácio do grão-príncipe reinava um silêncio encharcado pela bebida, e, lá fora, a cidade tinha se aquietado. Mas não era uma calmaria pacífica, como seria adequado após dias de bolos e bebidas. Uma tensão atravessava o silêncio, e a pele de Vasya formigou. O *dvorovoi* a tinha escutado, com os olhos estreitos; depois, desapareceu abruptamente.

Desde criança, Vasya conseguia caminhar com leveza, mas agora, esgueirava-se de sombra em sombra com um cuidado de ladrão, quase com medo de respirar, mantendo o muro à sua esquerda. Onde ficava o portãozinho dos fundos? Evitou as luzes cintilantes das tochas, procurando o portão, tomando cuidado com guardas, escutando, escutando...

Subitamente, do outro lado do pátio ouviu-se um grito agudo, como se estivessem puxando o rabo de mil gatos. Os cachorros nos canis começaram a latir.

Uma tocha correu por uma galeria acima, e um lampião foi aceso. Depois outro, e mais um, enquanto o clamor crescia no pátio. Uma mulher gritou. Vasya quase sorriu. Agora, não havia espaço para discrições.

No momento seguinte, Vasya tropeçou nas pernas de um homem, e se esparramou na neve densa. Com o coração disparado, levantou-se às pressas, e se virou. À sua direita estava o portãozinho dos fundos, afundado na neve. O único guarda do portão estava sentado à frente dele, com a cabeça afundada no peito. Tinha sido nas pernas dele que ela tropeçara.

Vasya aproximou-se com cuidado. O homem não se mexeu. Ela colocou os dedos perto do seu rosto. Não respirava. Quando o sacudiu pelo ombro, sua cabeça pendeu no pescoço. Tinha a garganta cortada, um corte fundo, e aquilo na neve não eram sombras, e sim, sangue...

O barulho no pátio aumentava. De repente, uma correria de corpos, quatro, seis homens fortes e com passos leves dispararam das sombras opostas a ela, em direção à escada do palácio. *Kasyan deixou que entrassem durante as comemorações*, Vasya pensou. *Cheguei tarde demais.*

Reunindo suas forças, enfiou as mãos nuas sob os braços do guarda morto, e o arrastou, murmurando uma oração pela sua alma, escorregando na neve.

Assim que abriu o portão, Sasha forçou caminho por ela, entrando no pátio.

– Onde está Rodion? – Vasya perguntou.

Seu irmão apenas sacudiu a cabeça, seus olhos já erguidos nas sombras que progrediam, na confusão de corpos, luz de fogo e escuridão, um novo e inconfundível som de luta. Um homem passou pelo delicado anteparo que protegia as escadas, e caiu gritando no pátio. Os cachorros continuavam latindo nos canis. Vasya pensou ter vislumbrado Kasyan, parado tensamente em frente ao portão do palácio, seu cabelo ruivo, preto na escuridão.

Então, acima de tudo ergueu-se um trovejante grito de guerra, encorajadoramente saudável, mas rouco de surpresa e urgência: a voz do grão-príncipe de Moscou.

– Mitya – sussurrou Sasha. Algo naquele apelido infantil, que, provavelmente não era dito em frente de Dmitrii desde que ele fora coroado aos dezesseis anos, ecoava vivamente a juventude que ambos haviam compartilhado, e Vaysa pensou, subitamente: *Foi por isso que ele não voltou. Por mais que nos amasse, ama mais a este príncipe, e Dmitrii precisava dele.*

"Fique aqui, Vasya", disse Sasha. "Esconda-se. Barre o portão." Depois, saiu correndo, a espada chamejante com a luz que vinha de cima, diretamente para o corpo a corpo. Guardas convergiam de todo o pátio. Depois, um estrondo devastador veio do portão principal. A escada dos guardas oscilou, e eles vacilaram entre a ameaça atrás e a ameaça acima. Sasha não hesitou. Tinha chegado ao pé da escada sul, e subiu aos pulos, em meio à escuridão.

Vasya barrou o portão, como Sasha lhe mandara, depois ficou um momento nas sombras, indecisa. Seu olhar foi do portão principal que vibrava, aos aturdidos guardas do palácio, às luzes que oscilavam loucamente por detrás das janelas em fenda do palácio.

Ouviu a voz do irmão gritando, o tilintar da sua espada. Murmurou uma prece pela vida dele, e foi até o estábulo. Se tinha que fazer algo pelo grão-príncipe, além de gritar alertas, precisava do seu cavalo.

Chegou ao longo e baixo estábulo, e mais uma vez se nivelou às sombras.

Um guarda no pátio gritou e caiu, atravessado por uma flecha disparada de cima do muro. Todo o pátio estava desperto e aos gritos, cheio de correrias, homens atônitos, vários deles bêbados. Mais flechas voaram. Mais homens caíram. Acima da barulheira, ela voltou a escutar a voz de Dmitrii, agora desesperada. Vasya rezou para que Sasha chegasse a tempo até ele.

Os golpes redobraram no portão. Precisava chegar a Solovey. Ele estaria lá? Teria sido morto, levado para outro lugar, ferido...?

Vasya contraiu os lábios e assobiou.

Foi imediatamente recompensada, com um sentimento de alívio, com um relincho furioso e familiar. Depois, um impacto, como se Solovey pretendesse derrubar o estábulo com coices. Os outros cavalos começaram a relinchar, e logo todo galpão estava em tumulto. Outro som juntou-se à balbúrdia, um grito lamentoso e sibilante, diferente de qualquer cavalo que Vasya já tivesse ouvido.

Por um momento, Vasya escutou os gritos dos cavalariços semiacordados. Depois, avaliando seu tempo, disparou para dentro.

Encontrou um caos, quase tão ruim quanto o do pátio lá fora. Cavalos em pânico destruíam suas baias; os cavalariços não sabiam se deveriam acalmá-los ou investigar a barulheira fora. Todos os cavalariços eram escravos, desarmados e amedrontados. O zunido e a confusão de flechas eram claramente audíveis, agora, e os gritos.

– Faça o que precisa e caia fora – disse uma voz diminuta. – O inimigo está próximo e você está nos assustando.

Vasya levantou os olhos para as sombras do palheiro, e viu um par de olhos minúsculos, dispostos num rostinho que lhe fazia caretas. Ela levantou a mão em reconhecimento.

Os chyerti *estão mais fracos*, ela pensou, *mas não foram embora*. O pensamento reanimou seu coração. Depois, franziu o cenho, porque o estábulo estava iluminado por um brilho estranho.

Deslizou por uma fileira de baias, mantendo-se longe da visão dos esfalfados cavalariços. Conforme avançava, o brilho aumentava. Seus passos abafados vacilaram.

A égua dourada de Kasyan reluzia. Sua crina e sua cauda pareciam pingar fragmentos de luz. Ainda conservava o bridão dourado: freio, rédeas e tudo mais. Inclinou uma orelha para Vasya, e resfolegou suavemente: uma névoa clara embaçou com a sua luz.

Três baias à frente da baia da égua, achava-se Solovey, olhando-a com as orelhas espetadas, dois cavalos imóveis em meio ao tumulto. Ele também usava um bridão, amarrado com firmeza à porta da baia, e seus pés dianteiros estavam tolhidos. Vasya correu os últimos dez passos, e jogou os braços ao redor do pescoço do garanhão.

Tive medo que você não viesse, disse Solovey. *Não sabia onde poderia encontrá-la. Você cheira a sangue.*

Ela se recompôs, lidou com as fivelas da testeira do garanhão, e com um puxão fez toda a parafernália cair no chão. – Estou aqui – Vasya cochichou. – Estou aqui. Por que o cavalo de Kasyan está brilhando?

Solovey resfolegou e sacudiu a cabeça, aliviado das amarras. *Ela é a mais importante de todos nós*, ele disse. *A mais importante e a mais perigosa. No começo, não a reconheci. Não acreditei que pudesse ser levada pela força.*

A égua observou-os com as orelhas em pé, e uma expressão o tempo todo alerta em seus dois olhos ardentes. *Solte-me*, disse.

Os cavalos falam, principalmente, com as orelhas e os corpos, mas Vasya ouviu esta voz em seus ossos.

– A mais importante de vocês? – Vasya cochichou para Solovey.

Solte-me.

Solovey raspou o chão, incomodado. *É. Vamos embora*, disse. *Vamos para a floresta. Aqui não é lugar para nós.*

– Não – ela ecoou. – Aqui não é lugar para nós. Mas precisamos esperar um pouco. Existem dívidas a serem pagas. – Ela cortou as amarras dos pés do garanhão.

Solte-me, repetiu a égua dourada. Vasya levantou-se lentamente. A égua olhava-os com um olho como ouro fundido. Um poder, mal contido, parecia agitar-se sob a sua pele.

Vasya, disse Solovey, incomodado.

Vasya mal ouviu. Olhava fixamente no olho da égua, como o núcleo pálido de um fogo, e deu um passo, depois outro. Atrás dela, Solovey gritou: *Vasya!*

A égua mexeu seu freio dourado coberto de espuma, e encarou Vasya. Ela percebeu que tinha medo do cavalo, o que jamais tinha acontecido.

Talvez fosse isso, mais do que qualquer outra coisa – uma aversão ao medo que não deveria ter sentido – que fez Vasya estender a mão, agarrar uma fivela dourada, e arrancar o cabresto da cabeça da égua.

O animal congelou. Vasya congelou. Solovey congelou. Era como se o mundo tivesse paralisado em seus céus.

– O que é você? – ela cochichou para a égua.

A égua abaixou a cabeça lentamente, ao que pareceu, muito lentamente, para tocar a pilha descartada de ouro, e depois a levantou para tocar no rosto de Vasya, com o focinho.

Sua carne ardia de quente, e Vasya pulou para trás com um arquejo. Ao pôr a mão no rosto, sentiu que se formava uma bolha.

Então, o mundo voltou a se mover. Atrás dela, Solovey empinava. *Vasya, afaste-se.*

A égua levantou a cabeça de supetão. Vasya recuou. A égua empinou, e Vasya pensou que seu coração pararia com a beleza terrível daquilo. Sentiu uma lufada de calor no rosto, e sua respiração travou na garganta.

Fui parido, Solovey havia lhe dito uma vez, *ou talvez tenha saído de um ovo*. Vasya recuou até sentir o bafo de Solovey às suas costas, até conseguir retirar as barras da sua baia, sem despregar por um minuto os olhos da égua dourada. Égua?

Rouxinol, Vasya pensou. Solovey significa rouxinol.

Não haveria outros, então? Cavalos que fossem... Esta égua... Não, não era uma égua, não era absolutamente uma égua. Porque perante os olhos de Vasya, o cavalo empinando transformou-se num pássaro dourado, maior do que qualquer pássaro que Vasya já vira, com asas de fogo, azuis, laranja e escarlate.

— Zhar Ptitsa — Vasya disse, saboreando as palavras como se nunca tivesse se sentado aos pés de Dunya, escutando as histórias do pássaro de fogo.

O bater das asas do pássaro ventilou um calor abrasador em seu rosto, e as bordas das suas penas eram exatamente como chamas, desprendendo fumaça. Solovey soltou um grito, uma mistura de medo e triunfo. Por toda a volta, os cavalos gritavam e escoiceavam de pavor.

O calor ondulou e fumegou no ar invernal. O pássaro de fogo quebrou as barras da baia como se fossem gravetos, e se ergueu em direção ao teto, soltando fagulhas como chuva. O teto não foi barreira. O pássaro atravessou-o, espalhando luz. Foi subindo, subindo, brilhante como um sol, de tal modo que a noite transformou-se em dia. Em algum ponto do pátio, Vasya ouviu um urro de raiva.

Ela assistiu à partida do pássaro com a boca aberta, imaginando, apavorada, em silêncio. O pássaro de fogo deixara uma trilha de chamas que já estavam pegando na palha. Um dedo de fogo subiu por um mourão muito seco, e um novo calor chamuscou o rosto queimado de Vasya.

Chamas começaram a subir por toda a volta, e uma fumaça acre, numa rapidez surpreendente.

Com um grito, Vasya voltou a si e correu para libertar os cavalos. Por um instante, pensou ter visto o pequeno espírito do estábulo, cor de palha, ao seu lado, e ele sibilou: – Menina idiota, soltar o pássaro do fogo! – Depois, ele se foi, abrindo as portas das baias ainda com mais rapidez do que ela.

Alguns dos cavalariços já tinham corrido, deixando as portas escancaradas; as brisas insinuaram-se para atiçar as chamas. Outros, espantados, mas temendo pelas suas funções, correram para ajudar com os cavalos, formas indistintas na fumaça. Vasya e Solovey, os cavalariços, e o pequeno *vazila* começaram a puxar os cavalos apavorados para fora. A fumaça sufocava a todos, e mais de uma vez Vasya foi quase pisada.

Por fim, Vasya chegou a sua própria Zima, levada para o estábulo do grão-príncipe, e agora empinando de medo em uma baia. Vasya desviou-se dos cascos agitados e arrancou as barras da baia. – Saia – disse-lhe, freneticamente. – Por ali. Vá! – A ordem e um tapa nos quartos fizeram com que a potranca apavorada corresse para a porta.

Solovey surgiu junto ao ombro de Vasya. Agora, eles estavam rodeados por chamas, que giravam como bailarinos resilientes. O calor chamuscou seu rosto. Por um instante, Vasya pensou ter visto Morozko vestido de preto.

Solovey gritou quando uma palha em fogo bateu no seu flanco. *Vasya, precisamos ir embora.*

Nem todos os cavalos tinham sido soltos. Ela podia ouvir os gritos dos poucos que restavam, perdidos nas chamas.

– Não! Eles vão... – Mas seu protesto restou inacabado.

O grito de uma voz familiar soou no pátio.

25

A MENINA NA TORRE

Vasya jogou-se sobre Solovey e ele galopou para fora do estábulo, enquanto as chamas estalavam como lobos em seus calcanhares. Emergiram em uma simulacro macabro da luz do dia: chamas do estábulo queimado lançavam um brilho infernal no pátio, e luzes brilhavam de todas as partes do palácio de Dmitrii.

Havia uma batalha no pátio, e um clamor como um motim, acima. Vasya não conseguia ver o irmão, mas, naquela luz fraca, mal dava para distinguir amigo de inimigo.

O portão principal ostentava longas rachaduras; ele não se sustentaria por muito mais tempo. Escravos corriam com baldes e cobertores molhados para apagar as chamas; agora, metade da guarda ajudava-os. O fogo era um perigo tão grande quanto as flechas, em uma cidade toda feita de madeira.

Então, aquele grito meio familiar fez-se ouvir novamente. A luz do estábulo queimando jogou todo o pátio num relevo cintilante, e ela viu Konstantin Nikonovich caminhando furtivamente junto ao muro interno.

O que ele está fazendo aqui?, Vasya especulou. No início, não sentiu nada além de surpresa.

Então, viu com horror que o padre agarrava uma criança pelo pulso. A menina não tinha casaco, nem lenço ou botas. Tremia miseravelmente.

– Tia Vasya! – gritou, numa voz que Vasya conhecia. – Tia Vasya! – Sua voz atravessou com clareza o ar opressivo. – Me solte!

– Masha! – Vasya gritou, incrédula. Uma criança? A filha de um príncipe? Aqui?

Então, viu Kasyan Lutovich. Corria para o pátio, a boca aberta numa mescla de raiva e triunfo. Pulou em pelo sobre um dos cavalos soltos, deu meia-volta, e veio galopando ao longo do muro, sem se preocupar com flechas.

Por um segundo, Vasya não entendeu.

Naquele momento, com um movimento perfeitamente sincronizado, Kasyan emparelhou-se com Konstantin, agarrou a menina, e a colocou de bruços sobre o ombro suado do cavalo.

– Masha! – Vasya gritou. Solovey já tinha girado para persegui-los. Grandes arcos de neve semiderretida voavam dos seus pés galopantes. Vasya agachou-se em seu pescoço, esquecendo as flechas. Mas cavalo e cavaleira tinham toda a largura do pátio para atravessar, e Kasyan chegou à escada do *terem* sem ser molestado. Desceu do cavalo segurando debaixo do braço Marya, que chutava. Seu olhar ergueu-se e encontrou o de Vasya.

– Agora – Kasyan gritou para ela, com raiva, os olhos brilhando com o subir das chamas –, você pode lamentar seu orgulho.

Subiu correndo com Marya, para dentro da escuridão.

– Você prometeu! – Konstantin gritava atrás dele, chegando aos tropeços ao pé da escada, e hesitando perante o túnel escuro que escondia os degraus. – Você disse...

Um ondular de risada insana foi a resposta, depois silêncio. Konstantin ficou ofegante, no escuro.

Solovey e Vasya alcançaram o outro lado do pátio. Konstantin virou-se para encará-los. Solovey empinou, seus cascos a um fio da cabeça do padre, e Konstantin caiu para trás. Vasya inclinou-se para frente, seu olhar tão frio quanto a sua voz. Atrás deles vinham os golpes no portão; acima deles, o tilintar de espadas. – O que você fez? O que ele quer com a minha sobrinha?

– Ele me prometeu vingança – Konstantin sussurrou. Tremia da cabeça aos pés. – Disse que eu só precisava...

– Em nome de Deus! – exclamou Vasya. Ela escorregou pelo ombro de Solovey. – Vingança do quê? Salvei sua vida uma vez, enquanto você ainda era um homem impoluto, salvei sua vida. Você esqueceu? *O que ele quer com ela?*

Por um átimo, ela viu o pintor, o padre, em algum lugar sob as camadas de amargura. – Ele disse que se fosse para eu ficar com você, então ele tinha que tê-la – Konstantin sussurrou. – Ele disse que eu podia... – Sua voz ficou mais estridente. – Eu não queria fazer isso! Mas você me deixou! Me deixou sozinho, vendo demônios. O que eu deveria fazer? Agora, venha. Agora, você está aqui e só peço...

— Você foi mais uma vez enganado — interrompeu Vasya, friamente. — Saia da minha frente. Você batizou a filha da minha irmã; por causa dela, eu não te mato.

— Vasya — disse Konstantin, fazendo menção de estender o braço. Solovey estalou seus dentes amarelos, e Konstantin abaixou a mão. — Fiz isto por você. Por sua causa. Eu... Eu te odeio... Você... é linda. — Falou isto como uma maldição. — Se, ao menos, você tivesse escutado...

— Você tem sido apenas um instrumento para coisas perversas — ela retrucou. — Mas para mim basta. Da próxima vez que te vir, Konstantin Nikonovich, eu te mato.

Ele se endireitou. Talvez pretendesse falar novamente. Mas ela não tinha mais tempo. Sibilou uma ordem para Solovey; o garanhão empinou, rápido como uma cobra. Konstantin tropeçou para trás, de boca aberta, desviando-se dos cascos do cavalo, e, então, fugiu. Vasya ouviu-o chorando, enquanto corria.

Mas não ficou vendo-o ir. Os degraus escuros acima pareciam transpirar horrores, embora o restante do pátio estivesse iluminado pelo estábulo em chamas. Ela se preparou para subir correndo, sozinha. — Solovey — disse, olhando atrás dela, um pé já no primeiro degrau. — Você precisa...

Mas, então, ela se interrompeu, porque o som da batalha acima e atrás dela tinha mudado. Vasya virou-se para olhar novamente para o pátio. Agora, as chamas do estábulo pulavam mais alto do que as árvores, queimando num escarlate estranho e mortiço.

Coisas escuras com bocas babosas começaram a rastejar para fora das sombras avermelhadas.

O sangue de Vasya gelou. No pátio, os homens de Dmitrii tropeçaram. Cá e lá uma espada caiu de uma mão sem força. Um homem acima gritou.

— Solovey? — Vasya cochichou. — O quê...?

Então, com uma rachadura final, o portão cedeu. Chelubey entrou galopando no clarão vermelho, gritando ordens, competente, destemido. Tinha arqueiros à esquerda e à direita, e eles encheram o pátio de flechas.

Os homens de Dmitrii, já vacilantes, sucumbiram. Agora, Vasya tinha uma impressão de perda, horror e caos; cavalos fugindo às cegas, flechas voando por sobre o alto do muro, e por toda parte coisas pálidas e sorridentes que saíam aos tropeções da maldita escuridão, mãos estendidas, sorrisos afivelados em rostos pastosos de putrefação. Atrás deles, vinham guerreiros, avançando progressivamente, com cavalos rápidos e espadas brilhantes.

Isto era feitiçaria? Poderia Kasyan chamar amigos do Inferno, e fazer com que atendessem? O que estaria fazendo com Marya, ali em cima, na torre? As chamas do estábulo pareciam embebidas em sangue e, cada vez mais, criaturas rastejavam das sombras, levando seu povo para as lâminas dos seus agressores.

Uma flecha passou zunindo pela sua cabeça, e caiu no mourão ao seu lado. Vasya deu um pulo num reflexo atônito. Um dos horrores estendeu uma das mãos em garra em sua direção, sorrindo, os olhos cegos. Solovey mandou-o longe com seus pés dianteiros, e a coisa caiu para trás.

A voz grave de Chelubey tornou a gritar. A chuva de flechas ficou mais violenta. Os homens de Dmitrii não podiam se recobrar perante esta nova ameaça; lutavam contra fantasmas. Em um instante, os russos seriam abatidos um a um.

Então, a voz de Sasha ecoou, clara e tranquila. – Povo de Deus – disse –, não tenha medo.

◇

Sasha deixara a irmã no portãozinho dos fundos, e subira correndo a escada até o corpo a corpo do palácio, seguindo a voz do grão-príncipe, os gritos e o tumulto. Abaixo dele, cães latiam e cavalos relinchavam. O portão da frente do palácio sofria golpes constantes; os homens de Kasyan e os tártaros de Chelubey uivavam para acordar os mortos. A chance de os invasores agirem furtivamente fora-se; agora a única esperança que tinham estava na rapidez e na propagação do caos e do medo. Quantos homens haviam se infiltrado pelo portão dos fundos, antes de Vasya perceber e avisar?

O fedor bolorento de uma velha pele de urso alertou-o, e então uma espada veio até a cabeça de Sasha, saída da escada quase escura. Ele a impediu com um golpe de ranger os dentes e uma chuva de fagulhas. Um dos homens de Kasyan. Sasha não tentou lutar contra ele, apenas esquivou-se ao segundo golpe, desviou-se do homem, chutou-o escada abaixo, e continuou correndo.

Havia uma porta entreaberta; disparou para a primeira antessala. Ninguém. Apenas serviçais mortos, guardas com a garganta cortada.

Mais acima no palácio, Sasha pensou ter ouvido Dmitrii gritar. A luz do pátio brilhou repentinamente nas janelas em fendas. Sasha continuou correndo, rezando incoerentemente.

Ali estava a sala de recepção, silenciosa e imóvel, salvo pela porta atrás do trono que estava entreaberta; por detrás dela vinham o choque de lâminas e um bruxuleio amarelo de luz de fogo.

Sasha atravessou correndo. Dmitrii Ivanovich estava lá, desassistido, exceto por um único guarda sobrevivente. Quatro homens com espadas curvas confrontavam-nos. Três serviçais desarmados e quatro outros guardas, cujas armas não tinham feito o bastante, jaziam mortos no chão.

Enquanto Sasha observava, o último guarda do grão-príncipe caiu com um punho de espada no rosto. Dmitrii matou o agressor e recuou, furioso.

Os olhos do príncipe e do padre encontraram-se por um brevíssimo instante.

Então Sasha sacou sua espada. Ela atravessou de ponta a ponta, perfeita, as costas com armadura de couro de um dos invasores. Dmitrii impediu o golpe do segundo homem, contra-atacando com sua espada num arco inequívoco que arrancou a cabeça do oponente.

Sasha correu em frente, apanhando a espada de um homem morto, e então foi uma batalha renhida, próxima, dois contra dois, até que, finalmente, os intrusos caíram, cuspindo sangue.

Um silêncio súbito e suspenso.

Os primos entreolharam-se.

– De quem eles são? – Dmitrii perguntou, dando uma olhada nos mortos.

– De Kasyan – Sasha disse.

– Pensei ter reconhecido este – disse Dmitrii, cutucando um com a parte chata da espada. Havia sangue no nariz e nós dos dedos; seu peito troncudo arfava. Gritos vieram da sala de guarda abaixo; mais gritaria do pátio lá fora. Depois, um barulho de algo sendo arrebentado.

– Dmitrii Ivanovich, peço que me perdoe – disse Sasha.

Ele se perguntou se o grão-príncipe iria matá-lo ali, nas sombras.

– Por que você mentiu para mim? – perguntou Dmitrii.

– Pela virtude da minha irmã – disse Sasha. – E depois, pela coragem dela.

Dmitrii segurava sua espada de cabeça de serpente, livre e ensanguentada, em sua mão larga. – Você voltará a mentir para mim? – perguntou.

– Não – disse Sasha. – Juro.

Dmitrii suspirou, como se tivesse se livrado de um imenso peso. – Então eu lhe perdoo.

Outro estrondo no pátio, gritos, e um súbito clarão de luz de fogo.

– O que está acontecendo? – Dmitrii perguntou.

– Kasyan Lutovich pretende tornar-se grão-príncipe – respondeu Sasha.

Dmitrii sorriu ao ouvir isso, lenta e sombriamente. – Então, vou matá-lo – disse, com toda simplicidade. – Venha comigo, primo.

Sasha concordou com a cabeça, e os dois desceram para a batalha lá embaixo.

◇

Vasya virou-se. Seu irmão estava no alto da escada, no patamar onde ela se dividia para ir para o *terem* ou para as câmaras de audiência. O parapeito da escada fora arrancado. No instante seguinte, o grão-príncipe de Moscou, sangrando no nariz e nos nós dos dedos, saía da escuridão acima, vivo, em pé, empunhando uma espada ensanguentada. Por um momento, Dmitrii olhou para Sasha com o rosto cheio de amor e de uma raiva inesquecível. Então, ergueu a voz e ficou ombro a ombro com o primo. – Levantem-se, homens de Deus! – gritou. – Não temam nada!

A batalha parou por um momento, como se o mundo escutasse. Então, Dmitrii e Sasha, como um só, correram, gritando escada abaixo. Passaram correndo por Vasya, sem perder tempo em olhá-la, e saíram para o pátio.

O grito deles foi atendido. Porque o irmão Rodion passava agora pelas ruínas do portão principal, empunhando o machado, e não estava só. Atrás e ao lado dele, estendia-se um conjunto heterogêneo de monges, cidadãos e guerreiros, a guarda do portão do kremlin.

Os recém-chegados de Rodion recuaram quando ele entrou no pátio. As coisas mortas balbuciaram e começaram a avançar para a nova ameaça. Chelubey conhecia seu ofício; dividiu sua força uniformemente para contra-atacar Dmitrii e Sasha de um lado, Rodion do outro. A batalha tremulou no fio da espada.

Sasha continuava ombro a ombro com Dmitrii, e o fogo estranho transformava em violeta os olhos cinzentos deles.

– Não tenham medo – Sasha voltou a gritar. Apunhalou um homem, desviou-se do golpe de outro. – Povo de Deus, não tenha medo.

Agora, Chelubey parecia irritado, soltando ordens bruscas. Arcos vieram dar suporte ao grão-príncipe. Os guerreiros russos piscavam como homens que despertassem de pesadelos. Dmitrii decapitou um dos homens de Kasyan, chutou o corpo para baixo, e gritou: – O que são os demônios perante homens de fé?

Chelubey, friamente, colocou uma flecha em sua corda, mirando em Dmitrii. Mas Sasha empurrou o grão-príncipe de lado, e recebeu a flecha na carne do seu braço. Grunhiu. Vasya gritou, em protesto.

Dmitrii segurou o primo. A flecha de cabeça larga tinha penetrado no braço do monge. Os homens voltaram a hesitar. A luz vermelha intensificou-se. Mais flechas voaram. Uma mexeu o chapéu do grão-príncipe, mas Sasha livrou-se de Dmitrii e se obrigou a ficar em pé, o rosto resistindo à dor. Arrancou a flecha, mudou sua espada para a mão protegida. – Reajam, homens de Deus!

Rodion trovejou um grito de guerra, balançando seu machado. Alguns homens pegaram os cavalos soltos, subiram em suas costas, e a batalha foi, enfim, furiosamente, travada.

– Solovey – disse Vasya. – Preciso subir na torre. Preciso ir atrás de Masha e Kasyan. Vá... Imploro para que ajude meu irmão. Proteja-o. Proteja Dmitrii Ivanovich.

Solovey abaixou as orelhas. *Você não pode simplesmente...*

Mas ela já tinha posto a mão no focinho do cavalo, e depois correu para dentro da escuridão.

◆

À sua frente erguia-se a escada fechada que a levaria aos andares superiores do palácio do grão-príncipe, com o delicado parapeito trabalhado completamente retalhado e quebrado. Vasya parou no patamar em que a escada se dividia, onde Sasha tinha gritado. Olhou para trás. Dmitrii cavalgava um dos cavalos do estábulo em chamas. Seu irmão tinha pulado para as costas relutantes de Solovey: um homem de Deus montado em um cavalo do velho mundo pagão.

Solovey empinou, e a espada de Sasha desceu. Vasya murmurou uma prece por eles e olhou para cima. Corpos amontoavam-se na ala esquerda da escada, passagem para a antecâmara do príncipe, mas no caminho para o *terem* havia apenas uma escuridão sobrenatural.

Vasya virou à direita, e correu para o escuro, com a imagem do seu cavalo e do seu irmão na cabeça, como um amuleto.

Dez passos. Vinte. Subindo, subindo.

Por quanto tempo os degraus se sucederiam? Àquela altura, já deveria ter chegado ao topo.

Um passo arrastado veio de cima. Vasya parou de imediato. Uma figura como a de um homem cambaleava em sua direção, apalpando às cegas, com pernas mal articuladas, como as de uma boneca.

O homem aproximou-se, e Vasya reconheceu-o.

– Pai! – gritou, sem pensar. – Pai, é você? – Parecia-se com o pai, mas não; era o rosto dele, mas com olhos vazados, o corpo esmagado e deformado pelo golpe com que fora morto.

Pyotr chegou mais perto. Virou um olho vazio e brilhante, em sua direção.

– Pai, perdoe-me... – Vasya estendeu o braço.

Então, não havia pai algum, somente a escuridão, cheia da pulsante luz do fogo. Já não conseguia escutar a batalha abaixo. Parou, enquanto seu coração golpeava em seus ouvidos. Qual seria o comprimento desta escada? Vasya recomeçou a subida. Sua respiração ficou ofegante, as pernas arderam.

Um baque na escada acima. Depois outro. Passos. Os pés dela tropeçaram e sua respiração zuniu em seus ouvidos. Ali, saindo da escuridão acima dela, estava seu irmão Alyosha, com seus olhos cinza, tão parecido com os do pai. Mas não tinha garganta, nenhuma garganta, nem maxilar. Tudo tinha sido arrancado, e ela pensou ter visto marcas de dentes nos restos da pele que sobrou. Tinha sido atacado por um *upyr*, ou pior, e tinha morrido...

O fantasma tentou falar; ela viu a ruína sangrenta trabalhando, mas nada saiu, exceto sons de quem engole, e pedaços de carne. Mas ainda havia aqueles olhos, frios e cinza, olhando tristemente para ela.

Vasya, chorando agora, passou por esta criatura e continuou em frente.

A seguir, viu um pequeno grupo nas escadas acima; três homens parados sobre um amontoado informe, os rostos iluminados de vermelho.

Vasya percebeu que o amontoado era Irina, sua irmã. Seu rosto estava machucado, as saias eram uma massa de sangue. Vasya atirou-se contra os homens com um rosnado inarticulado, mas eles desapareceram. Apenas sua irmã morta permaneceu. Então, ela também se foi, e só restou uma escuridão oleosa.

Vasya engoliu mais um soluço e continuou correndo, tropeçando nos degraus. Agora, um volume enorme estava à sua frente, esparramado com a cabeça caída. Enquanto Vasya corria até ele, viu que era Solovey deitado de lado, com uma flecha enfiada até as penas, em seu olho escuro e sábio.

Aquilo era real? Não? Ambos? Quando terminaria? Por quanto tempo as escadas poderiam continuar? Agora, Vasya estava disparada, tendo esquecido toda a sua coragem; havia apenas os degraus, seu terror, o coração aos pulos. Não podia pensar em nada, a não ser em escapar, mas as escadas continuavam, e ela seguiria correndo eternamente, assistindo a tudo que ela mais temia desenrolar-se à sua frente.

Outra figura apareceu, desta vez velha, curvada e encoberta. Quando ela ergueu os olhos remelentos para o rosto de Vasya, ela reconheceu seus próprios olhos.

Vasya parou. Mal respirava. Este era o rosto do seu sonho mais temido: ela mesma, aprisionada entre paredes até vir a aceitá-las, sua alma murchando. Estava prisioneira em uma torre, exatamente como esta Vasilisa de pesadelo; jamais sairia até ficar velha e enfraquecida, até ser possuída pela loucura...

Mas mesmo quando o pensamento ganhou forma, Vasya reprimiu-o.

– Não – disse ferozmente, quase cuspindo no rosto da alucinação. – Escolhi a morte na floresta do inverno, certa vez, em vez de portar seu rosto. Escolheria novamente. Você não é nada; apenas uma sombra para me assustar.

Ela tentou passar por ela. Mas a mulher não se mexeu, nem sumiu. – Espere – sibilou.

Vasya parou, e tornou a olhar para o rosto gasto. Então, entendeu. – Você é a fantasma da torre.

A fantasma assentiu. – Vi... o padre pegar Marya – sussurrou. – Segui-o. Não tinha deixado a torre desde que... mas segui. Não posso fazer nada... mas segui. Pela criança. – Aquilo no rosto da fantasma era tristeza? Amargura? A garganta da fantasma mexeu-se. – Entre – ela disse. – A porta está ali. – Ela estendeu a mão trêmula para o que parecia ser uma parede em branco. – Salve-a.

– Obrigada... Sinto muito – Vasya cochichou. Sentia pela torre, pelas paredes, e pelo longo tormento dessa mulher, fosse ela quem fosse. – Se eu puder, libertarei você.

A fantasma apenas sacudiu a cabeça e abriu passagem. Vasya percebeu que, à sua esquerda, *havia* uma porta. Abriu-a e entrou.

Viu-se em um cômodo magnífico. Um fogo baixo queimava no fogão. A luz indicava as inúmeras sedas e objetos dourados que enriqueciam o lugar, indolentemente, como um príncipe suprido de excessos. O chão estava denso de peles negras. Enfeites pendiam nas paredes, e por toda parte havia almofadas, cômodas, e mesas em madeira negra e acetinada. O fogão estava forrado de ladrilhos pintados com chamas e flores, frutas e pássaros de asas brilhantes.

Marya estava sentada em um banco ao lado do fogão, comendo bolos com naturalidade. Mordia, mastigava, e engolia com energia, mas seus olhos estavam vazios. Usava o pesado colar de ouro que Kasyan tentara colocar em Vasya. Suas costas curvavam-se com o peso. A pedra no colar reluzia um vermelho intenso.

Em uma cadeira, estava sentado Kaschei, o Imortal. Àquela luz, seu cabelo reluzia preto contra seu pescoço pálido. Portava todo o refinamento que o dinheiro poderia conceber: um tecido entremeado de prata, bordado com flores estranhas; seda, veludo, brocado, coisas que Vasya não saberia denominar. Sua boca era um talho sorridente em sua barba curta. Seus olhos brilhavam em triunfo.

Nauseada, Vasya fechou a porta atrás dela, e ficou em silêncio.

— Prazer em vê-la, Vasya — Kasyan disse. Um sorrisinho hostil curvou sua boca. — Você levou um bom tempo. Minhas criaturas divertiram-na? — De certa maneira, ele parecia mais jovem: jovem como ela, com a pele macia como um carrapato saciado. — Chelubey está chegando. Você vai assistir à minha coroação, depois que eu depuser Dmitrii Ivanovich?

— Vim por causa da minha sobrinha — disse Vasya. O que era real aqui, neste cômodo luminoso? Ela podia sentir as ilusões pairando.

Masha estava indiferente ao lado do fogão, enfiando bolos na boca.

— É mesmo? — Kasyan disse, secamente. — Só por causa da criança? Não pela minha companhia? Você me magoou. Diga-me por que eu não deveria te matar, aí onde você está, Vasilisa Petrovna.

Vasya chegou mais perto. — Você realmente me quer morta?

Ele fez uma expressão de desprezo. Embora seus olhos disparassem pelo seu rosto, seu cabelo e sua garganta. — Você está se oferecendo em troca desta donzela? Nada original. Além disso, você não passa de uma criatura ossuda, escrava de um demônio do gelo, e feia demais para casar. Por outro lado, esta criança... — Ele correu a mão indolente pelo rosto de Marya. — Ela é muito forte. Você não viu as minhas fantasias no pátio e na escada?

A respiração furiosa de Vasya veio curta e ela deu um passo à frente. – Eu quebrei a joia dele. Não sou sua escrava. Solte a criança. Ficarei em seu lugar.

– Ficará? – ele perguntou. – Acho que não. – Seus lábios tinham uma curva gorda e faminta. A luz vermelha em suas mãos brilhou com mais força, atraindo o olhar dela... E então, o punho dele, dobrado em seu estômago, derrubou-a ofegante, no chão. Ele tinha acabado com a distância entre eles, e ela não o vira vindo.

Vasya ficou deitada em uma bola de dor, os braços ao redor das costelas.

– Você acha que poderia me oferecer qualquer coisa? – ele sibilou em seu rosto, cobrindo-a de cuspe. – Depois que sua criaturazinha rato custou a meu povo a surpresa que tinham? Depois de ter soltado meu cavalo? Sua feia idiota, quanto você pensa que vale?

Chutou-a no estômago. Suas costelas quebraram. Uma escuridão explodiu em sua visão. Ele ergueu a mão, delineada por uma luz vermelha. Então, a luz transformou-se em chamas cor de sangue, envolvendo seus dedos. Vasya sentiu cheiro de fogo. Em algum lugar atrás dele, Marya soltou um grito fino e dolorido.

Ele se inclinou para mais perto, e colocou a mão em chamas quase no rosto dela. – Quem você pensa que é, comparada a mim?

– Morozko disse a verdade – Vasya murmurou, incapaz de tirar os olhos das chamas. – Você é um feiticeiro. Kaschei, o Imortal.

O sorriso em resposta de Kasyan tinha uma intensidade de segredos sujos, de anos sombrios, escassez, terror, e uma fome interminável e torturante. O fogo em sua mão ficou azul, depois se apagou.

– Meu nome é Kasyan Lutovich – ele disse. – O outro é um apelido bobo. Quando criança, eu era uma criaturinha magra, entende, então eles me apelidaram por causa dos meus ossos. Agora sou o grão-príncipe de Moscou. – Ele endireitou o corpo, olhou para ela do alto e riu subitamente. – Pobre vencedora, você. Não deveria ter vindo. Você não será minha esposa. Mudei de ideia. Ficarei com Masha para isso, e você pode ser minha escrava. Eu a subjugarei aos poucos.

Vasya não respondeu. Sua visão ainda faiscava preto e vermelho, de dor.

Kasyan inclinou-se e a agarrou com força pela parte de trás do pescoço. Colocou o outro indicador no ponto onde suas lágrimas juntavam-se bem no canto dos olhos. Suas mãos estavam frias como a morte. – Talvez você não precise mesmo enxergar – cochichou. Tampou suas pálpebras com a mão de unhas compridas. – Eu gostaria disso; você uma escrava cega na minha Torre de Ossos.

A respiração de Vasya roncou em sua garganta. Atrás dele, Marya tinha largado os bolos, e os observava com uma expressão indiferente e apática.

Subitamente, a cabeça de Kasyan ergueu-se num solavanco. – Não – ele disse.

Vasya, estremecendo, as costelas quebradas queimando, rolou para acompanhar o olhar dele.

Lá estava a fantasma, a fantasma da escada, a fantasma da torre da irmã. Seu cabelo escasso flutuava, a boca de lábios frouxos abria para o vazio. Estava curvada como se sentisse dor. Mas falou. – Não toque nela – disse.

– Tamara – Kasyan disse. Vasya enrijeceu-se de surpresa. – Volte lá para fora. Volte para a sua torre, que lá é o seu lugar.

– Não vou – resmungou a fantasma. Ela seguiu em frente.

Kasyan encolheu-se, observando. Brotou suor em sua testa. – Não me olhe assim. Eu nunca te machuquei... Não, nunca.

A fantasma olhou para Vasya com urgência, e depois foi em direção a Kasyan, atraindo seus olhos.

– Está com medo? – sussurrou, numa paródia de intimidade. – Você sempre teve medo. Teve medo dos cavalos da minha mãe. Tive que pegar o seu pra você, colocar seu bridão na cabeça da égua, lembra-se? Naquele tempo, eu te amava; eu faria exatamente o que você dissesse.

– Cale a boca! – ele disse entre os dentes. – Você não deveria estar aqui. Não pode estar aqui. Eu te separei de mim.

Fantasma e feiticeiro encaravam-se com uma mistura de raiva, desejo e perda amarga.

– Não – sussurrou a fantasma –, não foi isso que aconteceu. Você quis me manter. *Eu* fugi. Vim para Moscou e entrei na torre de Ivã, onde você não poderia me seguir. – A mão ossuda subiu até sua própria garganta. – Mesmo então, nunca consegui me livrar de você. Mas a minha filha... morreu livre. Amada. Venci a esse ponto.

Tamara, Vasya pensou.

Avó.

Enquanto a fantasma sussurrava, Vasya esgueirou-se até onde Marya estava sentada em silêncio, ao lado do fogão, ainda comendo, sem levantar os olhos. Pelo rosto sujo da criança havia marcas de lágrimas. Vasya tentou puxá-la em direção à porta, mas Marya não se mexeu, com os olhos baços. As costelas quebradas de Vasya queimavam com o esforço.

Um passo pesado e um bafejo de óleo perfumado avisaram-na, mas ela não se virou a tempo. Kasyan pegou Vasya por trás e puxou seu braço para cima, levando-a a reprimir um grito. O feiticeiro falou em seu ouvido. – Você pensa que pode me enganar? – disse entre os dentes. – Uma garota, uma fantasma e uma criança? Pouco me importa que bruxo é responsável por vocês todas; eu sou o senhor.

– Marya Vladimirovna – disse a fantasma em sua voz estranha e pouco clara. – *Olhe para mim*.

Marya levantou lentamente a cabeça e abriu os olhos devagar.

Viu a fantasma.

Gritou, um uivo brutal de terror infantil. O olhar de Kasyan virou-se para a criança só por um momento, e Vasya estendeu a mão para trás, com as costelas doendo, e pegou a faca de Kasyan, que pertencia a ela, e estava pendurada em seu cinto. Tentou esfaqueá-lo. Ele se encolheu e ela errou, mas ele afrouxou o aperto em seu braço.

Vasya lançou-se para frente e rolou. Levantou-se, segurando a faca. Agora, pelo menos, estava armada e em pé, mas doía respirar e Kasyan estava entre ela e Marya.

Kasyan sacou sua espada e arreganhou os dentes. – Vou matar você.

Vasya não tinha esperança; uma menina semitreinada contra um homem armado. A lâmina de Kasyan desceu golpeando, e Vasya só conseguiu virá-la com sua adaga. Masha balançava sentada, como uma sonâmbula.

– Masha! – Vasya gritou freneticamente. – Levante-se! Vá para a porta! Vá, criança! – Chutou uma mesa em Kasyan, e recuou, soluçando para respirar.

Kasyan golpeou de lado, e Vasya abaixou-se. Agora, parecia que uma figura com manto negro esperava no canto. *Por mim*, ela pensou. *Ele está aqui por mim, pela última vez*. A espada atravessou assobiando para cortá-la em duas. Ela pulou para trás, escapando por pouco.

Por um instante, o olhar de Vasya disparou novamente para a fantasma. Tamara, atrás de Kasyan, pusera a mão em sua própria garganta, no lugar onde, em certo tempo, um talismã estivera pendurado no pescoço de Vasya; um talismã que a restringia... Então, os olhos frenéticos de Tamara foram para a criança, e Vasya entendeu.

Desviou-se da espada de Kasyan, e se desviou mais uma vez. Cada golpe vinha mais perto; Vasya mal conseguia respirar. Lá estava Marya, sentada rígida. Um minuto antes de a espada cair pela última vez, Vasya alcançou Marya e encontrou uma peça de ouro vermelho, pesada e fria, debaixo da blusa da criança. Arrancou-a com um puxão, fazendo o metal cortar a palma da sua mão e tirar sangue da garganta da pequena. Com o mesmo gesto, rodopiou e atirou o objeto no rosto do feiticeiro. A peça atingiu-o com um salpicar de ouro e luz vermelha, e depois caiu no chão, quebrada.

O olhar de Kasyan foi dela para Vasya, com uma expressão chocada. Depois, ele cambaleou para trás. Seu rosto começou a mudar. Parecia que anos disparavam por lá, como se uma barragem tivesse sido quebrada. De uma hora para outra, ele se transformou em um velho, esquelético, de olhos vermelhos. Eles estavam em um cômodo que não era um covil mágico de um feiticeiro, mas apenas a oficina da torre vazia da grã-princesa de Moscou, empoeirada e cheirando a lã molhada e mulheres, sua porta interna impedida.

– Cadela! – Kasyan trovejou. – *Cadela! Você ousa?* – Ele avançou novamente, mas, agora, tropeçava. Baixou a guarda, e Vasya não esquecera seus dias sob a árvore, com Morozko. Esquivou-se do seu braço hesitante, aproximou-se dele e enfiou a faca entre suas costelas.

Kasyan gemeu. Quem gritou foi a fantasma. O feiticeiro não sangrou absolutamente, mas Tamara sangrava no lugar onde Vasya esfaqueara Kasyan.

A fantasma dobrou-se e desmoronou no chão.

Kasyan endireitou-se, incólume, e avançou novamente, os dentes à mostra, velho, impossível de se matar. Vasya tinha colocado Marya em pé, e agora recuava em direção à porta. Marya ia com ela, tremendo, mais uma vez com vida no andar, embora não soltasse nenhum som, e seus olhos fossem os olhos de uma menina em um pesadelo. A cada passo, parecia que as costelas de Vasya atravessariam sua pele. Kasyan ainda tinha sua espada...

– Não há para onde ir – Kasyan sussurrou. – Você não pode me matar. Além disso, a cidade está pegando fogo, sua assassina. Você ficará aqui na torre, enquanto sua família queima.

Ele viu o rosto dela e desatou a rir. O buraco vazio da sua boca escancarou-se. – Você não sabia! Idiota! Não sabe o que acontece quando se solta um pássaro de fogo.

Então, Vasya ouviu o enorme e baixo fragor lá fora, um som como o fim do mundo. Pensou no voo do pássaro de fogo, liberto em uma cidade de madeira, à noite.

Tenho que matá-lo, pensou, *mesmo que seja a última coisa que eu faça.*

Kasyan avançou mais uma vez, com a espada ao alto. Vasya empurrou Marya para longe, e se desviou da lâmina arrebatadora.

As palavras do conto de fadas de Dunya passaram ridiculamente pela sua mente: *Kaschei, o Imortal, mantém sua vida dentro de uma agulha, dentro de um ovo, dentro de uma pata, dentro de uma lebre...*

Mas aquilo era apenas uma história. Não havia agulha aqui, nem ovo...

Os pensamentos de Vasya pareceram dar uma guinada e parar. Havia apenas ela mesma, sua sobrinha, e sua avó.

Bruxas, Vasya pensou. *Podemos ver coisas que os outros não podem, e tornar reais coisas esmaecidas.*

Então, Vasya entendeu.

Não se permitiu parar para pensar. Arremessou-se para a fantasma, estendeu a mão e arrancou a coisa que sabia que deveria estar lá, pendurada na garganta da criatura cinza. Era uma joia, ou tinha sido, e a sensação em sua mão era um pouco como o colar de Marya, mas frágil como uma casca de ovo, como se anos de sofrimento a tivessem consumido a partir de dentro.

A fantasma choramingou, parecendo surpreendida entre a agonia e o alívio.

Então, ficou de joelhos, segurando o colar na mão, e encarando o feiticeiro. Nada jamais doera tanto quanto suas costelas. Reprimiu a dor.

— Solte isso — disse Kasyan. Sua voz tinha mudado; estava baixa e fraca. Estava com a espada na garganta de Marya, a mão fechada em seu cabelo. — Baixe isto, garota, ou a criança morre.

Mas atrás dela, a fantasma suspirou muito de leve.

— Pobre imortal — disse a voz de Morozko, mais suave, mais fria, e mais fraca do que ela jamais ouvira.

Vasya soltou um suspiro de raiva e alívio. Não o tinha visto chegar, mas agora ele estava ao lado da fantasma, pouco mais do que uma sombra que se adensava. Ele não olhou para ela.

— Você pensou que alguma vez eu estive longe de você? — o deus da morte murmurou para Kasyan. — Sempre estive a um suspiro de distância, um pulsar.

O feiticeiro segurou a espada com mais força, no cabelo de Marya. Olhava para Morozko com terror e um fio de anseio agonizante. – E eu lá ligo pra você, velho pesadelo? – disse com desprezo. – Mate-me e a criança morre antes.

– Por que não ir com ele? – Vasya perguntou a Kasyan, baixinho, sem tirar os olhos da lâmina da espada dele. O colar manchado pulsava morno na sua mão, como um minúsculo coração. Muito frágil. – Você colocou sua vida em Tamara, assim nenhum dos dois poderia propriamente morrer. Você só poderia apodrecer. Mas isto acabou. É melhor ir, agora, e encontrar a paz.

– Jamais! – replicou Kasyan. A mão da espada tremia. – Tamara – ele disse, febrilmente. – Tamara...

Uma luz vermelha gotejava da janela, agora, mais e mais forte. Não era luz do dia.

Tamara foi até ele. – Kasyan – ela disse. – Houve uma época em que te amei. Agora venha comigo e fique em paz.

Olhando para ela como um homem se afogando, Kasyan não pareceu notar quando a espada afrouxou-se em seu punho. Só um pouco...

Com o final das suas forças, Vasya investiu para frente, agarrou a espada, e colocou todo seu peso nela. Kasyan caiu para trás e Vasya pegou Marya, puxou-a para si e a segurou, ignorando a dor nas costelas, e nas mãos. Tinha cortado as palmas das mãos na espada. Sentiu o sangue começar a pingar.

O feiticeiro pareceu se recuperar; arreganhou os dentes com o rosto tomado de ódio...

– Não olhe – Vasya cochichou a Marya. E estilhaçou a pedra em seu punho sangrento.

Kasyan gritou. Agonia em seu rosto, e alívio.

– Vá em paz – Vasya disse. – Que Deus esteja contigo.

Então, Kaschei, o Imortal, desmoronou no chão, morto.

◇

A fantasma demorou-se, embora seu contorno ondulasse como uma chama em vento forte. Uma sombra negra esperava ao seu lado.

– Sinto muito ter gritado quando te vi – Marya sussurrou, inesperadamente, para a fantasma, suas primeiras palavras desde que fora trazida para a torre. – Não era minha intenção.

– Sua filha teve cinco filhos, avó – disse Vasya. – Os filhos também tiveram filhos. Não te esqueceremos. Você salvou nossas vidas. Nós te amamos. Fique em paz.

Os lábios de Tamara retorceram-se num ricto horrível, mas Vasya viu ali um sorriso.

Então, o deus da morte estendeu a mão. A fantasma, tremendo, pegou-a.

Ela e o deus da morte desapareceram. Mas, antes de irem, Vasya pensou ter visto uma menina linda, de cabelos negros e olhos verdes, agarrada e reluzente nos braços de Morozko.

26

FOGO

Vasya desceu as escadas aos trambolhões, sangrando, arrastando a criança que corria atrás dela, novamente muda e sem lágrimas.

O poço da escada estava cheio de uma fumaça sufocante. Marya começou a tossir. Agora, havia pessoas nas escadas: criados. Os fantasmas tinham sumido. Vasya escutou os gritos de mulheres lá em cima, como se Kasyan jamais houvesse estado ali: um jovem feiticeiro com chamas no punho, ou um velho, gritando.

Elas saíram no pátio. Os portões estavam destruídos; o pátio, cheio de gente. Alguns restavam imóveis na neve ensanguentada e pisoteada. Outros arfavam, gemiam, chamavam. Não havia mais flechas voando. Chelubey não estava à vista. Dmitrii gritava ordens, seu rosto uma máscara de fuligem ensanguentada. A maioria dos cavalos estava com cabresto e ia sendo levada rapidamente para fora do portão, longe do fogo. Quão perto ele estava? Que casa teria, finalmente, sucumbido às fagulhas que caíam? O fogo do estábulo do pátio estava se apagando; o exército de criados de Dmitrii devia ter conseguido contê-lo. Mas Vasya podia ouvir o rugido murmurante de um fogo maior, e sabia que eles ainda não estavam a salvo. O vento devia estar atrás das chamas, para que ela sentisse o gosto da fumaça. Estava vindo. Estava vindo e a culpa era dela.

Viu, com alívio, que Sasha continuava montado em Solovey. Seu irmão falava com um homem no chão.

Marya soltou um grito de medo. Vasya virou a cabeça.

A demônio da meia-noite, com cabelo de lua, olho de estrela, pele de noite, tinha surgido na escada, como que nascida do espaço entre as chamas. Nenhum cavalo, apenas ela mesma. A luz vermelha brilhou roxa na face da *chyert*. Algo parecido com tristeza apagou a luz de estrela em seu olhar. – Eles estão mortos? – ela perguntou.

Vasya ainda estava perplexa com a luta na torre. – Quem?

– Tamara – disse a *chyert*, impaciente. – Tamara e Kasyan. Estão mortos?

Vasya tentou se acalmar. – Eu... sim. Sim. Como...?

Mas Meia-Noite apenas disse, cansada, encobrindo o barulho, quase que consigo mesma: – A mãe dela ficará satisfeita.

Muito tempo depois, Vasya desejaria ter entendido o significado disso, mas naquele momento, não. Estava machucada, chocada, e exausta. À volta delas, Moscou ia sendo destruída pelo fogo, e a culpa era toda sua.

– Eles estão mortos – disse. – Mas, agora, a cidade está pegando fogo. Como Moscou pode ser salva?

– Sou testemunha de todas as meias-noites do mundo – respondeu Meia-Noite, cansada. – Não interfiro.

Vasya agarrou Meia-Noite pelo braço. – Interfira.

A demônio da meia-noite ficou surpresa; puxou, mas Vasya agarrou-se obstinadamente, sujando a criatura de sangue. Tinha a força da mortalidade, e algo mais. Meia-Noite não conseguiu se livrar do seu aperto.

– Meu sangue pode deixar forte os que são da sua natureza – disse Vasya, friamente. – Talvez, se eu desejar, meu sangue também possa te deixar fraca. Devo tentar?

– Não tem como – disse Meia-Noite baixinho, parecendo, então, um pouco desconfortável. – Nenhum jeito.

Vasya sacudiu a *chyert*, fazendo seus dentes chacoalharem. – Tem que ter um jeito! – exclamou.

– Isso foi há muito tempo – Meia-Noite arquejou. – O rei do inverno poderia ter aplacado as chamas. Ele é o mestre do vento e da neve. – As pálpebras reluzentes encobriram os olhos brilhantes, e seu olhar ficou malicioso. – Mas você foi corajosa e afastou Morozko, quebrou o poder dele em suas mãos.

O aperto de Vasya afrouxou. – Quebrei...?

Polunochnitsa esboçou um sorriso, seus dentes cintilaram vermelhos à luz do fogo. – Quebrou – respondeu. – Como você disse, menina esperta, seu poder funciona nos dois sentidos.

Vasya ficou calada. Meia-Noite inclinou-se para frente e cochichou: – Posso te contar um segredo? Com aquela safira, ele vinculou a sua força a ele, mas a magia fez o que ele não pretendia: tornou-o forte, mas o atraiu para a mortalidade, fazendo com que tivesse sede de vida, mais do que um homem, e menos do que um demônio. – Polunochnitsa fez uma pausa, observando Vasya e murmurando cruelmente: – De modo que ele amou você, e não soube o que fazer.

– Ele é o rei do inverno, não pode amar.

– Agora, com certeza não – disse Polunochnitsa. – Porque seu poder quebrou-se em suas mãos, como eu disse, e com as suas palavras, você o baniu. Agora, ele só será visto em Moscou pelos moribundos. Portanto, caia fora da cidade, Vasilisa Petrovna; deixe-a entregue a sua sina. Você não pode fazer mais nada.

Meia-Noite deu um arranque final e furioso e se soltou das garras de Vasya. Em um instante, estava fora das vistas, no manto de fumaça que encobria a cidade.

◇

No momento seguinte, Vasya ouviu o sonoro relincho de Solovey, e então Sasha desceu do cavalo, respingando a neve semiderretida. Puxou Vasya e Marya num abraço apertado, e Solovey resfolegou satisfeito sobre todos eles. Sasha cheirava a sangue e fuligem. Vasya abraçou o irmão, acariciou o focinho de Solovey, e depois se afastou, num equilíbrio precário. Se se permitisse fraquejar agora, sabia que jamais recobraria as forças a tempo, e pensava intensamente...

Sasha ergueu Marya, colocou-a nas costas de Solovey e se virou para Vasya. – Irmãzinha – disse –, temos que ir. Moscou está em chamas.

Dmitrii chegou galopando. Olhou para Vasya por um momento, para sua longa trança, o rosto machucado. Algo gelou e se enevoou em seu rosto, mas tudo o que disse foi: – Leve-as embora, Sasha. Não há tempo.

Vasya não fez um gesto para subir em Solovey. – Olya? – perguntou ao irmão.

– Vou buscá-la – respondeu Sasha. – Você precisa montar em Solovey. Saia da cidade com Marya. Não há tempo. O fogo está chegando.

No alvoroço do pátio do grão-príncipe, além dos seus muros, Vasya escutou os gritos desesperados das pessoas na cidade, enquanto juntavam o que podiam e fugiam.

– Faça com que ela monte – disse Dmitrii. – Tire-as daqui. – E saiu a galope, dando mais ordens.

Nas sombras, Vasya sussurrou: – Pode me ouvir, Morozko?

Silêncio.

Fora dos muros de Dmitrii, o vento envolvia a cidade como um rio, fustigando as chamas mais para o alto. Ela se lembrou da voz de Morozko: *Só se você estiver morrendo*, ele tinha dito. *Então, nada poderá me manter longe de você. Sou a Morte, e venho para todos, quando morrem.*

Antes que pudesse pensar duas vezes, antes que pudesse se convencer a não fazê-lo, Vasya tirou sua própria pelerine, esticou o braço e passou-a em volta dos ombros caídos de Marya.

– Vasya – disse seu irmão. – Vasya, o que você...?

Ela não ouviu o resto. – Solovey – disse para o cavalo. – Mantenha-os a salvo.

O cavalo abaixou sua grande cabeça. *Deixe-me ir com você, Vasya*, ele disse, mas ela apenas colocou a face de encontro a seu focinho.

Depois, saiu correndo para fora do portão arruinado, em direção ao incêndio.

◇

As ruas estavam entupidas de gente, a maioria rumando na direção oposta. Mas Vasya estava leve na neve, livre do casaco, correndo colina abaixo. Movia-se rapidamente.

Por duas vezes, alguém tentou lhe dizer que ela estava indo na direção errada, e uma vez um homem pegou-a pelo braço, tentando enfiar bom senso em sua cabeça.

Ela se desvencilhou dele e continuou correndo.

A fumaça adensou-se. O pânico das pessoas nas ruas aumentou. O fogo assomava sobre elas, parecia encher o mundo.

Vasya começou a tossir. Sua cabeça boiava, a garganta inchou, a boca estava seca de poeira. Ali, finalmente, estava o palácio de Olga, acima dela, na escuridão vermelha. O fogo roncava. Uma rua além? Duas? Ela não saberia dizer. Os portões de Olga estavam abertos, e alguém gritava ordens lá dentro. Um rio de pessoas saía. Será que já haviam levado sua irmã? Murmurou uma prece em intenção de Olga, depois passou pelo palácio correndo, entrando no inferno.

Fumaça. Ela a aspirou. Era todo o seu mundo. Agora, as ruas estavam vazias. O calor era insuportável. Tentou continuar correndo, mas caiu de joelhos, tossindo. Não conseguia ar suficiente. *Levante-se*. Cambaleou em frente. Seu rosto cobria-se de bolhas. O que estava fazendo? Suas costelas doíam.

Então, não conseguiu mais correr. Caiu na neve enlameada. Uma escuridão toldou seus olhos...

Moscou desapareceu. Estava em uma floresta, à noite: estrelas, árvores, uma cor cinza e uma escuridão penetrante.

A morte estava à sua frente.

– Encontrei você – ela disse, forçando as palavras por seus lábios amortecidos. Estava ajoelhada ali na neve, na floresta além da vida, e percebeu que não conseguia levantar-se.

A boca dele contorceu-se. – Você está morrendo. – Sua pisada não deixava rastros na neve; o vento leve e frio não movia seu cabelo. – Você é uma tola, Vasilisa Petrovna – acrescentou.

– Moscou está ardendo – ela murmurou. Seus lábios e sua língua mal a obedeciam. – Por culpa minha. Eu libertei o pássaro de fogo. Mas Meia-Noite... Meia-Noite disse que você poderia apagar o fogo.

– Não mais. Coloquei demasiado de mim mesmo na joia, e ela está destruída. – Disse isso numa voz sem expressão. Mas a levantou, bruscamente. Em algum lugar à sua volta, ela sentiu o fogo. Sabia que sua pele estava em bolhas, que estava quase sufocada pela fumaça.

– Vasya – ele disse. Aquilo em sua voz seria desespero? – Isto é tolice. Não posso fazer nada. Você precisa voltar. Não pode ficar aqui. Volte. Corra. Viva.

Ela mal conseguiu escutá-lo. – Sozinha não – conseguiu dizer. – Se eu voltar, você vem comigo. Você vai apagar o fogo.

– Impossível – pensou ouvi-lo dizer.

Ela já não escutava. Suas forças estavam quase no fim. O calor, a cidade queimando estavam quase no fim. Percebeu que estava prestes a morrer.

Como tinha arrastado Olga de volta deste lugar? Amor, raiva, determinação.

Passou ambas as mãos fracas e sangrentas ao redor do manto dele, inspirando o cheiro de água fria e pinheiro, de liberdade ao luar sem rastros. Pensou no pai, a quem não tinha salvado. Pensou em outros, a quem ainda poderia salvar.

– Meia-Noite – começou a dizer. Tinha que arquejar entre as palavras. – Meia-Noite disse que você me amava.

– Amar? – ele retorquiu. – Como? Sou um demônio e um pesadelo. Morro a cada primavera, e viverei para sempre.

Ela esperou.

– Mas é verdade – ele disse, cansado. – Amei você da maneira que pude. Agora você vai embora? Viva.

– Eu também – ela disse. – De um jeito infantil, como as meninas amam os heróis que chegam à noite, amei você. Então, volte comigo agora e acabe com isto. – Ela agarrou as mãos dele e puxou com o que restava das suas forças, com toda a paixão, raiva e amor que tinha, e arrastou os dois de volta para o inferno que era Moscou.

Ficaram deitados enredados no chão, na neve enlameada cada vez mais quente, e o fogo estava quase sobre eles. Ele piscou à luz vermelha, totalmente imóvel. Seu rosto tinha uma expressão de puro choque.

– Chame a neve – Vasya gritou em seu ouvido, acima do rugido do fogo. – Você está aqui, Moscou está queimando. Chame a neve.

Ele mal parecia ouvi-la. Ergueu os olhos para o mundo à volta deles, com espanto e um tanto de medo. Suas mãos ainda estavam nas dela. Os dois estavam mais gelados do que qualquer homem vivo.

Vasya quis gritar de medo e urgência. Estapeou-o com força no rosto. – Ouça-me! Você é o rei do inverno. Chame a neve! – Estendeu a mão atrás da cabeça dele, e o beijou, mordeu seu lábio, besuntou seu sangue no rosto dele, querendo que ele se tornasse real, vivo, e forte o bastante para a magia.

– Se algum dia eles foram seu povo, salve-os – cochichou em seu ouvido.

Os olhos de Morozko encontraram os dela, e um pouco de consciência voltou para o seu rosto. Levantou-se, mas lentamente, como que se movendo debaixo d'água. Segurava a mão dela com firmeza. Ela percebeu que o aperto da sua mão era a única coisa que o mantinha ali.

O fogo parecia preencher o mundo. O ar queimava, deixando apenas veneno atrás. Ela não conseguia respirar. – Por favor – sussurrou.

Morozko aspirou com esforço, como se a fumaça também o machucasse, mas, quando soltou o ar, o vento levantou-se. Um vento como água, um vento de inverno às costas dela, tão forte que ela cambaleou. Mas ele a agarrou antes que caísse.

O vento subiu e subiu, empurrando as chamas para longe deles, fazendo o fogo recolher-se em si mesmo.

– Feche os olhos – ele disse em seu ouvido. – Venha comigo.

Ela assim o fez e, subitamente, viu o que ele viu. Ela era o vento, as nuvens juntando-se no céu enfumaçado, a neve densa de um inverno intenso. Ela era nada. Ela era tudo.

O poder juntou-se em algum lugar no espaço entre eles, entre seus lampejos de consciência. *Não existe magia. As coisas são ou não são*. Ela estava além de querer qualquer coisa. Não se importava se vivesse ou morresse. Só conseguia sentir, a tempestade que se formava, o sopro do vento. Morozko ali, ao seu lado.

Aquilo era um floco de neve? Outro? Não conseguia distinguir neve de cinza, mas o barulho do fogo tinha mudado em algum aspecto. Não... Aquilo era neve e, subitamente, caía grossa como a nevasca mais violenta do inverno, cada vez mais rápido, até ela só conseguir ver branco, acima e a toda a volta. Os flocos esfriaram seu rosto em bolhas, amenizaram as chamas.

Ela abriu os olhos e se viu de volta em sua própria pele.

Os braços de Morozko soltaram-se dela. A neve tornava seus traços indistintos, mas ela achou que, agora, ele parecia hesitante, seu rosto cheio de uma surpresa temerosa.

Descobriu que estava sem palavras.

Então, em vez de falar, simplesmente recostou-se nele, e contemplou a neve caindo. Sua garganta chamuscada doía. Ele não falou, mas ficou parado, como se entendesse.

Ficaram ali por um longo tempo, enquanto a neve caía e caía. Vasya assistiu à beleza insana da tempestade de neve, do fogo morrendo, e Morozko ficou tão calado quanto ela, como se esperasse.

– Sinto muito – ela disse, por fim, embora não soubesse bem pelo que sentia.

– Por quê, Vasya? – Ele se mexeu, então, atrás dela, e a ponta de um dedo apenas tocou a base da sua garganta, onde o talismã estivera. – Por isso? Foi melhor a joia ter sido destruída. Os demônios do gelo não devem viver, o tempo do meu poder terminou.

A neve rareava. Ao se virar para olhar para ele, ela descobriu que podia vê-lo claramente. – Você fez a joia exatamente como Kaschei fez? – perguntou. – Para colocar sua vida na minha?

– Sim – ele disse.

– E você quis que eu te amasse? Para que o meu amor te ajudasse a viver?

— Sim – ele respondeu. – O amor de donzelas por monstros não esmorece com o tempo. – Ele parecia cansado. – Mas o resto... Não contava com isso.

— Contava com o quê?

Os olhos claros encontraram os dela, inescrutáveis. – Acho que você sabe.

Eles se avaliaram num silêncio desconfiado. Então, Vasya disse: – O que você sabe sobre Kasyan e Tamara?

Ele soltou um leve suspiro. – Kasyan era o príncipe de um país longínquo, com o dom da visão, e queria moldar o mundo à sua vontade. Mas havia algumas coisas que nem ele podia controlar. Amou uma mulher, e quando ela morreu, ele me implorou pela sua vida. – Morozko fez uma pausa, e no momento de um silêncio gelado, Vasya soube o que tinha acontecido com Kasyan a seguir. Apiedou-se contra a vontade.

— Isso foi há muito tempo – Morozko continuou. – Não sei o que aconteceu então, porque ele descobriu uma maneira de separar sua vida da sua carne, para que eu não pudesse tocá-lo. De certo modo, esqueceu que poderia morrer, então não morria. Tamara vivia sozinha com a mãe. Dizem que Kasyan veio um dia até sua casa comprar um cavalo. Kasyan e Tamara apaixonaram-se e fugiram juntos, Depois sumiram. Até Tamara aparecer sozinha em Moscou.

— De onde Tamara veio? – Vasya perguntou, ansiosa. – Quem é ela?

Ele pretendia responder. Dava para ver no seu rosto. Mais tarde, muitas vezes ela imaginava como seu percurso poderia ter sido diferente, caso ele tivesse respondido. Mas naquele momento, o sino do monastério tocou.

O som pareceu golpear Morozko como se fosse punhos, como se fosse estilhaçá-lo em flocos de neve, e mandá-lo embora, rodopiando. Ele sacudiu a cabeça; não respondeu.

— O que está havendo? – Vasya perguntou.

O talismã está destruído, ele poderia ter-lhe dito. *E os demônios do gelo não devem amar*. Mas não disse isso. – O amanhecer – Morozko acabou dizendo. – Não posso mais existir sob o sol, em Moscou, não depois do solstício, quando os sinos tocam. Vasya, Tamara...

O sino tocou novamente, e a voz dele silenciou.

— Não, você não pode sumir; você é imortal. – Vasya buscou-o, agarrou seus ombros entre as mãos e, num súbito impulso, beijou-o. – Viva – disse. – Você disse que me amava. Viva.

Isto o surpreendeu. Ele olhou dentro dos olhos dela, velho como um inverno, jovem como a neve recém-caída, e então, de repente, abaixou a cabeça e a beijou de volta. Seu rosto ganhou cor, e seus olhos foram inundados de azul até ficarem com o tom do céu ao meio-dia. – Não posso viver – murmurou em seu ouvido. – Não se pode estar vivo e ser imortal. Mas quando o vento sopra, e a tempestade persiste pesada sobre o mundo, quando os homens morrem, estarei ali. Isto basta.

– Não basta.

Ele não disse nada. Não era um homem, apenas uma criatura de chuva fria, árvores escuras, e gelo azul, que estava ficando cada vez mais fraca em seus braços. Mas inclinou a cabeça e a beijou mais uma vez, como se a doçura daquilo produzisse uma centelha de algo que havia muito perdera o brilho. Mesmo ao fazer isto, ele evanesceu.

Ela tentou chamá-lo de volta, mas o dia estava raiando, e um dedo de luz insinuou-se pelas nuvens para iluminar o carvão e o mau cheiro da cidade semiqueimada.

Então, Vasya viu-se só.

27

O DIA DO PERDÃO

Sem acreditar, Sasha sentiu o vento formando-se, viu as chamas recuarem, e tornar a recuar. Viu a neve explodir de lugar nenhum e começar a cair. Por toda parte do pátio dianteiro de Dmitrii, vozes levantavam-se em agradecimento.

Marya sentou-se na cernelha de Solovey, com os dois punhozinhos apertados na crina do cavalo. Solovey resfolegou e sacudiu a cabeça.

Marya retorceu-se para olhar para o tio. O céu estava de um dourado profundo e vivo, enquanto a luz do fogaréu era sufocada pela neve.

— A Vasya fez a neve? — Marya perguntou, baixinho, a Sasha.

Sasha abriu a boca para responder, percebeu que não sabia, e ficou calado. — Vamos, Masha — disse apenas. — Vou levá-la para casa.

Eles cavalgaram de volta para o palácio de Olga, passando pelas ruas desertas, com a sujeira da fuga das pessoas sendo, aos poucos, coberta pela neve que caía rapidamente. Marya colocou a língua para fora para sentir o gosto dos flocos que rodopiavam, e riu, maravilhada. Eles mal podiam enxergar as próprias mãos em frente aos rostos. Sasha, percorrendo as ruas de memória, ficou satisfeito em passar pelo portão de Olga, e entrar no exíguo abrigo do pátio semideserto. O portão pendia aberto, e muitos escravos haviam fugido.

O pátio estava vazio, mas Sasha ouviu o débil som do cântico na capela. Bom, eles deveriam agradecer por terem se salvado do perigo. Sasha estava prestes a desmontar no pátio, mas Solovey levantou a cabeça e sapateou na neve enlameada.

O portão estava torto, seus guardas tinham fugido perante o fogo. Uma figura delgada, só, cambaleando, passou por ele.

Solovey soltou seu relincho profundo e sonoro, e se pôs em movimento.

– Tia Vasya! – Marya gritou. – Tia Vasya!

No instante seguinte, o grande cavalo focinhava com cuidado sobre o cabelo de Vasya, que cheirava a fogo. Marya escorregou pelo ombro de Solovey, e se atirou nos braços da tia.

Vasya pegou Marya, mas ao fazê-lo ficou com uma palidez cadavérica, e colocou a criança no chão. – Você está bem – Vasya cochichou para ela, abraçando-a com força. Masha chorava copiosamente. – Você está bem.

Sasha desceu do garanhão e olhou para a irmã de cima a baixo. A ponta da trança de Vasya estava chamuscada, o rosto queimado, ela já não tinha cílios. Seus olhos estavam injetados, e seus movimentos eram rígidos.

– O que houve, Vasya?

– O inverno acabou – ela disse. – E estamos todos vivos.

Ela sorriu para o irmão e, por sua vez, começou a chorar.

◆

Vasya não queria entrar no palácio, não queria deixar Solovey. – Olga expulsou-me e com razão – ela disse. – Não vai querer me ver de novo.

Assim, relutante, Sasha deixou a irmã no pátio, enquanto levava Marya ao encontro da mãe. Olga não tinha fugido do fogo. Nem estava acamada. Estava na capela, rezando com Varvara e as mulheres que sobraram. Formavam um bando trêmulo, ajoelhadas próximo à iconóstase.

Mas no segundo que o pé de Marya pisou na soleira, Olga ergueu a cabeça. Estava com uma palidez cadavérica. Varvara amparou-a, ajudou-a a se levantar, cambaleando. – Masha! – Olga sussurrou.

– Mãe! – Marya gritou, então, e voou pelo espaço entre elas. Olga agarrou a filha e a abraçou, embora seus lábios ficassem brancos de dor, e Varvara a sustentasse, para que não desabasse no chão.

– Você deveria estar na cama, Olya – Sasha disse. Embora não dissesse nada, Varvara parecia concordar totalmente.

– Vim rezar – Olga respondeu, abatida de exaustão. – Não podia fazer mais nada... O que aconteceu? – Passou a mão febril pelo cabelo da filha, segurando-a junto a si. – Metade dos meus escravos fugiu do fogo; a outra metade, mandei irem procurá-la. Tinha certeza que estava morta. Fiz que levassem Daniil a salvo, mas não pude... – Olga não chorava; mantinha a compostura, mas estava por um fio. Passava a mão repetidamente sobre a cabeça da filha. – Voltamos da casa de banhos – ela terminou, pálida, respirando em golfadas – e Marya tinha sumido. A ama e a maioria dos guardas haviam fugido. A cidade pegava fogo.

– Vasya achou-a – Sasha disse. – Vasya salvou-a. Não é culpa da criança. Ela foi roubada da cama. Deus salvou a cidade, porque o vento virou e começou a nevar.

– Onde está Vasya? – Olga sussurrou.

– Lá fora com seu cavalo – Sasha respondeu, cansado. – Não quer entrar. Acha que não é bem-vinda.

– Leve-me até ela.

– Olya, você não está bem. Vá para a cama. Trarei...

– Leve-me até ela, eu disse!

◇

Vasya estava no pátio da entrada, exausta, apoiada em Solovey. Não sabia o que fazer; não sabia aonde ir. Era como pensar no fundo d'água. Seu vestido estava rasgando, queimado, ensanguentado. O cabelo estava desgrenhado, soltando-se da trança, caindo sobre seu rosto, garganta e corpo, chamuscado e arrepiado na ponta.

Solovey ergueu as orelhas primeiro, e então Vasya levantou os olhos e viu seu irmão, sua irmã e sua sobrinha, vindo em sua direção.

Ficou muito quieta.

Olga apoiava-se pesadamente no braço de Sasha, segurando Marya com a outra mão. Varvara seguia-os, com o cenho franzido. Acima de Moscou, o dia raiava. As nuvens do inverno haviam se dissipado, e um vento leve e fresco afastou o que restava de fumaça. Olga parecia mais jovem à luz suave da manhã. Levantou o rosto para a brisa, e um vislumbre de cor tocou suas maçãs do rosto.

– Cheira a primavera – murmurou.

Vasya juntou coragem e foi ao encontro deles. Solovey acompanhou-a com o focinho em seu ombro.

Vasya parou a uma boa distância da irmã, e abaixou a cabeça.

Silêncio. Vasya levantou os olhos. Solovey tinha esticado o focinho, delicadamente, em direção à irmã.

Olga olhava o garanhão com olhos arregalados. – Este é... o seu cavalo? – perguntou.

A pergunta foi tão diferente do que Vasya esperava que uma súbita risada veio-lhe à garganta. Solovey, agora, mordiscava o toucado de Olga com um ar casual. Varvara olhava como se quisesse mandá-lo embora, mas não ousava tanto.

– É – disse Vasya. – Este é o Solovey.

Olga estendeu a mão com joias, e tocou no focinho do cavalo.

Solovey resfolegou. A mão de Olga abaixou. Ela tornou a olhar para a irmã.

– Entre – disse. – Entrem todos. Vasya, você vai nos contar tudo.

◊

Vasya começou com a chegada do padre a Lesnaya Zemlya, e terminou com a invocação da neve. Não mentiu e não se poupou. Ao terminar, o sol espiava furtivamente nas janelas da torre.

Varvara trouxe-lhes cozido e manteve todos a distância. Marya adormeceu, embrulhada em um cobertor ao lado do forno. A criança não aceitaria ser levada para a cama e, na verdade, nem sua mãe, nem o tio ou a tia queriam-na fora das vistas.

Terminada a história de Vasya, ela se recostou para trás, sua visão flutuando de cansaço.

Fez-se um pequeno silêncio. Então, Olga disse: – E se eu não acreditar em você, Vasya?

Vasya respondeu: – Posso lhe oferecer duas provas. A primeira é que Solovey entende a linguagem dos homens.

– Entende – Sasha interrompeu, inesperadamente. O monge tinha ficado em silêncio, enquanto Vasya falava. – Lutei no pátio do príncipe montado nele. Ele salvou a minha vida.

– E esta adaga me foi feita pelo deus do inverno – disse Vasya.

Ela desembainhou a faca, que se mostrou com o punho azul e a lâmina clara, linda e fria, salvo que – Vasya olhou mais de perto –, salvo que um fino escorrer de água corria da lâmina, como se fosse um pingente de gelo derretendo na primavera...

– Deixe longe esta coisa profana – Olga disse, secamente.

Vasya embainhou a espada. – Irmã – disse. – Não menti. Agora não. Vou-me embora hoje, não vou mais perturbar você. Só peço... Peço que me perdoe.

Olya mordia os lábios. Olhou de sua adormecida Marya para Sasha, e de novo para Vasya. Por um bom tempo, não disse nada.

— E Masha é igual a você? – perguntou repentinamente. – Ela vê coisas? *Chyerti?*

— Sim – Vasya respondeu. – Ela vê.

— E foi por isso que Kasyan a quis?

Vasya confirmou com a cabeça.

Olga tornou a ficar calada.

Os outros dois esperaram.

Por fim, Olga disse lentamente, pesarosa: – Eu lhe perdoo. Perdoo se vocês dois levarem minha filha para nossos irmãos em Lesnaya Zemlya.

Os olhos cinza e os olhos verdes voaram para os de Olga, chocados.

— Sim – disse Olga, majestosa como sempre, embora Vasya percebesse dor em sua voz. – Se Marya for como você, como nossa avó, jamais ficará feliz aqui. E continuou, lentamente: – Então, ela precisa ser protegida tanto das maldades dos feiticeiros, quanto da crueldade dos homens. Mas não sei como. – Mais um longo silêncio. Então, Olga olhou para cima, diretamente para os irmãos. – Pelo menos, tenho vocês para me ajudar.

Vasya e Sasha estavam calados, atônitos.

Então. – Sempre – Vasya disse baixinho. O sol da manhã inclinou-se sobre as costas queimadas das suas mãos, e colocou um pouco de cor na mão pálida de Olga. Vasya sentiu como se a luz tivesse se acendido em algum lugar dentro dela.

— Haverá tempo para recriminações mais tarde – Olga acrescentou. – Mas também temos o futuro para planejar. E... E eu amo vocês dois. Ainda. Sempre.

— Isto basta por um dia – disse Vasya.

Olga estendeu as mãos; os outros dois pegaram-nas e ficaram em silêncio por um momento, enquanto o sol matinal ganhava força lá fora, afugentando o inverno.

NOTA DA AUTORA

O TERRITÓRIO GELADO DE MUSCOVY, O GRÃO-PRINCIPADO DE Moscou medieval não é, necessariamente, o ambiente mais natural para um conto de fadas. A época e o lugar são brutais, complexos, e fascinantes, mas o formato de um conto de fadas – pleno de vilões e princesas – nem sempre deixa espaço para os infinitos tons de cinza necessários para que se faça justiça a esse local e a esse período.

Seria preciso um romance bem mais longo e mais ambicioso do que *A menina na torre*, para se traçar um retrato completo e vital das guerras, das mudanças de alianças, das ambições, dos monges, padres, mercadores, camponeses, das princesas, amas, e crenças que constituíram esse período incrível e tão pouco documentado.

Neste livro, esforcei-me pela exatidão; também fiz o possível para, no mínimo, sugerir os meandros complexos – de personalidade e política –, quando não me foi possível mergulhar nesses aspectos mais profundamente. Tentei ser fiel aos contos de fadas que são meu material de origem, mas sem perder a textura de um tempo e de um lugar que passei a amar.

Esforcei-me ao máximo. Peço desculpas por limitações e imprecisões.

Existem inúmeros livros disponíveis àqueles que desejem informar-se mais sobre as realidades dessa época. Gostaria de recomendar o denso e fascinante *Medieval Russia, 950-1584*, de Janet Martin (2007, Cambridge University Press). Também usufruí de *Russian Folk Belief*, de Linda Ivanits (2ª edição, Routledge, 2015). O *Domostroi* é uma das poucas fontes originais; trata-se de um manual doméstico, escrito algum tempo depois dos acontecimentos deste romance, por volta da época de Ivã, o Terrível.

Qualquer um deles ajudará quem estiver sedento por mais detalhes históricos.

Como sempre, agradeço a todos vocês por lerem.

UMA OBSERVAÇÃO SOBRE OS NOMES RUSSOS

As convenções russas para nomes e tratamentos, embora não sejam tão complicadas quanto possam sugerir os agrupamentos de consoantes, são tão diferentes das formas em inglês que merecem explicação. Os nomes modernos russos podem ser divididos em três partes: o primeiro nome, o patronímico, e o último nome, ou sobrenome. Na Rus' medieval, as pessoas, geralmente, tinham apenas um primeiro nome ou, na elite, um primeiro nome e um patronímico.

Primeiros nomes e apelidos

O russo é extremamente rico em diminutivos. Qualquer primeiro nome russo pode dar origem a uma infinidade de apelidos. O nome Yekaterina, por exemplo, pode ter um diminutivo como Katerina, Katya, Katyusha, ou Katenka, entre outros. Essas variações são usadas, com frequência, indistintamente, para se referir a um único indivíduo, segundo o grau de familiaridade de quem fala, e dos caprichos do momento.

   Aleksandr – Sasha
   Dmitrii – Mitya
   Vasilisa – Vasya, Vasochka
   Rodion – Rodya
   Yekaterina – Katya, Katyusha

Patronímico

O patronímico russo deriva-se do primeiro nome do pai de um indivíduo, e varia de acordo com o gênero. Por exemplo, o nome do pai de Vasilisa é Pyotr. Seu patronímico, derivado do nome do pai, é Petrovna. Seu irmão Aleksei usa a forma masculina: Petrovich.

Para demonstrar respeito em russo, não se usa senhor ou senhora, como em português, ou Mr. ou Mrs., como em inglês. Em vez disso, a pessoa se dirige a alguém pelo primeiro nome juntamente com o patronímico. Um estranho, ao conhecer Vasilisa, a teria chamado de Vasilisa Petrovna. Quando Vasilisa está disfarçada de menino, ela chama a si mesma de Vasilii Petrovich.

Na Rus' medieval, quando uma mulher de alta linhagem casava-se, mudava seu patronímico, caso tivesse um, para um nome derivado do nome do marido. Assim, Olga, que era Olga Petrovna, quando menina, tornou-se Olga Vladimirova (enquanto que a filha de Olga e Vladimir é chamada de Marya Vladimirovna).

GLOSSÁRIO

BABA YAGA – Uma velha bruxa que aparece em muitas histórias de fadas russas. Cavalga em um almofariz, dirigindo com um pilão, e apagando sua passagem com uma vassoura de bétula. Mora em uma cabana que dá voltas e voltas sobre pernas de galinhas.
BANNIK – "Morador da Casa de Banhos", guardião da casa de banhos no folclore russo.
BATIUSHKA – Literalmente, "padrezinho", usado como uma maneira respeitosa de se dirigir aos eclesiásticos ortodoxos.
BOGATYR – Lendário guerreiro eslavo, algo parecido com um cavaleiro errante da Europa Ocidental.
BOIARDO – Membro do Kievan, ou, mais tarde, da aristocracia moscovita; segundo na hierarquia, abaixo apenas de um *knyaz*, ou príncipe.
BUYAN – Misteriosa ilha no oceano, creditada na mitologia eslava com sua capacidade de aparecer e desaparecer. Consta em várias histórias de fadas do folclore russo.
CHUDOVO – Cidade ficcional à margem do Volga superior. Seu nome deriva da palavra russa *chudo*, milagre. Atualmente, existem várias cidades com o nome de Chudovo, na Rússia.
CHYERTI (SINGULAR: CHIERT) – Demônios. Neste caso, é um nome coletivo significando vários espíritos do folclore russo.
CRUZ BIZANTINA – Também chamada de cruz patriarcal, esta cruz tem uma cruz menor acima do travessão principal e, às vezes, um travessão inclinado perto do pé.
DOMOVOI – No folclore russo, o guardião da casa, o espírito doméstico.
DVOR – Pátio, ou pátio da entrada.
DVOROVOI – Guardião do pátio da entrada, no folclore russo.
FORNO – O forno russo ou *pech'*, em inglês "oven", é uma construção enorme que entrou em largo uso no século XV, tanto para cozinhar e assar, quanto para aquecer. Um sistema de dutos assegurava uma distribuição por igual do calor, e, frequentemente, famílias inteiras dormiam no alto do forno para se manter aquecidas ao longo do inverno.
GAMAYUN – Personagem do folclore russo que faz profecias, geralmente representado como um pássaro com cabeça de mulher.
GOSPODIN – Forma respeitosa de se dirigir a um homem, mais formal do que "senhor" ou "mister" (em inglês). Poderia ser traduzida para o inglês como "lord".
GOSUDAR – Termo de tratamento próximo a "Sua Majestade" ou "Soberano".

GRANDE KHAN – Gêngis Khan. Seus descendentes, sob a forma da Horda Dourada, governaram a Rússia por duzentos anos.

GRÃO-PRINCIPADO DE MOSCOU (OU GRÃO-DUCADO DE MOSCOU) – Conhecido como Muscovy, derivado do latim Moscovia, do nome original russo Moscov. Durante séculos, Muscovy foi uma maneira comum de se referir à Rússia, no Ocidente. Originalmente, Muscovy cobria um território relativamente modesto, que se estendia a norte e leste de Moscou, mas do final do século XIV até o começo do século XVI, cresceu enormemente. Até cerca de 1505, abrangia pouco mais de 1.500.000 km².

GRÃO-PRÍNCIPE (VELIKIY KNYAZ) – Título de um governante de um principado importante, por exemplo, Moscou, Tver ou Smolensk, na Rússia Medieval. O título de czar só entrou em uso quando Ivã, o Terrível foi coroado em 1547. *Vlikiy Knyaz* também é frequentemente traduzido como grão-duque.

HEGÚMENO – Chefe de um monastério ortodoxo; equivalente a abade na tradição ocidental.

HIDROMEL – Vinho de mel, feito pela fermentação de uma mistura de mel e água.

HORDA DOURADA – Canato mongol fundado por Batu Khan no século XII. Adotou o Islã no começo do século XIV, e no seu auge governou uma grande faixa do que é hoje conhecido como Leste Europeu, incluindo o Grão-Principado de Moscou.

ICONÓSTASE (BIOMBO DE ÍCONES) – Uma parede de ícones, com um layout específico, que separa a nave do santuário numa igreja ortodoxa oriental.

IRMÃOZINHO – Adaptação do termo afetivo russo *bratishka*. Pode ser usado tanto para irmãos mais velhos quanto para mais novos.

IRMÃZINHA – Adaptação do termo afetivo russo *sestryonka*. Pode ser usado tanto para irmãs mais velhas quanto para mais novas.

IZBA – Casa de camponês, pequena e feita de madeira, frequentemente adornada com entalhes. O plural é *izby*.

KOKOSHNIK – Toucado russo. Existem muitos modelos, dependendo do local e da época. Geralmente, a palavra refere-se ao toucado fechado, usado por mulheres casadas, embora as solteiras também usassem toucados, abertos atrás, ou às vezes apenas faixas na cabeça, que expunham o cabelo. O seu uso limitava-se à nobreza. A forma mais comum de cobertura para a cabeça para uma mulher russa medieval era um lenço, ou uma echarpe.

KREMLIN – Complexo fortificado no centro de uma cidade russa. Embora o uso do inglês moderno tenha adotado a palavra kremlin para se referir unicamente ao mais famoso exemplo, o Kremlin de Moscou, na verdade, existem kremlins na maioria das cidades históricas russas. Originalmente, toda a Moscou ficava dentro do seu próprio kremlin; com o tempo, a cidade espalhou-se para além dos seus muros.

KUPAVNA – Verdadeira cidade russa do século XIV, localizada a cerca de 22 quilômetros de Moscou. Atualmente, faz parte da maior área metropolitana de Moscou.

KVAS – Bebida fermentada feita de pão de centeio.

LAVRA DE TRINDADE (A LAVRA DE TRINDADE DE SANTO SERGEI) – Monastério fundado por São Sergei Radonezhsky, em 1337, a cerca de 65 quilômetros ao norte de Moscou.

LESNAYA ZEMLYA – Literalmente "Terra da Floresta". Aldeia natal de Vasya, Sasha e Olga, cenário para grande parte da ação que transcorre em *O urso e o rouxinol*, referenciada inúmeras vezes em *A menina na torre*.

MASLENITSA – Derivada da palavra russa *maslo*, manteiga, a Maslenitsa era, originalmente, uma festa pagã para assinalar o final do inverno, mas acabou sendo adotada pelo calendário ortodoxo, como a grande festa antes do começo da Quaresma (*grosso modo*, o equivalente ao Carnaval no Ocidente). Todos os produtos animais da casa eram comidos antes do começo das festividades, e durante o feriado, as pessoas assavam bolos redondos (simbolizando o sol recém-nascido) com o que restava de manteiga e óleo. A Maslenitsa dos dias atuais dura uma semana. Em *A menina e a torre*, as festividades duram três dias. O último dia da Maslenitsa é chamado de Dia do Perdão. Tradicionalmente, se nesse dia você for até alguém a quem tenha enganado e pedir perdão, essa pessoa tem que concedê-lo.

MATYUSHKA – Literalmente, mãezinha, termo afetivo.

METROPOLITANO – Alto dignitário da Igreja Ortodoxa. Na Idade Média, o metropolitano da igreja de Rus' era a mais alta autoridade ortodoxa da Rússia, indicado pelo Patriarca Bizantino.

MONASTÉRIO DO ARCANJO – O nome completo do monastério era Monastério do Arcanjo Miguel de Aleksei, mais conhecido como Monastério Chudov, a partir da palavra russa *chudo*, milagre. Foi dedicado ao milagre do Arcanjo Miguel de Colossas, onde o anjo, supostamente, concedeu o poder da fala a uma menina muda. Foi fundado em 1358 pelo metropolitano Aleksei.

MOSCOU (EM RUSSO MOSKVA) – Atualmente, capital da moderna federação russa, Moscou foi fundada no século XII pelo príncipe Yuri Dolgoruki. Por muito tempo eclipsada por cidades como Vladimir, Tver, Suzdal e Kiev, Moscou alcançou uma proeminência após a invasão mongol, sob a liderança de uma série de príncipes ruríquidas competentes e empreendedores.

MUZHIK – Usada em inglês, a palavra simplesmente se refere a um camponês russo. Em russo, o termo também traz a conotação de um homem robusto e simples da terra.

OUTRENYA – Palavra eslava para o ofício matinal em um monastério ortodoxo. Corresponde às orações matinais num monastério católico. O último dos quatro ofícios noturnos é, tradicionalmente, cronometrado para terminar ao nascer do sol.

PATENTE – Termo usado na historiografia russa para decretos oficiais da Horda Dourada. Todo governante de Rus' tinha que ter uma patente, ou *yarlik*, concedida pelo Khan, que lhe dava autoridade para governar. Boa parte das intrigas entre os príncipes russos a partir do século XIII vinha da manipulação em busca das patentes de várias cidades.

PATRIARCA ECUMÊNICO – Chefe supremo da Igreja Ortodoxa Oriental, baseada em Constantinopla, atual Istambul.

POLUNOCHNITSA – Literalmente, mulher da meia-noite; Dama da Meia-Noite, demônio que só surge à meia-noite e provoca pesadelos nas crianças. No folclore, ela vive em um pântano, e existem muitos exemplos de simpatias cantadas por pais para mandá-la de volta para lá. Também existe uma criatura chamada Poludnitsa, Dama do Meio-Dia, que vaga pelos campos de feno e causa insolação.

POSAD – Área anexa, mas não dentro dos muros fortificados de uma cidade russa. Geralmente era um centro de comércio. Com o passar dos anos, a *posad* geralmente evoluiu para um centro administrativo de uma cidade, por méritos próprios.

POVECHERIYE – Ofícios vespertinos em um monastério ortodoxo. Corresponde às Completas em um monastério católico.

RIO MOSKVA – Rio ao longo do qual foi fundada Moscou.

RIO NEGLINNAYA – Moscou foi, originalmente, construída em uma colina entre os rios Moskva e Neglinnaya, e os dois formavam um fosso natural. Atualmente, o Neglinnaya é um rio subterrâneo da cidade de Moscou.

RUS' – Originalmente, os rus' eram um povo escandinavo. No século IX d.C., a convite das tribos guerreiras eslavas e fínicas, eles estabeleceram uma dinastia dominante, os ruríquidas, que acabaram por abranger uma grande faixa do que hoje é a Ucrânia, Belarus, e a Rússia Ocidental. O território que governavam veio a receber seu nome, assim como o povo que vivia sob sua dinastia, que durou do século IX até a morte de Ivã IV em 1584.

RÚSSIA – Do século XIII até o século XV não havia uma organização política unificada denominada Rússia. Em vez disso, os rus' viviam sob uma série discrepante de príncipes (*knyazey*) rivais, que deviam sua aliança máxima aos suseranos mongóis. A palavra *Rússia* não entrou em uso comum até o século XVII. Assim, no contexto medieval, o uso da palavra *Rússia*, ou do adjetivo *russo*, refere-se a uma faixa do território com cultura e língua comuns, e não a uma nação com governo unificado.

SARAFAN – Vestido que lembra um *jumper* ou um avental, com tiras nos ombros, usado sobre uma blusa de mangas compridas. Esta peça, na verdade, entrou em uso comum apenas no início do século XV. Incluí-a em *O urso e o rouxinol* e neste atual romance ligeiramente antes do seu tempo por causa da força com que essa maneira de vestir evoca o conto de fadas russo para o leitor ocidental.

SARAI (DA PALAVRA PERSA PARA "PALÁCIO") – Cidade principal da Grande Horda, originalmente construída no rio Akhtuba, e mais tarde realocada ligeiramente para o norte. Vários príncipes de Rus' iam a Sarai homenagear e receber patentes do Khan, para governar seus territórios. A certa altura, Sarai foi uma das maiores cidades do mundo medieval, com uma população de mais de meio milhão de pessoas.

SERPUKHOV – Atualmente, uma cidade que fica a cerca de cem quilômetros de Moscou. Foi originalmente fundada durante o reinado de Dmitrii Ivanovich para proteger as abordagens a Moscou pelo sul, e entregue ao primo de Dmitrii, Vladimiri Andreevich (marido de Olga em *A menina e a torre*). Serpukhov não alcançou status de cidade até o final do século XIV. Neste romance, apesar de Olga ser uma princesa de Serpukhov, ela mora em Moscou porque, à época, Serpukhov pouco passava de árvores, um forte, e algumas cabanas. Mas seu marido está frequentemente fora, como acontece em todo *A menina e a torre*, cuidando dessa importante parcela para o grão-príncipe.

SNEGUROCHKA (DERIVADA DA PALAVRA RUSSA, *SNEG*, NEVE) – A Donzela da Neve, personagem que aparece em inúmeros contos de fadas russos.

SOLOVEY – Rouxinol. Nome do cavalo baio de Vasya.

TEREM – Palavra que se refere tanto ao verdadeiro local onde as mulheres de alta estirpe viviam na Velha Rússia (os andares superiores de uma casa, uma ala separada, ou mesmo uma construção separada, ligada à parte dos homens do palácio por uma passagem), e mais em geral à prática moscovita de isolar mulheres aristocráticas. Acredita-se que derive do grego *teremnon* (moradia), não tendo relação com a palavra árabe harém. Esta prática é de origem desconhecida, considerando a falta de registros escritos de Muscovy medieval. A prática do *terem* alcançou seu ápice nos séculos XVI e XVII. Finalmente, foi eliminada por Pedro, o Grande, trazendo as mulheres de volta à esfera pública. Funcionalmente, o *terem* significava que as mulheres russas de alta linhagem levavam uma vida completamente separada dos homens, e as meninas eram criadas no *terem*, não podendo deixá-lo até se casar. A princesa cujo pai mantém-na atrás de três vezes nove fechaduras, figura de linguagem comum nas histórias de fadas russas, deriva-se, provavelmente, deste costume verdadeiro.

TONSURA – O ritual de se cortar o cabelo para indicar uma devoção religiosa. Na ortodoxia oriental, isto frequentemente significa cortar quatro partes do cabelo em forma de cruz. No monasticismo ortodoxo oriental, havia três níveis de dedicação, representados por três níveis de tonsura: *Rassophore*, *Stavrophore*, e o Grande Esquema. Em *A menina na torre*, Sasha fez seus votos de *Rassophore*, mas hesitou em prosseguir porque os votos de *Stavrophore* incluem um voto de estabilidade de habitação, ou seja, ficar em seu monastério.

TUMAN – Névoa. O nome do cavalo cinza de Sasha.

VAZILA – No folclore russo, o guardião do estábulo e protetor dos rebanhos.

VEDMA – *Vyed'ma*, feiticeira, mulher sábia.

VERSTA – Unidade de distância que corresponde, grosseiramente, a um quilômetro ou dois terços de milha.

VLADIMIR – Uma das principais cidades de Rus' medieval, situada a cerca de duzentos quilômetros a leste de Moscou. Dizem que sua fundação data de 1108, e muitas das suas antigas construções continuam intactas.

ZIMA – Inverno. O nome da potranca de Vasya.

AGRADECIMENTOS

Uma vez, eu disse que escrever um primeiro romance é como combater um moinho com uma lança, com a remota possibilidade de que ele possa ser um gigante. Bom, escrever um segundo romance é como guerrear contra um gigante, quando você sabe que é um gigante, e o tempo todo em que você galopa desembestada, está pensando *Como foi que fiz isto na última vez?*

Então, agradeço a todos que se predispuseram a cavalgar ao meu lado neste daqui. Tem sido uma honra.

A mamãe, por me dizer que estava ótimo, mesmo que realmente não estivesse. A papai, por me dizer que não estava nada bom, até achar que estava. A Beth, por muitos, muitos abraços. A RJ Adler, por colocar músicas ao acaso o tempo todo, por ter a melhor casa em Vermont, e por ser o melhor, melhor amigo do mundo. A Garrett Welson por me fazer ter conversas humanas, mesmo quando eu estava com o olhar alucinado por ter escrito o dia todo. A Carl Sieber pela paciência com a revisão de um milhão de sites. A Tatiana Smorodinskaya por ler rascunhos e mais rascunhos, e consertar minhas abordagens russas, dando-me confiança e, é claro, ensinando-me tudo que sei. A Sasha Melnikova por dar uma checada nas histórias de fadas. A Bethany Prendergast por ser uma amiga incrível e uma talentosa cineasta. A Bjorn e Kim, Vicki, David e Eliza, Mariel e Dana, e a Joel, porque vocês são, literalmente, os mais fantásticos de todos. A Johanna Nichols por abrir seu coração e sua casa (especialmente seu sofá) para uma louca que, às vezes, trabalha de pijama. A Maggie Rogerson e Heather Fawcett por investir contra seus próprios gigantes, e me encorajar ao longo do percurso. A Jennifer Johnson, porque primas são solidárias. A Peter e Carol Ann Johnson e a Gracie pelas refeições deliciosas, pela generosidade e pelo estímulo constante. A Carol Dawson, por saber que eu poderia fazê-lo antes que eu soubesse.

Ao pessoal da Stone Leaf Teahouse e Carol's Hungry Mind Cafe. Fui um acessório em suas mesas meses seguidos. Agradeço sua paciência.

A Evan Johnson, por tudo.

Ao pessoal da Ballantine/Del Rey nos Estados Unidos – Tricia Narwani, Mike Braff, Keith Clayton, David Moench, Jess Bonet, e Anne Speyer, porque vocês têm sido muito maravilhosos. Ponto final.

A Jennifer Hershey, porque você trabalhou tanto quanto eu neste livro, e a cada vez que eu me convencia de que tinha dado o meu melhor, você me mostrava que eu poderia ir além.

Ao pessoal da Ebury, no Reino Unido – Emily Yau, Tess Henderson, Stephenie Naulls e Gillian Green. Desde o primeiro dia, todos vocês trabalharam com muito, muito empenho nesta série e reconheço tudo o que fizeram.

Ao pessoal da Janklow e Nesbit – Brenna English-Loeb, Suzannah Bentley e Jarred Barron. Mais uma vez, maravilhada.

E ao meu agente, Paul Lucas, que fez isto acontecer.

Impressão e Acabamento:
GRÁFICA STAMPPA LTDA.